RICHARD ZIMLER

Richard Zimler est né à New York en 1956. Après avoir étudié à l'université de Duke puis à Stanford, il devient journaliste dans la région de San Francisco. En 1990, il quitte les États-Unis pour Porto, au Portugal, où il enseigne dans une école de journalisme, puis à l'université. Ses romans sont apparus dans la liste des best-sellers de douze pays différents, et ont été récompensés de nombreuses fois, notamment par le prix Hérodote du meilleur roman historique pour *Le dernier kabbaliste de Lisbonne*.
Le dernier kabbaliste de Lisbonne (2005) ainsi que *Les sortilèges de minuit* (2006), sont publiés au cherche midi.

LE DERNIER KABBALISTE DE LISBONNE

RICHARD ZIMLER

LE DERNIER KABBALISTE DE LISBONNE

Traduit de l'anglais (États-Unis) par
Erika Abrams

LE CHERCHE MIDI

Titre original :
The Last Kabbalist of Lisbon

ISBN : 978-2-266-16339-2

Pour Alexandre Quintanilha

L'auteur tient à remercier Ruth G. Zimler,
Erika Abrams et les Éditions Quetzal de Lisbonne.

La découverte du manuscrit de Bérékhia Zarko

Abraham Vital, avocat à Istanbul, s'est spécialisé dans les affaires d'indemnisation des personnes devenues incapables de travailler à la suite d'une maladie ou d'une blessure. En 1981, il livra avec succès une telle bataille juridique en faveur du menuisier Ayaz Lugo, âgé de cinquante-neuf ans, qui avait perdu l'usage de son bras droit dans un accident de la route.

Lugo mourut en juin 1988. Son épouse était décédée six ans auparavant. Ils n'avaient pas d'enfants. Dans son testament, le menuisier reconnaissant légua sa maison à Abraham Vital.

Celui-ci la mit gracieusement à ma disposition lorsque je me rendis à Istanbul en 1990 pour un séjour de sept mois que je comptais consacrer à l'étude de la poésie séfarade, mes recherches portant plus particulièrement sur les ballades. Nous avions fait connaissance grâce à un ami commun, Isaac Silva Rosa, mon directeur de thèse qui, après avoir enseigné à l'université de Californie à Berkeley, occupe maintenant une chaire à l'université de Porto.

Séfarades l'un et l'autre, Vital et Lugo descendaient des émigrés juifs espagnols et portugais qui, fuyant les persécutions qui sévissaient dans la péninsule Ibérique, trouvèrent refuge dans la capitale ottomane entre le XVe et le XVIIIe siècle. Les premiers avaient été accueillis par le sultan Bayezid II dès la promulgation de l'édit d'expulsion par les Rois Catholiques en 1492.

L'avocat me conduisit par une journée étouffante de début mai à la maison du menuisier dans une rue périphérique de Balat, l'ancien quartier juif d'Istanbul. La demeure moyenâgeuse aux murs de pierre décrépis s'y dressait comme une tour de guet abandonnée entre une boulangerie et un magasin de disques. Elle comportait un rez-de-chaussée et un étage.

J'y emménageai le 9 mai 1990. À l'intérieur, la poussière revêtait le décor des teintes bistrées d'une vieille photo. Les plafonds ventrus étaient si bas que je pouvais les toucher simplement en levant le bras. De minces cônes de lumière filtrant à travers des œils-de-bœuf ovales étaient le seul éclairage de ma chambre. Les lourds meubles de bois à la mode du siècle dernier avaient tous une patine d'antiquité.

Au fond du placard de la chambre, je découvris plusieurs valises pleines de sucre en morceaux datant selon toute apparence de la dernière guerre. Il faut croire que le sucre était alors une denrée rare. Avait-il été ainsi emballé en prévision d'un exode ? « Peut-être devrait-on avoir toujours au moins une valise prête pour le cas où », pensai-je.

Dans une commode vermoulue, une pile de sous-vêtements en coton cachait des tablettes de chocolat turc ranci. J'en conclus avec plaisir que Lugo avait partagé mon faible pour les douceurs.

Je dormais dans un lit de fer, sur un matelas aplati fabriqué à Konya. L'étiquette était imprimée en caractères arabes. Le matelas avait donc près de soixante-dix ans d'âge, l'alphabet latin ayant remplacé l'arabe dans les années vingt sur l'ensemble du territoire turc.

Il n'y avait pas de douche. L'unique lavabo émettait un maigre filet d'eau froide et brunâtre, qui sentait le chlore et la rouille. Sans doute le menuisier et son épouse se lavaient-ils au hammam.

De nombreuses souris me tenaient compagnie, mais, par miracle, je ne rencontrai ni fourmis ni punaises.

En juillet, Abraham Vital décida de mettre enfin le logement aux normes occidentales du XXe siècle. Les travaux de rénovation débutèrent à la cave, de façon à me déranger le moins possible.

Le 18 juillet, les ouvriers y découvrirent une fosse carrée d'un mètre vingt de côté, profonde de soixante centimètres, recouverte de planches de bois et d'une dalle en béton. Elle contenait un *tik*, le petit coffre cylindrique dans lequel les juifs séfarades gardent le rouleau de la Torah, copie sur parchemin des cinq livres du Pentateuque. Celui-ci, agrémenté de paons en émail et d'un décor raffiné en filigrane d'argent, renfermait non pas une Torah, mais neuf cahiers manuscrits reliés en cuir.

Quelques passages des plus anciens étaient rédigés en hébreu médiéval, mais la langue employée était en majeure partie le judéo-portugais, un dialecte du vieux portugais écrit en caractères hébraïques. Ceux-ci avaient la forme carrée typique de la péninsule Ibérique et semblaient avoir été tracés avec la plume de roseau affectionnée par les scribes juifs espagnols et portugais. Le parchemin était remarquablement bien conservé.

Six des neuf manuscrits étaient enluminés, avec des pages de titre en vélin poli comportant des lettres ornées à tête d'oiseau. On y voyait des huppes, des chouettes, des grives, des chardonnerets d'Europe et des paons – mais aussi un spécimen d'une espèce de colibri native du Nouveau Monde – sur un fond d'arabesques et de complexes dentelles géométriques. L'artiste avait usé à profusion de la feuille d'or. Les couleurs dominantes étaient l'incarnat et le bleu lapis.

Tous portaient la signature en forme d'ibis égyptien d'un certain Bérékhia Zarco. Jointes aux événements historiques mentionnés dans le texte, les dates apposées aux signatures indiquaient qu'ils avaient été rédigés sur une période de vingt-trois ans, entre 5267 et 5290 du calendrier juif, soit 1507 et 1530 de l'ère chrétienne.

J'en commençai la lecture dans la nuit du 18 juillet 1990.

Je trouvai six traités sur divers aspects de la kabbale, la philosophie mystique qui se répandit au haut Moyen Âge dans la diaspora juive à partir de la Provence, transmise au cours des siècles suivants aussi bien oralement que grâce à des ouvrages dont les plus célèbres demeurent le *Zohar* et le *Bahir*.

Les trois cahiers restants, réunis par une courroie de cuir, étaient de teneur moins ésotérique. Le premier était daté de 1507, les deux autres de 1530. Je compris de prime abord qu'ils traitaient du massacre de Lisbonne qui se solda en avril 1506 par la mort de quelque deux mille nouveaux chrétiens (nom donné aux juifs convertis de force au christianisme en 1497). Beaucoup furent brûlés vifs sur la place du Rossio qui occupe toujours le cœur de la capitale portugaise.

Malheureusement, de nombreuses sections des manuscrits de Bérékhia, voire des feuillets isolés avaient été intervertis par un curieux ignorant du judéo-portugais. C'était un vrai casse-tête. La remise en ordre me demanda deux mois de travail, mais l'ouvrage se révéla finalement sans solution de continuité.

Réunis, les trois cahiers forment un livre qui conte les tribulations de la famille de l'auteur pendant les événements tragiques d'avril 1506. Le récit concerne plus particulièrement les recherches entreprises par Bérékhia pour découvrir l'assassin de son oncle Abraham, kabbaliste de renom à qui l'on peut sans doute attribuer quelques-uns des textes anonymes de l'école de Lisbonne, notamment – pour des raisons que le lecteur ne tardera pas à comprendre – les traités *Ouverture des portes* et *Livre du fruit divin*.

À la lumière des comptes rendus plus sommaires du massacre qui nous sont parvenus – parmi eux, la chronique de Salomon ibn Verga, évoquée par Bérékhia –, la véracité historique du récit est indubitable. Tous les événements majeurs sont confirmés par des sources de même époque. Plus d'un personnage qu'on y rencontre – Didi Molkho, dom Joao Mascarenhas, Isaac ibn Farraj, d'autres encore – sont connus ou par leurs propres écrits ou par les archives de l'Église portugaise et de l'administration royale.

Ceux qui ne savent rien de la littérature séfarade du XVIe siècle seront peut-être déconcertés par la forme policière que j'ai donnée à mon adaptation du récit de Bérékhia, ainsi que par le style parfois familier, comportant des jurons, des blasphèmes, voire quelques expressions argotiques. Le fait est que, comme beaucoup de ses contemporains, Bérékhia Zarco a une vision et une écriture résolument modernes. Le second des trois manuscrits en particulier présente une technique de narration qui s'apparente par sa spontanéité aux romans picaresques espagnols dont les premiers échantillons remontent aux années 1550. Il n'est pas sans intérêt de noter que parmi les auteurs espagnols qui pratiquaient le genre picaresque, beaucoup étaient d'origine juive.

À la différence de ces ouvrages, celui de Bérékhia évite les registres burlesque et héroï-comique. Son protagoniste n'est ni un forban ni un chevalier errant, mais un portrait fidèle du jeune homme que Bérékhia fut sans doute : enlumineur, marchand de fruits et kabbaliste, intelligent mais en proie au désarroi, bouleversé par l'assassinat de son oncle.

Il est clair que s'il avait voulu faire œuvre d'historien ou rédiger encore un traité mystique, il avait le talent et les connaissances nécessaires. Son livre est cependant autre chose : un récit policier en trois parties dont la dernière représente une manière d'épilogue. Pour la commodité du lecteur, j'ai découpé l'ensemble en une vingtaine de chapitres. Les huit premiers correspondent au premier des trois manuscrits, les douze suivants au second, le dernier au troisième.

Je l'ai déjà dit, *Le Dernier Kabbaliste de Lisbonne* est bien plutôt une adaptation libre qu'une traduction. J'ai néanmoins respecté scrupuleusement la teneur de l'original, ne me permettant de supprimer que les longues prières intercalées et les digressions ésotériques sur des points de détail de la kabbale. Non sans intérêt pour des spécialistes, ils auraient pu désorienter et lasser la patience du lecteur non initié. Ma seule autre liberté a été, à plus d'un endroit, de rétablir l'ordre chronologique d'événements dont l'auteur fait ressortir plutôt la connexion spirituelle. Le fond de l'ouvrage n'en est pas modifié, mais le récit y gagne en clarté.

Sur le plan stylistique, j'ai visé un compromis entre le moderne et l'archaïque, privilégiant la lisibilité sans pour autant trahir, je l'espère, l'esprit de l'auteur.

L'orthographe portugaise de Bérékhia accuse une certaine incohérence, due vraisemblablement à l'inadaptation de la langue à l'alphabet hébreu. Pour simplifier, les mots et phrases en portugais dans le texte sont donc orthographiés selon l'usage moderne. L'hébreu est translittéré en caractères latins ; un glossaire placé en fin de volume indique le sens des vocables et concepts non traduits dans le cours du récit.

Les manuscrits trouvés dans la cave d'Ayaz Lugo soulèvent plusieurs questions intéressantes concernant le sort des livres hébraïques dans la péninsule Ibérique depuis la fin du XVe siècle. On peut se demander par exemple si la Torah enluminée déposée dans la *genizah* de maître Abraham est identique à la Bible de Kennicott qui se trouve actuellement dans les collections de la bibliothèque Bodléienne d'Oxford. La mention de lettres ornées aux formes animalières ainsi que d'Isaac Bracarense (sans nul doute l'Isaac de Braga pour qui l'ouvrage fut exécuté) militerait en faveur d'une réponse affirmative. L'on ne sait rien de l'histoire du manuscrit entre sa réalisation en 1476 et son acquisition par l'université d'Oxford, en 1771, sur le conseil du bibliothécaire Benjamin Kennicott. Peut-être fut-il réellement sauvé des flammes par Abraham et Bérékhia Zarco. Par ailleurs, la copie hébraïque et arabe de *La Source de vie* de Salomon ibn Gabirol conservée par le père Carlos parvint-elle réellement à Salonique ? Si oui, qu'est-elle devenue ? Aucun exemplaire du texte arabe n'a jamais été retrouvé ; l'ouvrage n'est connu aujourd'hui que par sa traduction en latin.

Le livre de Bérékhia est lui-même une énigme à plus d'un égard. Comment aboutit-il dans la cachette de la cave d'Ayaz Lugo ? Pourquoi n'est-il cité dans aucun manuscrit juif de la même époque ? Faut-il en conclure qu'il demeura inédit ? Étant donné son but avoué de mettre en garde les juifs d'Europe contre le péril qui les menaçait, il semblerait pourtant que Bérékhia eût voulu assurer à son ouvrage la diffusion la plus large.

J'ai consulté sur ces points plusieurs spécialistes de la littérature séfarade médiévale qui, pour la plupart, ont approuvé les explications proposées par Ruth Pinhel, professeur à l'université de Venise.

Premièrement, le portrait peu flatteur que Bérékhia trace de la société chrétienne et sa plaidoirie en faveur de l'émigration juive étaient faits pour déplaire tant aux gouvernements européens qu'à la hiérarchie ecclésiastique, plus particulièrement aux inquisiteurs espagnols et portugais. À supposer qu'il ait apporté son livre en Europe, tout exemplaire découvert aurait été voué aux flammes.

En préconisant un nouvel exode, il aurait de même suscité l'ire des dirigeants des communautés juives tant bien que mal implantées en Europe, qu'il s'agît des groupes séfarades clandestins au Portugal et en Espagne ou des congrégations achkénazes, plus ouvertes, de la région franco-allemande. Les juifs que des intérêts spirituels, affectifs ou financiers retenaient en Europe, auraient eux aussi supprimé ses écrits.

De plus, la franchise avec laquelle Bérékhia traite des sujets tels que la sexualité et les différends opposant les kabbalistes aux autorités rabbiniques pouvait difficilement ne pas choquer les plus conservateurs de ses coreligionnaires, ceux qui tenaient à retarder l'ère du judaïsme laïcisé dont, comme lui, ils pressentaient l'approche.

Une autre hypothèse encore mérite d'être formulée, quoique je la trouve personnellement peu crédible. Il n'est pas impossible que Bérékhia ne se soit lui-même opposé à la diffusion de ses écrits à la fois pour ne pas compromettre les crypto-juifs dont il y révélait l'identité que pour ne pas s'exposer lui-même à des accusations d'« hérésie ». Malgré son ardent désir d'ouvrir les yeux des juifs d'Europe sur la catastrophe prédite par son oncle, il craignait peut-être l'excommunication qui allait frapper au siècle suivant un autre juif originaire du Portugal, Baruch Spinoza. Peut-être fit-il circuler quelques copies du livre sous le sceau du secret, interdisant à ses lecteurs d'en révéler le contenu ou ne serait-ce que d'en mentionner l'existence. Peut-être est-ce pour cette raison que son manuscrit ne porte pas de titre.

Une dernière possibilité enfin, plus pessimiste : Bérékhia peut avoir perdu la vie en tentant de rentrer au Portugal pour sauver sa cousine Réza. Toute copie de ses écrits qu'il aurait emportée dans son voyage aurait ainsi disparu avec lui. Seul aurait survécu l'original caché à Constantinople.

La cachette dans la cave du menuisier semble remonter pour sa part à la dernière guerre. En tout état de cause, la dalle en béton n'était pas antérieure aux années trente ou quarante. N'oublions pas que la Turquie – dont la capitale abritait vers 1600 cinquante-quatre synagogues et une communauté juive forte de 30 000 membres – figurait avec la Grèce, l'Afrique du Nord, les Pays-Bas et l'Italie parmi les principaux pays d'accueil des marranes portugais qui avaient choisi l'émigration entre le XVIe et le XVIIIe siècle. Pendant la guerre, toutes ces régions se virent ou occupées ou menacées par les armées du IIIe Reich. Fait qui confirmerait les craintes de Bérékhia pour l'avenir de ses coreligionnaires dans les pays chrétiens, la plupart des juifs ibériques établis en Grèce et en Yougoslavie – 200 000 personnes au moins – furent alors déportés vers les chambres à gaz. Si la communauté juive de Turquie, protégée par les autorités musulmanes, échappa au génocide, en revanche le ou les propriétaires des manuscrits – sans doute les parents de Lugo – pouvaient fort bien craindre l'extension de la tuerie, de même que, quatre cents ans auparavant, Bérékhia redoutait l'arrivée au Portugal de l'Inquisition espagnole. (Au bout du compte, le tribunal de l'Inquisition s'y implanta en 1536, un demi-siècle après sa création en Espagne, six ans après que Bérékhia mit le point final à son dernier manuscrit.)

Ayaz Lugo connaissait-il l'existence de ce livre ? Il n'en est pas question dans son testament. Peut-être ses parents ne lui en avaient-ils jamais parlé.

Richard ZIMLER

En décembre 1496, quatre ans après la promulgation de l'édit d'expulsion par lequel Ferdinand d'Aragon et Isabelle de Castille chassèrent les juifs d'Espagne, le roi Manuel Ier du Portugal se laissa convaincre de publier un décret identique, les Rois Catholiques en ayant fait une condition de son mariage avec leur fille. À la veille du délai fixé aux juifs pour quitter le pays, le roi dom Manuel se ravisa cependant, jugeant préférable de les convertir tous pour ne pas priver son royaume d'une population aussi utile. En mars 1497, il fit fermer tous les ports d'embarquement et traîner de force les juifs sur les fonts baptismaux. Les chroniqueurs parlent de personnes qui tuèrent leurs propres enfants et s'ôtèrent la vie plutôt que d'apostasier, mais la plupart se soumirent et reconnurent Jésus pour le Messie. L'on accorda à ces « nouveaux chrétiens » un délai de vingt ans pour oublier les traditions et coutumes juives, sursis qui, à la lumière des persécutions incessantes qui suivirent, n'eut aucune espèce de réalité. Ce nonobstant, les convertis furent nombreux à persister dans leur croyance. Bravant des périls considérables, ils continuèrent dans le secret à réciter leurs prières en hébreu et à pratiquer les rites, à observer le chabbat et les fêtes juives. Bérékhia Zarco, le narrateur du Dernier Kabbaliste de Lisbonne, *était un de ces crypto-juifs.*

LE DERNIER KABBALISTE DE LISBONNE

Prologue

La peine poussait la pointe du roseau qui me sert de plume lorsque je commençai à rédiger notre histoire. C'était en l'an 5267, mil cinq cent sept selon le calendrier chrétien.

L'Éternel ayant alors refusé à mon âme la grâce du réconfort, j'abandonnai égoïstement mon manuscrit.

Aujourd'hui, vingt-trois ans après cette première tentative pour relater ma quête de vengeance, ma main en a à nouveau effleuré les feuillets. Pourquoi rompre ainsi les chaînes du silence ?

Hier, vers la douzième heure, j'entendis le heurtoir retomber sur la porte de notre demeure de Constantinople. Me trouvant seul à la maison, j'allai ouvrir et découvris sous le porche un jeune homme brun de petite taille, drapé dans une élégante cape ibérique rayée de vert et d'écarlate. Il portait les cheveux longs, et ses yeux noirs trahissaient la fatigue. Il me demanda en portugais, d'une voix mal assurée :

— Ai-je l'honneur de m'adresser à maître Bérékhia Zarco ?

— Oui, mon enfant. Et toi, puis-je savoir qui tu es ?

— Lourenço Paiva, répondit-il en s'inclinant humblement. J'arrive de Lisbonne et j'espérais vous trouver.

Répétant à part moi les syllabes de son nom, j'en retrouvai le souvenir. C'était le fils cadet d'une vieille amie, la blanchisseuse chrétienne à qui nous avions fait don de notre maison en fuyant plus de vingt ans auparavant la ville enténébrée de Lisbonne. D'un geste je coupai court à son discours et l'introduisis dans la cuisine où nous nous assîmes près d'une fenêtre donnant sur les myrtes et les lavandes du jardin. M'enquérant de sa mère, je fus attristé d'apprendre que l'Éternel venait de la rappeler à lui. Lourenço fit son éloge d'un ton sombre mais fier. Ce fut ensuite un délice que de m'entretenir avec lui de sa traversée depuis le Portugal et de ses premières impressions ébahies de la capitale ottomane tout en partageant une petite carafe de vin d'Anatolie. Si profonde était ma tranquillité que, lui demandant ce qui me valait le plaisir de sa visite, je fus totalement pris au dépourvu lorsqu'il tira de dessous sa cape deux clefs de fer accrochées à une chaîne d'argent. J'eus froid dans le dos. Sans me laisser le temps de prononcer une parole, avec le sourire du tout jeune homme à qui il est donné d'offrir un cadeau à un aîné, mon visiteur me mit les clefs en main.

— Si vous voulez retourner à Lisbonne, maître Bérékhia, votre maison vous attend.

Je dus m'accrocher à son bras pour ne pas défaillir ; le rythme accéléré de mon cœur scandait le seul mot *patrie*. Ma main s'était refermée sur les clefs dont les dents mordaient dans ma chair. Je m'obligeai à la desserrer, me penchai, reniflai leur odeur, identique à celle qui s'attache aux vieilles monnaies, et me levai malgré moi, emporté par un flot de souvenirs de ruelles tortueuses et d'oliviers. Les poils de mes bras et de ma nuque se hérissaient. Une porte s'ouvrit en moi et une vision entra : Je me tenais devant la grille de fer de la cour de notre vieille maison dans le quartier d'Alfama à Lisbonne. Encadré dans l'embrasure cintrée, je voyais mon oncle Abraham, mon maître spirituel, vêtu de son ample robe de voyage en drap anglais vermillon. Il cueillait les fruits de notre citronnier en fredonnant gaiement une mélodie. Le soleil couchant semblait jouer sur sa peau basanée, couleur de cannelle, lui donnant des reflets dorés, tandis qu'une force magique faisait étinceler ses sourcils touffus et sa crinière argentée. Devinant ma présence, il cessa son chantonnement, se retourna avec un sourire de bienvenue et approcha lentement, de la démarche dandinée de canard qu'il n'affectait d'ordinaire que dans les lieux de prière. Le regard chaleureux de ses yeux d'émeraude, grand ouverts, m'étreignait. La lèvre taquine, il se mit à défaire tout en marchant la ceinture pourpre de sa robe, laissa choir enfin le vêtement sur les dalles d'ardoise de la cour. Il était nu en dessous à l'exception d'un châle de prière jeté sur les épaules. Il vint plus près encore et je vis que son corps rayonnait. La lumière de plus en plus vive me fit venir les larmes aux yeux. Lorsque je perçus au coin de la bouche le goût d'une première gouttelette salée, il s'arrêta et m'appela du nom de mon frère aîné : « Mordekhaï ! Ainsi tu as enfin entendu mes prières ! » Son visage était à présent auréolé de flammes blanches. Hochant la tête d'un air solennel, comme pour transmettre un verset de l'antique sagesse, il me lança un citron. Je l'attrapai, mais, baissant les yeux, trouvai à la place du fruit des lettres ternies, nouées en chaîne. Je lus en portugais : *as nossas andorinhas ainda estao nas maos do faraó*. Nos hirondelles sont toujours aux mains de Pharaon. Parcourant une seconde fois du regard ces mots du langage chiffré des nouveaux chrétiens, je les vis s'envoler et se briser en l'air avec le son grêle d'une clochette.

À nouveau je contemplais les clefs, la vue brouillée par des larmes brûlantes. La porte s'était refermée sur ma vision.

Lourenço me tenait aux épaules, la face pâle et effrayée. Je ne sais comment, je recouvrai la parole et réussis à le rassurer.

La révélation qui me visita alors ne peut se comprendre sans une explication des paroles hébraïques *mesirat nefech*. Le sens en est, bien sûr, le sacrifice de soi qui, dans la tradition kabbalistique, pousse certains à s'exposer même à un voyage en enfer afin non seulement de rendre la santé à notre monde infirme, mais encore d'effectuer des réparations au sein du royaume divin.

La morsure des clefs dans ma chair me fit comprendre pour la première fois le sacrifice consenti par mon oncle, me fit entendre, dans la battement passionné mais fragile de son cœur, le concept de *mesirat nefech*. Pour des raisons qui deviendront claires à la lumière de notre histoire, ma vision m'apparut comme une injonction de sa part, me sommant de retourner au Portugal pour accomplir la tâche qu'il m'avait assignée autrefois – le destin auquel je me suis jusqu'à présent dérobé, que je n'ai même pas compris.

Je voyais qu'en retournant à Lisbonne, j'aurais l'occasion de racheter mon manquement au destin, de m'acquitter de mon propre vœu de *mesirat nefech*. En effet, le voyage ne pourra se faire qu'au péril de ma vie. Avec l'Espagne en proie à l'Inquisition et le Portugal qui ne cesse d'approcher plus près des flammes du bûcher, il est plus que probable qu'il mettra fin à mes jours tranquilles aux côtés de mon épouse Leci et de nos enfants, Zouli et Ari.

C'est donc en pensant à eux que je reprends la plume. Je veux que les miens sachent les raisons de mon départ, qu'ils lisent le récit des événements survenus il y a vingt-quatre ans qui ne me permettent pas d'agir autrement. L'histoire de l'assassinat qui assombrit à jamais notre vie et de ma quête du tueur mystérieux est trop longue et trop complexe pour être contée de vive voix. Et je tiens à ne rien passer sous silence.

J'écris en même temps pour chasser de notre demeure le froid du secret, pour que Zouli et Ari me pardonnent mon attitude évasive face aux questions qu'ils posaient, enfants et adolescents, sur ma vie à Lisbonne. Il n'a pas été facile pour eux de voir le passé de leur père couvert de boue par bon nombre de nos coreligionnaires, de devoir ravaler leurs larmes et réprimer leur colère en m'entendant traiter d'homicide et d'hérétique. Combien de fois ma femme aussi n'a-t-elle pas souffert des bruits selon lesquels j'aurais été séduit à Lisbonne par le démon femelle Lilith sous les espèces d'une noble Castillane qui régnerait aujourd'hui encore sur mon cœur ?

Homicide, oui, je le suis. J'avoue avoir tué un homme et engagé un tueur pour prendre la vie d'un autre. En lisant la relation des circonstances, mes enfants jugeront par eux-mêmes de mes actes. Ils sont désormais d'âge à tout savoir. Hérétique, non, je ne pense pas. Ou, si je le suis, ce sont les événements que je m'apprête à narrer qui ont percé ma chair des traits de l'hérésie. Quant à mon cœur, je laisse à ceux que j'aime d'en nommer la maîtresse. Puisse la vérité émerger sans crainte de ces pages, telle la sonnerie du *chofar* qui accueille Roch ha-chanah ! Et puissé-je me corriger enfin moi aussi de mes dernières erreurs, me délivrer des vestiges du masque que je revêtis, enfant, pour cacher mon judaïsme. Oui, j'espère beaucoup apprendre sur moi-même en lançant ma plume sur la trace de mes souvenirs. La mémoire à laquelle on laisse toute liberté pour sonder le passé n'approfondit-elle pas toujours la connaissance de soi ?

Certes, le remords de mon ignorance, de mes faiblesses – et de mes péchés plus effrayants – m'a accompagné jusque dans mon exil turc et ne me lâche toujours pas. Certains y verront sans nul doute ma motivation principale. En inscrivant ces caractères hébreux sur la surface lisse du parchemin, je me rends compte cependant que ce qui m'anime au plus profond, c'est la possibilité de parler, par-delà le temps qui passe, à d'autres encore sans nom – à mes petits-enfants à naître et à ceux de ma sœur Cinfa. À tous nos descendants je dis : lisez ce récit et vous saurez pourquoi vos ancêtres quittèrent le Portugal, vous mesurerez le sacrifice que mon oncle s'imposa pour vous, vous apprendrez ce qu'il advint aux juifs de Lisbonne lorsque le siècle chrétien ne comptait encore que six années – passé auquel, dans l'intérêt de votre propre survie, votre mémoire fera bien de s'attacher comme un enfant sans père ni mère.

Pour peu que vous suiviez le rythme et la mélodie de mes paroles jusqu'à la cadence finale, vous saurez surtout pourquoi vous ne devrez jamais fouler le sol de l'Europe chrétienne.

Ne vous y trompez donc pas. Au cœur de ce récit se dissimule le tranchant d'une mise en garde. Je suis intimement persuadé que c'est pour votre sauvegarde que mon oncle Abraham m'est apparu et m'a appelé au Portugal. Si je n'écris pas, si je laisse éteindre la mémoire dans la tiédeur du silence, j'aurai peut-être à répondre aussi de votre mort à tous.

Quant à la trame du mystère que je veux redéployer devant vous, ceux qui me veulent du mal diront sans doute ses volutes conçues pour détourner du sang que j'ai moi-même sur les mains. C'est toutefois autre chose qui se dégagera du témoignage des faits. Mon oncle Abraham m'a fait don de cette occasion de revivre pleinement tout ce que je suis, et je n'entends pas le décevoir une seconde fois. Si vous découvrez donc dans l'étoffe croisée de ma prose des enchevêtrements – voire des contradictions –, ce sera parce que je tiens à vous restituer les événements sous leur vrai jour, à me montrer à vous tel que je suis. En effet, le juif n'est jamais aussi simple que les chrétiens voudraient le faire croire, ni l'hérétique juif aussi borné que le prétendent nos rabbins. L'âme du moindre d'entre nous est assez vaste et assez profonde pour abriter une mer de paradoxes.

J'ai enfin un dernier aveu à faire : j'ignore pourquoi mon oncle m'appela, dans ma vision, du nom de mon frère, et mon incompréhension ne me laisse pas en paix. Comme s'il y avait à l'apparition de mon maître une signification plus profonde ; comme si les morts survenues il y a vingt-quatre ans recelaient un noyau de sens qu'il me reste encore à pénétrer. Pourquoi donc mon oncle ne m'est-il apparu que maintenant ? Sans doute n'ai-je pas fini d'y méditer. Mais peut-être pensait-il que la lumière de la compréhension dissiperait mes ténèbres à mesure que j'avancerais dans ma narration. Peut-être ne serai-je à même de saisir les rapports plus ténus entre passé et présent qu'en approchant du dénouement de l'histoire ? Je n'y pense pas sans sourire, mais la possibilité apaise quelque peu mes doutes ; cela ressemblerait tout à fait à mon oncle que d'exiger un jour et une nuit de labeur terrestre avant de me dévoiler le fond dernier de son message céleste ! Je persévère donc...

La première fois que j'envisageai de consigner nos vicissitudes sur une page manuscrite, je me cachais avec ma famille dans notre cave. Le mystère venait de s'ouvrir devant moi dans toute sa complexité. C'est là que je commençai mon récit, il y a de cela vingt-trois ans. Et c'est là que nous le reprendrons.

Il sera question de trois événements avant l'assassinat qui transforma notre vie : le passage des flagellants, une blessure infligée à un proche ami et l'emprisonnement d'une parente. Si j'avais compris le sens de ces présages de malheur, si je les avais lus comme les vers d'une même poésie composée par l'Ange de la mort, j'aurais pu sauver plus d'une vie. L'ignorance cependant m'a trahi. Peut-être, suivant mes mots à travers ces feuillets, aurez-vous plus de chance. Que le Seigneur vous accorde la clairvoyance !

Installez-vous dans une chambre tranquille, ornée d'un cercle d'arbustes aromatiques ou de fleurs. Tournez-vous vers l'orient, vers notre bien-aimée Jérusalem. Défaites grâce à la psalmodie les nœuds de votre esprit. Et que la douce lueur d'une chandelle éclaire les pages que vous vous apprêtez à tourner.

Beroukhim kol demouyyaï éloha ! Bénies soient toutes les semblances de l'Éternel !

Bérékhia Zarco, Constantinople
le 6 Av 5290 (1530 de l'ère chrétienne)

LIVRE PREMIER

I

À l'âge de huit ans, en l'an chrétien 1494, je lus l'histoire des ibis sacrés qui aidèrent Moïse à traverser en Éthiopie un marais infesté de serpents. Je dessinai avec les encres et les couleurs de mon oncle Abraham une créature noire et écarlate, à bec en forme de faux. Mon oncle souleva mon œuvre pour mieux l'examiner.

— Des yeux d'argent ? demanda-t-il.

— Renvoyant l'image de Moïse, comment pourraient-ils être d'une autre couleur ?

Mon oncle m'embrassa sur le front.

— À compter de ce jour tu seras mon apprenti. Je t'aiderai à changer les épines en roses et je jure de te protéger des dangers qui s'ébattent le long de la route. Les pages qui sont des portes s'ouvriront à notre attouchement.

Comment aurais-je pu me douter que je manquerais un jour aussi totalement à mes devoirs envers lui ?

Figurez-vous que vous vous trouvez en dehors du temps. Que le passé et l'avenir gravitent autour de vous et que vous n'arrivez pas à y trouver votre place. Les choses poursuivent leur cours, passant sur le revêtement extérieur de votre âme, sur votre corps transi, sans susciter de réaction. Tel est le sentiment que j'ai et grâce auquel je vois clairement quand et où le mal a commencé : il y a quatre jours, le 22 Nisan, dans notre Judiaria Pequena, la petite juiverie du quartier d'Alfama à Lisbonne.

L'aube se leva ce jour-là parée de bijoux, opale parmi d'autres dans le collier du printemps. Nous étions en l'an 5266 des nouveaux chrétiens. Le 16 avril 1506 pour les maudits chrétiens de cœur.

Du fond des ténèbres des petites heures du mercredi, me terrant dans la cave, je me souviens de l'aurore du vendredi d'avant, dont la clarté me semble à présent annoncer les premières notes d'une fugue démente.

Derrière l'un de ces accords se dissimule, souvenir camouflé, le visage que je cherche.

Le jour de notre premier *séder* de Pessah naquit sous le signe de la sécheresse, comme tous les jours depuis quelque temps. Il y avait plus de onze semaines que le ciel ne nous avait octroyé la pluie. Pluie qui ce jour-là encore ne tomberait pas.

Quant à la peste, ses frissons nous couraient à fleur de chair et au fond de l'âme depuis la seconde semaine de Hechvan – plus de sept mois maintenant.

Les pseudo-docteurs chrétiens du roi Manuel ayant conclu que rien ne valait le bétail pour purger l'air des humeurs viciées qu'ils rendaient responsables de la contagion, on avait lâché dans les rues deux cents vaches ahuries qui tombaient de chaleur.

Manuel lui-même avait depuis longtemps fui notre misère avec la majeure partie de la noblesse. Trois semaines auparavant, dans son refuge d'Abrantès, il avait décrété l'ouverture de deux nouveaux cimetières aux portes de la ville pour les centaines de victimes qui chaque semaine étaient rappelées à Dieu.

Les âmes des morts ne se souciaient plus d'applaudir à pareille mesure, et on ne pouvait guère reprocher aux vivants de n'y voir qu'une preuve supplémentaire de la lâcheté du souverain et de son pragmatisme mal entendu. Était-ce un tournant ? Assurément, le quotidien avait commencé à se teinter d'une folie cruelle et dévastatrice. Au cours des trois jours précédents j'avais vu un homme ruisselant de sang crever à coups de poignard les yeux de son âne tombé, j'avais vu une fillette hurlante, de cinq ans tout au plus, précipitée du toit d'une maison de trois étages.

Les pauvres, pour conjurer les affres de la faim, s'étaient mis à manger une bouillie de fibres de lin.

Je venais d'achever ma vingtième année. J'étais un peu trop pieux pour mon propre bien, témoin ma conviction que le sens de la Torah était alloué à notre ville dans toute sa dure pureté. À mes yeux tout se parait d'une redoutable beauté, d'une horreur intemporelle. Même les pieds crasseux des morts de fraîche date, dépassant de la bâche grossière des tombereaux des boueux à l'odeur âcre, possédaient une grâce triste et vénérable en tant que rappel de la mortalité humaine et de notre alliance avec le Très-Haut.

Seul mon oncle Abraham était assez confiant pour ne faire aucun cas des prédicateurs étiques qui couraient les rues, criant sur les toits que Dieu avait abandonné le Portugal et annonçant la fin du monde pour dans cinq semaines (échéance qui pouvait toutefois être repoussée si nous nous montrions libéraux de nos aumônes de billon). Fronçant un sourcil irrité, mon oncle m'avait demandé :

— Ne crois-tu pas que le Seigneur m'aurait montré un signe s'Il s'apprêtait à fermer la dernière porte sur l'ici-bas ?

Sans pouvoir encore se compter au nombre des malheureux qui avaient sombré corps et biens dans la démence ambiante, le père Carlos, prêtre et ami de la famille, ne semblait plus pouvoir y résister longtemps.

— La sécheresse et la peste sont filles jumelles du malin ! me dit-il sous le porche de l'église Saint-Pierre, baissant la voix d'un ton de conspirateur.

Je venais de lui amener mon petit frère Juda qu'il instruisait dans la doctrine et les coutumes chrétiennes. Nous regardions passer une procession de flagellants, porteurs de cierges, qui se mortifiaient à coups de discipline. Les lanières de cuir étaient garnies de boules de cire hérissées de limaille d'étain et d'éclats de verre coloré. Venait ensuite une délégation de moines des couvents de Lisbonne qui brandissaient des banderoles jaune et bleu, brodées d'images du Nazaréen mis en croix. Fermant la marche, des membres de confréries à la mine fière, parés de soieries flottantes, levaient haut des litières portant des effigies des saints.

Une foule s'était rassemblée pour assister à la procession, formant de part et d'autre de la rue, jusqu'aux abords de la cathédrale, deux haies désordonnées contre le blanc poussiéreux des façades, implorant alternativement la pluie et la miséricorde avec des cris qui sonnaient comme une antienne. Toute la bigarrure de la ville y était représentée : cavaliers et paysans, catins et religieuses, mendiants et esclaves nègres, voire quelques marins nordiques aux yeux bleus.

En queue de cortège couraient des enfants des rues et des chiens aboyants, anxieux de ne pas perdre le spectacle de vue. Le prêtre ferma les yeux, marmonnant des prières fébriles. Pour ma part, je gonflai mes poumons de l'odeur froide du danger dont l'air était imprégné. « Et ce soir, pensai-je, nous allons lancer dans les courants imprévisibles de cette mer de folie le vaisseau interdit de Pessah. » Oui, nos célébrations auraient dû commencer exactement une semaine auparavant. Mais, comme la plupart des crypto-juifs, nous avions repoussé la date de la fête dans l'espoir de traverser sans encombre les eaux corrompues des commérages chrétiens qui nous environnaient.

Non loin de nous, un bûcheron crasseux à la tignasse en bataille se mit soudain à hurler à pleins poumons :

— Pour la pluie du ciel il nous faut plus de sang ! Lisbonne devra devenir la Venise du sang !

Sentant Juda se presser contre mes jambes, je lui serrai l'épaule d'un geste rassurant. Le père Carlos leva les deux mains comme pour parer un coup. C'était un homme bien en chair, courtaud, à la peau douce et blanche, au front bombé et au nez en pied de marmite, dont les joues couperosées trahissaient un amour excessif de la bouteille. On le tenait en général pour une figure plutôt comique, mais je n'avais jamais pris son amitié en défaut. Ses yeux aux paupières lourdes rencontrèrent les miens.

— Les hommes n'aiment rien autant que de profaner le sacré, mon enfant, dit-il.

À ces paroles je fus saisi d'une tristesse accablante pour notre sort. Une odeur de poivre indien me fit retourner et une giclée de sang éclaboussa mes chausses et le visage de Juda. Un fanatique hurleur s'était écorché l'épaule et aspergeait la plaie d'épices pour mieux savourer le mordant de l'amour divin. Dans le regard de mon frère je crus lire l'effroi d'un enfant hébreu avant la traversée de la mer Rouge. Une prémonition fugitive, insolite de certitude, me frappa : « Nous, les juifs de Lisbonne, nous avons trop tardé à revivre la sortie d'Égypte, et Pharaon a eu vent de nos projets de fuite. »

Revenant à la réalité, je vis Carlos se cacher les

yeux sous l'aile de sa cape. Son cri fut un chuchotement :

— Les gémissements de ce jeune fanatique, on y entend les plaintes des enfants du malin !

Les yeux de Juda étaient toujours fixés sur moi, agrandis par une curiosité stupéfaite, pantelante. Lorsque des larmes vinrent humecter les paupières de l'enfant, je le pris sur mes bras, l'essuyai et passai la main dans son épaisse chevelure noire. Il se pendit à mon cou.

— Mille fois merci, dis-je à Carlos. Entre vous et ces fous, je crois que nous avons déjà eu toute l'instruction religieuse qu'il nous faut pour aujourd'hui.

Je soulevai le capuchon de laine du manteau de Juda en lui tapotant le dos pour calmer ses sanglots. Lorsque le dernier pénitent eut dépassé notre ancienne synagogue, Carlos nous fit traverser la rue. Nous y habitions la maison d'angle, une construction rectangulaire, sans étage, dont le crépi blanc était rehaussé d'une bordure bleu intense. L'harmonie des couleurs me fit lever les yeux vers le turquoise embrumé du ciel matinal, puis caresser la ligne du toit, horizon de tuiles fauves diaprées au centre duquel se dressait le cône blanc de la cheminée avec ses multiples bouches maquillées de suie. À la pointe du cône la silhouette d'un troubadour en étain désignait l'orient, la direction de Jérusalem. De minces écharpes de fumée flottaient autour de la girouette, s'effilochant dans la petite brise qui soufflait des hauteurs vers le fleuve. J'ouvris la grille en fer forgé qui donnait accès aussi bien à notre maison qu'à celle où mon meilleur ami, Farid, demeurait avec son père.

— Au fond, c'est aussi bien d'avoir annulé la leçon aujourd'hui, dit Carlos. J'ai une affaire embêtante à régler avec votre oncle. J'ai déjà assez atermoyé.

Côte à côte, nous pénétrâmes dans le secret de la cour. Enclose de murs blancs, dallée d'ardoise grise, elle se déployait autour d'un vieux citronnier planté au milieu d'un cercle de lauriers-roses. Farid bayait aux corneilles sur le pas de sa porte, en caleçon long, nu-pieds, peignant avec les doigts les longues mèches noires qui lui retombaient sur les épaules. Il était à mes yeux l'incarnation du poète-guerrier des déserts d'Arabie, avec sa taille souple et musclée, ses yeux de faucon, verts et perçants, sa peau mate et veloutée, son esprit vif, imprévisible. Le duvet qu'il dédaignait de raser lui donnait l'air endormi, mais en même temps charmeur, et il est de fait que sa beauté ténébreuse ensorcelait bien souvent hommes et femmes au même titre. Il me souhaita le bonjour d'un signe des mains puissantes qu'il devait à son métier de tisseur de tapis. Quoique sourd-muet de naissance, il n'avait jamais eu de difficulté à communiquer ainsi avec moi. Nous nous étions créé dès la petite enfance un langage gestuel secret, sans doute parce que, nés à deux jours l'un de l'autre, nous grandîmes la main dans la main.

Rendant son salut à mon ami, je conduisis le père Carlos à la porte de la cuisine dont l'arc brisé s'ornait d'une mosaïque luxuriante d'étoiles vert et rouille.

— Autant en finir, murmura le prêtre, hésitant.

Une maison peut-elle avoir un corps et une âme ? La nôtre était une vieille, usée et voûtée par des siècles de pluie et de canicule, mais protectrice farouche de ses habitants.

Elle nous servait souvent de modèle, à mon oncle Abraham et à moi, pour les demeures bibliques représentées dans nos enluminures. Le teint laiteux des murs était celui du blanc de céruse, tandis que les plafonds bas aux poutres de châtaignier, auxquels les pluies d'Av et de Tichri arrachaient des grincements inquiétants, appelaient un marron chaud fabriqué avec du vinaigre, de la limaille d'argent, du miel et de l'alun. Le carrelage du sol, en terre cuite mêlée de sable qui grattait les pieds, était rendu par une nuance passée de cinabre, fruit du mariage du vif-argent et du soufre.

Les fondations lézardées faisaient pencher le sol de toutes les pièces vers l'ouest, où la chambre de ma mère, méticuleusement rangée mais à peine plus large qu'un couloir, présentait une entrée particulière sur la rue du Temple à l'usage des clientes qui faisaient appel à ses talents de couturière. Le nid clair et douillet de ma tante et mon oncle faisait face au levant. Entre les deux se trouvaient la cuisine, avec sa grande table de chêne autour de laquelle tournait toute la vie de la famille, et la chambre que je partageais avec Juda et ma petite sœur Cinfa. Notre magasin de fruits, annexe dont la maçonnerie avait bien deux cents ans d'âge, faisait saillie à partir de cette dernière pièce vers la rue du Temple.

L'odeur aigre des murs fraîchement badigeonnés de blanc fit froncer le nez à Carlos en entrant. Emmenant Juda, il descendit chercher mon oncle à la cave, tandis que j'allai jeter un coup d'œil par la fenêtre intérieure qui faisait communiquer ma chambre avec le magasin. À l'autre bout du passage aménagé entre les paniers de figues et de dattes, de raisins de Smyrne et de Corinthe, d'oranges amères, de noix, de noisettes et de toutes les variétés de fruits qu'on trouvait alors au Portugal, je vis Cinfa et ma mère, Mira, occupées à pêcher des olives dans des barils de bois pour en remplir les bols en faïence de la devanture. Je me penchai à travers la baie et lançai :

— Béni soit Celui qui a donné ce matin la lumière à Lisbonne !

Cinfa m'adressa un sourire rapide. Sauvageonne grandie trop vite, dont la voix haut perchée semblait condamnée à filtrer à jamais à travers un écran de doigts aux ongles rongés, elle venait de recevoir le don de la grâce. Elle approchait de ses douze ans, et une beauté adulte commençait à éclore dans la plénitude secrète de ses lèvres, dans le dessin des pommettes et la pudeur des gestes. La fillette qui avait passé des heures à donner la chasse aux lièvres et à pêcher les têtards faisait place à une autre, plus préoccupée de l'énigme posée par la jumelle modeste aux yeux noisette qu'elle découvrait dans sa glace.

Nous nous embrassâmes sous le regard terne et hostile de notre mère, petite femme obèse, les yeux toujours baissés et le dos voûté, qui cachait ses formes sous une ample tunique vert olive et un tablier noir. Sa chevelure brune, veinée sur le front d'un gris cassant, était couronnée d'une toque de dentelle fanée et réunie en chignon à la nuque, nouée avec un ruban de velvantine noire de Jérusalem, cadeau de son frère aîné, mon oncle Abraham. Si serrée était cette coiffure qu'elle semblait vider de toute couleur un visage qui, depuis la mort de mon père et de mon frère Mordekhaï, son premier-né, s'était figé dans une expression de défiance blafarde à l'égard de toute possibilité de bonheur. Pour qui avait connu ma mère autrefois, en jeune mariée enjouée, sa déchéance était un rappel que la vie réserve ses traits les plus acérés aux femmes, vouées à porter le deuil de ceux qu'elles ont d'abord portés en leur sein.

— Est-ce que quelqu'un aurait vu mon oncle ? demandai-je.

Cinfa répondit par un haussement d'épaules. Ma mère, passant la langue sur ses lèvres desséchées, secoua la tête d'un air contrarié.

Je rejoignis le père Carlos et Juda à la cuisine.

— Introuvable, dit le prêtre.

Nous prîmes place autour de la table pour l'attendre. Ma tante Esther apparut soudain à la porte de la cour, vêtue d'une robe à collet montant dont le noir semblait rehausser d'un éclat lumineux son teint bistré. Ses yeux en amande, saisissants, soulignés de khôl, s'ouvrirent tout grands dans une expression horrifiée.

— Que signifient ces taches ? s'écria-t-elle, montrant mes chausses. Juda a-t-il pleuré ?

Elle me foudroya du regard avec la sévérité d'un juge tout en fourrant sous le bandeau de sa coiffe cramoisie des mèches folles teintes au henné. Mince et grande, le nez élégant, dotée d'une beauté majestueuse comme gravée et ombrée au burin, elle pouvait dominer toute une salle d'un seul regard hautain.

— Ce n'est qu'un peu de sang, répondis-je. Les flagellants étaient...

Elle repoussa mes explications d'un geste dramatique, pinçant les lèvres et rentrant les joues dans une grimace qui la faisait ressembler à une danseuse mauresque.

— Ne raconte pas ! Je ne veux pas le savoir ! Juste ciel ! Ne pourriez-vous pas au moins vous laver ? En tout cas, que ta mère ne voie pas Juda dans cet état ! Ce seront des histoires à n'en pas finir.

— Oui, allez vous laver, approuva le père Carlos en nous faisant signe de sortir, ajoutant ensuite à l'adresse d'Esther : Je lui ai bien dit que c'était la première chose à faire en rentrant.

Je lançai au prêtre un regard irrité. Il haussa les sourcils et répondit par un sourire mi-figue mi-raisin, comme à un rival malheureux. Se tournant à nouveau vers ma tante, il reprit :

— Pour en venir donc à mon petit problème...

J'emmenai Juda dans notre chambre et le déshabillai avant d'ôter mes propres vêtements. En le lavant à l'eau vinaigrée qui seule avait l'approbation de notre mère, je sentis ses muscles se détendre sous mes doigts. Bien bâti pour ses cinq ans, il promettait de devenir un jour un vrai Samson au teint d'albâtre et aux yeux gris-bleu séducteurs.

Peu friand d'ablutions, il courut à la cuisine dès que j'eus fini de le rhabiller. En l'y suivant un peu plus tard, je le trouvai fourré avec sa toupie de bois dans les jupes d'Esther. Ma tante préparait son breuvage préféré, du café au lait d'amandes et au miel, selon une recette apportée de sa Perse natale.

Dans la rue, les grincements discordants des tombereaux des boueux furent soudain couverts par des cris de femme. J'ouvris les volets et aperçus un carrosse rouge vif bien connu qui approchait à une allure alarmante. Comme toujours, les chevaux étaient caparaçonnés de brocart d'argent à franges bleues. Le cocher habituel, un chrétien au visage grêlé, avait toutefois cédé la place à un Goliath blond, coiffé d'un chapeau à larges bords de couleur améthyste.

— Devinez qui arrive, dis-je.

Esther me repoussa et regarda à son tour.

— Oh là là ! Dona Meneses. Encore du travail pour Mira, murmura-t-elle. Tu ne devrais pas rester là à la manger des yeux.

Un serrement de main vint atténuer le blâme. Je fis la grimace et me détournai. Le carrosse s'arrêta brusquement, la portière s'ouvrit en grinçant et j'entendis les pas trottinants de dona Meneses se diriger vers la porte de ma mère, rue du Temple. Elle se mit dès son entrée à chanter d'un ton outré les louanges de l'étoffe qu'elle apportait, mais la porte intérieure se referma presque aussitôt sur le panégyrique qui ne fut plus qu'un faible bruit.

Esther se pencha vers nous comme pour révéler un secret et dit :

— Ce sera miracle si Mira arrive à transformer cet horrible velours puce en quelque chose de mettable !

Elle enfila un gant de lin, s'approcha de l'âtre, prit un pain azyme sous la cendre et le déposa sur la table.

— Cela paie nos dettes, fis-je remarquer.

— C'est vrai. Et avec la sécheresse...

— C'est le malin ! s'exclama soudain le père Carlos d'un ton comminatoire.

— Je vous accorde que dona Meneses n'est pas une beauté, repartis-je, mais je ne crois pas pour autant qu'elle vienne de l'autre côté.

Le prêtre, furieux, me regarda en dessous et montra le bout de la langue entre ses grosses lèvres flasques.

— Il ne s'agit pas d'elle, nigaud ! C'est le malin qui nous a envoyé la peste et la sécheresse !

— Vous êtes fou à lier, lança Esther en hébreu avec une moue capable de faire geler de l'eau bouillante. Et ne parlez pas si fort ! Si elle prend peur, elle ne reviendra plus.

Les cloches de Saint-Pierre se mirent à sonner tierce. Le père Carlos, comme obéissant à l'appel de sa nouvelle religion, marmotta un bref bénédicité entre ses dents, avança une main grassouillette et rompit le pain chaud. D'un ton dégoûté, utilisant lui aussi la langue sacrée pour ne pas être compris de Juda, il demanda :

— Est-ce à dire, ma chère Esther, que vous niez l'existence du diable ?

— C'est dire que si vous effrayez encore une fois mon petit neveu avec vos histoires à dormir debout...

Elle prit le tisonnier dans le feu et, brandissant la

pointe rougie de l'instrument sous le gros nez du prêtre, poursuivit :

— Je ferai en sorte que vous rencontriez votre sauveur chrétien plus tôt que prévu ! Trouvez quelqu'un d'autre à terroriser !

— Ta tante a toujours su manier la menace, murmura Carlos à mon oreille avec un sourire égrillard. Tu te souviens du jour où ils vous ont traînés tous sur les fonts ? Elle vomissait des imprécations en sept langues – l'hébreu, le persan, l'arabe, le portugais...

— Nous n'avons pas oublié, interrompis-je, levant la main dans l'espoir de détourner le souvenir.

Trop tard. Le voile de l'esseulement était retombé sur les yeux d'Esther, tournés vers un paysage intérieur. Sa main se glissa sous le bandeau rouge de sa coiffe, retraçant la cicatrice cruciforme qu'elle portait au front depuis le matin maudit de notre baptême forcé. Elle avait alors farouchement résisté aux baillis envoyés par le roi pour traîner les juifs à la cathédrale. Pour l'exemple, un sergent l'avait jetée à terre, clouant ses membres au pavé de la rue Saint-Pierre, tandis qu'un moine dominicain lui appliquait sur la peau une croix de fer rougie au feu en hurlant de sorte à être entendu de toute la foule : « Sois marquée de l'emblème de Notre-Seigneur ! »

Pour ma part, j'avais été couvert de sang de porc et de sciure de bois en rentrant à la maison après la cérémonie. Pourtant, les petits chrétiens, mes tourmenteurs, ne surent jamais rien du don qu'ils m'avaient fait. Mon humiliation cuisante m'attira la grâce du Très-Haut et j'eus ma première vision.

Elle débuta lorsque Farid me vit pénétrer dans notre cour. Honteux, je m'enfuis, mais avant d'atteindre la porte de la cuisine, une prémonition d'yeux veillant sur moi suspendit ma course. Je me retournai et aperçus dans le ciel, au loin, au-dessus de la citadelle, une lumière blanche. Elle approchait, poussant des ailes qui me firent comprendre que ce que j'avais vu d'abord n'était rien autre chose qu'un œuf céleste. Un héron resplendissant, rubis, blanc et noir, prit forme et survola la petite juiverie, soulevant de ses ailes un vent violent qui me cingla la figure. Lorsque je baissai ensuite les yeux, je vis qu'il avait emporté le sang qui me souillait.

Mon oncle me dit ensuite que l'Éternel m'avait montré ainsi que je demeurais pur, que la macule chrétienne n'était qu'une illusion.

— Ce n'était pas l'Éternel, avais-je protesté. Ce n'était qu'un oiseau.

— Allez, Bérékhia, le Très-Haut prend pour visiter chacun la forme sous laquelle nous pouvons le mieux le percevoir. Pour toi, tout à l'heure, Il était un héron. Un autre L'aurait vu en fleur ou senti dans la caresse d'une brise.

Je reconnais aujourd'hui la justesse de ses paroles. Aux heures les plus noires de mon existence, le Seigneur m'est toujours apparu sous la forme d'un oiseau d'une espèce ou d'une autre, peut-être parce que ce sont ces créatures ailées qui m'ont révélé la beauté de la création.

Me remémorant un autre échantillon de la sagesse de mon oncle, je dis à présent à Esther :

— Le diable n'est qu'une métaphore du langage religieux. Vous ne pouvez pas vouloir limiter tous les mots à leur sens de tous les jours.

— Sur mon âme, il est trop tôt pour faire de la philosophie kabbalistique ! trancha-t-elle.

Effrayé de son ton bourru, Juda vint se hisser sur le banc à mes côtés. Sa bouche aux lèvres serrées dessinait la fente du silence forcé que lui avaient inculqué les cris et les horions de notre mère. En grandissant, il apprenait à s'effacer pour ne pas l'accabler d'un dernier fardeau impossible, à refréner l'élan de ses jeunes jambes et à traverser l'enfance sur la pointe des pieds.

Au même instant nous vîmes s'ouvrir la trappe qui, dans le coin sud-est de la cuisine, donnait accès à la cave. Mon oncle Abraham, mon maître spirituel, émergea de l'escalier, le front moite de sueur, les cheveux hérissés dans tous les sens, comme s'il venait d'être pris dans une tempête de l'esprit. C'était un petit homme vif comme un pinson, dont le visage pointu s'agençait autour d'un long nez tout en arêtes qui faisait rire les étrangers, mais apparaissait à ceux qui le connaissaient bien comme la marque d'une intelligence pénétrante. Le teint cannelle de sa peau lisse mettait en valeur l'argent de sa chevelure abondante et de ses sourcils touffus. Un soupçon de barbe grise adoucissait la ligne des joues creuses, ombrant sa figure d'une patine de vieillesse vénérable. Comme toujours, mais plus encore après la prière, son regard brûlait du feu vert occulte, de l'étrangeté saisissante qui le désignait de prime abord comme un kabbaliste puissant.

— Qui est là ? demanda-t-il en plissant les yeux. Ah oui ! notre ami le prêtre !

— D'où sortez-vous ? demanda Carlos qui ne s'habituait pas aux apparitions imprévues de mon oncle. Nous vous avons cherché à la cave il n'y a pas cinq minutes. Je me demande parfois si vous n'êtes pas un *letz*.

— Qu'est-ce qu'un *letz* ? demanda Juda.

— Un fantôme qui revient jouer des tours, répondis-je. Un esprit moqueur.

Mon oncle sourit gaiement en agitant la main droite pour bien montrer ses cinq doigts ; dans la tradition juive, les *letzim* n'en ont que quatre.

— Mes allées et venues sont à l'image des mystères de la vie, dit-il, écartant la question d'un geste désinvolte.

Puis, haussant les sourcils d'un air interrogateur, il inclina la tête en direction du murmure assourdi qui nous parvenait de l'arrière de la maison.

— C'est dona Meneses, expliquai-je. Elle vient d'apporter une pièce d'étoffe pour une nouvelle robe. Violette, cette fois.

Il se versa du café, marmonna une bénédiction rapide et dévora un œuf dur. Nous avions déjà célébré ensemble l'office du matin, les prières de *chaharit*, mais il me redonna le bonjour en m'embrassant sur la bouche. Prenant ensuite Juda sur ses genoux, il l'assaillit d'une pluie de petits baisers explosifs et d'un concert de bruits de gorge. D'ordinaire peu expansif, il se laissait aller à un vertige d'amour à l'approche de la Pâque.

— Je suis venu vous dire que j'ai pris ma décision, annonça Carlos avec un soupir contrit. Le saphir n'est pas à vendre.

Les lèvres de mon maître prirent un pli intimidant.

— Je vous conseille d'y réfléchir encore.

— Vous achetez des bijoux ? ! m'exclamai-je.

Je me tournai vers ma tante, m'attendant à des récriminations. Plongée dans la lecture du livre des Psaumes qu'elle venait de calligraphier pour un gentilhomme chrétien et qu'elle contrôlait une dernière fois, elle semblait cependant n'avoir rien entendu. Revenant donc à mon oncle, je poursuivis :

— Si nous sommes riches à ce point, nous pourrions aussi bien fermer le magasin et fuir ce désert au moins pour quelques semaines.

Mon maître me lança un regard provocant.

— Un saphir taillé du temps de rabbi Salomon ibn

Gabirol, dit-il en hébreu, n'employant le portugais que pour le seul mot *safira*.

Salomon ibn Gabirol était un célèbre poète juif, né à Malaga au XIe siècle de l'ère chrétienne.

— Je suis désolé, mais je ne vous suis pas, insistai-je.

— *Petah et atsmeha chetifateh delet*. Ouvre-toi toi-même pour que la porte s'ouvre, répondit mon oncle.

C'était sa manière de me recommander de chercher la réponse dans le silence de la réflexion.

— Pas de conseils mystiques, s'il vous plaît ! repartis-je. Je ne suis pas encore assez bien réveillé.

Il se borna en guise de réponse à remplir ma tasse.

— Bois donc. L'eau fera passer ta colère en te purgeant de la bile blanche.

— Encore une goutte et je me noie.

— Tu te noieras le jour où tu disparaîtras dans l'océan de l'Éternel.

Il posa un doigt sur ses lèvres, m'enjoignant derechef de me taire, puis dit à Carlos d'un ton grave :

— La *safira* pourrait se perdre, vous savez.

— Cela me regarde.

Mon maître souleva Juda, toujours assis sur ses genoux, et l'installa avec un petit mot gentil sur un de nos coussins persans avant de revenir à la charge :

— Elle pourrait se perdre pour toujours. Votre position n'est pas sûre.

Je compris soudain qu'il n'était aucunement question d'une pierre précieuse. *Safira* remplaçait l'hébreu *sefer*, « livre ». Mon oncle voulait apparemment acquérir un ouvrage de Salomon ibn Gabirol pour le faire sortir clandestinement du Portugal. Mais pourquoi parlait-il en code sous notre propre toit, loin des yeux et des oreilles indiscrets des vieux chrétiens ?

Le père Carlos hocha la tête en esquissant un geste d'excuse et se leva pour prendre congé.

— Je ne renonce pas à vous faire changer d'avis, reprit mon oncle, inexorable. Tenez-vous-le pour dit.

Le prêtre se signa d'une main tremblante et répondit dans une tentative maladroite pour clore le différend sur une plaisanterie :

— Je n'ai pas peur de vos enchantements kabbalistiques...

Mon maître se leva d'un bond et le foudroya du regard. L'espace d'un instant, tout mouvement dans la pièce sembla suspendu.

— Je ne pratique pas la magie ! articula-t-il enfin, employant le terme hébreu, *kabbalah maasit*, la « kabbale pratique », pour désigner cette activité interdite. Vous êtes bien placé pour le savoir, mon ami.

Il faisait allusion à la demande que le père Carlos lui avait faite quelques années auparavant d'un charme capable de tuer un informateur qui l'accusait de judaïser en secret. Tout en lui opposant un refus catégorique, mon oncle était personnellement intervenu auprès de rabbi Abraham Zacuto, astronome à la cour du roi, pour assurer que la mauvaise langue fût réduite au silence. À présent il s'approcha de l'âtre et se mit à contempler ses ongles à la lueur du feu. Son cachet de topaze monté en bague rayonnait d'un couchant intérieur. La pierre était gravée d'un ibis, symbole du scribe divin.

— Quand Adam et Ève naquirent dans l'Éden, tout leur corps était recouvert d'une armure d'ongle, dit-il en se tournant vers le père Carlos. Maintenant les ongles de nos doigts demeurent le seul vestige de cette protection originelle. Presque rien, n'est-ce pas ? Dérisoire en regard des armes de l'Église.

Refusant de comprendre, le prêtre haussa les épaules et baissa les yeux.

— Cela ne vous sauvera pas s'ils apprennent l'existence du saphir.

— J'en ai besoin, protesta Carlos d'un ton chagrin. J'aurais cru que vous seriez le dernier à m'en faire reproche. C'est tout ce qui me...

Il laissa la phrase en suspens, reprit d'un ton sec :

— Il est temps que j'y aille. J'ai ma messe à préparer.

— Gredin ! hurla mon oncle. Retenir une *safira* dont nos enfants auront besoin, dont le Seigneur aura besoin !

Il tourna le dos au prêtre qui s'en alla, baissant la tête comme pour solliciter au moins mon pardon et celui de ma tante.

— Vous pourriez être plus compréhensif, dis-je à mon oncle.

Ne recevant d'autre réponse qu'un geste dédaigneux, je persistai :

— D'ailleurs, pourquoi parliez-vous en code avec Carlos ? Dona Meneses ne peut pas nous entendre d'un bout à l'autre de la maison. De toute manière, elle sait forcément que nous continuons à observer les rites juifs. Si elle y trouvait à redire, elle nous aurait dénoncés il y a longtemps.

— Le prêtre se méfie de tout le monde. Il prétend que même les morts portent des masques. Et plus ça va, plus j'incline à lui donner raison, répondit-il en se grattant la tête. Bon, je vais présenter mes respects à dona Meneses.

Il fronça les sourcils et me lança un regard impérieux en sortant.

— Comme on oublie vite ! soupira Esther.

— Comment ?

Elle se parfuma le cou à l'eau de rose, puis l'entoura d'un fichu de lin.

— La peste. Elle disparaît pendant quelques années, et dès qu'elle revient, on reparle du diable comme si c'était la première fois, répondit-elle d'un ton songeur, passant une main tremblante sur son front. Peut-être est-ce tant mieux qu'on puisse oublier. Figure-toi, si...

— Je n'oublie pas une parole, pas un geste, pas une lésion !

Esther fit une moue contrariée. Elle savait que je parlais de mon père et de mon frère Mordekhaï. Un peu plus de trois ans auparavant, au cours de l'hiver 5263, la lame de la peste les avait écorchés et ouverts aux vents humides qui soufflent du nord au mois de Kislev. Mon père, dévoré d'ulcères noirs suppurants et de pustules, mourut de froid le sixième jour de Hanoukkah. Un mois plus tard, le squelette qui avait été Mordekhaï expira dans mes bras.

Nous ne parlâmes plus jusqu'au départ de dona Meneses qui emporta, comme à chacune de ses visites chez nous, un grand panier de fruits.

— Je vais voir si Cinfa n'a pas besoin d'aide au magasin, dit alors Esther, quittant la pièce de sa démarche raide et penchée, les pieds se hâtant toujours pour rattraper la tête.

Resté seul avec Juda, je le regardai fouetter sa toupie sur le pas de la porte. Enfin mon oncle revint me chercher.

— J'ai besoin de toi en bas.

Nous franchîmes la trappe et descendîmes cinq hautes marches grossièrement taillées dans le granit – une pour chaque livre de la Torah – pour nous retrouver sur un petit palier au sol carrelé d'une mosaïque représentant une *menorah* jaune et verte. Une seconde porte donnait accès à une volée de douze marches, moins abruptes, en pierre blanche – du nombre des livres des Petits Prophètes. Depuis la fermeture de notre synagogue en l'an chrétien 1497, la cave nous servait de salle de prière. En descendant, je pris une calotte bleue sur une étagère. Mon oncle passa une main par-dessus son épaule, releva son châle de prière et s'en couvrit la tête. Ensemble nous psalmodiâmes :

— J'entre dans Ta maison en invoquant l'immensité de Ta bonté.

Basse de plafond, pavée des mêmes dalles d'ardoise que la cour, la cave mesurait cinq pas de large sur dix de long. La mélodie des prières s'y faisait entendre depuis mille ans au moins, et l'air frais et humide, hermétiquement enclos entre des murs tapissés de carreaux vernis dont le dessin formait des torsades bleu et jaune, était imprégné d'un vieux parfum de mémoire. D'étroits soupiraux pratiqués en haut du mur septentrional – au ras du dallage de la cour – ne laissaient pénétrer qu'une lumière tamisée, crépusculaire. Notre lieu de prière, recouvert de nattes, s'étendait en cercle à partir du pied de l'escalier taillé dans le mur oriental. À sa circonférence, sept arbustes vivaces, un pour chaque jour de la Création, poussaient dans des pots de terre : trois myrtes, trois lavandes et un mélange des deux espèces symbolisant le chabbat. L'autre moitié de la salle, orientée au couchant, était réservée au travail profane ; c'est là que ma tante exerçait son activité de scribe, mon oncle et moi notre art d'enlumineurs. Nos trois pupitres, en beau bois de châtaignier poli, avec leurs chaises à haut dossier, étaient placés contre le mur nord, rapprochés en sorte que chacun pût voir l'ouvrage des autres. À l'opposé, contre le mur méridional, deux cuves de granit étaient encastrées dans le sol. Au milieu se dressait l'immense cabinet en chêne veiné où nous rangions nos matériaux. Le meuble, dont les pieds avaient la forme de pattes de lion, était muni de huit rangées de dix tiroirs étroits et profonds, semblables aux compartiments d'une casse d'imprimerie. Une dernière rangée, celle du bas, ne comptait que deux tiroirs où nous gardions la feuille d'or et le lapis-lazuli.

L'objet le plus remarquable était assurément le miroir rond, de la taille d'une grosse écuelle, accroché au mur au-dessus du pupitre du milieu, qui servait à mon oncle. D'argent poli, entourée d'un cadre de châtaignier, sa surface concave renvoyait des images diminuées et déformées. Nous y fixions souvent nos regards en nous préparant à la méditation pour dégager l'esprit de son paysage accoutumé, notamment de ses liens avec le corps. Le miroir jouissait d'une certaine célébrité à l'échelle locale. À en croire la légende, il se serait couvert d'une buée de sang le 6 juin 1391 de l'ère chrétienne, lorsque des dizaines de milliers de juifs furent massacrés dans des émeutes à travers toute la péninsule Ibérique. Mon arrière-grand-père Abraham était persuadé qu'il versait une quantité infinitésimale de sang – invisible à l'œil nu – chaque fois qu'un juif mourait. Si le sang était devenu visible pendant les émeutes, c'était donc simplement parce que tant des nôtres y avaient perdu la vie. Depuis lors, on l'appelait *o espelho que sangra*, « le miroir qui saigne ».

Nous espérions tous qu'il n'aurait plus l'occasion de nous montrer ses talents.

D'un geste, mon oncle m'invita à m'approcher des cuves et dit :

— J'ai besoin de ta pisse.

— Tout de suite ?

— Là, fit-il, prenant un pot au bord d'une des cuves. C'est le printemps. J'ai besoin de la pisse d'un puceau.

Chaque année, à la veille de la Pâque, mon maître

fabriquait de nouvelles couleurs pour nos enluminures. En s'attaquant à certaines substances, l'acide contenu dans l'urine produisait des nuances variées, dont un fort beau rose, dans un mélange de bois du Brésil, d'alun et de céruse, ou encore un carmin vif, avec des cendres de sarments et du vif-argent.

— Je ne suis plus puceau.

En parlant, je revoyais Helena dans les collines dominant le vaste couvent qu'on construisait à l'ouest de Lisbonne. J'avais longtemps attendu sa décision. À croire presque que l'amour et la vie me resteraient à jamais fermés. Enfin, alors qu'il n'y avait plus d'espoir, que le navire qui devait l'emporter à Corfou mouillait déjà dans la rade de Lisbonne, ses bras s'étaient ouverts comme les portes de la grâce divine.

— Une catin à l'auberge de la Fleur de virginité ? demanda mon oncle.

La question me tira de ma rêverie. L'« auberge » en question était un lupanar aux portes de la ville qu'il m'avait plus d'une fois recommandé.

— Helena, répondis-je.

Il haussa les sourcils d'un air fripon et revint à ses moutons :

— Quoi qu'il en soit, tu es ce que je peux trouver de plus approchant, sans crier sur les toits que nous continuons à enluminer des livres hébraïques. Juda est trop jeune, moi trop vieux, et la pisse de femme est trop forte – celle de ta tante en particulier. Je l'ai essayée autrefois, après notre mariage. Avec ça, tout devient noir comme l'âme d'Asmodée.

Nous sourîmes comme deux gamins.

— Maintenant je comprends pourquoi vous m'avez tant fait boire, dis-je.

Tandis que mon eau se déversait, âcre et chaude, dans les récipients de mon oncle, celui-ci traversa la salle avec le dandinement modeste qu'il adoptait dans les lieux de prière et se mit à épousseter nos pupitres.

Je pissai dans six petits pots de faïence que je refermai soigneusement et que nous rangeâmes alors au fond des deux cuves. Mon oncle se lava les mains et les frotta aux feuilles de myrte et de lavande de l'arbuste chabbatique en disant d'un air soucieux :

— Diego a bien du retard... Je ne comprends pas.

Diego était un ami de la famille, imprimeur, que mon oncle initiait à son cercle de « moissonneurs du champ », groupe de mystiques qui se réunissaient en secret pour approfondir la kabbale. Homme robuste qui, avec sa barbe grisonnante et ses yeux marron impérieux, ressemblait à un patriarche, il avait laissé son cœur dans les flammes de l'Inquisition de Séville où sa femme et sa fille avaient péri quatre ans auparavant et dont lui-même n'avait échappé que de justesse. Nous nous efforcions, mon oncle et moi, de lui redonner le goût de vivre, et nous lui avions persuadé de faire avec nous ce jour-là une promenade dans la forêt de Sintra où nous voulions croquer les grandes cigognes blanches avant leur migration vers les contrées nordiques.

— Peut-être a-t-il été retenu par la famille de senhora Belmira, dis-je.

Celle-ci, voisine et amie de Diego, était morte il y avait deux mois à peine, victime d'une agression sauvage à Xabregas, un des quartiers est de la ville. Depuis, l'imprimeur passait une bonne part de son temps avec ceux qui l'avaient chérie.

Haussant les épaules, mon oncle plaça ses deux mains sous mon nez pour me faire respirer le parfum du myrte.

— Rafraîchis-toi. S'il n'arrive pas bientôt, nous ferons un saut chez lui pour voir. Et il faudra aussi que je passe rue Neuve-des-Marchands. J'ai promis à Esther de remettre le livre des Psaumes qu'elle vient de terminer.

Mon maître avait l'art de transformer les transactions commerciales en controverses ésotériques sur le sexe des anges.

— Vous aurez juste le temps qu'il nous faudra, à Diego et à moi, pour boire un verre à la Mansarde.

Gargote installée dans un galetas sordide, c'était un des rares établissements à servir encore sous le manteau du vin cacher.

— C'est donc toi qui décides ? fit mon oncle avec une moue de dépit amusé.

Je répondis par la mine ennuyée que je m'étais composée pour faire enrager mon père lorsqu'il me parlait d'études talmudiques. Mon oncle n'y résista pas.

— Très bien, acquiesça-t-il. Mettons une demi-heure.

Il me fit signe de m'incliner pour recevoir sa bénédiction. Puis, tandis que je choisissais des couleurs dans le cabinet, il ouvrit la *genizah*, l'armoire à vieux livres que possède toute synagogue. La nôtre était une fosse – large de trois pieds et longue de quatre – creusée dans le sol à la limite occidentale du cercle de prière, près du mur nord. Les trésors qu'elle renfermait étaient constamment renouvelés. Aux livres que les passeurs clandestins faisaient sortir du Portugal succédaient presque aussitôt d'autres manuscrits, découverts par mon oncle qui en faisait l'acquisition contre argent ou à force de prières.

Avant qu'il n'en eût rapporté les ouvrages auxquels nous travaillions, j'étais déjà installé à mon pupitre, occupé à disposer pinceaux et couleurs. Il revint placer mon manuscrit au milieu de la surface légèrement inclinée devant moi, puis posa les mains sur ma nuque et, parlant par paraboles, me conseilla sur le coloris de ma dernière miniature, destinée à l'un des récits du célèbre *Roman de Renart*. Lorsque je commençai à chercher l'enseignement caché dans ses paroles, un frisson parcourut ses lèvres et je sentis soudain ses mains se glacer.

— Qu'y a-t-il, mon oncle ?

Il se frotta les yeux à la manière des enfants, respira profondément, comme avant d'affronter une épreuve.

— Tu es tellement adulte, dit-il tendrement. Presque mon égal en tant de choses. Et pourtant, à d'autres égards...

Il n'acheva pas, hocha la tête avec un sourire mélancolique avant de reprendre :

— Il y a tant de choses dont j'aimerais te faire part... Béri, il se peut que le Seigneur veuille bientôt que nos chemins se séparent.

Il prit dans sa poche un rouleau de vélin qu'il me tendit.

— Je te prie d'accepter ce petit cadeau.

Déployé, le rouleau se révéla un ruban étroit où s'entrelaçaient nos deux noms hébreux, calligraphiés en élégantes lettres d'or.

— C'est Esther qui l'a fait à ma demande, poursuivit mon oncle en me serrant la nuque tandis que sa voix se teintait d'une note d'urgence. Si jamais tu as besoin de moi, où que tu te trouves, quelle que soit la distance qui nous sépare et quelque désastreuse ta posture, envoie-moi ce ruban et je viendrai à toi.

Il posa l'autre main sur ma tête et me regarda intensément dans les yeux.

— Ou si, pour une raison quelconque, tu ne me trouves plus dans ce monde, prends-le dans tes mains en priant et je ferai mon possible pour t'apparaître.

J'étais tellement ému du don gracieux de mon maître que je restai la gorge sèche, en proie à une nostalgie désespérée. Mes yeux se brouillèrent de larmes. Je dus déglutir à plusieurs reprises avant de murmurer :

— Mais nous ne serons jamais séparés. Je serai toujours...

— Il est juste que la jeunesse se sépare pour un temps du grand âge. Tu suivras ta propre voie, comme cela se doit, et ensuite tu reviendras. Mais le plus puissant des démons ne pourra m'empêcher de te rejoindre si tu te trouves en danger !

Il ôta sa main de ma tête et me caressa la joue.

— Allez, travaillons maintenant !

— Mais n'y a-t-il rien que je puisse... ?

Il leva la main et désigna mon manuscrit.

— Malheur au maître de la kabbale qui répond à toutes les questions de son disciple ! À l'ouvrage !

Un peu plus tard, alors que je rehaussais de quelques hachures noires les pattes puissantes d'un jeune chien, un cri déchira l'air avec une stridence de verre brisé.

— Va ! m'intima mon maître.

Je montai les marches quatre à quatre. La cuisine était déserte, mais j'entendais au-dehors des voix rudes qui martelaient les murs. Je passai de ma chambre au magasin et me précipitai dans la rue du Temple. Pensant enfin à ôter ma calotte, j'aperçus ma tante agenouillée près de notre ami Diego. Il gémissait. Une profonde entaille coupait son menton barbu, et le sang se déversait de la blessure dans les mains jointes d'Esther.

II

Diego fut le premier appelé à alimenter le fleuve de sang qui au cours des jours suivants allait nous conduire tous dans un désert enclos de deuil. Sur le moment cependant, cette topographie mortuaire se dissimulait encore à nos regards.

La sueur ruisselait sur ses tempes et ses joues, mêlée à la poussière endémique de la cité. Le sang jaillissant de la blessure au menton lui inondait le cou. Il respirait péniblement et en toussant.

— Je passais par là en me promenant, raconta-t-il en portugais. Simplement en me promenant. Je me suis arrêté près du fleuve, au puits du Roi, pour me laver les mains.

Ma tante Esther défit le haut de son pourpoint, déjà raide de sang, et lui lava la poitrine avec de l'étoffe arrachée à sa chemise. J'aperçus sous la clavicule la ligne brune d'une vieille cicatrice ; on aurait dit presque d'un ver qui lui aurait fouillé la chair.

Autour de nous, les voisins commençaient à s'attrouper, murmurant entre eux.

— Deux jeunes garçons..., continuait Diego. Ils se sont mis à hurler, m'accusant d'empoisonner le puits avec un élixir de peste. Ils m'ont couru après. Je suis tombé. Ils jetaient des pierres. « Attrapez le rabbin à longue queue ! Attrapez le rabbin... » Un noiraud coiffé d'un bonnet bleu m'a sauvé. Un homme grand, fort...

Dans son désespoir, il avait abandonné le portugais pour le réconfort de l'hébreu.

— Parlez portugais, murmurai-je en aidant à le recoucher sur la chaussée.

Le turban de Diego glissa, et je vis pour la première fois les pauvres touffes de cheveux gris au-dessus de ses oreilles et les taches brunes qui lui marbraient la peau du crâne. Un petit papier plié tomba en même temps de son couvre-chef. Pensant qu'il pouvait contenir un message personnel ou une formule de prière susceptible de le faire reconnaître comme judaïsant, je m'en emparai et le serrai dans la grande bourse, plus semblable à une besace, que je portais sous ma chemise. Juda vint se frotter à moi, glacé d'effroi. Je dus le secouer pour lui faire reprendre ses esprits avant de l'envoyer chez le docteur Montesinhos. Mon oncle nous avait rejoints. Il marmonna une prière hâtive, puis dit :

— Je vais chercher des simples.

Je tentai de fermer la blessure de Diego en appuyant sur le pansement improvisé d'Esther, mais le lin ne tarda pas à s'imbiber et à rougir. Ma tante courut au puits et je déchirai ma propre chemise pour renouveler la compresse. Mon oncle revint, accompagné de Farid, apportant des essences de consoude, de géranium et de baies de laurier, du bol d'Arménie, de la gomme arabique et de l'eau sulfureuse. Pourtant aucun de ces astringents ne put arrêter le saignement. Mon oncle grommelait entre ses dents.

— C'est sa maudite barbe ! Je ne peux pas atteindre la plaie. Il faudra que le docteur Montesinhos vous rase, ajouta-t-il à l'adresse de Diego.

L'imprimeur, qui était un lévite, esquissa un geste pour nous repousser.

— Je ne le permettrai pas ! cria-t-il en hébreu. Je ne peux pas perdre ma barbe. Il est défendu de...

— Il y a aussi des lévites sans barbe, fis-je remarquer.

Le blessé ne répondit que par un gémissement. Me tournant vers mon oncle, je murmurai :

— Une agression en plein jour. C'est mauvais signe. Encore quelques semaines de sécheresse et...

— Comment peux-tu être certain qu'il ne s'agissait pas d'un guet-apens ? interrompit-il d'un ton irrité.

Je voulais lui demander des explications, mais une ombre tombant brusquement sur notre petit groupe me fit ravaler ma question. Deux cavaliers à la mine fière, escortant un carrosse blanc et or, nous toisaient d'un air indigné. Leurs morions et jambarts d'argent étincelaient au soleil. Des oriflammes vert et écarlate aux armes du roi flottaient dans la brise desséchante.

— Que se passe-t-il ici ? demanda l'un d'eux d'un ton rude.

Je remarquai alors que mon maître portait toujours sa tenue de prière, le châle blanc et bleu drapé sur les épaules, les petites boîtes des phylactères fixées par des lanières de cuir au bras gauche et au front, au-dessus de son œil spirituel. Pour un tel délit il aurait pu être envoyé comme esclave dans les colonies. Derrière mon dos je fis signe à Farid de l'emmener discrètement, répondant en même temps :

— Un homme a été blessé.

— Es-tu nouveau chrétien ? demanda le cavalier.

Mon cœur bondit comme pour imposer le déni à ma langue. Du coin de l'œil je suivais Farid qui entraînait mon oncle vers la maison.

— Je demande si tu es nouveau chrétien ! répéta l'autre d'une voix lourde de menace.

Derrière lui la portière du carrosse s'ouvrit brusquement. Le silence s'abattit sur la foule. Nous vîmes descendre un homme mince, de complexion délicate, vêtu d'un pourpoint violet et de chausses mi-parties blanc et noir. Une fraise de soie lamée d'or encadrait un visage méchant, aux joues creuses, dont les yeux noirs semblaient chercher parmi nous un innocent contre qui sévir. Balançant une main lestée de deux bagues jumelles à cabochons d'émeraude de la grosseur d'une amande, il dit dans un castillan arrogant :

— Nous l'emmènerons. Il doit bien y avoir un hôpital près de l'Estaus.

Le palais de l'Estaus, édifice de marbre resplendissant couronné de tourelles, servait de résidence aux ambassadeurs étrangers auprès de la cour portugaise.

— Il y a le nouvel hôpital de Tous-les-Saints place du Rossio, monseigneur, dis-je. À moins de cinquante toises de votre destination.

Diego, qui mesurait plus de six pieds, avait une carrure d'ours. Je ne réussis à le soulever qu'avec l'aide du postillon maure et d'un des deux cavaliers. Dans le carrosse, une jeune femme en robe de soie rose, coiffée d'une cornette mauve, était assise vis-à-vis du noble Castillan. Blonde, avec un visage rond au teint clair, elle accueillit le blessé avec une sollicitude anxieuse, fixant sur moi des yeux intelligents où je crus lire une question muette et pressante.

— Assailli par des matelots étrangers, mentis-je.

Était-ce l'étonnement qui, tel un éclair, traversa son regard ? L'impossibilité de son désespoir ? L'affinité qui unissait ses traits aux miens ? Le temps suspendit son cours dans un instant de plénitude – une *chefa*, une inspiration céleste. Ainsi, lorsqu'un verset de la Torah dépouille soudain ses habits et se révèle dans la splendeur de l'entente nue.

Un chien au museau écrasé, affublé d'un costume de troubadour bleu et jaune, trônait sur la banquette à côté de la jeune femme, et un coffre d'argent reposait à ses pieds. Je ne remarquai ces derniers détails qu'à l'instant où son compagnon criait aux cochers de repartir. Je reculai, observant la scène comme je le faisais souvent, afin de graver la vie dans la partie de mon esprit que mon oncle nommait la mémoire de la Torah. Le Castillan ferma la portière, puis, se penchant au-dehors, me chuchota d'une voix avinée :

— N'aie crainte. Ton ami ne mourra pas... ce jour de fête.

Il lança alors aux cochers :

— Vivement ! Nous transportons un blessé !

Une stupeur confinant à l'épouvante me mordit au cœur tandis que les fouets claquaient. Qui étaient donc ces étrangers ? Savaient-ils que nous observions toujours la loi de Moïse ? Le gentilhomme s'était-il moqué de moi, ou bien ses paroles étaient-elles à entendre comme un aveu de parenté ? L'espace d'un instant, je vis des doigts minuscules, des doigts de tout petit enfant se presser contre la glace du carrosse qui s'éloignait à fond de train. Un rideau tomba, imposant silence à mes questions.

Je retrouvai mon oncle dans la cour, en train de jouer aux échecs avec Farid. Son châle de prière, soigneusement plié, lui recouvrait les genoux. Il avait posé ses phylactères par-dessus. Lorsque je lui eus conté le dénouement de l'incident, il dit :

— Allons faire un tour à l'hôpital avant que mes forces ne soient décimées par celles de ce païen.

Farid, qui avait lu les mots sur ses lèvres, sourit. Je rentrai dans la maison avec mon oncle pour me changer avant de sortir. À l'instant de le quitter dans la cuisine, je lui demandai ce qu'il avait voulu dire en qualifiant de guet-apens l'agression dont Diego avait été victime. Il répondit à ma question par une autre question :

— Qu'est-ce qui vit des centaines d'années, mais peut tout au long de sa vie mourir avant de naître ?

— Pas d'énigmes ! protestai-je en levant les yeux au ciel. Je ne demande qu'une réponse.

Il fronça les sourcils et se retira chez lui.

J'allais trouver la réponse à son paradoxe huit jours plus tard. Si j'avais été moins lent à comprendre, aurais-je pu changer en or le plomb de notre destin ?

En sortant, nous choisîmes de suivre le fleuve pour fuir l'odeur infecte que le vent capricieux apportait à présent d'une des décharges publiques au-delà des remparts crénelés de la ville. Les cimetières étaient pleins et on avait pris l'habitude de jeter les corps des esclaves morts aux ordures. Les restes dédaignés par les vautours et les loups se mélangeaient en pourrissant à la vidange dans une pestilence infernale qui rongeait la peau et les os comme un acide invisible.

Passant la porte du Puits-aux-Chevaux, je me souvins du frisson métallique des lourds vantaux que les sbires chrétiens refermaient la nuit sur la petite juiverie. Au même instant un cri nous fit nous retourner. En haut de l'escalier de la Synagogue, notre ancien rabbin, Fernando Losa, agitait la main, nous invitant à l'attendre. Depuis la conversion il s'était établi marchand de chasubles et il habillait l'évêque de Lisbonne lui-même, puisse sa langue tomber en poussière.

— Non, pas rabbi Losa ! geignis-je. Quel terrible péché avons-nous donc à expier ?

Mon oncle rit. Une femme hurla :

— Gare à l'eau !

Nous eûmes à peine le temps de faire un bond de

côté lorsqu'une pluie de boue s'abattit d'un deuxième étage.

Losa nous rejoignit, essoufflé, ses épaules étroites drapées dans une magnifique cape écarlate au col brodé de perles. Maigre, il avait un nez crochu, des yeux fourbes, enfoncés dans les orbites, un crâne chauve et luisant et des lèvres minces, toujours rechignées. L'ensemble me faisait penser à un golem vulturin, créé pour chasser les rongeurs dans leurs terriers. Enfant, je m'attendais toujours à voir ses doigts se transformer en serres. Dans mes rêves, il ne parlait qu'avec un sifflement de serpent.

— Ces sales vaches se fourrent partout ! dit-il en nous abordant, avec un accent patricien qui sonnait faux.

— Au moins elles sont cacher, fit remarquer mon maître.

— J'entends qu'il est arrivé malheur à l'imprimeur Diego, poursuivit l'autre en ricanant. Il l'a bien voulu. Il n'avait qu'à ne pas se mêler à vos palabres sur la *fontaine*.

La « fontaine » désignait la kabbale en langage chiffré. Rabbi Losa savait que mon oncle avait attiré Diego dans son cercle de moissonneurs.

Mon maître s'inclina respectueusement et murmura :

— Vous êtes *hakham moufla ve-rav rabanan*, un grand sage et maître des maîtres.

Il me regarda en coin pour s'assurer que j'avais bien saisi le jeu de mots. Il insultait Losa en accentuant les lettres *h*, *a*, *m* et *r* qui, réunies, formaient en hébreu le mot « âne ».

Mon oncle voulut prendre congé, mais le rabbin le retint, se pourléchant les babines comme s'il savourait une sauce goûteuse :

— Ne soyez pas si pressé ! J'ai un message à vous transmettre. Une mise en garde, plus précisément. Eurico Damas vous fait savoir que si jamais vous prononcez son nom, même à voix basse, en rêve, il vous hachera menu comme chair à pâté. Vous feriez mieux, mon petit ami, de ne pas vous mêler de ce qui ne vous regarde pas !

Mon cœur défaillit. Damas était un trafiquant d'armes, converti volontaire, qui avait obtenu des contrats de la couronne en dénonçant ses anciens coreligionnaires et venait d'épouser une fillette à peine pubère. Quinze jours auparavant, mon oncle s'était présenté à une audience clandestine du tribunal juif et avait exigé qu'il fût jugé pour avoir noyé l'enfant nouveau-né d'une petite fleuriste qu'il avait séduite grâce à une fausse promesse de mariage. L'enquête n'avait pas abouti, la fleuriste ayant à son tour disparu la semaine suivante, dans des circonstances mystérieuses. Le tribunal rabbinique était censé ne pas révéler le nom de mon oncle, mais apparemment quelqu'un – sans doute Losa lui-même – avait parlé.

— C'est tout ce que vous avez à me dire ? demanda mon maître.

— Il me semble que cela pourrait suffire. Sans mon intervention, il serait venu lui-même.

— Soyez mille fois remercié, ô grand sage et maître des maîtres, répondit mon oncle avec une nouvelle courbette ironique.

Losa rentra le menton comme font les poules et nous regarda nous éloigner de l'air amer mais patient de l'homme qui viendrait de perdre une bataille, mais compte bien poursuivre la guerre.

En me hâtant vers l'hôpital, je me laissai aller à des rêves éveillés où je voyais mon oncle assailli par une légion de démons kabbalistiques et de géants bibliques contre lesquels je le défendais. Peut-être ces fantaisies étaient-elles un simple enfantillage. Sur le moment cependant, les oreilles retentissant des clameurs du port et du grand marché aux poissons de Lisbonne, je n'y voyais rien que de très réaliste. En se faisant mon guide spirituel, en me prêtant son nom, mon oncle avait bien juré autrefois de me protéger, moi. Son serment n'entraînait-il pas un engagement réciproque dont, jusque-là, je n'avais pas pris conscience ?

Nous exposâmes le but de notre visite au portier de l'hôpital de Tous-les-Saints qui nous informa en se rengorgeant que le gentilhomme qui avait déposé Diego n'était pas un moindre personnage que le comte d'Almira. Le nom ne me disait rien. Je ne l'en inscrivis pas moins, en lettres d'or, dans ma mémoire de la Torah, eu égard à la fascination qu'avait exercée sur moi sa compagne. Une nonne juvénile nous conduisit à la salle où se trouvait notre ami. Sombre et bas de plafond, le local puait le vinaigre, l'ambre et la mort. Des crucifix sanglants pendaient au mur au-dessus de chacun des douze lits exigus dont les rideaux de lin jauni révélaient des formes humaines attachées avec des lanières de cuir, emmaillotées dans des pansements raides de sang et de pus, dont l'odeur était celle de la bouse de vache et dont les yeux blêmes, avides de vie, se fixèrent aussitôt sur nous. Les volets entr'ouverts permettaient de contempler l'église Saint-Dominique de l'autre côté de la place.

Diego occupait le lit le plus éloigné de la porte. Partagé entre la joie et l'inquiétude, je souris en reconnaissant ses grands yeux sombres et son turban safran. Pourtant, il n'était plus le même homme. Ses joues rasées étaient d'un blanc de marbre, marquées çà et là d'encoches sanglantes. Des bajoues, jusque-là cachées par la barbe, donnaient à toute sa figure une lourdeur et une mollesse insoupçonnées. C'était la figure d'un homme tendre et généreux, qui aurait raffolé des enfants, mais aussi négligé ses propres intérêts, et qui en aurait payé le prix – l'homme qu'il avait peut-être été avant de connaître la solitude de l'exil.

La plaie qui lui barrait le menton avait été cautérisée et suturée. Il lâcha un râle en nous apercevant, se redressa dans son lit et fit mine de se tourner contre le mur, comme s'il s'apprêtait à mourir.

Mon oncle s'arrêta, ses yeux d'émeraude attachés sur ceux de Diego comme s'il eût voulu se mettre à la place de l'autre. Je le poussai en avant, et il s'approcha de son ami en lui adressant un sourire encourageant. De près, le blessé nous apparut fiévreux, transpirant à grosses gouttes. Je priai le ciel que ce ne fût pas la peste.

— Vous avez bonne mine, dit mon maître. Le saignement s'est arrêté.

— Vous n'auriez pas dû venir, me voir ainsi, protesta Diego, se détournant à nouveau et fermant les yeux.

— Vous pourrez faire repousser votre barbe dès que votre menton sera cicatrisé, fis-je pour le consoler.

— Je vous remercie de votre visite, murmura-t-il, mais je dois vous prier tous les deux de me laisser.

D'un signe de tête, mon oncle m'intima d'accéder à son désir. M'arrêtant à la porte de la salle, je le vis assis au pied du lit de Diego. Ils se parlaient à voix basse, mon maître avec de grands gestes des bras, Diego en se cachant les yeux, la tête courbée par la tristesse. Je priai jusqu'à ce que mon oncle vînt me rejoindre en poussant un soupir de frustration.

— Cela se présente mal. Diego devra souffrir pendant quelque temps.

— Au fait, nous avons de la chance de ne pas être tous soumis aux mêmes lois que les lévites, repartis-je.

— Personne n'échappe aux influences du monde extérieur. Il faut en prendre son parti, ou bien vivre au désert en ermite. Et même au désert...

Mon maître se tut et se gratta la tête.

— Allons-nous-en de cette geôle, dit-il enfin. Tout le corps me démange.

— Peut-être des manuscrits pourraient-ils le distraire, proposai-je. Si nous essayions d'emprunter ces traités latins dont il avait tellement envie...

— Pas de livres ! trancha mon oncle, levant les mains comme pour arrêter un attelage emballé.

Nous sortîmes dans l'air tiède qui, sur le Rossio, frémissait d'un chant monotone. La procession quotidienne des flagellants poursuivait son chemin vers le palais da Ribeira, au bord du Tage. Lisant à la pleine lumière du jour dans les yeux lourds de mon oncle, je vis que son âme avait fait sienne une part du désespoir de Diego.

— La vérité n'est pas venue au monde toute nue, dit-il, mais revêtue d'images et de noms. Et les mensonges ? Quels vêtements portent les mensonges ?

— Les mêmes que la vérité, répondis-je. C'est à nous de faire la différence.

— Oui, approuva-t-il sèchement. Et le Très-Haut voit-il tous les crimes ?

— C'est-à-dire est-ce que les garnements qui ont attaqué Diego seront punis ?

— Si tu veux.

Je réfléchissais encore à ma réponse lorsque mon oncle me serra la main et dit :

— Excuse-moi. Je ne peux plus en parler. Allons nous promener comme nous en avions fait le projet.

— Mais je n'ai pas apporté mon carnet de croquis.

— Dessine les oiseaux dans ta mémoire de la Torah, mon fils.

Nous passâmes ensemble un après-midi merveilleux, caressés par des brises d'une douceur de fleur, à observer nos chères cigognes. Le spectacle de ces grands êtres dégingandés, d'un blanc immaculé, qui descendaient des nues avec la légèreté d'un duvet, nous coupait le souffle. Lorsque mon oncle me dit qu'il était temps de rentrer, je fus étonné de me trouver complètement détaché des événements de la journée.

En rentrant, nous trouvâmes Cinfa et Esther à la cuisine en train de préparer le *séder*. Elles avaient répandu des grains de riz sur notre meilleure nappe blanche pour y chercher les impuretés. Tout l'air de la maison était lourd de senteurs moites et capiteuses. Dans l'âtre, un agneau magnifique rôtissait lentement à la broche, répandant goutte à goutte ses jus parfumés sur les braises fumantes. Je reconnus à l'odeur entêtante qu'il avait déjà été arrosé de la graisse de ces pures merveilles d'onctuosité que sont les queues de brebis, secret appris par Esther en Perse.

— Ça sent divinement bon ! m'exclamai-je.

— La prière avant les ripailles, railla mon oncle, disparaissant à la cave.

J'emportai au magasin un mortier, des pommes, des noix, des dattes et du miel. Tout en servant les clients, je pourrais préparer le *haroset*.

Ma présence au magasin libéra ma mère qui se rendit à la cuisine pour aider Cinfa et Esther. Je n'eus guère de travail jusqu'à ce que l'idée me vînt d'exposer près de l'entrée les bananes qui venaient de nous arriver des colonies. Peut-être était-ce une coïncidence, mais le magasin fut aussitôt pris d'assaut. Nos voisins judaïsants me firent courir tout l'après-midi en passant des commandes de dernière minute pour le *séder* du soir. Quand enfin le ciel se couvrit des nuages rose et or annonciateurs du coucher du soleil, j'étais épuisé. Je verrouillai la porte, tirai les rideaux et restai seul à prier silencieusement en attendant que mon oncle m'appelât à la cuisine. Vêtu d'une ample robe blanche, les cheveux ramenés sur le front dans la grosse boucle qui était sa coiffure de chabbat, il avait une mine superbe.

— Réza n'est pas passée au magasin ? demanda-t-il avec un espoir timide.

Ma cousine Réza, sa fille unique, venait de se marier et allait fêter la Pâque dans la famille de son époux.

— Non, répondis-je. L'attendiez-vous ? Je croyais qu'elle avait dit qu'elle n'était pas du tout certaine d'en trouver le temps.

— Je pensais que peut-être, malgré tout..., fit-il en me prenant la main avant de poursuivre d'une voix triste : J'ai trouvé la figure d'Aman pour ma *Haggadah*. Peut-être toutes nos difficultés seront-elles maintenant aplanies.

Mon maître enluminait une *Haggadah* pour une famille de crypto-juifs de Barcelone, et il avait eu du mal à trouver parmi les personnes de notre connaissance une figure qui pût servir de modèle à Aman. Mais comment expliquer sa tristesse ? Était-ce l'absence de Réza ? Avant que je ne pusse poser la question, il commença à me donner sa bénédiction. Je le serrai dans mes bras et, pour la première fois, du plus loin qu'il m'en souvînt, il permit à son corps de répondre à mon affection. Avais-je donc mérité de sa part une plus grande confiance au cours des derniers jours ? Retrouvant soudain la fermeté qui n'appartenait qu'à lui, force comme nourrie de ma propre énergie et de ma sollicitude, il m'embrassa sur la bouche et m'étreignit.

— C'est la fête de Pessah ! murmura-t-il.

Nous échangeâmes un sourire d'allégresse.

Cinfa et Juda dressèrent le couvert. Les aliments symboliques du *séder* – le coriandre, les feuilles de salade, l'œuf dur et l'os d'agneau grillé – étaient disposés sur un plat en faïence jaune, œuvre de notre voisin Samir. Avec l'approbation d'Esther, j'y ajoutai une cuillerée de mon *haroset*, représentant le mortier utilisé par les Israélites, pendant l'esclavage en Égypte, pour construire tombeaux, palais et pyramides. Un napperon de lin recouvrait nos *matsot*. La coupe d'argent traditionnellement réservée au prophète Élie trônait sur un coin de la table, près de la place de mon oncle.

Comment décrire ce premier soir de Pessah ? Qu'y avait-il dans nos paroles, dans l'expression de nos traits ? Du soulagement ? Des transports de joie ? De la tristesse pour ceux qui n'étaient plus là avec nous ? Nous prîmes place, unis déjà dans une même aura d'expectation. Mon oncle était, comme toujours, notre guide à travers le rite. Car, si la Pâque est d'abord une fête de la mémoire, où l'on raconte à nouveau comment l'Éternel fit sortir les juifs d'Égypte, elle recèle également un noyau caché. Dans le corps de la Torah, replié comme un phénix dans l'œuf, se trouve le récit de la traversée spirituelle qui peut conduire chacun d'entre nous de l'esclavage à la sainteté. La *Haggadah* de Pessah est une cloche d'or dont les tons chantants nous disent : souviens-toi toujours que la Terre promise est en toi !

Ma mère alluma d'abord une chandelle au feu de la cheminée et fit danser des flammes à tous les degrés des candélabres placés aux deux bouts de la table. Le passé et le présent ne faisaient plus qu'un. Nous étions les enfants d'Israël attendant Moïse au désert de Sinaï ; la table, habillée de blanc, était devenue notre autel, et la cuisine notre tabernacle.

Mon oncle, notre guide, ouvrit alors la première porte en entonnant la bénédiction sur la première des quatre coupes de vin que nous devions boire au cours de la soirée :

— Loué sois-tu, Éternel, notre Dieu, roi de l'univers, qui as créé le fruit de la vigne.

Il psalmodiait en hébreu, faisant vibrer dans sa voix un tendre écho de la trompe dont il sonnait autrefois, aux jours où nous n'avions pas à craindre les oreilles indiscrètes des espions chrétiens. Après avoir répété ce verset et les suivants en portugais pour que Juda – dont les leçons d'hébreu avaient pris du retard – pût comprendre, il nous invita à joindre nos voix à la sienne dans un chœur de solidarité et d'espoir :

— *Quem tem fome que venha e coma. Todo necessitado que venha e festeja Pessá. Este ano aqui, no próximo em Israel. Este ano escravos, no próximo homens livres.* Quiconque a faim, vienne et mange ! Quiconque est dans le besoin, vienne fêter Pessah avec nous ! Cette année encore ici, l'an prochain en Eretz Israël ! Cette année esclaves ici, l'an prochain hommes libres en terre d'Israël !

Plus tard, tout en découpant l'agneau fumant et en en posant des tranches sur nos *matsot*, il nous expliqua qu'il y a un ange qui règne sur chaque lettre de l'alphabet hébreu et que ce sont ces anges, assemblés dans nos mots écrits et parlés, qui font les miracles qui étonnent le commun des mortels.

Assurément, nos prières et nos récits avaient ce soir-là une grâce ailée.

Mais comme les anges sont fragiles ! Un seul instant suffit à dissiper leur magie. Cinfa était allée ouvrir la porte de la cour pour le prophète Élie dont chaque logis accueille l'esprit à Pessah. S'engouffrant dans la pièce, l'air frais de la nuit apporta un lointain bruit de hurlements confus. Mon maître se leva d'un bond, y reconnaissant de l'hébreu. Un dernier cri perçant franchit la distance. Suivi du silence.

— Qu'est-ce que cela peut être ? demanda ma mère.

— Rien, fit mon oncle.

Pâle, il avait l'air absent, comme transporté dans l'ailleurs d'une vision. Il ne prononça plus un mot, sinon pour conclure la cérémonie.

— L'an prochain à Jérusalem.

La promesse de retour dans la patrie éternelle rendit parmi nous un son creux.

Le lendemain, au premier chant du coq, on déposa à notre porte un rouleau qui nous fournit la réponse à la question de ma mère. C'était un avis, conçu dans le langage chiffré des nouveaux chrétiens : « Seize hirondelles omirent hier soir de marquer leur nid et furent prises par Pharaon. Votre oiselle Réza est parmi elles. »

De fait, ma cousine Réza avait été arrêtée la veille au soir et conduite en prison avec tous les participants à son *séder* clandestin. De toute évidence, ils étaient les victimes d'une dénonciation. Mon oncle avait-il assisté à la scène, à travers une fenêtre mystique, ou son trouble ne fut-il le reflet que d'une prémonition funeste ?

Tandis que je lisais l'avis aux lueurs de l'aurore, ma mère dit :

— Esther et ton oncle sont allés solliciter les juifs de cour. Ils espèrent que quelqu'un voudra bien aider.

C'était le chabbat, le jour d'avant la seconde nuit sacrée de la Pâque, et j'étais terriblement pieux. Je résolus donc de contribuer à hâter la délivrance de Réza en passant la journée à psalmodier. Pourtant rien n'y fit. Peu avant le coucher du soleil, ma tante et mon oncle rentrèrent, couverts de poussière, abattus.

— Un des courtisans juifs essaiera d'intervenir, dit mon maître sans conviction, se grattant la tête d'un doigt irrité. Quant aux autres... Ils ont les larmes aux yeux, mais plein la bouche de mensonges.

Le lendemain soir, découragé par le peu de succès de ses démarches, mon oncle vint me rejoindre à la cave et évoqua pour la première fois l'éventualité de l'exil.

— Si je te demandais de quitter ce pays pour toujours, le ferais-tu ? demanda-t-il.

— Oui, s'il le fallait, répondis-je.

— Bien. Mais ta mère, partirait-elle ?

— Elle a peur. L'ennemi qu'on connaît est souvent plus facile à affronter que celui dont on ne sait rien.

— C'est juste. Et si ta mère refuse, je doute qu'Esther accepte. Ni Réza, maintenant qu'elle est mariée et qu'elle s'apprête à fonder sa propre famille. Si seulement on pouvait la faire sortir de prison !

— Est-ce cela qui vous bouleverse ainsi ? Voulez-vous que nous nous exilions ? Mais si vous insistez...

Mon oncle écarta mes questions d'un geste de la main et se mit à psalmodier une prière :

— Ô mon Seigneur, viens à mon secours, car je suis seul et n'ai d'autre recours que toi, et je vais jouer ma vie...

Les jointures de ses mains serrées étaient livides. Ses lèvres tremblaient. Je me levai d'un bond et l'entourai de mes bras. Les larmes lui jaillirent des yeux.

« Pauvre oncle, pensai-je, le Portugal le pousse à la limite de ce que son corps peut supporter. »

— Les juifs de cour obtiendront la libération de Réza, dis-je tout haut. Ensuite, si vous le voulez, nous nous arrangerons pour partir. Nous persuaderons tout le monde, d'une manière ou d'une autre. Mais maintenant il faut vous reposer. Venez, montons. Vous pourrez vous appuyer sur moi jusqu'à la fin de notre errance dans le désert.

— Restons ici, s'il te plaît, répondit-il, hochant la tête pour me remercier de mon appui. Conduis-moi sur les nattes. L'atmosphère de la prière me fait du bien.

Nous nous y assîmes côte à côte, gardant un instant le silence tandis qu'il s'essuyait les yeux sur la manche de sa robe. Il posa enfin la main sur ma tête et demanda d'une voix cassée :

— Le ruban de vélin que je t'ai donné hier, avec nos deux noms, où est-il ?

— En sûreté, sur ma poitrine.

— Bien, approuva-t-il avec un doux sourire. C'est pour moi un grand réconfort de savoir que tu l'as.

— Allez, mon oncle, je ne sais pas ce qui...

Je voulus lui prendre le bras, mais il appuya sa paume sur mon front, m'imposant silence.

— Tu es un digne héritier. Malgré ce que la colère a pu me faire crier contre toi, je n'ai jamais regretté de t'avoir choisi comme disciple. Jamais. Quand tu auras plus d'expérience de la vie, quand tu auras mis plus de ta prière dans tes actes, tu seras un grand artiste. Ton père m'a dit un jour : « Il y a un lion de la kabbale qui habite le cœur de mon Béri. » Il avait raison. Certes, c'est une bénédiction de porter en soi un tel lion. Mais il y a des moments où un fauve, fût-il né de la kabbale, peut devenir incommode. Écoute-moi bien maintenant. Tu n'as guère eu à t'en soucier jusqu'à présent, car tu as mené une vie d'étude. Mais le jour où tu iras dans le monde, où l'action ici-bas prendra à côté de la prière la place qui lui revient de droit, tu te heurteras peut-être à des difficultés. En effet, tu ne pourras jamais porter de masque comme nous le faisons tous. Chaque fois que tu essaieras d'en endosser un, tu entendras gronder le lion en toi. Voilà qui explique ton profond désespoir au moment de la conversion – qui explique, peut-être, pourquoi l'Éternel t'a alors accordé une vision. Tu n'auras pas la vie facile. Tu devras passer un temps à l'écart du monde. Ou bien en endurer les jugements profanes. Mais tiens bon, ne lâche pas le lion en toi. Comprends-tu ce que je te dis ?

Je fis signe que oui, et il poursuivit :

— Bien. Assez parlé. Malheur au guide spirituel qui enfle d'orgueil le cœur de son élève. Nous sommes environnés d'écueils, il faudra nous donner beaucoup de peine si nous ne voulons pas y succomber. Voilà qui compte davantage que les penchants ou les dons innés. Ton lion a besoin de travailler !

Nous nous installâmes à nos pupitres. Au bout d'un instant je sentis le regard attendri de mon oncle attaché sur moi. Il m'étudiait tout en peignant sa vignette d'Aman et de Mardochée. Je crus deviner que, s'il caressait ainsi ma forme des yeux, c'était pour ne pas oublier que, malgré l'emprisonnement de Réza, le monde demeurait beau et bon.

Le lendemain, dimanche, alors que les cloches de l'église venaient de sonner sexte, on frappa à la porte extérieure de la chambre de ma mère. Elle me cria d'y aller. Je remontai de la cave en courant, absurdement armé d'un pinceau d'hermine, pour me trouver nez à nez avec un esclave noir, beau comme minuit, vêtu d'un pourpoint de fine soie bleue et de chausses jaunes. Il était porteur d'une missive fermée par un grand sceau rouge.

— De la part de dom Joao, dit-il en mauvais portugais.

C'était le nom d'un des juifs de cour que nous avions sollicités.

Esther accourut. Embrassant la situation de prime abord, elle me fit signe de prendre le pli, puis plaqua ses mains jointes sur sa bouche et se mit à marmonner en persan des paroles incompréhensibles. Je brisai le sceau et lus : « Nous avons séduit Pharaon avec de l'or. Les hirondelles seront de retour avant la nuit. »

Tandis que je pressais l'esclave réticent de prendre des raisins secs qui restaient de ma tournée de livraisons du matin, Esther alla porter la nouvelle à mon oncle. Passant à la cuisine, je les trouvai dans les bras l'un de l'autre.

— Je veux la voir sortir de prison, disait mon maître.

Esther lui caressait la joue et rêvait tout haut :

— Je lui ferai réchauffer de l'agneau...

Puis, comprenant soudain ce que son mari venait de dire, elle fronça les sourcils et le menaça du doigt.

— Mais il faudra te mettre au lit en rentrant !

Mon oncle ferma les yeux et hocha la tête comme un petit enfant. Il prit ensuite un paquet dans sa poche et, se tournant vers moi, dit :

— Béri, je vais te demander de faire deux petites courses pour moi. D'abord, remets ce livre des Psaumes au gentilhomme qui l'a commandé. Tu connais sa demeure, n'est-ce pas ?

Je répondis par un signe de tête affirmatif.

— Le manuscrit est accompagné d'une lettre, poursuivit-il avec insistance. Ne le confie à personne d'autre que le destinataire. En mains propres ! Puis passe prendre du vin cacher chez Samson Tijolo. Cette autre lettre est pour lui.

Moins importante que la première, à en juger par le ton plus léger, la seconde missive était un petit rouleau noué d'une faveur rouge.

Nous sortîmes ensemble, mais mon oncle prit au nord pour se rendre à la prison, tandis que mon chemin me conduisait vers l'ouest. Nous nous embrassâmes en nous séparant. Rien de plus. Si j'avais su qu'après les événements des prochaines heures je ne pourrais plus jamais croire au regard d'un Dieu aimant, veillant sur le monde dans lequel je vivais, personne, homme ou démon, n'eût pu me faire lâcher mon maître, faire que je ne le suppliasse pas de mettre en œuvre tout son pouvoir magique pour changer l'avenir. Aurait-il pu, grâce à je ne sais quel mélange de poudres et de potions, nous façonner un autre destin ? Comme j'ai peur de m'ouvrir moi-même et de guetter l'ouverture de la porte qui me donnera la réponse !

Je pensais livrer d'abord le travail d'Esther, mais ne pus le faire, n'ayant pas trouvé le destinataire chez lui. Avant de sortir ensuite de la ville pour chercher le vin, une inspiration céleste me fit acheter aussi des *alheiras* pour notre repas. Les *alheiras* sont des saucisses inventées peu après la conversion pour préserver à la fois notre peau et nos lois sur l'alimentation. D'aspect et de goût semblables aux préparations à base de porc, elles sont confectionnées avec de la chair de perdrix, de caille ou de poulet fumé, de la chapelure et des épices.

Je quittai Lisbonne par la porte Sainte-Anne. Deux heures plus tard, à en juger par le cours du soleil, je frappais à la porte du petit domaine de Samson Tijolo.

Ne recevant pas de réponse, j'essayai l'entrée de la cave à l'arrière de la maison et la trouvai ouverte. J'y pénétrai, choisis un petit fût de vin et, n'ayant sur moi ni encre ni plume pour écrire, déposai sur la table à côté de la porte une pièce d'argent et une *matsah* en guise de carte de visite. Samson saurait ainsi que c'était moi qui avais laissé la lettre de mon oncle et pris le vin.

Je me trouvais à plus d'une lieue et demie de Lisbonne. Chargé comme je l'étais, je ne tardai pas à me mettre en nage sur la route poussiéreuse. Avant d'atteindre la ville, je fis halte à deux reprises, à l'ombre allongée d'oliviers dont les branches se balançaient dans la brise. Dans un bosquet de pins à dix minutes de la porte Sainte-Anne, je me déchaussai pour jouir de la sensation sèche et piquante des aiguilles sous mes pieds. Ouvrant ma besace pour y prendre une *matsah* à grignoter, je redécouvris le papier tombé du turban de Diego. Je le dépliai. Il avait la forme talismanique d'un *magen David* et portait un message énigmatique : « Isaac, *Madre*, le 29 Nisan. » Nous étions le 24.

Sur le moment, je n'y pensai plus.

Il pouvait être quatre heures de l'après-midi lorsque je revis les remparts de Lisbonne. Je sais qu'il s'était écoulé au moins une heure depuis que j'avais entendu en passant les cloches des églises sonner none, appelant les villageois à la prière. Je perçus d'emblée une âcre odeur de fumée, mariée à une rumeur lointaine, comme d'une foule aux arènes. Il régnait une atmosphère insolite. Les volets des maisons étaient clos comme pour la nuit. Tout autour de moi les ombres projetées par le soleil déclinant se jouaient dans les rues désertes. J'avançai avec précaution, cherchant à assourdir le bruit de mes pas sur les pavés. Sous les murs de la citadelle, deux jeunes paysans me coururent sus en brandissant des faux. Mes muscles se tendirent pour fuir, mais je compris que c'eût été vain. Déjà l'un d'eux passait sa lame derrière ma nuque. Il tenait aux cheveux la tête coupée d'une jeune femme. Des gouttes de sang tombaient encore du moignon du cou dans la poussière de la rue. Le visage m'était inconnu.

— Es-tu *marrano* ? demanda-t-il.

C'était le terme injurieux dont on désignait les juifs convertis. Je vis ma peur réfléchie avec un éclat mauvais dans l'œil droit de mon assaillant, blanchâtre, opaque, exorbité. Il parlait toujours :

— Les *marranos*, nous les tuerons tous cette fois-ci !

Mon cœur se mit à battre la cadence d'une prière pour la vie. Je fis un signe de tête négatif et tendis ma besace.

— Regarde !

Il la passa à son compagnon, un barbu, qui l'ouvrit, renifla et me la rendit en grognant :

— Des saucisses !

Tandis que je remerciais le Très-Haut, l'homme à l'œil mort baissa sa faux et demanda :

— C'est du vin que tu as là ?

Je fis oui de la tête, et il s'empara du petit fût. Ma respiration était haletante, entrecoupée de frissons. J'osai une question :

— La fumée... Qu'est-ce qui brûle ?

— Un bûcher consacré sur le Rossio. Les dominicains veulent offrir à Dieu un signe de feu nourri de chair juive.

La peur viscérale pour le sort de mon peuple me paralysait, me liait la langue. Mes deux assaillants burent à tire-larigot, puis fermèrent le robinet et me rendirent le vin. Je fixais la tête de la femme. Les yeux n'étaient pas vides, mais qu'y voyais-je ? L'horreur de ce monde ? Reprenant mon bien, je sentis un spasme lancinant dans la région du cœur, comme d'un esprit s'enfuyant. Le barbu souleva le trophée, lécha deux fois la joue comme en savourant la sueur amoureuse d'une maîtresse, ouvrit sa braguette et dégaina la saleté de son pénis incirconcis. Des doigts crasseux ouvrirent de force la bouche noire de la morte. Le barbu pressa la tête contre sa taille et commit l'innommable. Son camarade regardait en se touchant. Je n'osais pas fermer les yeux, mais je me détournai. Il cessa enfin ses grognements, renoua ses aiguillettes et dit :

— Fais attention où tu vas. Tu risques d'être pris pour un juif !

Les deux paysans s'en furent et je m'accroupis sur mes talons à l'ombre d'un auvent. Petit à petit je me remis de mon vertige. Une gorgée de vin purgea ma langue du goût acide, tartreux, qui l'alourdissait. Faisait-on donc la chasse à tous les convertis ?

Je me précipitai à travers le dédale d'escaliers et de venelles d'Alfama et débouchai enfin dans la rue Saint-Pierre. La grille de notre cour gisait au milieu de la chaussée, gauchie, tordue, les gonds arrachés. Notre âne avait disparu. La porte de la cuisine béait. En y pénétrant, j'eus l'impression de franchir un seuil de partance. Le silence qui vint au-devant de mon regard allait grossissant. Il ne restait du feu de la cheminée que quelques braises mourantes. Sur la table je vis deux tasses. À côté de l'une d'elles, une *matsah* cassée en deux. Le petit tapis élimé dissimulant la trappe qui donnait accès à la cave était toujours en place.

— Oncle ! criai-je. Mère !

Glacé, interdit, je me glissai dans ma chambre pour

découvrir un paysage de lits fracassés et d'armoires pillées. La baie qui l'éclairait en double jour révéla au magasin des tonneaux renversés, un tapis d'olives vertes et noires jonchant le sol jusqu'à la porte.

La chambre de ma mère était déserte mais intacte. Palpant l'amulette de parchemin en forme d'aigle qu'elle gardait toujours sur son oreiller, je pensai : « À la cave ! Ils se cachent. »

Doucement, attentif à ne pas rompre la cordelette qui permettait de refermer la trappe d'en dessous, je retirai le tapis, soulevai le panneau, descendis sur la pointe des pieds jusqu'au palier. La seconde porte était verrouillée.

— C'est moi ! criai-je, la bouche collée à la fente entre le battant et le chambranle. Oncle, ouvrez-moi !

Silence. Je frappai.

— C'est moi ! Mère ! N'importe qui ! C'est moi, je suis seul.

Je me retournai vers le silence de la cuisine en haut et sentis mes genoux se dérober sous le poids de l'angoisse. Je cognai à la porte, criai encore. Sans recevoir de réponse.

J'étais certain qu'il ne pouvait être arrivé malheur à mon oncle, notre faiseur de miracles, maître de la kabbale qui jouait des fugues sur la Torah, le Talmud et le *Zohar*. Il était impossible que des instruments fabriqués de main d'homme tuassent un tel virtuose du mystique. Mais Juda ou Cinfa... N'étaient-ils pas là, trop effrayés pour répondre à mes appels ? Ou bien n'y avait-il personne à la cave ? Avaient-ils tous pris la fuite ? Peut-être mon maître savait-il tirer le verrou de l'extérieur. Pour protéger les livres. Mais oui, la chose n'avait rien d'invraisemblable.

Était-ce une prémonition ? Ou plutôt un simple raisonnement logique ? L'idée que mon oncle *pouvait* malgré tout avoir rencontré l'irréparable me fit tressaillir. Les pieds solidement plantés sur la *menorah* en mosaïque, je me mis à cogner à la porte de toutes mes forces. Jusqu'à faire éclater le bois, libérant le verrou de sa gâche.

J'entrai.

Une odeur mêlée de lavande et d'excrément, sèche, irrécusable, me prit à la gorge. Je voyais deux corps nus, vêtus de sang. Mon oncle et une jeune femme. Ils reposaient à quelques pas l'un de l'autre. Leurs mains se touchaient presque. À croire que leurs doigts entrelacés eussent été doucement déliés par le sommeil venant.

III

Le souffle coupé par ce que je voyais, j'eus l'impression d'être séparé de mon corps. Je dévalais les marches dans une grotte tiède dont les parois se perdaient dans une zone incertaine de bruits assourdis et de lueurs vacillantes, chaviraient comme ma respiration haletante. Nu, mon oncle était nu. Un rideau de sang était tiré sur sa poitrine. La femme à ses côtés, elle aussi dévêtue, nageait elle aussi dans le sang.

Les miasmes putrides faisaient larmoyer mes yeux. Gémissant, je tombai à genoux, pris le poignet de mon maître, cherchai le pouls, ne trouvai qu'un silence glacé.

Les émeutiers chrétiens l'avaient tué !

Désespéré, j'interrogeai du regard l'écart entre les deux corps, comme j'aurais fait une écriture inconnue. Avaient-ils été surpris dans l'acte d'amour ? Qui était la femme ?

Les bustes étaient ceints de rubans liquides, brunissants. Je m'accroupis auprès de la tête de mon oncle. Deux lèvres de peau s'ouvraient dans sa gorge, de part et d'autre d'une entaille profonde où le sang n'avait pas encore eu le temps de sécher.

« Que quelqu'un m'aide ! suppliais-je en pensée. Ô mon Seigneur, je t'en implore, aide-moi ! »

Une terreur froide montait de mes entrailles à l'idée que j'étais désormais seul, orphelin de mon maître pour toujours. Ma poitrine éclatait. Mon cœur se soulevait. Je vomissais sur le sol d'ardoise, les narines envahies d'une humeur piquante.

Je m'étreignis, cherchant le réconfort de ma propre chaleur, me répétant : « Il ne faut toucher à rien. Pas avant d'avoir gravé la scène dans ma mémoire comme un verset de la Torah. Il ne faut pas m'évanouir ! »

Les nattes, rougies par endroits, avaient bu le suc de vie répandu par les deux corps.

Pourtant j'avais trouvé la porte verrouillée. Comment le tueur avait-il pu sortir ?

Ou bien était-il toujours là ? !

Je me levai d'un bond, la main sur mon couteau. Tenant l'arme devant moi, telle une flamme dans la nuit, je me dirigeai vers l'escalier, puis me retournai brusquement, les jambes tremblant de silence et d'attente.

Le carrelage mural et les soupiraux, les chaises et les pupitres me rendirent toutefois mon regard sans frémir. La salle était vide, vidée plutôt, comme la cage thoracique d'une bête dont le cœur a soudain cessé de battre.

Le souvenir de mon oncle m'offrant le ruban de vélin où ma tante Esther avait entrelacé nos deux noms me revint à l'esprit, dans un cadre fait de la mutité qui suit une psalmodie hivernale. « Mais oui, pensai-je, il savait que l'Ange de la mort approchait. Voilà pourquoi il a évoqué notre séparation imminente. »

Adossé au mur sud de la cave, écrasé contre la pierre par l'immensité de ma perte, je regardais les corps.

Maintenant, vingt-quatre ans après, le moindre détail demeure aussi présent que les premiers versets de la Genèse.

Mon maître était étendu sur le dos, la tête penchée vers l'épaule gauche, dans une attitude grave et paisible. La jeune femme gisait sur le côté gauche. Entre eux, l'écart d'un bras tendu.

Les pieds de mon oncle étaient au centre du cercle de prière, sa tête près de la circonférence. Ses yeux, ouverts, paraissaient plus sombres que de son vivant, vitreux, le regard perdu dans le vague. Ses deux joues étaient tachées de sang, de même que les mèches indisciplinées au-dessus de son oreille droite. Son bras gauche reposait à son côté, la main ouverte, les doigts légèrement repliés. Le droit en revanche semblait se tendre vers sa compagne, le bout des doigts à deux pouces à peine de ceux de la jeune femme.

Si, à l'instant qui précéda la mort, il avait voulu la réconforter d'une caresse, son corps et sa tête ne seraient-ils pas tournés vers la droite pour mieux l'atteindre ?

J'en conclus qu'il était mort avant d'assumer cette posture finale. J'imaginais un moine dominicain en cagoule, debout derrière lui, les muscles bandés, un moine qui le dépouillait de ses habits et lui coupait la gorge, le sang qui lui inondait la poitrine, cascadait jusqu'à ses pieds. Ensuite, je ne pouvais deviner pourquoi, son corps avait été étendu à terre avec ménagement et respect. Un hasard avait fait tomber son bras droit du côté de la jeune femme. À moins que ce ne fût une mise en scène, destinée à faire croire qu'il avait voulu soulager les affres de sa compagne ? Pourquoi ? Ceux qui l'avaient tué étaient-ils donc des artistes de la mort ?

Les fesses de mon oncle étaient barbouillées de merde. Un autre petit tas d'excrément, mêlé de sang, souillait les nattes à la périphérie du cercle, près du buisson chabbatique de myrte et de lavande.

L'odeur qui m'avait assailli en entrant était un mariage sinistre du balsamique et du putride.

La jeune femme n'avait pas plus de vingt ans. Elle était maigre et pâle, à peine sortie de l'enfance. Sa longue chevelure brune était à présent emmêlée, collée par le sang. Elle pouvait mesurer cinq pieds, et ses petits seins fermes, blancs comme le marbre, étaient eux aussi striés de rubans sanglants.

Il m'avait si rarement été donné de contempler un corps de femme sans l'écran des vêtements que ses contours graciles, rehaussés d'ombres impénétrables, ajoutaient à l'irréalité de l'instant. Plongé déjà dans une stupeur incrédule, m'oubliant moi-même, je restai un instant sans pouvoir en arracher les yeux.

Ses cuisses et ses chevilles étaient souillées de merde. Une longue entaille bordée de deux ourlets de peau lui barrait le cou. Elle avait été égorgée comme mon oncle, mais traitée ensuite plus cavalièrement, rejetée comme *teréfah* dès que la lame eut délivré son âme de sa prison de chair. Elle était tombée lourdement contre une des lavandes, fracassant le pot dont les débris gisaient près de sa tête, éparpillés dans un semis de terre jusqu'au pied de l'escalier. Le nez de la morte aussi était cassé, grotesquement déjeté vers la droite, couvert de sang séché. Elle reposait à présent sur le côté gauche, la tête repliée sous l'aisselle comme pour se cacher les yeux. Son bras gauche était tendu vers mon oncle, le droit tordu à un angle invraisemblable derrière son dos, les jambes légèrement fléchies et ramenées contre la poitrine, comme si elle eût voulu chercher refuge dans le sommeil protégé de l'enfance.

Je remarquai soudain une ligne de meurtrissures autour de son cou, à deux pouces au-dessus de la plaie. On eût dit les ombres jetées par un petit rang de perles. Dans un premier temps, ne raisonnant pas, je crus en effet qu'il s'agissait des marques laissées par une parure de femme.

Regardant alors mon oncle, je retrouvai cependant les mêmes marques. Lui aussi avait le cou meurtri, ceint d'un cercle livide juste au-dessus de la pomme d'Adam.

Avaient-ils donc été étranglés avec une fine corde à nœuds ?

Je m'accroupis près de la jeune femme et soulevai sa main gauche. Je la trouvai glacée, mais souple encore. Elle portait à l'index une alliance en filigrane d'or. Je la lui ôtai et la glissai dans ma besace, priant que son mari fût encore en vie pour la chérir.

J'avais prononcé ce vœu tout haut. Le son de ma propre voix dissipa enfin les ténèbres de ma première incrédulité. J'émis encore un râle en comprenant que la trachée-artère et le gosier étaient tranchés comme par un *chohet*, à l'endroit précis prescrit pour l'abattage rituel.

Un traître avait-il introduit les adeptes du Nazaréen auprès de mon oncle pour ensuite le juguler ? J'imaginais un moine dominicain incitant la foule à envahir notre cave, à s'emparer de mon maître pour le remettre, tel un agneau de sacrifice, à ce mercenaire juif.

Le nom du trafiquant d'armes converti Eurico Damas retentit à mon oreille intime. Rabbi Losa venait de nous faire part de sa menace : « Si jamais vous prononcez son nom, même à voix basse, en rêve... »

Damas avait-il été soudoyé par les dominicains pour trahir la cachette des membres les plus respectés de notre communauté ? Avait-il ouvert la liste par le nom d'Abraham Zarco ?

Mais se pouvait-il que Damas eût tué à la manière d'un *chohet* ?

Mes regards se tournèrent vers l'escalier. La lumière qui arrivait d'en haut, faisant reluire le carrelage du mur oriental de la cave, me révélait un dessin d'étoiles à douze branches où je croyais déceler un sens mystérieux. Étoiles. Lumière. Dessins. Mystères. Des années d'étude de la Torah et du Talmud m'avaient appris à reconnaître où mon raisonnement déviait du droit chemin de la logique, juive ou grecque. Mon esprit cherchait donc, pour faire table rase, à démêler dans les carreaux un dessin préétabli. Fixant les yeux sur les spirales bleu, blanc et or de la faïence émaillée, je me mis à permuter les lettres du mot *azulejo* jusqu'à le vider de son sens, jusqu'à ce qu'il ne reste que mon regard attaché sur une surface unie comme un miroir. La grâce de la liberté qu'est le vide m'apporta une révélation qui me fit bondir, le souffle coupé : l'âme de mon oncle n'avait pu être séparée de son revêtement extérieur par des émeutiers chrétiens ; j'avais trouvé la trappe fermée, recouverte de notre vieux tapis de Perse. La foule en délire n'aurait pas commis un double meurtre pour ensuite refermer proprement la porte en partant et remettre le tapis en place. Enivrée par le sang versé, elle aurait tout saccagé sur son passage. Notre cave serait un champ de ruines !

Je regardai autour de moi. Mais oui, il était clair qu'aucun pied chrétien n'en avait foulé le sol. Nos pupitres et le grand cabinet paraissaient intacts. À première vue, la glace déformante au-dessus du pupitre de mon oncle était le seul meuble taché de sang. Un unique filet marron courait du haut du cadre à travers l'argent poli de sa surface concave.

Le tueur avait-il frôlé le cadre du miroir d'une main dégoulinante en y contemplant sa propre image gauchie ? Ou bien la légende du « miroir qui saigne » disait-elle vrai ?

Quoi qu'il en fût, aucun chrétien n'avait pénétré là. Les émeutiers n'avaient pas franchi le seuil occulte de notre trappe.

« Et il n'y est pas non plus venu de boucher juif ! » me dis-je avec une certitude non moindre. Aucun en effet ne connaissait le secret de notre lieu de prière. Eurico Damas en était lui aussi ignorant. S'il était le meurtrier, il avait dû trouver la trappe ouverte. Mon oncle était-il capable de pareille imprudence ?

Je posai ma main ouverte sur sa poitrine, dans le fol espoir de trouver la réponse dans l'attouchement. Un faible reste de chaleur calma mon souffle précipité. Examinant le corps, je n'y vis d'autre tare qu'une ecchymose noirâtre, entourée d'un petit œdème, à l'épaule gauche. La peau blême sous mes doigts avait l'épaisseur du cuir, mais conservait toujours un terrible vestige de la souplesse de la vie.

Autant que je pouvais en juger, il n'était pas mort depuis plus d'une demi-heure. Il avait donc été tué peu avant quatre heures, et il ne semblait guère y avoir eu de lutte.

Je saisis sa main droite, celle dont il donnait sa bénédiction et créait ses enluminures, je me mis à en scruter les lignes et les pores, comme j'aurais fait les caractères inscrits sur un parchemin antique à déchiffrer. Soudain, pour la première fois de ma vie, je sentis la présence divine se retirer de mon corps. Je priai que le rideau de sang tiré sur mon oncle fût un rêve, comptai jusqu'à cinq, pour les cinq livres de la Torah, puis me tournai à nouveau vers lui et faillis m'étrangler. L'air dans ma gorge était comme un poing fermé.

Je ne pouvais pas le regarder. Des sanglots m'ébranlèrent, profonds, déchirants, sans fin.

Pendant combien de temps pleurai-je ? Les heures suspendent leur cours sous l'empire d'une telle douleur.

Lorsque la paix me fut à nouveau accordée, je me mis à balancer le buste d'avant en arrière. Je me souvins d'avoir vu autrefois dans la rue un petit garçon sourd et aveugle se balancer ainsi. À présent je comprenais pourquoi. Envahi d'une solitude si vaste qu'elle ne connaît plus de bornes, le corps cherche à se consoler par la grâce de ses propres gestes.

Revenant à moi, je sentis dans ma main un tesson de poterie coupant. J'étais toujours assis auprès de mon maître. J'arrachai ma chemise et me mis à laver le sang du masque altéré de son visage. Mes lèvres sculptaient les lettres de son nom comme dans une incantation muette.

J'aperçus soudain son châle sanglant, roulé en boule au pied d'un des pots de myrte, le ramassai et le jetai sur mes épaules. En tant que rappel. De quoi, je ne le savais. Je restais torse nu. Frissonnant. Lavant les taches d'encre des doigts de sa main. Faisant glisser la topaze où la gloire divine avait emprisonné la lueur d'émeraude de ses yeux, lumière dont je ne pouvais plus me passer.

Après avoir murmuré le *kaddich* d'abord pour mon maître, puis pour l'inconnue, j'entrepris de lui laver la main gauche. Un fil pris sous l'ongle du pouce retint mon attention. Regardant de plus près, je vis que c'était de la soie noire. Un nom se forma aux franges de l'ouïe, vint de lui-même s'imprimer sur mes lèvres : Simon Eanes, le marchand drapier.

Ami de la famille, initié au cercle des moissonneurs, Simon avait jadis été racheté par mon oncle aux inquisiteurs de Séville moyennant une fortune en lapis-lazuli. Je revoyais ses mains, ses doigts puissants et sensibles, gainés des gants de soie noire que ma mère lui avait confectionnés dans les restes d'une pièce d'étoffe apportée par dona Meneses. Amputé de la jambe droite dès sa jeunesse, il se déplaçait en s'appuyant lourdement sur des béquilles de bois et portait des gants pour éviter la formation de durillons.

Le fil avait-il été arraché à un de ces gants ?

En tant que membre du cercle de mon oncle, Simon connaissait évidemment l'existence de la cave et l'emplacement de la trappe. Mais un homme amputé d'une jambe pouvait-il avoir la force et l'aplomb nécessaires pour tuer comme un *chohet* ?

Je serrai le fil dans ma besace et poursuivis mon examen des ongles de mon maître, à la recherche de cheveux ou de lambeaux de peau. Ne trouvant rien, je scrutai derechef son visage. Un réseau de petites veines éclatées dessinait sur ses lèvres des entrelacs irréguliers. Je lui fermai les yeux d'une dernière caresse. Les paupières étaient sombres, comme meurtries.

La pression du châle de prière sanglant sur mes épaules poussa mes regards vers nos pupitres. J'y aperçus, par terre, les pantoufles et la robe blanche de mon maître. M'approchant, je vis qu'une des pantoufles était sens dessus dessous. L'autre gisait à quatre pieds de là, comme si toutes deux avaient été lancées sans soin de l'autre bout de la salle.

Tous les vêtements étaient gorgés de sang. Il avait donc été tué tout habillé, puis dénudé une fois mort.

Je fis le tour de la cave, cherchant d'autres habits, ne m'arrêtant qu'un instant pour contempler mon reflet déformé dans la glace. Comme je paraissais laid et vil, un être aux traits froissés et aux yeux de basilic, les cheveux hérissés comme les serpents de Méduse !

Nulle part je ne trouvai rien qui appartînt à la femme. Pas même une chemise ou un fichu. Pas même un ruban.

S'esquissant à la lumière crue de la honte, une explication possible me terrassa. Mon oncle était très inquiet depuis quelque temps. Pour des raisons dont il n'aimait pas parler. La jeune femme n'était-elle pas la cause de ses soucis, une maîtresse qui lui aurait annoncé son intention de mettre fin à leur liaison secrète ? Ou bien enceinte, qui lui aurait présenté un ultimatum : répudie ta femme ou je te dénoncerai comme père de mon enfant !

L'avait-il déshabillée en haut pour ensuite la faire descendre à la cave, verrouiller la porte, la tuer et se suicider ? Pourtant, l'entaille qui lui barrait la gorge... Se pouvait-il qu'un homme s'infligeât à lui-même une telle blessure ? Se pouvait-il que mon oncle eût tué un autre être portant dans son sein une étincelle divine ?

Et où était le couteau ? L'avait-il fait disparaître en murmurant une formule magique ?

Retenant mon souffle, je glissai les deux mains sous les corps, à la recherche de l'arme. Je ne palpai rien, rien hormis la masse écœurante, froide, inanimée, qu'il faudrait inhumer au plus vite.

Le couteau demeura introuvable. Ouvrant le dernier rang de tiroirs de notre meuble de rangement, je découvris cependant que deux boîtes d'ébène avaient été forcées. Notre petite fortune en or et en lapis avait disparu. Le tueur – ou un autre – avait dédaigné les pigments de moindre valeur pour ne s'approprier que nos matériaux les plus précieux.

L'essentiel, bien sûr, ce n'était pas ce qu'il avait pris, mais qu'il eût su *précisément* où chercher nos trésors. Or, je pouvais compter sur mes doigts les personnes au fait du contenu du cabinet : notre famille, Farid et Samir, et enfin les « moissonneurs du champ ».

Le tueur était forcément l'un d'eux.

Les noms des quatre membres du cercle kabbalistique de mon oncle retentirent à mes oreilles, comme clamés par un crieur public :

Simon Eanes, marchand drapier et enlumineur de manuscrits.

Le père Carlos, prêtre, l'homme à qui nous avions confié l'instruction de Juda dans les principes de la foi chrétienne. Ne venait-il pas de se disputer avec mon oncle au sujet du manuscrit de Salomon ibn Gabirol auquel il ne voulait pas renoncer ?

Diego Gonçalves, imprimeur et lévite dévot, lapidé dans la rue deux jours auparavant.

Samson Tijolo, le robuste vigneron chez qui je m'étais rendu le jour même pour acheter du vin cacher.

M'arrêtant un instant au nom de Samson, je me souvins avec dépit de la lettre de mon oncle que je lui avais portée sans penser à en prendre connaissance.

Face au mur oriental, je fixai à nouveau les yeux et l'esprit sur le dessin du carrelage. Je commençais pour la première fois à mesurer toute la duplicité de l'homme dont je me proposais de faire justice, homme dont le masque d'amitié nous avait tous trompés. Je sentais que, pour arriver jusqu'à lui, j'aurais besoin de savoir tout ce qui s'était passé à la cave.

Lentement, de la démarche circonspecte d'une mante religieuse, je fis une fois encore le tour de la salle afin de graver la scène dans ma mémoire, pas à pas, pouce à pouce, comme j'aurais fait glisser un index de lecture sur un rouleau de la Torah.

Derrière le pied d'un des trois pupitres je trouvai un grain de bois rond portant des traces de sang. Une petite boule sombre, finement veinée et percée d'un trou. La ramassant, je voyais en esprit un rosaire ou un chapelet resserré autour du cou de mon oncle. Le chapelet du père Carlos ?

Je mis l'objet dans ma besace.

Deux grosses traînées de sang marquaient le bas d'une des deux tentures de cuir qui ornaient le mur occidental de la cave. Entre les deux, la ligne droite d'une fente permettait de reconstituer les gestes du tueur, enveloppant son couteau dans cette partie de la tenture avant de tirer l'arme brusquement vers le bas pour en nettoyer la lame.

Des souliers sanglants avaient laissé des empreintes allant du mur vers le cercle de prière et jusqu'au pied de l'escalier, mais je n'en voyais aucune sur les marches. Le tueur s'était donc trouvé piégé, il avait cherché la sortie... pour ensuite s'évanouir en néant.

Combien de personnes avaient laissé là des traces de pas ? Celles de mon oncle et de la jeune femme étaient parfaitement nettes sur les nattes. Autant que je pouvais en juger, le tueur portait des souliers aux semelles de corde, et ses pieds étaient d'un pouce plus longs et nettement plus larges que ceux de mon maître.

Ces empreintes ne pouvaient-elles être celles de Diego ou de Samson ? L'un et l'autre avaient les pieds d'un Goliath.

Ou bien les tueurs étaient-ils plusieurs ? La surface rugueuse des nattes ne gardait qu'imparfaitement les empreintes, et sur l'ardoise sombre il m'eût été impossible de distinguer les traces de deux ou même trois pieds de forme et de dimensions semblables.

Je repensai à Simon. Même un homme amputé d'une jambe pouvait tuer comme un *chohet* en employant l'arme de la surprise contre un kabbaliste abîmé dans sa psalmodie. Mais il n'aurait laissé que l'empreinte de son pied gauche. Or, je voyais clairement au moins deux traces d'un pied *droit* qui ne pouvait être celui de mon maître.

Si Simon avait pris part au meurtre, il avait donc eu un complice.

Mais j'allais trop vite en besogne. Le fil avait peut-être été placé là délibérément pour faire porter les soupçons sur Simon. Le grain de chapelet pouvait, de même, être tombé de la main d'un malicieux désireux de compromettre le père Carlos. Il n'était pas exclu que même les traces de pas ne fussent autant de faux indices.

À nouveau je m'assis sur mes talons et soulevai la main gauche de mon oncle pour examiner l'ongle du pouce. Il était proprement limé, dans les formes prescrites, hormis à un endroit où une fissure minuscule, à présent bordée de sang, avait accroché le fil. N'y avait-il donc pas lieu de croire que l'indice avait en effet été placé là par un autre des moissonneurs pour accuser Simon ?

Sans m'attarder à tirer les conséquences de mon raisonnement, je portai la main de mon oncle à mes lèvres pour en recevoir une dernière bénédiction. Puis, prenant sa dépouille dans mes bras, je me mis à l'embrasser sur les joues, sur la bouche.

J'étais couvert de sang. Teint de part en part. Telle une enluminure qui se serait éveillée à la vie.

Lorsque je fermai les yeux, le souffle froid d'une prémonition m'obligea à me lever. La sueur perla à mon front. Tous les poils de mon corps semblaient se hérisser. L'amorce d'un hurlement poussa dans ma poitrine une porte intérieure et une vision entra :

Autour de moi s'étendait un paysage de collines arides et rocheuses. Il faisait chaud. Le soleil couchant projetait à travers les ravins et les pentes de longues ombres déchiquetées, soulignant les contrastes, donnant à la scène la clarté implacable de la Torah. Au loin, une lumière blanche émergeait au levant, une lumière qui approchait, qui scintillait en poursuivant son ascension dans le firmament d'une manière que je devinais pleine d'un sens caché. Je ne doutais pas qu'elle n'eût entrepris son voyage à seule fin de transmettre un message. Assumant l'attitude de la prière, j'entendis soudain de toutes parts le bruit d'un grand mouvement d'air. Comme de la respiration d'un être invisible ou de l'atmosphère elle-même. La lumière blanche se dota d'ailes et prit la forme d'un grand ibis radieux dont le plumage blanc m'apparut comme une quintessence de clair de lune. Raidissant ses pattes noires en avant de son corps, l'oiseau s'abattit devant moi, courut quelques pas sur sa lancée pour retrouver l'équilibre, ferma les ailes, puis enfonça la serpe de son bec dans sa poitrine pour hérisser ses plumes. Il avait la taille d'un homme, l'allure majestueuse, de grands yeux d'argent liquide, empreints de la fascination spirituelle de Moïse. Ouvrant et fermant le bec, il parla de la voix de mon oncle : « Retourne-toi ! » J'obéis. Je vis alors que je me trouvais sur le rivage d'une grande nappe d'eau, de huit cents toises de large, et que l'étrange bruit de respiration qui m'avait frappé était simplement celui des vagues déferlant sur la grève. Sur l'autre rive, des dizaines de milliers d'hommes, rangés en colonnes comme des fourmis, escaladaient en courant les pentes de lointaines collines. « Tourne-toi à nouveau vers moi », dit l'ibis. J'obéis derechef. « Comme tu l'as pressenti, tu es arrivé cette année trop tard pour l'exode et les autres ont passé la mer sans toi. Si tu veux traverser maintenant, il faudra voler ; tu n'as pas le temps d'attendre le retour de Moïse. » – « Mais je n'ai pas d'ailes », objectai-je. « Un kabbaliste n'a pas besoin d'ailes pour voler ; la volonté lui suffit. » Sa prononciation du mot « volonté » – *vontade* – était délibérément ambiguë, faisant entendre à la fois *bondade*, la « bonté ». L'ibis reprit : « Maintenant tourne-toi vers le sud. » J'obtempérai et le paysage se figea dans le temps. Une odeur de parchemin frappa mes narines. Je vis que la mer et les collines et l'ibis lui-même n'étaient que des figures peintes dans une *Haggadah* enluminée. Je me tenais au milieu d'une vignette illustrant l'exode, sur la rive égyptienne. On m'avait abandonné là, aux mains de Pharaon.

Des cris dans la rue me rappelèrent à l'instant. « Bien sûr, pensai-je, la prémonition qui me visita il y a deux jours, au passage des flagellants, annonçait cette vision. Dieu essaie depuis vendredi d'entrer en moi pour me montrer ce que je viens de voir. Comme j'ai mal écouté au moment où il l'aurait fallu ! »

La question à présent se posait ainsi : avais-je la *volonté* et la *bonté* nécessaires pour soustraire les miens au danger et les conduire en Terre promise ?

Soudain, mue par une peur viscérale et instinctive, par un impératif de certitude expéditive, ma main tira mon couteau de ma besace. Juda et Cinfa... Ma mère, Esther... Mes doigts se crispaient autour de chacun de leurs noms. Le besoin de les retrouver m'emplit d'une force contenue qui semblait faire bondir chaque souffle dans ma poitrine.

Montant l'escalier quatre à quatre, je sortis également de mon sac le livre des Psaumes que je n'avais pu remettre à son destinataire et dont le poids me gênait soudain bien plus que de raison. Une idée subite arrêta cependant ma course et me cloua au mur. La lettre de mon oncle pour le gentilhomme qui avait commandé l'ouvrage ! Ne pourrait-elle éclairer du moins en partie mes ténèbres ?

La missive était glissée entre la couverture et la première page du manuscrit. Debout au milieu de l'escalier de la cave, transi d'effroi, je brisai le sceau et lus :

« Cher et honoré dom Miguel,

« Vous voyez devant vous votre livre des Psaumes et mon neveu Bérékhia. Je vous demande à présent : sont-ils si différents l'un de l'autre ? Beaux, tous les deux. Tous les deux porteurs d'un monde qui mérite d'être sauvé de l'oubli.

« Si vous avez des doutes, consultez les yeux de mon neveu. Condamneriez-vous à mort un regard aussi bon et intelligent ?

« Je vous disais qu'il y a des êtres, créés à l'image divine, qui n'ont que des pages et point de pieds. Ne voulant pas vous effrayer, j'hésitais cependant à poser les questions qui suivent. Le désespoir qui meut à présent ma plume ne me permet pas de les taire davantage.

« Pouvez-vous être certain qu'un livre ne respire pas ? Pouvez-vous être certain qu'il ne se reproduise pas ? Sinon ici-bas, dans notre humble monde d'apparences, du moins, peut-être, au royaume divin.

« Pouvez-vous être certain même que les anges ne soient pas des livres qui tiennent leur forme de l'Éternel ?

« La Torah elle-même n'est-elle pas le corps du Seigneur ?

« Je ne vous dis qu'un nom : Métatron.

« Répétez ce nom pour vous. Dites-le, si vous l'osez, cent soixante-neuf fois de suite.

« L'ange Métatron aura-t-il un jour à enregistrer vos bonnes actions, ou son regard passera-t-il sur votre nom sans s'arrêter ?

« Vous êtes un naufragé, prisonnier d'une île. Je me trouve à bord d'un navire et je vous tends une perche. Ce n'est pas la perche que vous souhaitiez et je ne suis pas le sauveur en qui vous mettiez votre espoir. Vous lamenterez-vous pour autant sur votre sort ? Vous répandrez-vous en gémissements amers, jusqu'à ce que je lève l'ancre et vous abandonne. Ou comprendrez-vous que personne dans cette vie n'obtient cela même qu'il désirait ? Ne vous contenterez-vous pas de ce que le Très-Haut vous a accordé ? Après tout, la perche que tend un juif à Pessah, du pont du navire qui l'emporte vers l'autre rive de la mer Rouge, n'est pas à dédaigner !

« Peut-être même vous découvrirez-vous le goût des voyages.

« Si vous n'êtes toujours pas convaincu, voyez l'alliance qui est avec vous depuis toujours. Soyez béni, quelle que soit votre décision.

Abraham Zarco

« P.-S. Je n'aurais pas été surpris que vous prétendîtes à la fin les docteurs chrétiens capables de rendre sa virginité à ma chère Esther, mon épouse ! »

Terminant ma lecture, je sentis une porte s'ouvrir en moi. Miguel Ribeiro, surgeon de la vieille noblesse chrétienne, était donc lui aussi un juif du secret ! Que pouvait signifier en effet « l'alliance qui est avec vous depuis toujours », sinon la tête circoncise de son sexe ?

Apparemment, mon oncle avait adressé à dom Miguel une requête, difficile à satisfaire, que l'autre avait rejetée. Sans cela, mon maître n'aurait pas parlé de Métatron, l'ange talmudique qui enregistre les bonnes actions d'Israël.

Quant au conseil de dire le nom de l'ange cent soixante-neuf fois de suite, c'était typique. Le verbe *lizkor*, « se souvenir », revient, sous ses différentes formes, cent soixante-neuf fois dans la Torah. Lorsque mon oncle voulait expliquer un passage obscur de la Loi à une personne qui accomplissait ses premiers pas en philosophie, il lui faisait répéter cent soixante-neuf fois une phrase sacrée, en rapport avec le verset en question. Petit à petit, par des voies kabbalistiques, la compréhension se faisait jour dans l'esprit de l'élève.

Ce que mon oncle demandait à dom Miguel concernait de toute évidence des livres. Avait-il sollicité des fonds pour acquérir des manuscrits nouvellement découverts ? Avait-il trouvé un livre tellement prodigieux, tellement précieux qu'il suscitait des convoitises parmi les « moissonneurs du champ » ? Fallait-il chercher là le lien entre la lettre et le cercle de mystiques ?

Reprenant l'ascension, j'eus pour la première fois l'impression d'être engagé dans la bonne voie. Un moissonneur avait en vérité joué un rôle dans le drame. Peut-être avec la complicité d'un tiers, extérieur au cercle. Ils avaient tué mon oncle pour un manuscrit sans prix qu'il avait découvert, un ouvrage d'une valeur ou d'une puissance magique telle que le cœur d'or d'un de ses amis en avait été changé en étain.

Arrivé en haut des marches, je regardai une dernière fois mon maître et l'inconnue, couchés côte à côte sur les nattes, se tendant les bras comme... L'idée qu'ils avaient pu réellement être amants s'enfuit à peine conçue, mais le doute ajouta une profondeur terrible à l'abîme de la mort qui me séparait de mon oncle. L'avais-je connu pour de vrai, ou n'avais-je fait que l'entrevoir à travers les fentes d'un masque ?

Un cri de femme me parvint de la rue du Temple. Je fis mes adieux aux deux corps, à voix basse, comme on quitte des enfants endormis.

Dans la cuisine j'entendis le murmure confus d'une foule passant devant la porte de ma mère. Des pas furtifs pénétrèrent dans la cour. Regardant par la fenêtre, je vis un enfant chétif, nu-pieds, la tête couronnée d'une tignasse brune, qui cueillait les fruits de notre citronnier. Je m'avançai et murmurai d'un ton menaçant :

— Va-t'en d'ici !

Il sursauta, pivota vivement et partit en courant.

Je m'approchai du mur pour le suivre des yeux, mais baissai aussitôt la tête. À ma droite, une bonne centaine de paysans vêtus de lin grossier, armés de faux et de binettes, de pics et d'épées, descendaient la rue du Temple en direction du fleuve. Mon cœur s'emballa. Je vacillai sur mes jambes, m'assis un instant pour laisser passer le vertige, puis me précipitai dans l'appentis à la recherche d'un marteau et de clous.

Travaillant avec la rapidité du désespoir, je clouai la trappe à son cadre de bois et remis le tapis élimé en place, répétant à part moi : « Personne ne doit se permettre de profaner les corps. » Je passai ensuite dans ma chambre pour me changer. Mon armoire avait été pillée, mais j'y trouvai encore des guenilles, un vieux justaucorps et une paire de chausses de lin dont personne n'avait voulu. Les habits que j'ôtai, lourds de la vie répandue de mon oncle, s'enfoncèrent dans la chaux vive de la fosse d'aisances.

Avant de quitter la cour, je me glissai encore chez Farid. Si mon ami se cachait, sa surdité l'empêcherait d'entendre mes cris. J'appelai à voix basse son père Samir. Les murs de pierre carrelés ne me renvoyèrent que le silence. Je poursuivis mes recherches dans la cuisine et la chambre à coucher. La maison avait été saccagée, le métier à tisser démoli à coups de hache, mais les deux occupants avaient disparu sans laisser de trace. Sans doute étaient-ils en fuite. Pour en avoir le cœur net, je tapai du pied le nombre *pi* : trois coups, puis un seul suivi de quatre. Le chiffre magique des Égyptiens nous servait, à Farid et à moi, de signal de détresse. S'il était là, il le percevrait dans la plante de ses pieds.

Il n'y eut pas de réponse.

Ressortant dans la cour, je vis accourir notre chatte Roseta. Les deux cerises que ma mère lui accrochait au cou en guise de collier bringuebalaient follement. Elle se mit à ronronner et fit le gros dos en frottant son pelage gris contre ma jambe. Je la chassai du pied, traversai l'embrasure sans grille et me retrouvai dans la rue Saint-Pierre. Le ciel à l'ouest, au-dessus du centre de Lisbonne, était noir de fumée. Pensant à ma famille, je sentis ma main se resserrer sur le manche de mon couteau. Pourtant je ne bougeai pas, fasciné par la maison jouxtant le cloître de l'église de l'autre côté de la rue. Le père Carlos logeait à l'étage. Ses volets étaient fermés. Avait-il pris part, en tant que moissonneur, au meurtre de mon oncle ? Ou, au contraire, les nôtres avaient-ils cherché refuge chez lui ?

Je montai l'escalier au pas de course, trouvai porte close, criai :

— Ouvrez ! Vous serez plus en sécurité avec moi ! Dites-moi au moins si vous avez recueilli Juda ! Diable d'homme, répondez !

Rien. Un péché s'insinua dans mon cœur et je le souhaitai mort, afin de ne pas devoir le soupçonner de porter la responsabilité de la mort d'un autre.

À nouveau dehors, au carrefour dont le vide donnait froid dans le dos, les oreilles retentissant des cris de la populace dans les rues basses, mes pieds se mirent d'eux-mêmes à me porter vers le nuage de fumée qui s'élevait au cœur de la ville. J'avançais comme un corps sans âme, mon ombre allongée battant en retraite derrière moi, reculant devant la souillure qui s'attachait à mes pas.

Devant le mur sud de la cathédrale je vis passer une troupe de femmes qui semblaient fuir des envahisseurs ; aucune cependant ne tenta de m'arrêter ou de me mettre en garde. Étaient-ce des hirondelles pourchassées par l'armée de Pharaon ? Je n'avais pas d'yeux pour les visages et, quoi que puissent dire les évêques, les pieds du juif qui fuit la mort ne font pas un bruit différent de ceux des chrétiens.

Une meute de jeunes gens armés de houes et de pics gardait les abords de la Madeleine. Je m'empressai donc de bifurquer à gauche, descendant vers le fleuve, et débouchai dans la rue Neuve-du-Roi non loin de l'église de la Miséricorde, à cinquante pas du magasin de Simon. J'y courus. Quatre hommes vêtus en marchands s'entretenaient sous un porche de l'autre côté de la rue. Ils me suivirent des yeux, sans bouger. Plus loin, une bande de petits mendiants jouaient avec un panier d'osier qu'ils se renvoyaient à coups de pied comme un ballon de cuir.

Comment rendre l'ambiance de cette rue morte sans l'être, aux volets clos et aux balcons vides, où on ne voyait aucun véhicule ? « Voilà à quoi ressemble une ville prise d'assaut par ses propres habitants, pensai-je. Une ville sans avenir. » Je me faisais l'impression d'un revenant, je me demandais si j'entendrais le son de mon poing cognant à la porte de Simon. Mais oui, et je ne fus pas le seul. Un volet s'ouvrit à l'étage, laissant passer une tête barbue, coiffée d'un feutre bleu à larges bords. C'était maître Joao, le propriétaire vieux-chrétien de la maison.

— Arrête ce tapage ! hurla-t-il.

— Je ne sais pas si vous vous souvenez de moi... Je suis le neveu d'Abraham Zarco. Je cherche Simon Eanes. J'ai besoin de lui parler. Est-il au magasin ?

— Il fallait passer deux heures plus tôt. Les dominicains sont venus le chercher. Ils l'ont éventré et emporté là-bas, fit-il, désignant les volutes de fumée qui s'enroulaient au-dessus du Rossio. Maintenant va-t'en ! Si tu n'es pas fou, ce que tu as de mieux à faire, c'est de te terrer quelque part !

— Il est donc mort ?

— Tu n'as pas d'yeux, nigaud ? Regarde la fumée ! C'est lui ! Maintenant déguerpis, chien de marrane, ou tu vas faire revenir les dominicains !

Il referma la fenêtre avec fracas.

En m'éloignant, j'entendis une voix intérieure murmurer les noms des trois moissonneurs survivants, noms qui me semblaient annoncer chacun une errance dans le désert. Samson le vigneron. Diego l'imprimeur. Le père Carlos.

Je commencerais par Samson. Sa femme Rana était une amie d'enfance ; elle ne pourrait me dissimuler la vérité. Si Samson était rentré ruisselant du sang de mon oncle, les yeux de Rana me le diraient.

La place du Rossio s'ouvrit comme une plaie infestée d'une vermine grouillante d'hommes hurlants. Ils s'agglutinaient autour des carrosses immobilisés, jouaient des coudes sous les grandes arcades de l'hôpital de Tous-les-Saints, se penchaient en riant aux fenêtres et aux balcons. Des mouettes survolaient la scène, lançant des cris rauques. Un homme en haillons dansait, malgré les ulcères suppurants qui lui rongeaient les pieds.

— Une tarentule l'a piqué ! me cria une vieille sorcière à la peau tannée. Il ne peut pas s'arrêter, même pour ça !

Son rire déclencha une quinte de toux et elle faillit s'étrangler.

Au-dessus de la foule, devant l'église Saint-Dominique, s'élevaient de sombres colonnes de fumée.

J'avançai, entraîné malgré moi par le feu de l'émotion. Faire demi-tour en cet instant, c'eût été comme de tourner le dos à Dieu lui-même. Ou à un assaut du démon. Il aurait fallu être un saint.

Soudain j'aperçus maître Salomon, l'orfèvre-bijoutier, à la lisière de la cohue chaotique. Les mains emprisonnées derrière le dos par un colosse dont les muscles avaient la patine propre aux forgerons. Les cheveux et le cou barbouillés de merde. Lorsqu'il me reconnut, ses traits se tordirent et ses jambes tremblèrent. Ses yeux inquiets me suppliaient de fuir. Je croyais entendre sa voix : « Maintenant, Bérékhia, avant qu'il ne soit trop tard ! »

Poussé en avant, il fut avalé par la foule.

J'y plongeai à sa suite et me laissai porter vers le centre par une subite lame de fond. Glacé de terreur à l'idée de trouver les miens captifs au cœur de l'émeute. Brûlé en même temps d'une fièvre apparentée au désir charnel. Passé de mains en mains, sans fin, comme chutant dans les bras d'un rêve. Arrêté enfin par un espace ouvert. Un bûcher. Crépitant de flammes. Élevant des vrilles vertes et orangées vers le toit de l'église. Sur la plate-forme du clocher, un moine dominicain, le cou mangé par un goitre, brandissant sur la pointe d'une épée une tête coupée, attisant la frénésie de la populace :

— Tuez les hérétiques ! Tuez les juifs diaboliques ! Que la justice de Dieu s'abatte sur leurs têtes ! Qu'ils expient leurs forfaits contre les enfants chrétiens ! Qu'ils...

Le feu répandait une chaleur insoutenable, nourrie de la masse des corps juifs. Hébété, incapable de penser, je ne pouvais détacher mes yeux du brasier où je reconnus enfin Nessim Farol, interprète et prêteur sur gages, qui paraissait me dévisager à travers un rideau de flammes. Sa tête était noire, carbonisée, ses yeux blancs comme ceux d'un poisson cuit. Écœuré, je baissai le regard, mais là, à mes pieds, c'était la tête du cordier Moïse Almal, reposant comme le chef de Jean Baptiste sur un plat d'écarlate liquide. Les abords du bûcher étaient partout semés de mares de sang où poussaient des membres humains.

Quelques secondes ou peut-être quelques minutes plus tard – une telle scène défie l'enchaînement chronologique de la mémoire – la tête d'Almal fut cueillie en pleine course et emportée par un barbu.

Suivant sa fuite éperdue à travers la foule, je découvris un quidam, torse nu, suant comme un mineur, occupé à dépecer à la hache le corps d'une femme âgée, écartelée sur les pavés. Il trancha d'abord la main gauche, puis la droite à laquelle je vis briller une bague : l'aigue-marine de senhora Rosamonte, notre voisine, qui m'offrait toujours de ses citrons. Tout à la joie de tuer, l'homme à la hache ne remarqua pas la pierre précieuse. Il éclata de rire et hurla :

— Les cendres des juifs seront un bon engrais pour nos champs !

Il lança les mains de ma voisine au milieu de la foule qui salua le geste par des cris de joie. J'y replongeai, retrouvai enfin celle qui portait la bague sur la tête d'un marin nordique, pâle et boutonneux, qui dansait en braillant une chanson ivre dans une langue dont les consonnes semblaient exploser au fond de ses entrailles. Je me plantai face à lui. Il mit fin à sa gigue. Je vidai ma bourse à ses pieds en montrant du doigt son couvre-chef improvisé. Il hocha la tête, cracha des mots gutturaux et jeta la main en l'air, aux mouettes. Elle retomba dans une pluie de sang. Je m'en emparai et la fis disparaître dans ma besace, me retournai vers les marches de l'église, attiré par des cris proférés d'une voix funeste.

— À mort les mécréants ! À mort !

C'était un petit moine grassouillet, aux yeux de chouette, emmailloté dans ses robes maléfiques, qui présentait à la foule, tel un écu armorié, un crucifix trempé dans le sang. Salomon l'orfèvre était là, gisant sur les pavés au bas des degrés. Le ventre en l'air, saignant comme un chien blessé. Lorsque j'approchai, il m'appela à voix haute, une fois, clairement. Sa robe blanche était striée de bandes rouge vif. Deux hommes ruisselants de sang et de sueur, grognant sous l'effort, le frappaient avec des planches de bois garnies de clous, réunies en forme de croix nazaréenne. Salomon qui, d'une caresse, transformait la feuille d'or en un chuchotement de paroles divines. Salomon, qui m'avait embrassé à pleine bouche, fondant en larmes, lorsqu'il avait vu le rouleau d'Esther que j'avais enluminé pour lui. Salomon, qui...

Les tueurs n'avaient pas la tâche facile. À chaque coup, des jets de vie jaillissaient de l'orfèvre comme d'une fontaine vue du ciel. Il levait la chair déchiquetée de ses mains trouées dans un vain effort pour s'en protéger. Hurlait en hébreu. Invoquait le roi Manuel. Puis Abraham, Moïse. L'Éternel.

— Que cela finisse ! Ô mon Seigneur ! Que cela finisse !

Il s'étrangla, la bouche envahie de sang gargouillant.

— Rasons le juif avant qu'il crève ! cria l'un des hommes.

Attrapant un brandon dans le bûcher, il mit le feu à la barbe grise de Salomon. Grand ouverts, écarquillés par la souffrance, les yeux de l'orfèvre torturé scrutaient farouchement le monde en quête de secours.

L'esprit percé d'un trait d'hérésie, je pensais : « L'Éternel a mal fait le monde, qu'on ne puisse ôter une telle douleur à un autre en l'assumant soi-même. »

Un géant balourd, une croix sanglante tracée sur le front, une hache rouillée à la main, sortit soudain des rangs de la foule en implorant la pitié et la pluie du ciel. Il brandit l'arme au-dessus de sa tête et abattit le tranchant ébréché sur le cou de Salomon. La vie rejaillit jusqu'à mes pieds. Le corps, pauvre poupée de chiffon, se disloqua, le cou crachant du sang comme un fût de vin nouveau.

Lorsque je repris mes esprits, je vis des yeux chrétiens braqués sur moi. J'étais tellement stupide d'horreur que je m'étais mis à marmonner des prières en hébreu.

Au même instant une main m'agrippa et me tira brutalement en arrière. J'entrevis une figure familière. David Moisés ? Nous courûmes avec la rapidité ailée du cauchemar à travers des murailles de bras happeurs. À travers une forêt hérissée de mouvement. Tournant des coins. Montant des escaliers de pierre.

Enfilant de sombres ruelles pour nous réfugier enfin dans l'entrée d'une maison et refermer la porte sur les ténèbres accueillantes.

Une main s'abattit sur ma bouche. Je perçus contre ma joue une respiration précipitée. Une voix que je connaissais murmurait mon nom.

— Chut, Béri !

C'était bien David Moisés, notre ancien *hazzan*.

— Maître David, avez-vous vu Salomon, l'orfèvre ? demandai-je.

— J'ai vu beaucoup d'entre nous.

— Mais Salomon ! Avez-vous vu... ?

De l'autre côté de la porte on criait :

— Sur la berge ! Allons-y ! Amenez la charrette !

La main de maître David se plaqua à nouveau sur mes lèvres, s'appesantit. Nous nous fîmes tout petits, retenant de concert notre haleine, soupirant enfin chacun pour soi.

— Avez-vous vu quelqu'un de ma famille ? Ma mère, Juda...

— Non, mais ils pourraient être n'importe où.

— Il faut que je rentre... Peut-être qu'ils auront réussi à regagner la maison. Il faut que je les trouve et...

— Écoute, dit-il en me secouant. Le seul moyen de les trouver, c'est de rester en vie. Il faut fuir.

— Comment est-ce que cela a commencé ? Qui est responsable de ce... ?

— À l'église des dominicains. Ils ont là-bas un crucifix percé d'un trou qu'ils recouvrent d'un miroir. Les moines y font passer un cierge allumé. Ils disent à tout le monde que la lumière est un signe du Nazaréen, un miracle. Il y a une heure environ, un converti, le tailleur Jacob Chaveirol, était...

— J'ai connu son fils Menni à l'école. C'est un

grand docteur de la Loi. Un sage. Il a un magasin rue...

— C'est un sot ! Il a dit que le Christ ferait mieux de nous donner de l'eau plutôt que du feu !

— Et alors ?

— Assommé. Ils lui ont ouvert le ventre et arraché les... Deux prêtres ont incité les fidèles assemblés à massacrer les juifs. Le frère de Jacob, Isaac, a été tué lui aussi, déchiqueté. C'est sa tête qu'ils ont mise en haut du clocher. Des matelots nordiques se sont cotisés pour payer le bois du bûcher. Et bientôt... Bientôt...

La voix lui manqua.

— Et le roi, pourquoi ne prend-il pas notre défense ? Sa prescription nous donnait vingt ans...

— Le roi Manuel ? soupira maître David. Il a beau être lâche, il n'est pas bête. Il sait que s'il envoie l'armée, la populace demandera sa tête. Elle le déteste presque autant que nous. Il laissera l'émeute suivre son cours et ne reprendra la ville qu'une fois les esprits calmés.

Nous gardâmes un instant le silence, blottis l'un contre l'autre. Je ne pouvais parler de mon oncle ; c'eût été reconnaître qu'il m'avait quitté pour toujours. Et je ne voulais me fier à aucun converti avant d'avoir approfondi les circonstances du crime.

— Sauriez-vous ce que sont devenus le père Carlos et Diego l'imprimeur ? demandai-je.

Sur le signe de tête négatif de David, j'ajoutai :

— Et Samson le vigneron ?

— Je l'ignore.

Mes yeux commençaient à se faire à l'obscurité. Nous nous trouvions dans une cage d'escalier circulaire. Une faible lueur filtrait à travers un jour grillagé en haut de la porte d'entrée. Elle me permit de distinguer soudain, collé à la tige de l'escalier au-dessus de nous, un visage qui semblait nous épier. J'allongeai vivement le bras, attrapai une jambe et bâillonnai de ma main une bouche sur le point de crier. C'était une jeune fille. Elle se débattit, mais je la tenais de toute la force de ma peur emmagasinée.

— Arrête ! chuchotai-je. Je ne te ferai pas de mal !

Elle lutta un instant encore, puis se détendit. Je sentais la chaleur de son haleine contre ma paume.

— Le diable l'emporte ! fit le *hazzan* dans un murmure qui avait l'intensité d'un hurlement.

— De toute manière nous ne pouvons pas rester là, dis-je. Nous sommes trop près du Rossio. Allez, je vous retrouverai au-delà de la porte Sainte-Anne. Passé le couvent, il y a une colline couronnée d'un grand chêne solitaire. Attendez-moi là-bas. Je l'empêcherai de crier jusqu'à ce que vous ayez eu le temps de vous éloigner.

À présent je voyais clairement mon ami. Son châle de prière dépassait sous son manteau déchiré.

— Et pour l'amour du ciel, faites disparaître votre *tallit*, ajoutai-je.

— Mais que feras-tu ? demanda-t-il.

— Vous m'avez sauvé une fois. Je me charge de la suite. Maintenant que je sais ce qui se passe, j'arriverai bien à me tirer d'affaire. Mais jetez ce châle !

— Je ne peux pas, dit-il en le dissimulant de son mieux.

— Et vous traitez Jacob le tailleur de fou ? Allez ! Je vous retrouverai au-delà de la porte Sainte-Anne.

Maître David hésita, comme sur le point de parler, puis me serra le bras et se précipita dans la rue.

La puissance et la peur colorent l'émotion d'une nuance à nulle autre pareille. Retenant ma captive, je me sentais le corps couleur d'argent, réfléchissant, transcendant à tout enfermement.

— Je te relâcherai bientôt, dis-je.

Sa réponse fut encore la chaleur d'un souffle au creux de ma main. Lorsque mes doigts se défirent, elle se redressa et les attira derechef dans sa bouche. Sa langue joua contre ma paume les mesures d'une prière érotique, traça des crêtes de désir le long de mon pouce et de mon index. Elle effleura mon sexe de la main, le serra fugitivement, comme curieuse, à travers le tissu. Nos deux langues dansaient à la cadence du flux et du reflux de nos respirations confondues. Déments dépravés, nous nous pelotions là, dans l'escalier, tandis que l'émeute se déchaînait au-dehors. Elle me prit par la main et chuchota :

— Montons !

Le corps a-t-il une vie à lui, indépendante de l'esprit ? Comment pouvais-je la suivre après avoir vu ce qu'on avait fait de mon oncle ? Ou bien la sexualité remplit-elle une fonction curative que nous nous refusons à reconnaître ?

Elle me conduisit dans le demi-jour d'une chambre aux rideaux tirés. Le loquet de la porte retomba avec le bruit sec d'un verrou de rêve. La lumière se dessinant au pourtour de la fenêtre agit sur moi comme un aimant. Je vis que la maison était sise dans une petite rue à cinquante pas environ du Rossio, à la limite du quartier maure. Le vacarme y parvenait assourdi, comme filtré à travers plusieurs épaisseurs de tissu. En regardant, mon cœur s'arrêta soudain de battre. Je voyais brûler le visage de Salomon. Mais il avait les yeux d'émeraude de mon oncle Abraham. Des yeux vides, froids, dont le regard me passait au travers, sans me voir. Tant de mort. Tant de sang. La main de la fille me caressait les fesses. Je me retournai pour reprendre sa bouche, mais elle se déroba et, se baissant, enfouit mon désir dans une chaleur liquide, titillante, tournoyante, brûlante, m'enferma dans la succion d'une nuit goulue, avide, informe, gémissant désespérément tandis que je la serrais contre moi et lui déroulais les cheveux sur ma poitrine palpitante et léchais les pétales de ses oreilles. Comme chevauchant les contours de la ténèbre elle-même, je m'agrippai à ses épaules et lui chatouillai le petit bout des seins, m'enfonçant toujours plus avant dans la nuit chaude et juteuse jusqu'à ce qu'elle émît un râle sanglotant. J'explosai, en chute libre dans une caverne sans fond.

Quand le bout affolant de sa langue agile eut achevé de me vider, elle me caressa le visage en chuchotant :

— Je vais me laver.

Affalé sur le lit, j'entendis la porte s'ouvrir et se refermer. Des pas couraient dans l'escalier. Elle hurlait :

— Au marrane ! Il y a un juif chez moi !

Je renouai mes aiguillettes et ouvris les rideaux. La fille avait arrêté un carrosse dans la rue. Entourée d'hommes à l'allure martiale, elle levait la main vers moi. J'attrapai ma besace et me précipitai sur le palier, montai sur le toit et sautai sur la terrasse de la maison voisine. Aiguillonné par les cris qui accompagnèrent ma fuite, saisissant au vol des bribes de voix dans les logements dont je parcourais les toits, je courais à travers un désert de tuiles, me laissait glisser le long des gouttières. La dernière corniche se présenta avec la soudaineté du livre qui se referme. À mes pieds un mur nu tombait jusqu'à la chaussée, sept toises plus bas. Le toit le plus proche était à près de deux toises.

— Halte-là, juif !

Je me retournai comme pour affronter toute la chrétienté réunie. Un jeune gentilhomme aux cheveux longs descendait maladroitement la pente du toit. Grand et maigre, il avait des joues creuses et le menton arrogant des bien-nés. Des taches de sang maculaient ses chausses jaunes comme d'une écriture démoniale. Ses longues mains élégantes portaient un fouet.

« Un jeune preux, pensai-je, profitant de l'occasion pour cueillir des lauriers à peu de frais. Et c'est moi qu'il entend sacrifier sur l'autel de sa superbe. » Je l'attendis de pied ferme. Il s'arrêta à vingt pas de distance et fixa sur moi un regard médusé. C'était paradoxal, mais j'avais l'impression d'être en position de force.

— Je vais bien m'amuser, fit-il, plastronnant.

Il planta les pieds plus solidement sur la pente glissante, brandit son fouet et l'abattit en hurlant. La mèche frappa les tuiles à mes pieds, en fit éclater deux. Le bruit discordant des débris retombant dans la rue amena une expression satisfaite sur les traits suffisants de mon assaillant.

Je sentis un souffle me parcourir des pieds à la tête, enflant ma poitrine, m'emplissant de la présence de l'Esprit divin. Je m'y cramponnai. L'autre souriait.

— On dit que si on frappe assez fort un juif, on entend le bruit de l'or qui s'entrechoque dans son ventre. Je verrai bien ce qu'il en est !

La rumeur se fondait sur une terrible vérité. On avait interdit aux juifs expulsés d'Espagne en 1492 d'emporter tout objet de valeur. Parmi les dizaines de milliers qui avaient cherché asile au Portugal, certains avaient osé avaler des pièces d'or.

Je grimpai jusqu'au faîte du toit. Une tuile se détacha sous mes pas. La ramassant, je la tins comme un bouclier devant ma poitrine. L'image de Moïse et de ses tables me passa par l'esprit. Je me sentais aspiré au ciel par le soleil ardent des temps où le Seigneur nous donna la Loi. Mon assaillant rit. Marchant à grands pas malhabiles, il me rejoignit sur la ligne de faîte. Nous nous fîmes face, séparés par un silence de dix pas. Lui, les traits tordus dans une moue de dédain. Je me mis à psalmodier les noms de l'Innommable.

— Une incantation magique des marranes ? demanda-t-il.

Je fus tenté de répliquer par une prière kabbalistique demandant sa mort. Renvoyant plutôt les mots à la mutité, je me retirai de ma pensée jusqu'à ne plus sentir sur mon âme qu'une présence légère.

— Juif insensé ! s'exclama-t-il. Nous vous tuerons tous ! Nous vous dépiauterons pour vous faire rendre gorge !

Animé d'une subite force viscérale, je me jetai sur lui. Il leva lentement son fouet, comme enlisé dans un temps liquide. Était-il surpris qu'un juif passât le premier à l'attaque ? Il ne tenta même pas d'esquiver le coup. M'abritant toujours derrière ma tuile, je fonçai comme un taureau de combat. Il râla sous le choc, tituba jusqu'à la corniche et ne cessa de hurler qu'en s'écrasant sur les pavés avec un bruit semblable à celui d'un poing ganté heurtant à une porte.

Je le vis étendu au milieu de la rue, les membres tordus à des angles impossibles, telle une marionnette jetée au rebut.

Restait, si je voulais me sauver, à franchir l'abîme qui me séparait du toit voisin. Je sautai, mais ce fut comme si l'espace se dérobait sous moi. Mon élan se brisa contre un mur. Je tombai lourdement sur un moucharabieh. J'avais une vilaine écorchure au bras et je sentais aussi la brûlure du sang sur ma figure. La maison appartenait apparemment à d'anciens musulmans orthodoxes. J'avais atterri sur le toit du balcon grillagé où leurs femmes, elles-mêmes invisibles, contemplaient le monde en bas, avant que leur culte ne fût proscrit comme le nôtre.

J'enfonçai à coups de pied les croisillons de bois bleu et me glissai à l'intérieur. Hors de la lumière du jour, je me sentais étrangement calme. Je me trouvais dans une chambre meublée de paillasses, au sol garni de nattes de cuir tressé. Sans prendre le temps de souffler, je pénétrai dans un corridor dont les murs blancs laissaient passer un bruit de voix. Une famille était réunie autour d'une cheminée où rougeoyait un feu de braise. Un grand homme au teint cannelle, en robe verte et calotte blanche, vint au-devant de moi. Ses épaules étaient larges et puissantes, ses yeux d'aigle, marron clair, rapprochés et menaçants. Une touffe de poils noirs entre les sourcils lui donnait un air de mystère. Je pensai en un éclair : « Je suis trop las pour lutter. Si cet homme veut me prendre la vie, je la lui offrirai comme une prière. »

— Vous cherchez asile ? demanda-t-il en mauvais portugais.

— Je suis poursuivi, répondis-je en arabe, langue que je parle avec l'accent hébreu.

Nous regardâmes le sang goutter de mon bras sur les nattes du sol. Je refermai l'autre main autour de la blessure.

— Je m'excuse de salir votre...

Il appela sa femme. Elle courut à moi, une fillette pendue à ses jupes. Sa chevelure et ses ongles étaient enluminés de henné. Après avoir badigeonné la plaie d'un onguent vert olive, elle me banda le bras avec un chiffon de lin. Toutefois, ses yeux ne perdirent leur expression effrayée que lorsque j'eus loué la grâce de sa fille en récitant un couplet arabe de la composition de Farid.

Mon épaule droite s'était démise dans ma chute. À présent, revenu de mon émotion, je me rendais compte que je pouvais à peine la mouvoir, mais la douleur s'apaisa bientôt, laissant le membre engourdi.

— Je m'appelle Attar, dit l'homme. Je suis potier. Je viens de Tavira.

— Bérékhia Zarco. Je suis marchand de fruits, né à Lisbonne.

Il me fit asseoir sur un coussin et m'offrit à boire. Lorsque je parlai en passant de Samir, le père de Farid, un sourire de bienvenue illumina son visage. Les deux hommes se connaissaient. Ils avaient étudié le Coran ensemble à Grenade, aux jours où la ville était la capitale d'un royaume musulman.

Il se leva pour apporter encore de l'eau mais, passant derrière moi, m'empoigna sans crier gare et tira très fort. Mon épaule craqua. Une brève lame de douleur me submergea avant de refluer.

— Cela ira mieux maintenant, dit mon hôte. Mais il faudra vous abstenir pendant un temps de faire de la voltige sur les toits.

Sa femme me lava la figure à l'eau tiède pendant que je m'essayais à fléchir le bras.

— Si vous voulez, vous pouvez rester chez nous jusqu'à la fin des troubles, dit Attar.

— Il faut que je retrouve un ami, puis que j'essaie de rejoindre ma famille.

Mon haut-de-chausses était déchiré à l'entrejambe. Il me donna, pour cacher le désordre, un aba de laine rousse dont le col s'ornait d'une fine broderie d'arabesques vert pomme.

— Comment pourrai-je vous remercier ? demandai-je.

Il écarta mes scrupules d'un geste de la main et répondit en me coiffant d'une calotte tricotée :

— Les biens des nomades sont faits pour les quitter. C'est mieux ainsi. Les objets sans ailes n'ont que trop tendance à commander à nos pensées. Allah soit avec vous !

Je rendis la salutation, ployant le buste en signe de reconnaissance.

— Je vous rendrai les vêtements dès que je le pourrai.

Il releva le capuchon de mon manteau et s'inclina à son tour.

Lorsque je me glissai dehors, la rue était déserte. Courant presque, je m'efforçais en vain d'assourdir le bruit de mes pas sur les pavés. L'odeur aigre de la chair juive incinérée était désormais omniprésente. J'étais certain qu'un panache de fumée planait au-dessus de ma tête, mais je ne voulais pas regarder. M'appliquant à ne respirer que par la bouche, je franchis la porte du quartier maure sous les regards méprisants de deux sentinelles à cheval. Sous l'habit que je portais, ces représentants de la couronne n'auraient pas osé me toucher ; toute violence officielle à l'encontre d'anciens musulmans aurait pu faire verser en représailles le sang chrétien dans les terres sarrasines et ottomanes.

Pour me protéger de la foule je n'avais que mon couteau. Je priais que je n'eusse pas l'occasion de m'en servir.

Je baissai mon capuchon une fois en dehors des remparts, courus à travers champs, puis me frayai plus précautionneusement un chemin parmi les fourrés de genêts et les hautes herbes desséchées en approchant de la colline au-delà du couvent Sainte-Anne. Maître David n'était pas là. Des chrétiens inquiets s'étaient attroupés au-delà du pont romain en bas, contant des histoires effrayantes de violences exercées par les émeutiers contre quiconque avait des relations avec des juifs. Certains lâches, semblait-il, profitaient des troubles pour assouvir des vengeances personnelles ou se défaire de leurs créanciers.

— C'est la faute des nouveaux chrétiens ! C'est à

cause d'eux que Dieu nous a envoyé la sécheresse ! criait une vieille sorcière à qui voulait l'entendre.

Une bande de paysans armés de marteaux et de barres de fer provenant du pillage d'une forge, gaillards comme une partie de chasseurs à l'hallali, sortit soudain de la porte Sainte-Anne pour porter le massacre dans les campagnes. Couché à plat ventre dans l'herbe, j'attendis. Le soleil avait disparu à l'horizon, le crépuscule nacrait le ciel. Des corbeaux battaient des ailes dans les branches du chêne solitaire. Je pensais à la mort, la voyais en flaque noire, dans mon ventre, étendant des tentacules vers mes mains et mes pieds. Je commençais à me poser des questions. Pour quel péché l'Éternel enlevait-il les meilleurs d'Israël ? Pourquoi se servait-il des chrétiens pour nous punir ?

Les voix des Nazaréens ne tardèrent pas à se taire. Je ne retombai sous l'emprise de l'effroi qu'en me souvenant de la main de senhora Rosamonte dans ma besace. Sous ses doigts je retrouvai le papier tombé du turban de Diego, désormais taché de sang. Relisant le message – « Isaac, *Madre*, le 29 Nisan » – je me demandai s'il ne se rapportait pas à la mort de mon oncle. Diego aurait-il projeté d'abord de le faire tuer cinq jours plus tard, le vendredi 29 ? Isaac serait-il un assassin embauché grâce aux deniers de la mère Église, la *Madre* ?

Je n'étais pas sans savoir que les minces fils des indices que je tenais en main ne permettaient guère d'ourdir une trame aussi complexe, qu'un tel scénario n'était qu'une hypothèse des moins vraisemblables. Je me sentais cependant tellement seul, tellement coupé des miens et de Lisbonne et de l'amour divin que j'avais besoin de croire à quelque chose – fût-ce une pure fable – qui fît apparaître un ordre et un sens dans les horreurs de la journée.

Telle est la puissance de l'esseulement. Je compris alors que la liberté, de l'espèce accordée aux orphelins et aux disciples sans maître, peut être le pire des sorts.

IV

C'était la troisième nuit de Pessah, les petites heures de la nuit du dimanche au lundi. Maître David n'était pas venu ; ou il était mort, ou il se cachait. La porte Sainte-Anne, devenue un point de ralliement de la racaille chrétienne, était impraticable. Non point la porte des Moines, à l'est. La main serrée sur le manche du couteau dans ma besace, je rentrai dans Lisbonne en traversant le pont wisigoth fortifié, sans rencontrer personne hormis quelques paysans ensommeillés, occupés à boire bruyamment de la soupe à même des écuelles de bois. Un croissant de lune rasait la surface de l'eau en bas, telle une barque céleste.

Des piqûres sonores, comme d'aiguilles d'ivoire, me poussaient de l'avant. Je compris avec amertume et effroi que je luttais contre la fièvre. Je me sentais pourtant plus vivant que jamais auparavant. Le moindre nerf accordé à l'instant présent, ouvert au monde, avide de vibrer.

Le danger était-il passé en ville ? Je ne me souciais même pas de le savoir. Une nostalgie terrible, aussi puissante que la Torah psalmodiée par mon oncle, dirigeait mes pas vers la maison.

Je perçus d'emblée une faible musique de cors

superposés, esquissant une danse d'ombre le long des hautes murailles mauresques qui entourent le quartier le plus ancien de Lisbonne. Montant sur les hauteurs, je vis surgir au-dessus de moi les coupoles bulbeuses du palais d'Alcáçova, éclairées d'une lueur orangée qui se fondit ensuite dans la nuit et ne fut plus qu'une brume. Loin en bas, au cœur de la ville, lourde d'inertie, dormait la plus grande juiverie, le quartier de la Petite Jérusalem – vingt mille maisons baignées de clair de lune, répandues entre coteaux et ravins, se blottissant dans une boucle du Tage. Lorsque je fermai les yeux et murmurai une prière pour ma famille, je crus voir le duvet gris de la clarté lunaire se décanter et prendre la forme d'anges.

Je redescendis à travers un labyrinthe abrupt de ruelles et d'antiques escaliers. Près de l'église Saint-Martin, une odeur de fumée me fit courir un frisson dans le dos. Je ralentis le pas, rasant furtivement les murs blancs des maisons, débouchant enfin dans la place des Frères de Saint-Jean. Devant les arcades arachnéennes du couvent, un grand feu de joie lançait sur une foule des papillons déchiquetés d'ombre et de lumière. Au centre, une grappe des nôtres, de la petite juiverie. Debout, les mains et les pieds attachés avec des filins, les habits déchirés, les têtes pendantes d'épuisement. Aucun ne parlait. Le désespoir de leurs traits tirés disait qu'ils avaient été promenés ainsi pendant des heures.

Des hommes frustes, armés d'épées et de hallebardes, leur firent resserrer les rangs. Je reculai sans bruit et me cachai derrière le mur décrépi d'une taverne à l'angle de la place.

— Ne faites pas cela, je vous en supplie !

— Tuez-moi si vous voulez, mais épargnez mes enfants !

Cent supplications m'assaillirent tandis que je fouillais du regard la clarté orange, corrosive des flambeaux, cherchant les miens. Je remerciai le Saint, béni soit-Il. Il n'y avait personne de ma famille parmi les prisonniers, mais je les reconnus tous : notre *mohel* Salomon Éli, sa femme, d'autres et d'autres encore dont je gravai les visages dans ma mémoire de la Torah.

Un moine au nez crochu agitait un encensoir d'argent fumant en proférant contre les juifs des malédictions latines.

Combien déjà avaient été traînés hors de nos murs et réduits en cendres ? Le petit Didi Molkho, que tout le monde croyait destiné à devenir un grand poète ? Avait-il été ravi à sa mère pour... ? Et Murça Benjamin qui, la première, derrière l'église Saint-Vincent, m'avait permis de contempler les parties secrètes d'une jeune fille ? Était-ce son beau corps là, au milieu de la couronne de flammes, qui commençait à... ? « Je t'en implore, Seigneur, psalmodiai-je en esprit, fais que plus personne ne soit brûlé cette nuit. » Les silences de ma prière étaient cependant gros d'une question : pourquoi avait-Il permis que l'une quelconque de Ses semblances fût ainsi profanée ?

On avait attaché le forgeron Samuel Bispo à la croix de pierre monumentale au centre de la place. On s'apprêtait à lui infliger le supplice du fouet. Je me fondis dans les ténèbres sans regarder en arrière. Les rues vides me renvoyaient l'écho de mon cœur aux abois. Quel lâche d'envergure biblique j'étais de l'abandonner là, lui et nos autres captifs !

Des spasmes taraudants me nouaient la poitrine et l'épaule blessée, et j'avais honte de ma peur. Je m'assis sur mes talons pour souffler un instant, priai pour la délivrance. Une odeur douceâtre me piqua les narines. Levant la main, je découvris que je saignais du nez. M'avait-on suivi ? Je me relevai d'un bond et me dissimulai sous un portail, l'oreille aux aguets. Je n'entendis qu'un bruit d'eau dégouttant sur les pavés. Lorsqu'une chauve-souris coupa l'air pour s'engouffrer dans une fenêtre ouverte de l'autre côté de la rue, la terreur s'empara de moi avec la violence d'un roulement de tambour mauresque. Je repris ma course. La place du Citronnier était pleine de mendiants dormant au milieu d'un troupeau de moutons. Un seul veillait. Il me regarda passer avec une curiosité hébétée.

Bifurquant à la hauteur de notre vieille auberge, je descendis l'escalier qui passe devant la maison maudite où Isaac ibn Zakhin se tua avec ses enfants pour les soustraire au baptême, j'enfilai la ruelle qui longe le chevet de l'église Saint-Michel et me retrouvai rue Saint-Pierre avec l'impression de me relever d'une chute désordonnée. La chaussée était semée d'oignons et de têtes d'ail, tombés par centaines d'une charrette renversée. Un îlot mouvant de rats noirs grouillait sur le ventre ouvert d'un homme nu, sans tête. Je hâtai le pas. Depuis que j'y étais passé dans l'après-midi, le quartier avait subi une seconde vague de violences. Tous les murs étaient souillés d'immondices, les magasins éventrés, les portes et les fenêtres fracassées. Un pendu se balançait à l'entrée de notre ancienne école : le docteur Montesinhos. Quelqu'un avait tracé une croix de sang sur sa poitrine. Entre ses dents je voyais briller une pièce d'or – péage pour la traversée du Jourdain céleste, glissé là par quelque juif téméraire. Une des chaussures du mort s'était détachée. Une pousse de laurier-rose était collée au talon. Je la ramassai.

Je fis les derniers pas en rasant les murs. Mon entrée dans notre cour mit en fuite deux poules échappées de chez les voisins. Notre citronnier gisait abattu. Je psalmodiai en esprit le commandement du Deutéronome qui interdit de couper un arbre fruitier même pendant un siège : « Ce sont eux qui te nourrissent, tu ne dois pas les abattre. » J'appelai à voix basse :

— Cinfa ! Juda ! Esther !

Le nom de mon oncle était sur le bout de ma langue, mais l'image de son corps blême et rigide le renvoya au silence. Lorsque je saisis la poignée de la porte, Roseta apparut, grise et fantomatique, au sommet du mur bas à mes côtés. Je lui chuchotai de prendre patience, mais elle se glissa à l'intérieur dès que le battant s'entrebâilla. Je criai encore :

— Mère ! Esther !

Les ténèbres nocturnes retenaient leur haleine.

À la cuisine, l'âtre était froid. Je passai une main sur les carreaux du sol et les trouvai humides. De sang ? Je portai mes doigts à ma bouche. Ce n'était que de l'eau. Je me coupai à la pointe d'un couteau tombé, pestai, puis remerciai Celui qui donne sa force au fer. Tenant la lame devant moi, je poursuivis mon chemin à tâtons vers la chambre que je partageais avec Juda et Cinfa. Le matelas de leur lit était nu, froid. Je le caressai en murmurant une prière pour leur sauvegarde. D'une démarche vacillante, je parvins jusqu'à la chambre de ma mère, lançai encore un faible appel, palpai du bout des doigts le vide tendu de sa couche. J'y pris une couverture que je jetai sur mes épaules pour combattre les frissons qui me consumaient.

Où avaient-ils pu aller ?

De nouveaux pillards avaient visité mon armoire, dédaignant encore une fois la plupart des hardes usées héritées de mes aînés. Je laissai tomber la couverture, m'extirpai du lourd aba d'Attar et revêtis de vieilles chausses de lin de mon père et une des chemises de

Mordekhaï. L'antique cape en laine de mon oncle était toujours dans son coffre. Étais-je seul désormais, héritier de toute sa garde-robe, conteur de son histoire ?

Traversant la cour, je pénétrai dans la maison de Farid et appelai tout bas son père Samir. Un bruit de pas lourds dans la rue me fit baisser la tête. Je regardai par la fenêtre et vis deux hommes armés d'épées qui, tournés vers notre cour, semblaient fouiller les ténèbres du regard.

La plante de mes pieds enregistra soudain les vibrations de trois coups. Suivis d'un seul, puis de quatre encore. Notre signal. Farid était donc là, à l'arrière de la maison. Courbé en deux, sur la pointe des pieds, je me rendis dans la cuisine. Une main moite de sueur s'agrippa à mon bras. Nous nous embrassâmes et je tins mon ami enlacé jusqu'à sentir mon cœur menacé de la contagion de ses sanglots muets. Je ne pouvais me permettre de m'ouvrir à l'émotion. Je brisai donc notre étreinte et, traçant les signes de notre langage sur sa paume, dis :

— Je ne trouve personne.

Sur le point de lui parler de mon oncle, je me ravisai, gardant pour moi le secret de sa mort. Peut-être me trompais-je. Mon maître était-il assez puissant kabbaliste pour créer pareille illusion ?

Farid me répondit par des gestes frénétiques. Peu accoutumé à lire ses mots dans le creux de la main, je l'arrêtai :

— Lentement, s'il te plaît !

— Quand les chrétiens sont arrivés, reprit-il, j'ai essayé de sortir du quartier juif. Mais ils étaient trop nombreux. Comme une nuée de sauterelles. Je suis rentré à la maison pour me cacher. J'ai entrevu Juda. Personne d'autre. Le père Carlos l'emmenait. Je les ai vus courir dans la rue Saint-Pierre, jusqu'à l'église. Je voulais appeler, mais ma voix...

Carlos était donc en vie ! Peut-être se cachait-il chez lui quand j'avais frappé à sa porte. Mais Juda, alors ?

La main de Farid s'ouvrit et se pressa contre la mienne. Je percevais le battement précipité de son cœur. L'espace et le temps s'éclipsèrent, ne laissant subsister que deux présences réunies à une frontière chaleureuse. Je renouai enfin le dialogue :

— Je t'ai appelé cet après-midi, une heure ou deux après none, en frappant *pi*, mais tu n'as pas répondu.

— J'étais sorti chercher Samir.

— L'as-tu trouvé ?

Il fit non de la tête.

— Il était allé à la prière dans une des mosquées clandestines du quartier maure quand l'émeute a éclaté. Je n'ai pas pu arriver jusque-là. Je ne sais rien.

— Il y a deux paysans avec des épées dans notre cour, fis-je. Sortons de l'autre côté. Allons chercher Juda et Carlos à l'église.

Farid se leva et me conduisit à travers un damier de lumière et d'ombre jusqu'à la porte de derrière. Dès le seuil nous nous heurtâmes à un homme brandissant une pertuisane. Son premier coup me visait. Je me plaquai contre le sol. Trop tard. L'avant-bras gauche me cuisait. Le sang coulait d'une entaille près du coude.

Farid m'aida à me redresser et nous courûmes à une allure folle du côté du fleuve. En haut de l'escalier des Juifs je me retournai et vis que l'homme nous poursuivait en appelant des renforts. Il fallait le faire taire, ou ses cris allaient ameuter toute la racaille qui rôdait dans le quartier. Je m'arrêtai, pris la main de Farid et lui fis part de mon plan. Il acquiesça de la tête, dévala les marches et disparut dans une ruelle au-delà de l'apothicairerie de senhor Benadife.

Comprimant ma blessure de la main gauche, faisant

glisser mes souliers de mes pieds pour prévenir tout risque de chute sur la pierre lisse des marches, j'attendis. Notre poursuivant approchait, haletant. C'était un adolescent, plus jeune que moi, avec une face ronde de valet de ferme encadrée d'une tignasse noire. Des oreilles humaines pendaient à sa ceinture ; l'une, près de la hanche, parée d'une boucle en filigrane. Pourtant, malgré ses airs de férocité, il y avait de la peur dans son regard. En d'autres circonstances, il aurait pu me servir de modèle pour un des fils de Saül. Mais quel était donc le sens de tout cela ? Lisbonne avait-elle ouvert ses portes à une épidémie de démence ? Je demeurais néanmoins calme, comme respirant l'air d'une terre inconnue au-delà de la terreur. Je l'interpellai :

— Retourne à ton seigle et à ton millet !

— Tu as volé les meilleurs champs de mon père, répondit-il, se préparant à bondir. Ne bouge pas !

Le fer de sa pertuisane vacillait lourdement. Il n'était pas entraîné au maniement d'une telle arme.

— Je suis enlumineur de manuscrits et marchand de fruits. Je n'ai jamais rien volé, protestai-je, me disant en même temps à part moi : « Hum ! Ce n'est pas tout à fait vrai... J'ai bien chipé une brioche autrefois avec un ami... »

Étrange, la façon qu'a l'humour d'affirmer son empire le plus mal à propos.

— Il y a des marranes par ici ! hurlait l'autre.

Puis, revenant à moi, la voix vibrant d'une fureur contenue :

— Des champs qui nous appartenaient depuis des siècles ! Ton peuple... Vous vivez de notre travail, vous nous amenez la peste, vous buvez le sang de nos enfants !

— Prenez-vous-en à ceux qui vous ont spoliés !

— Vous êtes leurs hommes à tout faire. C'est vous qui gérez leurs domaines, vous qui percevez les redevances et les impôts !

Farid sauta d'un toit derrière lui et s'avança sur des pattes de chat. Je dis à l'adolescent :

— Jette ton arme et va-t'en ! Nous ne te ferons aucun mal.

Sa réponse fut un coup d'estocade. Je l'esquivai, mais le fer effleura mon épaule, y traçant encore une balafre cuisante. À la vue de mon sang, je me jurai de ne plus jamais permettre à un chrétien de me frapper.

Farid l'attaqua par derrière. Son bras puissant garrotta le cou du petit paysan tandis que la lame recourbée de son poignard sarrasin lui tailladait la joue. Je m'emparai de la pertuisane et dis :

— Si tu parlais aux nobles comme tu viens de me parler, tout irait bien.

Nous nous retournâmes en entendant des beuglements à l'autre bout de la rue :

— Retiens-les, mon gars ! On arrive !

Je fis signe à Farid de le relâcher ; c'était sa vie contre la nôtre. Dès qu'il se sentit libre, il me cracha à la figure :

— Quand on t'attrapera, je te couperai les couilles pour les mettre à ma ceinture !

Je lui lardai la cuisse d'un coup de pertuisane. Il tomba, ses cris de panique noyés dans le sang qui ruisselait de la blessure. Me prenant aux épaules, Farid m'arracha à ma victime. Nous dévalâmes les marches jusqu'au fleuve dont les eaux argentées reçurent le fer maudit sur lequel mon sang s'était mêlé à celui d'un chrétien.

Tout en courant, je réfléchissais à la violence qui semblait si aisément prendre possession de moi. Avais-je moi aussi porté pendant toutes ces années un masque de piété et de douceur ? Y avait-il un vrai Bérékhia que je n'avais fait jusque-là qu'entrevoir à des instants de rage et de désespoir ?

L'aube pointa, rose et vieil or. Nous avions trouvé refuge sur une petite langue de sable dans une lagune envahie de roseaux entre Lisbonne et Santa Iria. Je dormis sans rêves, me réveillai en sursaut, ébahi du retour du soleil, dans les bras de Farid. Tandis qu'il essuyait mon front et m'aidait à m'asseoir, je me laissai fasciner par sa beauté sauvage, par le duvet ombreux dont les petits poils ressortaient sur ses joues mates comme une parure. De grosses boucles rebelles, noires comme le charbon, lui encadraient la figure d'une crinière de fauve, tombaient en spirale sur son front, répandaient leur abondance sur ses larges épaules. Une physionomie calculatrice, disaient les ignorants, ceux qui croyaient tous les sourds méchants, qui craignaient son mutisme et les jugements qu'ils s'imaginaient lire dans ses yeux vert clair. Mais les seuls calculs de Farid concernaient les rimes. Il était un poète-né, et le plus souvent ses yeux regardaient simplement l'espace du dedans, jaugeant la courbe d'une phrase ou le dessin d'un mètre. À présent il avait l'air songeur. Il serrait les lèvres, tiraillait le lobe allongé de son oreille droite, comme toujours sous l'empire de l'émotion. Comme s'il mourait d'envie de parler. Hélas ! c'était impossible.

Sous le charme, je portai mes regards sur l'eau dormante et contemplai un instant ma propre image. Auprès de mon ami, j'étais dépourvu de grâce. Les yeux traqués, le menton hérissé, les pauvres cheveux emmêlés du double réfléchi par les flots me paraissaient presque appartenir à un étranger. Comme si le jeune sage, chez qui l'on retrouvait le profil sagace de son oncle, avait fait place à un homme des bois, hâve et farouche, un Pan assoiffé de vengeance. Étais-je devenu pour de vrai l'être mi-homme mi-bête que les dominicains nous croyaient tous ?

Attirant mon attention d'une tape sur l'épaule, Farid prit du pain dans son sac et m'en offrit. Je refusai. Nous n'étions qu'au troisième jour de Pessah ; nous commémorions toujours l'exode.

— Ta fièvre est tombée pendant la nuit, dit-il par gestes. Est-ce que tu te sens mieux ?

Mon épaule déboîtée était raide, nouée par la douleur sourde que j'associerais toujours à cette Pâque funèbre. La blessure de mon avant-bras commençait à se cicatriser, mais demeurait sensible. J'avais mal aussi au pied droit ; je m'étais écorché les orteils.

— Moïse nous a abandonnés, annonçai-je. Il faudra passer la mer Rouge par nos propres moyens. Il n'y a personne pour nous aider.

Farid mangeait. Les roseaux autour de nous se balançaient doucement au rythme de la marée dont le lapement était celui de faons à l'abreuvoir. Tout était calme, comme s'il ne s'était rien passé. Les larmes aux yeux, comme à la porte de la compassion divine, je demandai à mon ami :

— Quel est le monde vrai ? Celui-ci ou... ?

— Le ciel et la mer sont le paradis et l'enfer. Et c'est toi, l'horizon.

Sur le moment, je ne perçus pas le sens de son propos, mais la danse élégante de ses mains puissantes était d'une beauté insoutenable. Lorsqu'il me caressa le visage, le geste fit enfin éclater les sanglots qui me nouaient la gorge. Je laissai se déverser sur nous deux mes souvenirs du bûcher, tel un torrent de lave en fusion. Pourtant, quelque chose me retenait toujours de parler de mon oncle. Farid me prit la main de senhora Rosamonte. Terrifié. Tremblant. Il appliqua néanmoins le marbre sanglant des doigts sur ses paupières baissées en prière. Je remarquai alors les meurtrissures qui lui marbraient le cou.

— Nous l'enterrerons dans un bouquet de citronniers, fit-il. Qu'elle puisse toujours nous combler de ses fruits.

— Que t'est-il arrivé ? demandai-je, montrant les marques.

— Rien.

— Raconte !

— Dans la ruelle hier soir... Quelqu'un voulait m'arrêter. Je l'ai tué.

C'était la première fois que l'un de nous conjuguait à la première personne le geste dont le sens était « tuer ». Nous comprîmes que notre langage devrait évoluer pour marcher de pair avec le nouveau siècle chrétien. Nous sentant au-dessous de la tâche, nous gardâmes le silence en suivant la berge du Tage pour rentrer dans Lisbonne. À distance des émotions qui m'agitaient la veille, je pensais au jeune noble que j'avais précipité du haut d'un toit. Où trouverais-je le pardon pour avoir banni de notre monde un être animé d'une étincelle de l'amour divin ?

Avant d'arriver à la porte de la Sainte-Croix, nous rencontrâmes un convoi de bateaux de sel à quai. Les femmes des sauniers nous souriaient. Nu-pieds, elles balançaient sur la tête des pots de terre pleins de cristaux blancs. Des enfants jouaient. Des chiens agitaient la queue. Un marchand en robe verte et rouge nous salua, je ne sais pourquoi, en ôtant son bonnet. Farid acheta à une gargotière du riz sucré et des sardines grillées. Il s'empiffra, mais il m'était interdit de partager son repas.

Pénétrer dans la petite juiverie, ce fut comme de sortir d'un théâtre pour nous retrouver face à un décor dont l'irréalité, sans recul, était simplement telle qu'elle était. Bordée d'immondices, puant la violence. Assaillie par des aboiements de chiens errants. Sillonnée de troupes compactes de souris et de rats.

Les survivants, l'air absent, la démarche traînante, abattue, le visage revêtu de masques aux yeux secs, lavaient le sang de leurs seuils. Partout des morts sollicitaient nos regards. Saül ha-Cohen, drapé sur les barreaux de la fenêtre de sa chambre, un bras ballant dans le vent, raide comme une longe de viande salée, frappant contre le volet des signaux incompréhensibles. Raziela Mor éventrée, sa fille Nafa s'évertuant à lui ôter de la bouche l'oignon que quelqu'un y avait fourré, des nuées de mouches tourbillonnant au-dessus de son sein béant. Le docteur Montesinhos pendu, anguleux, boursouflé, à la dentelle de pierre surmontant la porte de notre école. Un nourrisson sans tête et sans nom, assis dans une pelle.

Face à l'impensable fait chair, nul n'osait parler.

Savez-vous ce que c'est, le spectacle d'un bébé décapité, assis dans une pelle ? Comme si toutes les langues du monde étaient tombées dans l'oubli, tous les livres jamais écrits, rendus à la poussière. État de choses dont on se réjouit, car les hommes de notre espèce n'ont pas le droit de parler ou d'écrire ou de laisser une trace dans l'histoire.

Les deux battants de la porte du magasin gisaient à présent au milieu de la chaussée, en biais, dessinant l'entrée d'un enfer biscornu. Chez senhora Faiam, notre voisine d'en face, quelqu'un gémissait tout bas en hébreu. Du haut du mur, son chien Belo fixait sur moi le regard suppliant de ses yeux bleus. Il portait à la gueule un vieil os jauni, noueux et cassé. Apparemment, il avait à nouveau déterré quelque chose qu'il pouvait prendre pour sa patte antérieure droite, amputée récemment et enterrée par sa maîtresse derrière l'église Saint-Pierre. Son museau frémissait, quêtant quelqu'un à qui montrer son trésor.

Je trouvai ma mère et Cinfa dans la cour, occupées à ramasser les ardoises cassées. Cinfa accourut en criant mon nom et se cramponna à moi, vacillant sur ses jambes. Ma mère tomba à genoux et fondit en larmes. Elle portait deux amulettes en parchemin autour du cou. Lorsque j'approchai pour la relever, elle m'emprisonna dans une étreinte convulsive, désespérée. Ses sanglots ressemblaient à des haut-le-cœur. Reprenant enfin son souffle, elle dit :

— Juda a disparu. Je ne sais pas ce qui...

Elle me serrait si fort que je sentais battre son cœur entre mes côtes. J'en avais le vertige, mais je tentai de la rassurer :

— Je le retrouverai.

N'en croyant pas ses yeux, elle ne cessait de me tâter la poitrine, de passer la main dans mes cheveux. Cinfa avait cherché refuge dans les bras de Farid.

— Tu n'es pas blessé ? demanda ma mère. Il ne t'est rien arrivé que tu ne... ?

— Non, je vais très bien. Mais Esther et Réza ?

— Esther a souffert, mais elle est en vie. Nous n'avons pas de nouvelles de Réza.

Ma mère se tourna vers Farid. Le mutisme de mon ami la terrifiait et elle n'avait jamais vu nos rapports d'un très bon œil, mais son regard exprimait à présent une sollicitude inquiète. Elle leva la main, imitant notre geste de salutation.

— *O Farid está bem ?* demanda-t-elle, articulant de manière qu'il pût lire les paroles sur ses lèvres.

Il sourit avec douceur et inclina la tête en signe de remerciement.

— Oui, lui aussi, il va bien, répondis-je. Où avez-vous passé la nuit ? J'ai trouvé la maison vide en rentrant.

— Nous étions là. Je me suis cachée au magasin avec Cinfa. La première fois que les chrétiens sont venus, c'était pendant la sieste. Nous étions chez la mère de Didi. Nous sommes rentrées en courant pour découvrir...

— Ne m'avez-vous pas entendu crier ? interrompis-je.

Me montrant ses mains couvertes de taches violettes, elle expliqua :

— J'ai construit autour de nous un rempart de sacs de haricots secs et j'ai empilé par-dessus des paniers de figues blettes. Nous sommes restées là, sans bouger, tant que nous avons pu tenir. Nous n'entendions pas grand-chose.

Teintes du pourpre des figues, imprégnées toujours d'une odeur de sucre fermenté, ma mère et ma sœur me parurent soudain transfigurées, d'une beauté céleste. Elles étaient resplendissantes de vie. Je ne pus m'empêcher de rire, embrassant ma mère sur le front, lui parlant comme aurait pu faire mon père :

— Voyez-vous la petite maligne !

— Les chrétiens ont jeté Esther à terre, dans la rue, devant l'église Saint-Étienne, poursuivit-elle à voix basse. Ils l'ont...

Je fis signe que j'avais compris. Elle évita mon regard.

— Mère, avez-vous vu quelqu'un des moissonneurs ? Le père Carlos, Diego, Samson... ?

— Non. Personne.

Farid, qui était allé faire un tour chez lui, revint nous dire qu'il n'y avait toujours pas trace de Samir. Nous entrâmes tous dans la cuisine où Esther se tenait assise, les pieds nus dans une flaque d'eau, une main coincée entre ses cuisses. Je l'embrassai sur le front. Sa peau était glacée, sa langue paralysée. Je la recouvris d'une couverture prise sur le lit des enfants et chuchotai craintivement à ma mère :

— Vous n'avez donc pas vu mon oncle ?

— Non. Je croyais qu'il était peut-être à la cave, mais la trappe est clouée. Sans doute est-ce lui qui l'a scellée. Et les stores des soupiraux empêchent de voir de l'extérieur. Nous avons frappé en l'appelant une bonne dizaine de fois. Il ne répond pas. Je n'ose pas enfoncer la trappe. Il a bien dû avoir une raison pour la fermer ainsi, pour protéger les livres ou... un autre secret. J'espère qu'il ne lui est pas arrivé malheur. Je pense qu'il est probablement sorti à notre recherche et qu'il a trouvé ensuite le chemin du retour coupé.

— Quand l'avez-vous vu pour la dernière fois ?

— Dimanche après le déjeuner. Peu avant le début de l'émeute. Il est descendu prier à la cave. Et nous sommes sorties, Cinfa et moi, pour...

— Mère, c'est moi qui ai cloué la trappe, dis-je d'un ton sec.

— Toi ? Pourquoi ?

— En rentrant de chez Samson. J'y suis descendu et... Attendez !

J'allai chercher le marteau dans l'appentis et entrepris de démolir la trappe. La dernière planche se détacha avec un craquement irrévocable, qui résonna à mes oreilles comme l'annonce que nous ne serions plus jamais en sécurité chez nous.

— N'y allez pas tout de suite, dis-je à ma mère en m'engageant dans l'escalier. Laissez-moi voir d'abord.

C'était de la folie, mais je voulais être le premier à poser le regard sur mon oncle. À l'époque, rien ne me paraissait impossible à un maître de la kabbale. Ne pouvait-il pas avoir avalé avant de mourir un papier portant une formule secrète, un Nom divin qui le ferait ressusciter ?

— Pourquoi ? Qu'est-ce qu'il y a ? demanda ma mère en s'accrochant à mon bras. Que sais-tu ? Il est en bas ?

— Bien. Venez, acquiesçai-je, comprenant au tremblement de ma propre voix qu'il avait en vérité quitté notre monde pour toujours. Mais je dois vous avertir. Mon oncle n'est plus avec nous.

Elle leva la main à sa bouche pour étouffer un cri. Je voulus la lui prendre, mais elle me repoussa comme une bête impure.

Elle descendit lentement, une main en visière sur ses yeux, l'autre agrippée à ses amulettes. Elle ne pleurait pas. En voyant le mort, elle laissa échapper un gémissement étranglé, à peine plus sonore qu'un râle. Rien de plus.

S'agenouillant pour presser les doigts de son frère contre sa joue, elle commença à s'arracher les cheveux. Les traits soudain défaits, elle donna libre cours à sa douleur. Je me détournai. L'instant n'admettait aucun témoin.

V

Le temps est comme un sceau qui authentifie être et non-être. Et, comme un sceau, il est de pure convention. Mon oncle disait que passé, présent et avenir ne sont en vérité que les vers d'une même poésie qu'il s'agit de reconduire jusqu'à son origine divine.

Pourtant on était déjà lundi après-midi, vingt-quatre heures après sa mort.

La quatrième nuit de Pessah allait bientôt tomber.

Ma mère venait de quitter la cave. Elle m'avait dit qu'elle n'avait jamais vu la jeune femme.

— Vous en êtes certaine ? avais-je demandé.

— Jamais, avait-elle répété dans un murmure honteux.

Je voyais bien qu'elle pensait : « C'est le péché de la chair qui est cause de sa mort. »

À présent c'était moi qui veillais les morts, debout aux côtés de ma tante. Elle ne se lamentait pas, ne versait pas une larme, mais elle avait ramassé un débris de poterie, coupant comme un rasoir, et elle se scarifiait les doigts.

— Esther, arrêtez ! criai-je. Esther !

Son regard était fixe, distant, un regard d'enfant, refusant l'entrée de son cœur à l'irrévocable. Un gémissement profond monta de son ventre, se brisa soudain en un spasme qui faillit l'étrangler. Les yeux rivés dans l'intervalle entre les deux corps, elle se pencha, comme tirée en avant par les bras de son mari, et se mit à taillader le doigt où elle portait son alliance. Je me jetai sur elle et, les mains brûlées par son sang, lui arrachai le tesson.

Farid accourut du pied de l'escalier, la prit fermement par la taille et l'emmena. Elle se retourna et me lança un long regard par-dessus son épaule, comme pour prendre congé avant un grand voyage. Suivie de Farid, elle monta l'escalier avec une grâce fantomatique.

Encore que son tracé précis nous demeure caché, le chemin qui court entre chagrin et intuition est certainement l'œuvre de Dieu. Je compris subitement que le tueur, qui connaissait si bien l'agencement de notre cabinet, était sans doute initié aussi au secret de la *genizah*.

Nous en gardions la clef dans une vessie d'anguille accrochée derrière le miroir sanglant. J'écartai une des nattes du cercle de prière, déplaçai une dalle d'ardoise, insérai la clef dans la serrure ainsi révélée et donnai un demi-tour à droite. Lorsque le déclic se fit entendre, je soulevai un panneau de bois large de trois pieds et long de quatre. Notre armoire à livres s'ouvrit avec un gémissement de protestation.

Je ne me trompais pas. Les premiers manuscrits surtout – le *Roman de Renart* que j'enluminais et le rouleau d'Esther auquel travaillait ma tante – portaient de grosses taches de sang. Je relevai encore çà et là les ombres rouges des doigts du tueur dans les couches suivantes, comprenant des rouleaux de la Torah, des *Haggadot* et des livres de prières appartenant à la famille, une carte de la Méditerranée dressée par Juda

Abenzara, un commentaire du Pentateuque de la plume d'un ami de mon oncle, Abraham Saba, des ouvrages poétiques de Farid ud-Din Attar et deux guides mystiques d'Abraham Aboulafia – notre père spirituel – que mon maître n'avait pas eu le cœur de confier à ses passeurs secrets. La plupart de ces manuscrits cependant avaient échappé à la souillure, de même que ceux que nous gardions tout en bas de la *genizah* : une Torah enluminée de bêtes fabuleuses, léguée à mon maître par son ami Isaac Bracarense, un Coran persan, trois liasses de correspondance privée et enfin le contrat de mariage de ma tante et mon oncle, calligraphié par l'une et illustré par l'autre. Notre bas de laine, lourd de pièces de cuivre et d'argent, ne semblait pas davantage avoir été touché.

Je remis le tout en place et refermai la *genizah*.

Il était clair que le tueur avait suspendu sa fouille avant de parvenir aux derniers manuscrits, qui n'avaient subi aucun dommage. S'il était arrivé jusqu'au fond de l'armoire, il aurait d'ailleurs certainement pris notre argent.

Le seul ouvrage manquant posait une nouvelle énigme. C'était la *Haggadah* que mon oncle avait presque terminée la veille de sa mort. Quelle que fût la témérité de ses motifs décoratifs, la beauté de ses lettres ornées à tête d'oiseau, elle ne valait rien en regard des manuscrits d'Aboulafia, vieux de plusieurs siècles, dont certains passages étaient écrits de la propre main du maître.

La *Haggadah* de mon oncle avait donc pour le tueur une valeur secrète.

Je me retournai vers nos pupitres, cette première certitude m'en inspirant une seconde : le tueur savait où prendre la clef de la *genizah*. Un membre du cercle des « moissonneurs du champ » aurait donc bien pris part au crime. Mais pourquoi avait-il refermé l'armoire à livres ? Par simple amour de l'ordre ?

Je sentais mes facultés insuffisantes. Je pris donc dans mon sac et glissai à l'index de ma main droite la topaze de mon maître, espérant qu'elle me communiquerait quelque chose de sa puissance.

Farid m'avait rejoint. Il se tenait entre les deux corps, scrutant du regard les lèvres de sang séché qui s'ouvraient dans le cou de mon oncle. Je le vis soudain vaciller, telle une tour sans fondations. Il se tourna vers moi, comme s'il avait vu quelque chose... Ses yeux se révulsaient. Son corps s'affaissait. Je bondis, tendant les bras pour amortir sa chute, et le berçai jusqu'à ce qu'il reprît ses esprits.

Pendant ce temps Cinfa aussi descendit sur le palier. Les yeux de ma jeune sœur étaient braqués sur notre oncle comme deux index de lecture, ses mains crispées dans la masse de son chignon. Je voyais des gouttes couler le long de ses jambes.

Craignant qu'elle ne pût supporter la mort vue de près, je lui criai :

— Remonte et garde la porte ! Ne laisse passer personne !

Elle obéit. Farid revenait enfin à lui. Je lui tamponnai le front avec ma manche. Il s'assit et parla par signes :

— Ça va maintenant, mais c'en était trop tout d'un coup. Ce que j'ai vu...

— Quoi ?

— Sur la cuisse droite de ton oncle...

Mon ami joignit les mains et respira profondément.

— Quoi donc ? ! répétai-je.

— De la *semente branca*.

De la semence blanche. Le terme dont les kabbalistes désignent le sperme.

— Qu'est-ce que tu racontes ?

— Viens !

Nous nous assîmes sur nos talons, côte à côte. Sur la face interne de la cuisse de mon oncle, entre des traînées de sang, il y avait de petites croûtes, comme des éclats de mica.

— Cela pourrait être n'importe quoi ! protestai-je. Du miel ou du lait d'amandes renversé. Mon oncle ne faisait pas attention à...

— C'est de la *semente branca*, insista Farid avec des gestes coupants, impatients. Je l'ai reniflée et...

Avant que je ne pusse l'arrêter, il décolla un petit éclat et le plaça sur sa langue, le goûta comme on ferait une nouvelle épice. Soudain il s'étrangla et cracha, s'essuyant ensuite la main sur les chausses.

— Ils venaient de faire l'amour, conclut-il, catégorique.

Je suffoquais. Ce qui me choquait, ce n'était pas que mon oncle eût pu s'accoupler à une autre femme que la sienne. Mais qu'il eût amené une maîtresse dans son lieu de prière, notre synagogue... C'était impossible. Cela changeait tout. Et pourtant...

— J'ai besoin de toi, dis-je, comprenant que je n'avais d'autre choix désormais que de m'en remettre aux sens aiguisés de mon ami.

J'ôtai la natte dont on avait recouvert le corps de la jeune femme. Je fis part à Farid de tout ce que je savais déjà, de tous mes soupçons. Je lui montrai la lettre de mon oncle à dom Miguel Ribeiro, le gentilhomme qui avait commandé à ma tante Esther un livre des Psaumes. Lorsqu'il en eut terminé la lecture, je saisis ses mains puissantes, les plaquai contre ma poitrine, de manière qu'il sentît battre mon cœur, et poursuivis :

— Farid, plus j'y pense et plus il me semble que

Dieu nous a faits amis en prévision de cette fête des Azymes. Peut-être veut-il que nous trouvions ensemble l'assassin de mon oncle. Il faudra bientôt que je me mette à la recherche de Juda. Mais, en attendant, j'aimerais que tu parcoures cette salle en attachant ton regard sur la moindre forme, la moindre ombre, et que tu me dises si tu vois quelque chose qui m'a échappé. N'importe quoi ! Que tu essaies de reconstituer ce qui s'est passé là.

Farid se mit à l'œuvre. Prêt enfin à me communiquer ses observations, il me fit signe de le suivre. Nous nous accroupîmes près de la tête de mon oncle. « Quand pourrons-nous l'ensevelir ? » me demandai-je soudain, pensant non sans angoisse à l'affront que représente tout retard apporté à l'inhumation des défunts.

— La blessure au cou est légèrement oblique, commença Farid. Je dirais que le tueur se tenait derrière ton oncle, un couteau affûté à la main droite, qu'il lui a tordu la tête vers la gauche et...

D'un mouvement du bras à travers la poitrine, mon ami reproduisit le geste qui avait mis un terme à la vie de mon maître.

Il se releva alors, passa du côté de la jeune femme, se pencha sur ses mains et les renifla avidement, les narines palpitant comme le museau du chien qui prend le vent. Se tournant à nouveau vers moi, il poursuivit :

— Elle travaillait avec de l'huile d'olive et du romarin. Il y a autre chose encore, presque imperceptible, peut-être de l'essence de citron. Là, fit-il en touchant le pouce de la morte, il y a des traces de cendres. Elle était peut-être boulangère. La cendre viendrait alors des fours.

Je hochai la tête en signe d'approbation ; j'eusse été plus fou encore que je ne le suis de faire fi du témoignage du nez ou des yeux de Farid.

— Et regarde sa tempe droite, reprit-il. On y voit un petit creux circulaire. Il y a la même marque aussi à gauche.

— Qu'est-ce que cela peut être ?

— Je ne sais pas, mais la symétrie est singulière. Maintenant suis-moi.

Il me conduisit vers la tenture de cuir du mur occidental sur laquelle le tueur avait essuyé sa lame, la souleva et me montra des marques sanglantes sur le carrelage – cinq traits obliques, coupés net. Comme l'empreinte d'une main qui n'aurait eu que les doigts, sans paume.

Le tueur était-il donc un être capable de disparaître en traçant des symboles ésotériques avec des doigts trempés dans le sang de ses victimes ? L'un des moissonneurs avait-il évoqué, pour tuer mon maître, un démon ou l'esprit d'un mort ? Une telle créature de l'autre côté eût-elle pu passer la *mezouzah* fixée sur le montant de la porte ?

— Y comprends-tu quelque chose ? me demanda Farid d'un geste anxieux.

Je secouai la tête. Il laissa retomber la tenture et dit :

— Donne-moi maintenant le grain de chapelet et le fil.

Je pris les objets dans ma besace et les lui tendis.

Il les soumit à l'inspection de son nez et de sa langue.

— Le bois est du caroubier, bien poli. Très cher. Façonné par un artisan portugais, si je ne me trompe. Mais il n'est pas au père Carlos. Du moins il ne vient pas du chapelet que je lui connais. Le fil, comme tu le sais, est de la soie. D'excellente qualité. Il faudrait que je voie les gants de Simon pour dire si c'est la même. Et quand bien même... Il y a mille lieues de fil de soie noire dans Lisbonne.

Il laissa retomber ses mains.

— Tu ne peux rien dire de plus ?

— Non, si ce n'est que tu as raison de penser que ton oncle a été tué tout habillé. Sa robe porte à l'intérieur des traces d'excrément et de *semente branca*.

C'était à croire que le corps de mon maître avait lâché tous ses sucs. Peut-être l'enveloppe charnelle cherche-t-elle, à l'instant de la mort violente, à se purger, pour permettre à l'âme de regagner plus rapidement le monde divin.

— C'est tout ?

Il répondit par un signe de tête affirmatif et je poursuivis :

— Mais alors comment le tueur a-t-il pu s'échapper ? Je sais que la porte était solidement verrouillée de l'intérieur. Il a dû passer à travers un mur. Il n'y a pas moyen...

— Seule une bien pauvre idée est venue éclairer tant soit peu les ténèbres de mon ignorance.

— C'est-à-dire ?

Farid désigna du doigt les soupiraux. Il y en avait trois, de forme ovale, chacun haut de dix pouces à peine et de la largeur d'une main d'homme. Tous trois étaient munis de petits volets et de stores en cuir poli qui ne laissaient filtrer qu'une lumière crépusculaire.

— Même un enfant ou un nain n'aurait pu passer par là, protestai-je. À moins que tu ne croies l'assassin belette ou vipère...

— Idée indigente, je l'ai bien dit, fit Farid avec un haussement d'épaules.

Il posa alors le pouce et l'index sur ses lèvres avant de décrire des deux doigts un gracieux arc ascendant. Façon de dire qu'il ne nous restait qu'à attendre qu'Allah veuille bien nous donner la réponse.

— Pas le temps, répliquai-je.

J'allai m'asseoir sur les marches pour réfléchir au mystère. « Comme c'est étrange, pensais-je. Je ne sens rien, si ce n'est une vague faiblesse et un vide. » Mon amour semblait être mort en même temps que mon oncle. J'avais l'impression de flotter sans attaches, coupé à la fois de mon passé et de l'instant présent, animé du seul besoin impérieux de trouver le tueur.

Tout d'un coup mon cœur bondit dans ma poitrine. Quelqu'un grattait au volet d'un des soupiraux dont nous venions de parler. Je montai l'escalier quatre à quatre, traversai la cuisine et me précipitai dans la cour. J'y trouvai Roseta en train de jouer avec une pelote de laine vermillon dont mon oncle lui avait récemment fait cadeau. Elle était trempée, comme si on l'avait jetée dans un puits.

— Sotte sans âme ! sifflai-je.

Je respirai profondément, demandai pardon à la chatte et sortis dans la rue. À une centaine de pas plus loin à l'est, le corps du docteur Montesinhos pendait toujours à l'entrée de notre ancienne école. Un petit homme drapé dans une longue cape violette s'était arrêté devant le mort et levait la main droite dans un geste de bénédiction. Je ne le voyais que de profil, mais il avait la même crinière argentée, le même teint cannelle que mon oncle.

« C'est lui ! pensai-je, rejetant aussitôt comme bêtises aussi bien mes raisonnements que le témoignage de mes sens. Mais bien sûr ! C'était de la magie. Il nous a tous trompés. »

C'était de la folie, je le sais, mais je me laissai gagner par un sentiment de soulagement infini qui me porta au-devant de lui. Peut-être même éclatai-je de rire. Le petit homme basané de son côté se retourna au bruit de mes pas, resta un instant figé, puis s'enfuit derrière l'église Saint-Michel. Je le suivis jusqu'au tournant, mais il avait disparu sans laisser de trace.

Replongé en plein désarroi, je rebroussai chemin jusqu'au corps. La pièce d'or que quelqu'un avait glissée entre les lèvres du médecin pour payer sa traversée du Jourdain céleste avait disparu. Tombant de haut, je me dis : « L'homme à la cape violette n'était pas mon oncle. Il ne levait pas la main pour bénir le mort, mais pour dérober l'or. Ce n'était qu'un vulgaire voleur. »

Rentrant d'un pas traînant, je ne pus me défendre contre l'impression que l'histoire s'était fourvoyée, déjouant toutes les prévisions du Créateur. Juif ou chrétien, tout le monde à Lisbonne ne devrait désormais sa survie qu'à lui-même. Il me vint alors une idée qui me glaça le sang, une idée que je ne me serais pas cru capable de concevoir : « Jamais aucun Dieu n'a veillé sur nous ! Même dans son fond kabbalistique, la Torah n'est qu'un conte à dormir debout. Il n'y a pas d'alliance. J'ai voué toute ma vie à un mensonge. »

Je redescendis à la cave, m'assis à nouveau sur la dernière marche et me cachai le visage. Farid s'approcha et posa une main sur ma tête.

— Tous, en ce moment, nous doutons de Dieu, me dirent ses doigts. Nous luttons tous contre le désespoir, mais n'y pense pas. Ce qui nous intéresse maintenant, c'est un crime. Revenons à nos moutons. Quelle valeur la *Haggadah* de ton oncle pouvait-elle avoir pour le tueur ?

Je lui rappelai que mon oncle peignait toujours ses personnages bibliques d'après des modèles vivants – des Lisbonnins célèbres, nos voisins et amis, y compris ses chers collègues du cercle des « moissonneurs du champ ». Il se laissait guider dans le choix du modèle par la ressemblance des caractères, des intérêts et des penchants.

— L'un des moissonneurs a-t-il prêté récemment ses traits à un méchant ? demanda Farid.

— Non. Je n'ai pas l'impression qu'il avait des soupçons à leur égard. Ou si l'un d'eux le trahissait, il ne l'a su que tout dernièrement. Mais à supposer même qu'il eût appris quelque chose, il n'aurait pas repeint les vignettes où il les avait représentés. Ç'aurait été trop de travail pour un résultat...

Je n'achevai pas. Les pièces du puzzle venaient de se mettre en place. Le vendredi, juste avant notre *séder*, mon oncle m'avait dit qu'il avait trouvé le visage d'Aman pour le manuscrit auquel il travaillait. J'avais perçu dans sa voix un mélange de tristesse et de soulagement. J'expliquai à Farid qu'il avait dû découvrir ce jour-là les auteurs d'un complot le visant.

— Et je crois qu'il a donné le visage de son principal ennemi – son futur assassin – au méchant Aman. Ce n'est qu'une conjecture. Mais cela expliquerait le vol du manuscrit. Le tueur savait que son portrait s'y trouvait. Ou du moins il s'en doutait. Peut-être même l'a-t-il découvert par hasard, en fouillant la *genizah* à la recherche d'ouvrages de valeur à voler. Il a paniqué alors et il a emporté la preuve. Voilà pourquoi il n'a pas touché aux manuscrits du bas, pourquoi il n'a pas pris aussi notre argent.

Farid se mit à se tirailler l'oreille et posa sur moi un regard grave :

— Il faut considérer tous les moissonneurs à tour de rôle. Le père Carlos d'abord, pourrait-il être Aman ? Quel pourrait être son mobile ?

— Il venait de se disputer avec mon oncle au sujet d'une *safira* de Salomon ibn Gabirol qu'il ne voulait pas lui céder.

— Et Samson Tijolo ? Ton oncle a-t-il parlé de lui avant sa mort ?

— Il m'a envoyé chez lui le jour même, prendre du vin, en me donnant une lettre à lui remettre. Il m'avait dit qu'il désirait lui parler.

— À quel propos ?

— Je ne sais pas. Mais il y a autre chose encore. Samson et mon oncle ne se voyaient jamais en dehors des réunions du cercle des moissonneurs. Bien sûr, il habite loin de chez nous, mais il m'est déjà arrivé de me demander si c'était la seule raison.

— Une pointe d'antipathie ?

— Plutôt de la rivalité. Deux fins kabbalistes, aussi puissants l'un que l'autre. Même les anges peuvent rivaliser entre eux.

— Enfin il y a Diego.

Nouveau venu, Diego n'avait pas encore été pleinement initié au groupe. J'objectai donc :

— Je ne sais pas si mon oncle lui a révélé le secret de la *genizah*.

— Tu pourrais l'apprendre d'un des autres moissonneurs.

Je pris dans ma besace le papier perdu par Diego, le montrai à Farid, lui contai comment il était venu entre mes mains et sollicitai son avis :

— Y comprends-tu quelque chose ?

— *Madre*, c'est la mère – Marie, mère de Jésus, pour les chrétiens. Cela m'a l'air d'être un talisman mi-chrétien mi-juif – une prière à la Vierge pour qu'il arrive le 29 un événement heureux à je ne sais quel Isaac, dit-il en me rendant le papier. Vous vous mettez à fabriquer des drôles de choses, vous autres marranes. Vous êtes comme des sphinx à cœur juif et à tête chrétienne.

— Ce n'est pas tout, Farid. Diego venait d'être blessé. Après avoir été attaqué dans la rue et lapidé, aurait-il pu trouver la force de commettre un double égorgement ?

— S'il l'avait jugé nécessaire, oui. Diego est coriace, il a réussi à fuir la Castille au nez et à la barbe de l'Inquisition. Sa blessure serait la meilleure excuse si jamais les soupçons se portaient sur lui.

— Mais lui aussi habite bien loin de chez nous. Se serait-il aventuré dans les rues au plus fort de l'émeute ? J'en doute.

— Pourtant, s'il a agi de concert avec Eurico Damas...

— Ou avec rabbi Losa. En voilà un qui a toujours détesté mon oncle. Et il est marchand de chasubles, il doit avoir aussi des chapelets dans son fonds de commerce.

Farid respira profondément et reprit :

— Reste dom Miguel Ribeiro.

— Je crois que mon oncle lui avait demandé de financer l'achat d'un manuscrit de grande valeur. Un ouvrage unique, qui a peut-être excité la convoitise de l'un ou l'autre des moissonneurs. Son instinct de sauver à tout prix le moindre feuillet écrit en hébreu lui a peut-être été fatal.

— Et le mari de la jeune femme, me fit remarquer Farid. As-tu pensé à lui ?

J'ébauchai un geste de protestation, mais il me saisit les mains et poursuivit :

— Je sais qu'il est pour ainsi dire impossible qu'elle ait été la maîtresse de ton oncle. Mais tout le monde ne partage pas ta foi. Peut-être son mari était-il convaincu qu'elle lui faisait porter des cornes. Mettons qu'elle est venue solliciter l'aide de ton oncle, lui poser une question de doctrine. Le mari l'a peut-être suivie en pensant à tort qu'elle allait à un rendez-vous amoureux. Il l'a vue disparaître à travers la trappe, il a fait irruption dans la cave, il s'est jeté sur ton oncle et il a emporté ensuite les vêtements de sa femme pour brouiller les pistes.

— Un mari rongé par la jalousie, méfiant, perfide, affligé d'un tempérament violent.

— Le genre de vermine qui grouille dans notre bonne ville de Lisbonne. Combien d'hommes connaissons-nous tous les deux qui ignorent ce que c'est que l'amour ?

— Il aurait pourtant dû comprendre qu'il serait trahi par le visage de sa femme tout autant que par ses habits. Il n'y avait pas de sens à les faire disparaître.

— Ils contenaient peut-être un objet de valeur, un bijou ou une lettre de change cousue dans la doublure. Mais il y a encore une dernière possibilité, Béri.

Farid paraissait mal à l'aise. Il s'humecta les lèvres de la pointe de la langue.

— À qui penses-tu ? demandai-je.

— De même que des apiculteurs amateurs fuient une ruche irritée, nous évitons de prononcer le nom d'Esther, répondit-il, écartant mon indignation d'un geste succinct. Connaissons-nous quelqu'un qui, plus qu'elle, soit affligé d'un tempérament violent ?

Je ne pouvais que lui donner raison.

— Son silence est en vérité étrange. Si elle a surpris la jeune femme avec ton oncle à la cave...

— C'est ridicule ! interrompis-je. Elle les aurait donc étranglés dans une crise de rage jalouse avec un chapelet qu'elle venait par hasard de ramasser dans la cour ? ! Pour ensuite les égorger, voler notre or et notre lapis et courir se faire violer dans la rue ? Farid, c'est un château de cartes sur un plan incliné ! Non, son silence n'a rien d'étrange. Je le comprends parfaitement. Ce n'est pas de la culpabilité, c'est l'impossibilité, à jamais, de croire ce qui est.

— Un château de cartes sur un plan incliné dans une tempête de sable, renchérit mon ami, donnant à ses gestes une grâce qui semblait demander pardon. Mais il fallait le dire, que l'idée soit libre de s'envoler loin de nous. Maintenant dis-moi, Béri... Pourquoi un des moissonneurs aurait-il accepté de se liguer avec Eurico Damas ou un autre, extérieur au cercle ?

Sous la pression d'un chantage? L'idée me frappa avec une telle violence que je me levai d'un bond.

— Qu'y a-t-il ? demanda Farid. Qu'as-tu entendu ? Quelqu'un vient ?

— Non, c'est autre chose, répondis-je en le priant de me laisser réfléchir un instant.

Eurico Damas pouvait-il avoir obligé par la menace un des kabbalistes à lui prêter son concours pour tuer mon oncle et piller notre cabinet et notre *genizah* ? Peut-être s'imaginait-il que nous gardions à la maison des coffres pleins d'or et de rubis. Peut-être même était-ce lui qui avait amené la jeune femme, pour faire croire, en la tuant là, qu'elle avait été la maîtresse de mon oncle et faire passer donc son crime pour l'acte d'un mari jaloux.

Une nouvelle idée fit courir dans mon échine un frisson d'effroi : peut-être était-ce aussi le tueur qui avait versé sa semence sur le corps inanimé de sa victime ! C'était porter l'horreur jusqu'à l'innommable. Mais quand même nous n'aurions connu du monde que les événements du jour et de la veille, c'était assez pour entendre une telle iniquité en simple harmonique du mal fondamental qui régissait notre présent.

— Un chantage, dis-je enfin à Farid. Aujourd'hui tout le monde est obligé de porter un masque. Chacun a des secrets qu'on peut lui faire payer.

Il se leva à son tour et me prit par l'épaule.

— Mais cela ne nous fait pas avancer. Si chacun a des secrets dont il craint la révélation, n'importe qui a pu être amené à agir sous la menace. Que faire si l'on voit d'emblée tous les visages sous un voile de suspicion ?

L'idée qui me vint alors me noua le ventre d'une

épouvante inimaginable, au-delà de tout ce que j'avais envisagé jusque-là. Mon front se couvrit de sueur, un gémissement échappa à ma gorge serrée. Oubliant dans mon trouble la surdité de mon ami, je fis parler ma langue plutôt que mes doigts :

— Le père Carlos était avec Juda ! L'enfant n'a-t-il pas pu être témoin du crime ? Carlos n'aurait pas eu le cœur de le tuer, lui aussi. Il l'a donc enlevé !

Farid lut les paroles sur mes lèvres. Il baissa les paupières, comme pour rejeter la possibilité qu'elles véhiculaient.

— Je n'avais pas pensé à cela, avoua-t-il, abattu, enlaçant aussitôt les doigts dans une tournoyante danse de prière.

Je mis une main sur son épaule et demandai :

— As-tu vu du sang sur l'habit de Carlos ?

— Ils étaient loin. Je ne crois pas, mais je ne peux pas en être certain.

Le silence qui suivit avait quelque chose de solennel. Silence gros de trois noms : Eurico Damas, rabbi Losa, dom Miguel Ribeiro. Au moins l'un d'eux avait agi avec la complicité d'un membre du cercle des moissonneurs.

— Il faudra parler à tous les trois, dit Farid.

J'approuvai d'un signe de tête. Déjà mon esprit s'appliquait à échafauder un scénario compatible avec les indices que nous avions relevés :

Mon oncle, seul à la maison, recevait la visite d'une jeune femme, aide-boulangère, qu'il avait connue autrefois, peut-être la fille d'un vieil ami. Elle était bouleversée, au désespoir. Son mari la battait. Elle ne savait que faire. Mon oncle la faisait asseoir à la table de la cuisine, lui offrait une *matsah* et un verre de vin coupé d'eau. Leur conversation était interrompue par des cris poussés dans la rue. Devinant aussitôt l'orage qui se préparait, mon oncle imposait silence à la visiteuse et se glissait furtivement dans la cour, puis au magasin pour nous chercher. Il ne trouvait personne. Je n'étais pas encore rentré de chez Samson, Esther s'était rendue au marché devant l'église Saint-Étienne, le père Carlos gardait Juda, et ma mère et Cinfa faisaient la sieste chez une voisine. À l'instant même où les chrétiens enfonçaient la porte du magasin, mon oncle faisait descendre la jeune femme à la cave, remettait le vieux tapis de Perse en place et rabattait la trappe. Il tirait alors les stores des soupiraux et en verrouillait les volets pour être à l'abri des regards indiscrets.

Plus tard, à la faveur d'une brève accalmie dans l'émeute, quelqu'un frappait à la porte de la cave. Une voix bien connue, appelant au secours. Mon oncle remontait et ouvrait notre lieu de prière à un frère kabbaliste. Un homme avec qui il avait eu un différend au sujet d'un manuscrit de valeur, qui projetait peut-être de l'en spolier en s'en portant acquéreur pour son propre compte. Qui, quelle que pût être la nature exacte de son péché, avait mérité d'être portraituré dans le rôle d'Aman. Il n'importait. L'émeute qui se déchaînait en ville faisait provisoirement oublier toute rancune.

Eurico Damas entrait sur les talons du moissonneur. Prenant mon oncle au dépourvu, il le précipitait en bas des marches – chute dont témoignait la contusion que je lui avais trouvée à l'épaule. Mon maître se relevait sur un genou, mais déjà son assaillant l'empoignait par derrière et lui passait un chapelet autour du cou. « Ne résistez pas et je jure sur la Torah que j'épargnerai la fille ! » criait Damas.

Comprenant alors la nature du sacrifice qu'il était appelé à faire, mon oncle acceptait. Son dernier souffle était expulsé de son corps. Le moissonneur, un ancien *chohet*, lui coupait ensuite la gorge pour avoir l'assurance qu'il ne ressusciterait pas, et le mort était doucement étendu à terre. Son sang se déversait sur les nattes.

On plaçait un fil noir sous un de ses ongles pour faire porter les soupçons sur Simon.

Pendant ce temps la jeune femme s'était blottie contre le mur oriental de la cave. Tremblante, elle demandait grâce à l'assassin. Damas, violant la promesse qu'il avait faite à mon oncle, la prenait à la gorge, mais le chapelet se rompait pendant qu'il l'étranglait. Il l'achevait donc au couteau. En tombant, sa tête heurtait violemment un des pots de lavande. Défigurée, le nez cassé, elle mourait quelques secondes plus tard en perdant tout son sang.

Les grains du chapelet avaient roulé aux quatre coins de la cave. Damas les faisait ramasser par son complice. Une petite boule de bois échappait à leur attention, cachée sous nos pupitres.

Le moissonneur prenait alors la clef de la *genizah* dans la vessie d'anguille derrière le miroir. Le premier manuscrit à lui tomber sous la main en l'ouvrant était la *Haggadah* de mon oncle. Il le feuilletait et se reconnaissait dans l'image d'Aman. Paniquant, il glissait l'ouvrage sous sa cape et pressait Damas de partir.

Le trafiquant d'armes, qui s'était fait révéler la cachette de notre or et de notre lapis, venait de s'en emparer en fracturant les boîtes d'ébène.

Ensemble, ils dépouillaient les cadavres de leurs vêtements pour faire croire à des ébats amoureux. Dernière plaisanterie cruelle, destinée à parfaire nos souffrances et, bien sûr, à faire suspecter le mari de la jeune femme. Le moissonneur protestait peut-être, mais l'autre le rappelait à l'ordre en menaçant encore une fois de le dénoncer.

La tuerie avait excité Damas. Il y a en effet des hommes chez qui la sexualité est inséparable de la violence. Ou peut-être lui semblait-il que la mise en scène exigeait encore une touche de poésie perverse. Peut-être voulait-il profaner d'une dernière impureté le corps de son ennemi.

Il dénudait son sexe et faisait couler sa semence sur mon oncle.

Le moissonneur connaissait vaguement la jeune fille. Lui aussi avait été un ami de son père. Et il y avait dans ses hardes quelque chose qui aurait pu le trahir. Il s'emparait donc de ses jupes, de sa camisole, même de sa chemise.

Juda était-il resté pendant tout ce temps sur le palier, à regarder ce qui se passait en bas ? Les bras du tueur se refermaient-ils sur lui pour l'enlever ?

Le moissonneur traçait enfin sur son front et sur celui d'Eurico Damas – peut-être aussi sur celui de Juda – un Nom divin, secret, puissant, appris dans un traité de kabbale pratique, qui leur permettait de passer les murailles.

Ils s'évanouissaient en néant.

VI

Contant ma reconstitution du crime à Farid, j'entendis une voix d'homme dans la cour. Je remontai en courant et vis, encadré dans l'embrasure de la porte de la cuisine, le visage barbu d'un voisin, rabbi Salomon ibn Verga. Il cherchait à réconforter Cinfa en lui parlant de la miséricorde divine. Il portait un panier d'oignons et trois dalles d'ardoise glissées sous le bras.

— Te voilà sain et sauf, mon garçon ! s'exclama-t-il en souriant, sans pour autant faire un pas au-devant de moi – comme s'il craignait de passer notre seuil.

— La plupart ne peuvent pas en dire autant, repartis-je. Juda a disparu. Et mon oncle...

— Oui. Cinfa vient de me l'apprendre.

Il posa son panier, me fit signe d'approcher et, la main sur mon épaule, me parla avec l'autorité d'un aîné :

— N'oublie jamais que ta vie a été préservée pour que tu te souviennes. Pour ma part, je compte faire figurer cette émeute perfide en bonne place dans le livre que je suis en train d'écrire sur l'histoire des juifs.

— Un livre d'histoire ? fis-je, dubitatif, n'ayant

entendu parler d'aucun ouvrage de ce genre rédigé par un juif depuis Josèphe.

— C'est cela, approuva rabbi Salomon. Une chronique de toutes les portes d'épines qu'il nous aura fallu franchir sur le chemin du mont des Oliviers.

« C'est réellement une ère nouvelle qui s'annonce, pensai-je. Où le monde ne sera plus défini par des livres révélés, mais par des textes historiques. Les rabbins et les kabbalistes n'y auront plus de place. »

— Je te conseille de mettre à profit tes expériences de ces derniers jours dans ta peinture, poursuivit-il. Traduis ce que tu as subi en images. Telle est la voie réservée à notre art juif.

Il me tendit les ardoises.

— Elles viennent de votre cour, si je ne me trompe. Je les ai trouvées dans la rue.

Je le remerciai. Il me salua d'un *chalom* et fut pour partir, puis ajouta en soulevant son panier :

— Ah ! et si vous avez besoin d'oignons, quelqu'un en a renversé une charrettée. C'est peu de chose, mais le prix est imbattable.

De l'humour encore, qu'on aurait cru impossible en pareille circonstance. Nous n'en échangeâmes pas moins un sourire.

La démence nous vient-elle, comme l'intuition, par éclairs ?

Je les entendis au même instant. L'approche de la première vague hurlante d'émeutiers chrétiens. Bousculant notre visiteur, je courus à la porte de la cour. À en juger par les cris et la rumeur grossissante, ils arrivaient par l'ouest, du côté de la cathédrale. Ils avançaient rapidement.

— Qu'y a-t-il, mon enfant ? demanda rabbi Salomon.

— Je vous conseille de rentrer chez vous, dis-je en

me retournant. J'ai l'impression que ce n'est toujours pas fini.

Il rabattit son capuchon et, en passant devant moi, cita un verset des Proverbes :

— « Celui qu'il aime, l'Éternel le châtie, tel un père le fils qui lui est cher. » Nous sommes Son peuple élu. Nous verrons encore la reconstruction du Temple.

Je rassemblai la famille et donnai à chacun une minute pour réunir les affaires dont il aurait besoin. Me précipitant aux latrines, je puisai de l'ordure dans une écuelle et en barbouillai le vieux tapis qui recouvrait notre trappe ; j'espérais ainsi décourager les pillards. Je me rendis ensuite dans ma chambre et me munis d'un bougeoir, d'une pierre à feu, de plusieurs couvertures et d'un broc d'eau. J'avais mis le ruban de vélin portant mon nom et celui de mon oncle en lieu sûr, dans un tiroir secret au fond de mon armoire. Je l'en retirai et le nouai autour de mon poignet, les caractères d'or cachés contre la peau. Faisant descendre enfin tout le monde à la cave, je me maudissais à part moi ; j'aurais pu employer à chercher Juda le temps passé à discuter avec Farid. Désormais...

D'une voix faible, j'élevai une prière à l'Éternel, le suppliant de nous pardonner, car il était clair que ce jour-là encore nous ne pourrions ensevelir mon oncle. Fermant les yeux, balançant mon corps au rythme de mon cœur, je priai que ce manquement au devoir ne fît point obstacle à l'essor de son âme.

Nous passâmes le reste de la journée du lundi à attendre – ma mère, Esther, Farid, Cinfa et moi. Assis chacun dans son monde à part, sans parler.

Le bleu roi de la natte recouvrant le cadavre de l'inconnue, la senteur épicée et touffue des cheveux de Cinfa lorsqu'elle enfouit sa tête sur ma poitrine, son souffle chaud contre ma peau, le chant inquiet des cigales dans la cour... Chaque sensation ressassait insidieusement une même question : pourquoi étais-je là pour voir, pour entendre, pour percevoir les odeurs, alors que tant d'autres avaient perdu la vie ?

— Je voudrais presque être mort avec eux, chuchotai-je à ma mère.

— La culpabilité est comme notre Dieu, elle ne nous lâche pas, répondit-elle. Comment pourrait-il en être autrement ?

Chaque fois que je désespérais de ma mère, elle me surprenait par un trait de poésie.

— Nous vivons pour nous souvenir, dit Cinfa, répétant les paroles de rabbi Salomon.

Est-ce en singeant les adultes, par mimétisme, que les enfants parviennent à ne pas perdre espoir ?

Des cris retentirent soudain dans la rue, accusant les convertis d'avoir provoqué la sécheresse par sorcellerie.

Nous allions entendre deux fois encore ce jour-là les adeptes du Nazaréen. Ils fondaient sur nous par vagues successives, des centaines d'énergumènes conduits par des moines dominicains aux voix d'eunuques, haut perchées, qui nous sommaient de sortir de nos trous et de nous laisser purifier par le feu, épiçant leurs discours d'invectives contre les juifs diaboliques, les *bichos meio-humanos* – « êtres moins qu'humains » – comme ils disaient. À un moment, en fin d'après-midi, un air de cornemuse fit vibrer les solives de châtaignier du plafond de la cave, comme pour nous convier à une fête foraine. Enfin, environ trois heures après la tombée de la quatrième nuit de Pessah, des piaillements aigus déchirèrent les ténèbres qui nous enveloppaient – on aurait dit d'un porc chassé par les rues à coups de fouet. Je priai que ce ne fût pas autre chose.

À deux reprises nous entendîmes leurs pas lourds au-dessus de nos têtes, le bruit de nos derniers meubles fracassés.

Cinfa s'était blottie entre Farid et moi. Esther conservait une immobilité stoïque. Ses yeux étaient à présent vierges de khôl, ses cheveux grisonnants répandus en désordre sur ses épaules. « Une actrice dont les compagnons sont tous morts, dont le théâtre a été réduit en cendres », pensai-je.

Ma mère priait en silence, la main serrée autour de ses amulettes. Chaque fois que ses yeux s'arrêtaient sur moi, je la voyais scruter mes traits, cherchant le visage de Juda derrière le mien.

Si les chrétiens avaient découvert la trappe, nous aurions été perdus. Les planches avaient été reclouées à la hâte, et j'avais mis hors service le verrou de la porte palière en forçant l'entrée le premier jour de l'émeute. Il suffisait d'un seul faux pas sur le tapis qui recouvrait la trappe, ils nous seraient littéralement tombés dessus.

La nuit venue, j'enduisis mon oncle et la jeune femme de myrrhe afin d'atténuer les odeurs qui annoncent le départ de l'âme, puis les recouvris à nouveau de nattes.

La blessure au bras que j'avais reçue la veille au soir avait fini par se refermer, grâce à la racine de consoude. Je la badigeonnai encore d'une décoction de fleurs de souci pour hâter la cicatrisation et la bandai avec un mouchoir de lin.

À un moment je rassemblai tout mon courage et, à voix basse, demandai à ma tante Esther :

— Connaissez-vous la morte ?

Assise sur un banc que nous avions apporté de la cuisine, les épaules recouvertes du lourd châle de drap brun de Flandre qui appartenait à ma mère, elle avait à nouveau coincé tel un écran entre ses cuisses sa main enveloppée à présent d'un torchon de lin ensanglanté.

Elle resta obstinément muette. Visiblement, son âme avait cherché refuge au plus profond de son corps.

Était-ce une question cruelle ? Je ne m'en souciais pas. Il me fallait savoir. Pour de tout autres raisons que la curiosité lubrique que ma tante me prêtait peut-être. Je gardais dans ma besace l'alliance d'or de la morte, déterminé à la rendre à son mari, priant qu'il fût encore en vie pour la chérir.

L'anneau de mon oncle, je l'avais ôté et déposé avec un baiser dans la boîte d'ébène qui avait contenu notre feuille d'or. Je ne voulais pas qu'Esther souffrît de le voir à mon doigt. Lorsque ma mère m'interrogea au sujet de ce bijou, je crus le moment venu de lui parler.

— Qui connaissait le secret de la *genizah* ? demandai-je.

Rentrant la tête dans les épaules à la manière des poules, elle me regarda comme si j'avais perdu la raison.

Après que les cloches de la cathédrale eurent sonné minuit, nous entendîmes Brites, notre blanchisseuse chrétienne, nous appeler dans la cour de la voix aiguë et désespérée d'une mouette égarée. J'allais lui répondre, mais ma mère me retint, traçant en l'air le signe de la croix.

Je compris alors qu'être en enfer, c'est ignorer si votre petit frère n'est pas aux mains de tortionnaires qui ne respectent ni la beauté du corps ni la sainteté de l'âme humaine.

J'essayais de deviner les traits de l'assassin, d'évoquer le visage gravé sur la Table gardée de la tradition musulmane. Je jurais de découvrir l'identité de la jeune femme. Plus que jamais, je la croyais la clef du mystère.

Le mardi matin il me devint impossible de rester plus longtemps dans l'obscurité et l'inaction. Mes membres crispés avaient besoin d'air et de mouvement. Dans la brume pourprée qui précède l'aurore, je résolus de partir à la recherche de Juda, de Réza et des moissonneurs. À une heure aussi matinale, je ne risquais guère de rencontrer des chrétiens.

— Il ne faut pas y aller ! chuchota ma mère, enfonçant ses ongles dans la chair de mon bras. Non ! C'est dangereux. Et tu n'as pas encore récité les prières du matin. Ton oncle sera fâché si tu négliges ton devoir envers le Seigneur.

— Les prières du matin devront attendre !

Je m'arrachai à son étreinte et confiai tout le contenu de ma besace à Farid, ne gardant sur moi que mon couteau.

Il accepta mon offrande sans esquisser un geste. Ses yeux étaient injectés de sang, ses joues ruisselantes de sueur. Lorsque je l'embrassai, son front brûlant laissa sur mes lèvres un arrière-goût fade de maladie. Il ne voulait pas rencontrer mon regard, mais je voyais que les marques sur son cou avaient pris une teinte bilieuse, entre le noir et le jaune.

— Comment te sens-tu ? demandai-je par geste.

— Il y a une bête à piquants qui me racle les tripes, qui veut sortir, répondit-il d'une main affaiblie.

Était-ce la peste ? Si Farid s'en allait, qui parlerait le langage de mon cœur ? Qui m'aiderait à découvrir l'assassin de mon oncle ?

Paralysé par le désespoir, je restai un moment à le contempler. Je me souvenais des paroles de notre amie d'enfance, Murça Benjamin, qui nous disait une paire de jumeaux nés de parents différents. La chère Murça avait perdu son premier mari à la suite d'une brève maladie. Elle devait se remarier ces jours-ci. Mais vivait-elle encore ?

En sortant, je fis un détour par l'appentis, empochai une fois de plus le marteau et implorai le Très-Haut :

— Rends-nous Juda et prends-moi à sa place !

En guise de bouclier contre les chrétiens, je psalmodiais en esprit des versets du *Zohar*.

Dans le voisinage immédiat, la rue Saint-Pierre était déserte. La ville disparaissait sous un manteau de brume sombre et floconneuse. Les volets qui avaient résisté à l'assaut des émeutiers étaient verrouillés et semblaient ne jamais devoir se rouvrir. En bas, près de la porte Saint-Pierre, une grosse femme courait à une allure heurtée, pénible, en balançant un panier d'osier sur sa tête. En haut, le vol des mouettes blanches dessinait comme des lignes de feu. Entre les tours jumelles de la cathédrale, des rubans de fumée se défaisaient dans le ciel. Le bûcher du Rossio brûlait toujours.

Je trouvai encore porte close chez le père Carlos. L'église était éclairée de lampes à huile crachotantes, la nef jonchée de cadavres semblables aux noyés que la houle ramène sur la grève.

Senhora Telo, couturière comme ma mère, reposait sur le dos, sous la fresque de l'Annonciation qui orne le transept. La figure d'un blanc cireux, les yeux fermés. Exsangue, mais sans blessure apparente. Le sifflet d'étain qu'elle portait au cou pour appeler ses enfants avait été rejeté par-dessus son épaule.

Un grognement derrière moi m'arracha à mes pensées. Un chien bâtard au poil fauve et au museau rose me défiait, les pattes de devant plantées sur le ventre d'un homme dont la poitrine était une mare de sang noir. Il dressait les oreilles, retroussait une babine squameuse, frémissante, montrait les dents et à nouveau grondait sourdement, comme s'il craignait de me voir lui disputer le cadavre.

Je me dirigeai vers Saint-Michel. Il y avait beaucoup des nôtres étendus, raides et muets, devant l'autel du Nazaréen. Je pris un cierge dans une des chapelles latérales et scrutai les visages. Juda n'était pas parmi eux.

Dans le jardin du cloître de Saint-Étienne je découvris une adolescente au milieu d'un massif circulaire de soucis magnifiques. Un vautour bossu, méthodique, à l'œil indifférent, se repaissait du cadavre. J'appris en l'observant que les charognards s'attaquent tout d'abord aux parties molles – les lèvres, la langue, les yeux. La jeune fille était méconnaissable.

Avant de repartir, je tombai sur le sacristain, vieux-chrétien, sorti de sa cachette dans une des chapelles. À la question que je lui posai, il secoua la tête et répondit :

— Non, pas le père Carlos. D'autres, si. La plupart cherchaient à atteindre le fleuve. On parlait de bateaux qui faisaient passer les juifs sur l'autre rive.

La gentillesse était désormais la seule chose qui pût me troubler. Lorsqu'il me donna l'accolade, je sentis le sol se dérober sous mes pieds. Je le repoussai, cherchai un mur où m'appuyer, m'enfuis.

L'aube répandait une lumière diaphane à l'horizon. Tout autour de moi le vol des hirondelles découpait dans l'air de grands arcs de cercle ; leur gazouillis semblait fait de mots qui se seraient trop bousculés pour se faire entendre. Descendant jusqu'au Tage par le chemin le plus court, je décrivis Juda aux harengères qui montaient leurs étals pour vendre la prise de la nuit. Elles n'avaient rien vu.

— On a donc tué des juifs ? me demanda l'une en bâillant d'ennui.

Je renversai sa marchandise dans la poussière. Elle jeta un cri rauque de perroquet, mais personne n'eut la hardiesse de me braver. On reconnaît la folie et l'on se tient à distance.

Je pris le chemin du centre, m'arrêtant à la limite du vaste terre-plein qui jouxte le quai aux Grains. Je n'osais aller plus loin. Sur le quai, des débardeurs portugais s'étaient pris de querelle avec des matelots blonds du Nord. Entre les deux groupes, quatre hommes gisaient morts. Les cadavres de toute une bande de chiens étaient entassés au pied de la croix qui orne le centre de la place, dans une mare de sang qui teignait de rouge le foin tombé des balles récemment déchargées. Plus loin, au bord d'une des cales de radoub, une foule joyeuse s'était attroupée pour assister au viol d'une négresse. Face contre terre, le nez dans la vase qui recouvrait les planches de bois, elle subissait en gémissant le rut bestial du gringalet qui se trémoussait sur ses fesses. Dans la ville flottante des navires, marins et marchands contemplaient le spectacle en riant. Je rebroussai chemin vers la sécurité relative de la petite juiverie. L'écho de mes premiers pas semblait me renvoyer une question : « Si les chrétiens nous vouent une haine aussi farouche, est-ce parce que nous leur avons donné Jésus, le sauveur dont à vrai dire ils n'ont jamais voulu ? »

La maison sans étage que Réza partageait avec ses beaux-parents était une de celles qui bordent au nord la place du Citronnier. L'œil rougi du soleil venait de paraître à l'horizon lorsque j'y arrivai. La porte était simplement poussée. À la cuisine, la grande table en châtaignier penchait, bancale, amputée de deux pieds.

Un voisin, attiré par le bruit, vint à la porte me surveiller. Un petit bout d'homme aux yeux endormis, les joues couperosées rasées de frais. Lorsque je lui demandai des nouvelles de Réza, il me cracha à la figure.

Les chrétiens s'imaginaient-ils que nous allions essuyer humblement leurs mépris en poursuivant comme si de rien n'était notre chemin trébuchant au-devant d'un avenir incertain ?

D'une bourrade qui lui arracha un cri, je l'envoyai tomber au milieu de la chaussée.

Une fillette de quatre ans peut-être, nue comme à l'heure de sa naissance, était assise sur un coussin dans le potager de Réza, en train de manger des raisins secs. Elle portait au front une croix grecque tracée au charbon, mais ne paraissait pas s'en émouvoir. Elle avait des cheveux bruns coupés au carré, des yeux marron, réservés, encadrés de longs cils élégants. L'ongle de son pouce droit avait été arraché.

— Je me sauve, annonça-t-elle.

— Comment t'appelles-tu ? demandai-je.

Elle fixa sur moi un regard distant et esquissa un signe de tête négatif.

— Et où sont tes parents ?

Elle continua à se gaver de raisins, sans répondre. Je déchirai un drap pour la couvrir.

— Je t'emmène chez nous. Il ne t'arrivera rien de mal.

Elle voulait aller à cheval sur mes épaules. Son rire d'enfant avait quelque chose d'invraisemblable. Je la posai à terre et l'obligeai à marcher.

De retour à la maison, je me rendis compte pour la première fois de l'état de dévastation où se trouvait la cuisine. Il restait quelques précieuses gouttes de vinaigre au fond d'un broc fêlé près de l'âtre refroidi.

J'en aspergeai mes mains et le front de la fillette et effaçai la croix. Nous descendîmes à la cave.

— Qui est-ce ? demanda ma mère, regardant l'enfant avec hostilité, comme un affront à sa douleur.

— Je l'ai trouvée chez Réza. Toute seule. Réza n'y était pas.

Ma mère maugréa, puis s'empara de la fillette et la serra dans ses bras.

— Et Juda ?

— Aucune trace.

Elle se tourna contre le mur, reproduisant le geste angoissé de mon frère Mordekhaï à l'agonie. Quand il avait enfin expiré, j'avais recueilli sa dernière larme pour m'en enduire les lèvres. Le goût salé m'avait empli d'un sentiment de soulagement déchirant, comme d'un vent du désert qui m'aurait balayé au-dedans.

C'est alors que j'avais eu ma seconde vision. Je l'avais sentie monter depuis la plante des pieds, forcer mes lèvres tel un cri. Debout dans notre cour, je voyais Mordekhaï sur le toit, à côté de la girouette d'étain en forme de troubadour. Je brûlais du désir de l'y rejoindre. Mes regards étaient alors attirés par la même lumière lointaine que j'ai retrouvée dans toutes mes visions. Elle prenait en approchant la forme d'un énorme aigle à la queue en éventail et au plumage vivement coloré. Sa tête était d'un blanc fantomatique, sa gorge jaune-vert, l'aile droite d'argent, la gauche dorée, la poitrine murexée, les yeux rouge-violet, chatoyants, comme des cristaux prismatiques. Fondant sur notre toit, l'oiseau royal tendait les serres et enlevait mon frère sans effort apparent. « Et moi ? » criais-je. « Nous aurons besoin de toi plus tard. Il te reste de l'ouvrage à accomplir pour l'Éternel », répondait Mordekhaï. En sûreté dans les griffes puissantes de l'aigle, il était emporté vers l'est, vers Jérusalem et le mont des Oliviers.

Ma vraie tâche avait-elle toujours été de délivrer les miens de Pharaon, de les conduire en lieu sûr, au-delà des frontières du Portugal ? N'a-t-on dans la vie qu'un seul but, assigné dès la naissance ?

Je demandai à ma mère :

— Mon oncle ne vous a-t-il rien dit de particulier ces dernières semaines au sujet de ses compagnons du cercle des moissonneurs ? Avait-il de la méfiance à l'égard de l'un d'eux ? De la colère ?

Elle garda le silence, se mit à s'arracher les cheveux aux tempes, enroulant d'abord les mèches autour de ses doigts.

La fillette trouvée, assise à même les ardoises du sol, fixait sur moi un regard atone. Cinfa lui faisait face, debout, les yeux à demi fermés, tripotant les cheveux à sa nuque. Avant de céder au désespoir général, je ressortis en courant pour chercher les moissonneurs.

Diego vivait seul dans un petit logement près de l'église Saint-Thomas, à l'est d'Alfama, dans un quartier à majorité chrétienne, à moins de cent pas des remparts. Mon chemin me menait par des ruelles grimpantes, à flanc de colline, qui commençaient à s'éveiller. Les volets des maisons s'ouvraient en grinçant. Des bourgeois en bonnet de nuit sortaient la tête et me regardaient passer en bâillant, les yeux encore lourds de sommeil. Des ouvriers au front rembruni se rendaient à leur travail. Mon ventre criait famine, exigeant une *matsah* ou une tresse de fromage, mais je n'avais pas pensé à prendre de l'argent. Peut-être aurais-je pu mendier une croûte de pain levé, mais nous n'étions qu'au quatrième jour de Pessah. Le *hametz* m'était toujours interdit.

Je remarquai, sur le pas d'une porte fermée, une jolie fille enveloppée dans une couverture, les cheveux emmêlés de brins de paille, l'air d'attendre. Elle ne paraissait guère plus âgée que Cinfa. Elle m'appela à voix basse, entr'ouvrit ses voiles, m'offrit le spectacle de ses seins menus et de ses hanches de jeune garçon. Elle était nue.

— Pour deux œufs, je te ferai partager ma solitude, murmura-t-elle. Allez, pourquoi pas ?

Voilà ce qu'il advient aux enfants de notre noble et féale cité, abandonnés au dieu de la Désaffection.

Un peu plus loin je voulais profiter de la vue du haut de la pente abrupte qui borde d'un côté la place minuscule où s'élève l'église Saint-Barthélemy. J'espérais constater l'extinction des dernières braises de l'émeute au cœur de la cité, mais j'étais bien naïf. Sur le Rossio, à un quart de lieue environ en contrebas, un millier de fanatiques étaient déjà assemblés. Deux immenses bûchers rougissaient le ciel.

Vus des hauteurs, les chrétiens mirent bas leur masque d'humanité et m'apparurent un instant sous les espèces d'un grouillement de fourmis affamées.

De petites bandes de maraudeurs ne tarderaient pas à se répandre dans les rues. Je me hâtai donc d'arriver chez Diego. Je trouvai la porte de sa maison fermée à clef, l'appelai d'en bas. De l'autre côté de la rue, un vieux savetier squelettique me surveillait d'un air méfiant, serrant deux maillets dans une main semblable aux ongles d'un rapace, détournant la tête dès que je cherchais à rencontrer son regard.

Je ramassai des cailloux et les lançai contre les volets de Diego au premier étage. Une vieille femme sortit d'une fenêtre du second un menton pointu, hérissé de soies grises. Le teint blafard, les yeux éraillés, ses cheveux étaient recouverts d'un châle noir, son nez rouge, camus, rongé par une vilaine maladie.

— Qui tu cherches ? glapit-elle avec l'accent de Navarre.

— Diego Gonçalves. L'avez-vous vu ?

Elle fit claquer ses lèvres en secouant la tête dans un geste de dénégation théâtral, puis lâcha d'une voix qui semblait engluer les mots en un flot visqueux :

— Ce n'est pas moi qui me mêlerais des affaires du prochain, sache-le. Dieu sait, j'ai assez à faire avec mon mari sur les bras. Mais des fois le bon Dieu il amène quelqu'un qui pose des questions et il faut répondre. Parce que le bon Dieu il regarde, et si on ne répond pas...

La jugeant ivre ou folle, je lui coupai la parole :

— Allez ! Il est là, oui ou non ?

— *Ojos*, prononça-t-elle lentement, d'un ton grave, comme si ce seul vocable résumait de longues années d'expérience.

— Comment ?

— Les yeux ! Ces Portugais ils ont les yeux comme des soucoupes. Et ils te regardent comme s'ils voulaient voir la couleur de ton âme. Tu ne t'es jamais dit que c'est peut-être ça qui cloche ?

— Savez-vous si Diego est passé chez lui aujourd'hui ? insistai-je.

— Le bon Dieu il regarde toujours. Le démon aussi il regarde. Et avec ces Portugais partout, avec leurs yeux comme des soucoupes, on n'y coupe pas. Quand moi j'étais...

— Porte tes coquilles ailleurs, vieille sorcière ! murmurai-je entre mes dents, ramassant encore des cailloux dans l'espoir d'attirer l'attention de Diego.

— Il n'y est pas ! cria enfin la vieille, provocante.

— Où est-il, alors ? Je n'ai pas beaucoup de temps !

Elle leva les yeux au ciel et se signa avant de répondre en ricanant :

— Ceux du premier, on les a emmenés hier. Des hommes aux yeux portugais.

— Je peux monter voir ? demandai-je.

— Qui tu es ?

— Son neveu, mentis-je.

Elle se pencha au-dehors et scruta la rue, la lèvre supérieure retroussée, l'air d'un âne en colère. Rencontrant le regard du savetier, elle brandit le poing et hurla :

— Mêle-toi de ton ouvrage, pécore ! Feignant !

L'autre agita la main comme pour la traiter de folle, plissa les yeux et, tendant l'index et le petit doigt, fit le signe du mauvais œil.

Elle para le sort en se signant et reprit ses glapissements, pêcha enfin une clef dans son sein et la laissa tomber dans mes mains tendues en proférant d'un ton menaçant :

— Ne la mange pas ! Je n'en ai pas d'autre.

Je m'attendais à encore un ricanement, mais elle ne plaisantait pas.

— Je vous en donne ma parole, lui assurai-je.

Je montai au premier, essayai la poignée de Diego, mais trouvai la porte verrouillée. Celle de son voisin avait été fracturée. Une odeur insolite, comme d'eau stagnante, émanait du logis. Avant de poursuivre mon enquête, j'allai rendre sa clef à la voisine du dessus.

— Tu es juif ? demanda-t-elle. Les autres, c'étaient des juifs.

— Je suis juif, avouai-je d'un ton sec.

— Maintenant pose-moi la même question ! dit-elle en me retenant par le bras.

— Il faut que j'y aille.

Ses ongles s'enfoncèrent dans ma chair.

— Pose-la ! répéta-t-elle, postillonnant de rage.

— Êtes-vous juive ? demandai-je donc d'un ton indifférent.

Aussitôt sa vieille main calleuse retomba en claquant sur ma joue.

— Coquins portugais, toujours prêts à insulter une dame navarrine ! hurla-t-elle. Mais ce n'est pas moi qui...

Me retrouvant devant la porte de Diego, je l'entendais toujours qui s'époumonait. Je frappai, appelai, mais ne reçus d'autre réponse que le silence. Pris d'une peur subite qu'il ne fût arrivé malheur à notre ami, je haussai la voix :

— Diego ! Diego ! C'est moi, Bérékhia ! Je suis seul !

Aucun bruit ne se fit entendre de l'autre côté de la porte.

Je pénétrai dans l'appartement voisin, occupé par le vieux Lévi Califa, apothicaire à la retraite et savant talmudiste, avec son gendre, veuf, et ses deux petits-enfants. L'état des lieux augurait mal du sort de Diego. Dans la belle pièce, le grand lit à baldaquin avait été dépouillé de sa garniture. Quelqu'un avait tracé une croix de sang sur le mur oriental avec, au-dessous, en capitales énormes, la phrase *Vincado pelo Cristo !* Vengeance au nom du Christ.

Plein de mépris pour les légions d'illettrés chrétiens dont les pas souillent le sol portugais, je notai que le mot *vingado* était mal orthographié. Comment prétendaient-ils même entrevoir Dieu, ceux qui ne pouvaient ni écrire correctement ni s'ouvrir à la lecture ?

— Maître Lévi ! appelai-je, sur le qui-vive.

Silence.

La porte dans le mur du fond qui donnait accès aux autres pièces gisait par terre, arrachée à ses gonds.

L'enjambant, je me glissai précautionneusement à travers l'ouverture pour me retrouver dans une petite chambre carrée, de trois pas à peine de côté, au plancher en chêne mal raboté. Il n'y avait d'autre mobilier qu'un tabouret de bois, et pourtant... Avais-je jamais mis le pied dans un lieu mieux rempli ?

À l'instant d'y pénétrer, je sus que je venais de franchir le seuil d'un sanctuaire.

Sur les murs badigeonnés de blanc, écrit en noir, en caractères hébraïques minuscules, je voyais l'Exode. Le moindre mot. Depuis les noms des fils d'Israël venus en Égypte avec Jacob jusqu'à la fuite des esclaves hébreux à travers la mer Rouge et au tabernacle élevé par Moïse. Les versets commençaient en haut, à l'orient, et couraient en ligne continue sur les murs sud, ouest, nord, faisant tout le tour de la pièce. Plus de deux cents boucles avaient été ainsi bouclées. Toute la moitié supérieure des murs était tapissée d'écriture, faisant de la pièce comme un verger sacré.

Le Lévitique aussi était commencé mais, interrompu apparemment par l'irruption des chrétiens, se terminait brusquement sur le commandement négatif qui interdit de faire fumer du miel sur l'autel du Seigneur.

L'identité du scribe, emmené en plein travail, ne faisait aucun doute. C'était le vieux Lévi Califa. Qui d'autre aurait été pieux au point de s'occuper dans sa cachette à copier le récit des événements que commémore la fête de Pessah ?

Frappé de stupeur, je restais cloué sur place à lire, tournant sur moi-même, mes yeux accélérant toujours l'allure, tel le derviche qui cherche le rythme de sa danse.

Je ne m'attendais pas à trouver Califa chez lui. Je découvris cependant sur le sol de la cuisine, dans une assiette cassée, une main droite. C'était la sienne ; on en avait tranché l'index, le doigt auquel il portait, monté en bague, son cachet en cornaline. À côté traînait le dernier morceau de charbon de bois qui lui avait servi à écrire.

Une main coupée paraît irréelle. Mais pourquoi ? Parce que notre esprit répugne à admettre la possibilité de pareille barbarie ?

Et pourquoi les chrétiens ne se contentaient-ils pas de nous tuer ? Pourquoi nous mutilaient-ils ? Voulaient-ils nous ôter ainsi toute figure humaine, nous refaçonner à l'image diabolique qu'ils se faisaient de nous ?

Presque à portée de la main de maître Lévi j'aperçus aussi les têtes bleu hysope des perroquets du Brésil qu'il avait chéris. Il les nommait *Tenura* et *Empatia*, Tendresse et Empathie, des deux mots qui composaient sa devise.

Les corps de Tendresse et d'Empathie avaient apparemment été volés pour leurs plumes précieuses qui, peut-être, ornaient déjà le chapeau de quelque fier-à-bras chrétien.

Il fallait ensevelir la main. Lorsque je me baissai pour la ramasser, le craquement d'une planche me fit pivoter. Le vieux savetier d'en face m'avait suivi dans l'appartement et fixait sur moi le regard patient de ses yeux gris. Maigre et basané, les poignets osseux, les épaules étroites et voûtées, il était vêtu simplement d'une chemise en guenilles, jaune de sueur, et de braies grossières de toile de lin. Il paraissait la cinquantaine. Chauve, à l'exception de deux petites touffes de cheveux gris au-dessus des oreilles.

L'une de ses deux mains tenait une alêne, l'autre un maillet de bois.

Je tirai mon couteau, pensant : « Ils vont encore me forcer à me battre. » Réticent à engager le combat entre des murs sanctifiés par la Torah, je m'avançai dans la pièce sur rue. L'homme m'accueillit d'une voix éraillée :

— Tu n'as pas beaucoup de temps.

Sans répondre, je me demandai : « Pourquoi les chrétiens pensent-ils toujours qu'un juif va parlementer avant de frapper ? »

Je sentais monter la colère, comme du vif-argent qui me brûlait les veines. J'approchai à trois pas de mon adversaire, guettant son premier mouvement, voyant déjà son corps s'affaisser sous ma lame.

Je ne lui voulais pourtant pas de mal. On dit que seule l'épaisseur d'un cheveu sépare la légitime défense de l'assassinat, et je ne prétends pas avoir la vue assez bonne pour faire toujours le départ.

Il se gratta le crâne du bout de son maillet et dit :

— On ne se comprend pas. Je viens en ami.

— Alors mettez bas vos armes.

À mon grand étonnement, il posa calmement les outils à ses pieds. Fronçant le front d'un air inquiet, il répéta :

— Tu n'as pas beaucoup de temps. Ils montent de la ville basse. Il faut rentrer chez toi. Je suis venu t'avertir.

— Pourquoi ? demandai-je.

— Disons que maître Lévi était un bon ami à moi.

— Quand l'avez-vous vu pour la dernière fois ?

— Viens, mon enfant ! dit-il en me tendant la main.

— Je vous en prie, dites-moi quand vous l'avez vu pour la dernière fois. J'ai besoin de le savoir.

— Hier, répondit le savetier. Les dominicains les ont emmenés, lui et les siens.

Sa main à nouveau tendue effleura mon bras. Involontairement je reculai.

— Et Diego Gonçalves ? Se trouvait-il avec maître Lévi ?

Il se retourna nerveusement du côté de la porte.

— Allez, tu ne peux pas rester là ! Tu ne comprends pas ?

— Avez-vous vu Diego Gonçalves ?

— Non. Il n'est pas passé chez lui, pas autant que j'aie vu. Peut-être qu'il s'est fait prendre ailleurs.

Il haussa les épaules, poursuivit d'un ton irrité :

— Allez, je m'en vais. Tu peux venir avec moi ou attendre les autres. N'aie crainte, la sorcière navarraise fera en sorte qu'ils te trouvent. C'est elle qui a livré maître Lévi.

Il se pencha pour ramasser l'alêne et le maillet. J'eus de la peine à résister à l'envie d'enfoncer mon couteau dans sa nuque découverte. En aurais-je été plus avancé pour m'être attaqué à ce juste chrétien ? Le vif-argent dans mes veines avait-il des désirs à lui, indépendants de ma volonté ?

— Viens ! dit-il une dernière fois en se redressant.

Il parlait du même ton suppliant que mon père autrefois, quand il m'incitait à l'étude. Au même instant un cri retentit à l'arrière de la maison. Posant un doigt noueux sur ses lèvres, le savetier m'imposa silence.

Nous nous glissâmes ensemble dans l'escalier comme des enfants qui auraient eu quelque folle équipée en tête. Celle que l'autre appelait la sorcière navarraise se tenait sur le palier de l'étage au-dessus, sa face ridée tordue en une grimace de mépris. Le vieillard leva son maillet et se donna une petite tape sur la tête, façon de lui dire ce qui l'attendait si elle nous dénonçait. Nous descendîmes les marches à pas feutrés, silencieux comme le chat qui aperçoit une souris ou un oiseau. J'avais hâte de trouver Samson, de lire la lettre que mon oncle lui avait adressée. J'espérais pouvoir quitter la ville par la porte Saint-Vincent pour ensuite couper à travers champs et rejoindre au nord-ouest la route de son domaine.

Dehors, les hirondelles poursuivaient leurs évolutions vertigineuses dans l'air frais du matin. Une rumeur se faisait entendre à l'ouest, entrecoupée des rires mordants de jeunes gens grisés par l'étreinte du danger.

Désignant l'œil embrumé du soleil à l'autre bout de la rue, le savetier me serra l'épaule et dit :

— Dieu te garde !

Je lui adressai un remerciement silencieux et courus.

Je ne peux trop insister sur le trouble dans lequel la mort de mon oncle avait jeté mon esprit. N'importe quel juif à ma place aurait dû comprendre que le premier acte que leur foi inspirerait ce jour-là aux dominicains serait la fermeture de toutes les portes de la ville.

C'était aussi une erreur de courir. Trop bruyants, mes propres pas précipités me trahirent.

Une bonne centaine de fanatiques montaient la garde à la porte Saint-Vincent. Dès qu'ils me virent, une volée de doigts pointés me visèrent telles des flèches.

Je m'arrêtai, la peur au ventre. Me sentant glisser irrévocablement vers ma perte, je ne pus m'empêcher de tendre le bras en quête d'un appui. Ma main se referma sur le vide, chercha instinctivement l'assurance de mon couteau. L'espace d'un instant pantelant, j'envisageai de tourner l'arme contre moi-même. C'eût été facile. Je croyais alors encore à un Dieu personnel et ne craignais pas la mort. L'agonie, si. Mais non point le retour glorieux au royaume divin. Une dernière prière, un geste, et j'aurais été délivré. Je raisonnais : « Mieux vaut que ce soient mes propres mains qui descellent mon âme, plutôt que celles d'hommes ayant tenu la croix. »

Bien sûr, à me voir de loin ils ne pouvaient savoir avec certitude que j'étais un converti. S'ils me déshabillaient cependant, mon alliance avec l'Éternel n'aurait plus laissé de doute.

La force du vouloir-vivre passe tout raisonnement. Ou peut-être cédai-je au besoin de retrouver Juda.

Je pivotai sur mes talons et m'enfuis, comme fuit celui qui n'a pas le choix. Mes ennemis me poursuivaient-ils ? Je n'en savais rien, ne percevais rien hormis les pulsations de mon cœur aux abois. Figurez-vous que vous vous tenez près d'une cloche de plomb qui sonne à toute volée au plus fort d'une tempête déchaînée. Tel était mon pouls, telle ma respiration.

Je ne retrouve maintenant qu'une vague sensation d'escaliers dévalés, l'odeur de ma propre peur. La prochaine image à se présenter à ma mémoire est celle d'un clocher. Je me tenais devant la façade de l'église Saint-Michel, à moins de deux cents pas de chez nous.

Sans crier gare, le clocher parut tomber sur le côté. C'était moi qui avais perdu pied, je gisais sur le dos au milieu de la chaussée.

J'avais le souffle coupé, mais je ne ressentais aucune douleur, rien si ce n'est un muet désarroi. Comme si ma tête était enfermée dans une amphore de verre. Comme si la main du Seigneur m'avait saisi à l'improviste et laissé tomber là.

Je me vis ébloui par l'image fugace d'un nénuphar, au milieu d'une étendue de sable, qui aurait soudain pris feu. Je compris plus tard que j'avais entrevu, en reprenant mes esprits après une brève syncope, le monde onirique qui sous-tend le cours habituel de mes pensées. Quoi qu'il en fût, l'image – le lis embrasé – me parut d'emblée essentielle, un don divin auquel je ne devais à aucun prix renoncer. (J'allais en saisir le sens un jour à Constantinople, alors que, enluminant un rouleau d'Esther, il me vint à l'esprit que la ville de Lisbonne ne pouvait être durant cette Pâque fatale, aux yeux de l'Éternel, qu'une fleur en flammes.)

Je remarquai enfin, à six ou sept pas sur ma gauche, un homme revêtu d'une cape en buffle ; à genoux, les traits tordus de douleur, il se massait l'épaule. Je compris que c'était lui qui m'avait attaqué ; dissimulé sous une porte cochère, il s'était blessé lui-même en me jetant à terre.

Du haut de la rue, deux grands flandrins en haillons me couraient sus. On aurait dit des jumeaux identiques. Tous deux avaient les mêmes cheveux noirs coupés court. Tous deux brandissaient des haches dans le dessein manifeste de me fendre par le milieu comme un billot de bois.

Derrière eux se précipitait une meute furieuse d'hommes et de femmes. Tout se confondait en un tourbillon de sons et de vent, d'ombres et de linéaments.

Lorsque les deux manieurs de haches se réunirent pour n'en faire qu'un, je restai un instant éberlué avant de trouver l'explication évidente : ma chute m'avait fait voir double.

L'éclat du fer nu au soleil agit sur le corps comme un appel aux armes. Je me relevai aussitôt, la main fermement serrée sur le manche de mon couteau.

Connaissant par cœur le labyrinthe des ruelles et passages tortueux de cette partie d'Alfama, je détalai vers l'ouest à l'instant même où mon agresseur se remettait péniblement sur pieds. Je ne mis que quelques secondes à atteindre l'escalier abrupt qui conduit à la place Cantina et dont les premières marches jouxtent presque les toits des maisons voisines. Je réussis le saut et suivis la pente des toits jusqu'à la rue parallèle. Mes poursuivants n'étaient plus que trois. Les deux premiers, à vingt pas en arrière, étaient armés d'épées. Un moine dominicain fermait la marche, se servant de sa crosse comme d'un bâton, hurlant d'une voix rauque :

— Sus au marrane ! Apportez-moi son pacte avec le diable !

D'après ce dont j'avais déjà été témoin, je compris qu'il demandait mon sexe en guise de trophée. Ayant appris cependant à considérer le monde à travers le prisme des symboles, je me demandais en même temps si les dominicains n'avaient pas conçu le projet de nous priver une fois pour toutes de la possibilité de nous reproduire.

La rue était déserte. Je m'y laissai tomber, puis sautai le mur bas de la cour de senhor Pinto. Comme je m'y attendais, la porte de sa cuisine avait été fracturée. Je traversai la maison saccagée, ressortis à l'arrière et me retrouvai à l'angle de la rue Saint-Pierre et de la rue de la Grotte, exactement en face de la maison de Farid. Me hissant d'un bond au sommet du mur, je sautai dans la cour et m'engouffrai dans notre cuisine.

Je ne descendis pas à la cave. Une fois certain que je n'avais pas été suivi, je me rendis dans la chambre de mon oncle et ma tante et pris dans le double fond de leur coffre la petite bourse que nous y gardions en cas d'imprévu. J'attendis encore que le silence revînt dans la rue du Temple. Puis, n'entendant plus que le battement de mon propre cœur, je m'aventurai à nouveau dehors et me dirigeai vers le fleuve. Non loin de la berge un pêcheur prenait une collation à bord de sa barque bleue, découpant une tresse de fromage avec un couteau rouillé. C'était une vieille connaissance, encore que nous n'eussions jamais échangé une parole, un bonhomme trapu, le visage tanné par cinquante étés, les yeux gris obscurcis par l'ignorance. Lorsque son regard rencontra le mien, je lui montrai une pièce de monnaie en tournant la tête vers l'aval. Une fois sorti de la ville, je comptais faire à pied les deux lieues de chemin jusqu'au vignoble de Samson.

Le pêcheur signifia son accord d'un hochement de tête, saisit les rames et gara sa barque contre la berge.

— J'ai besoin de sortir de Lisbonne, lui dis-je.

Il jeta mes deux pièces de cuivre dans un pot grouillant de vers et fit à nouveau avancer l'embarcation d'une centaine de pas sur le fleuve, soufflant comme un phoque et pestant tout haut. Un vilain ulcère rouge rongeait la peau grise et ridée de son pied droit à la naissance de l'orteil.

— C'est un crabe qui m'a pincé, grogna-t-il. Ça ne veut pas se cicatriser.

Il se faufila entre deux gros bateaux de pêche, passa sous la proue d'une galère arborant la croix rouge du Portugal, manœuvra pour amener sa barque dans le courant et fit force de rames. Les remparts de la ville ne furent plus bientôt qu'un ruban filant entre les clochers des églises et les masures chaotiques des faubourgs. Nous jetâmes enfin l'ancre derrière une pointe de sable rocheuse, et mon passeur leva une main pour me souhaiter bonne chance.

Je le remerciai d'un signe de tête et gagnai la rive en pataugeant dans l'eau froide.

Sur la grève, deux Andalous, pèlerins de Saint-Jacques en Galice, des coquilles à leur chapeau, m'abordèrent en me priant de leur indiquer une auberge. Je fis semblant de ne pas entendre leur langage et passai mon chemin.

VII

Deux heures plus tard, ma vieille amie Rana Tijolo, femme de Samson, m'ouvrit sa porte tout en donnant le sein à son fils nouveau-né, Miguel.

— Béri ! Dieu merci, tu es vivant ! Entre !

Elle me tira vivement à l'intérieur, referma la porte et poussa le verrou.

— Je n'en crois pas mes yeux ! ajouta-t-elle, réjouie.

Nous nous embrassâmes et je caressai la tête duveteuse du nourrisson. Il était si petit encore que ses yeux semblaient ne jamais devoir s'ouvrir.

— Un beau garçon ! m'exclamai-je.

Comment dire à une jeune mère que son premier-né ressemblera à un petit d'écureuil au moins jusqu'à l'âge d'un mois ?

— Beau ? fit Rana. C'est la méditation qui te donne la berlue ?

Elle s'efforçait de sourire, mais je voyais des larmes briller dans ses cils. Son regard baissé était empreint d'une solitude désespérée. Je compris que Samson lui aussi était parmi ceux qui avaient disparu dans la tempête chrétienne.

Nous nous assîmes devant le feu.

— Comment l'as-tu su ? demandai-je.
— Des voisins sont passés.
— Peut-être que tu ferais mieux de venir avec moi, de rentrer en...
— Tu sais que je ne peux pas, interrompit-elle.
Pour ne pas s'exposer aux forces pernicieuses de l'autre côté, Rana ne quitterait pas sa maison pendant les quarante jours suivant ses couches – quarante du nombre d'années passées par les juifs à errer dans le désert, du nombre de jours que dura le déluge.
— Depuis quand es-tu sans nouvelles de Samson ?
— Il n'a pas donné signe de vie depuis dimanche. Il était allé à la Petite Jérusalem acheter du tissu pour la layette. Il comptait passer au magasin de Simon Eanes. Tu ne l'as pas vu ? Tu ne sais pas quelque chose ? Tu n'as pas parlé à Simon ?
— Non, je ne sais rien. Mais je ne crois pas que Simon ait survécu.
Elle se tourna vers le mur, remuant les lèvres dans une prière muette.
— Cela ne veut pas dire que Samson ne se soit pas sauvé, poursuivis-je. Il est adroit. Et redoutable d'aspect. Il ferait fuir plus d'un chrétien. J'en avais une peur bleue quand j'étais petit. Il peut encore rentrer.
Je la pris par le bras pour lui communiquer ma force, mais c'était moi-même que j'essayais de persuader, mes propres craintes pour Juda que je ne parvenais pas à dissiper.
— Non, répondit-elle. S'il était vivant, il serait là.
— Peut-être qu'il se cache.
— Samson ? Se cacher ? Béri, l'homme qui vient de devenir père pour la première fois à cinquante-sept ans ne se cache pas en sachant que la vie de son fils est peut-être en danger.
Rana était une des rares personnes qui refusent de

se mentir. On la trouvait en général cynique, sans cœur. Elle hocha la tête, résignée, passa sa main libre dans ses boucles brunes.

— Si je dois rester seule avec...

Sa voix se brisa. Elle se mordit la lèvre pour ne pas pleurer.

— Dès qu'il se réveille, il a faim, et dès qu'il s'est rempli le ventre, il se rendort, dit-elle, s'efforçant de sourire.

Son mamelon avait glissé hors de la bouche de l'enfant qui agitait les menottes. Elle le lui rendit, et le petit lâcha en tétant un bruit chaud et repu. Rana me regarda avec un espoir timide.

— As-tu des nouvelles de mes parents, Béri ?

— Non, je ne sais rien. Je suis désolé. J'aurais dû faire un tour chez eux avant de venir. Je n'y ai pas pensé.

— Ça ne fait rien. Ils viendront certainement eux-mêmes dès qu'ils le pourront... S'ils le peuvent.

— Je suis passé ici dimanche dernier prendre du vin. J'ai emporté une petite pièce et laissé une lettre.

— Oui, je savais que c'était toi à cause de la *matsah*, dit-elle en me tapotant le bras. C'est rassurant tout de même, qu'il y ait des choses qui ne changent pas. Il faut croire que je dormais. Cela ne m'arrive pas souvent, mais quand le sommeil me prend, rien ne me réveille. Sauf Miguel, s'il se met à pleurer. Alors, c'est comme si un chasseur me décochait une flèche en plein cœur.

— As-tu gardé la lettre ?

— Oui. C'est important ?

— Il faut que je la lise. Mon oncle aura peut-être confié quelque chose à Samson...

— Elle doit être dans la chambre quelque part.

— Tu pourrais chercher ?

— Occupe-toi de lui, dit-elle en me passant Miguel.

Tandis que Rana fouillait les armoires et les tiroirs, je balançai le petit garçon dans mes bras en me souvenant du corps doux de Juda. Nous avions passé des nuits et des nuits à le bercer, Mordekhaï et moi, jusqu'au petit matin, pour calmer ses pleurs. Affligé d'un épanchement aux poumons qui lui donnait des quintes de toux violentes, il n'avait pas été un enfant facile. Je fermai les yeux. Le toucher de la peau veloutée du nourrisson me donnait des picotements dans les doigts. « Juda, mon Juda, murmurais-je à part moi. Ô mon Seigneur, je t'en supplie, fais qu'il soit encore en vie ! »

Pour chasser l'effroi qui s'emparait de moi, je rejoignis Rana dans la chambre et lui fis la conversation pendant qu'elle cherchait. Nous parlâmes des ennuis digestifs de Miguel.

— Ses crottes ressemblent à de la fiente de pie, se plaignit sa mère d'une voix inquiète. Le docteur Montesinhos nous assure que ce n'est pas grave, mais...

— Ne t'en fais pas ! Celles de Juda étaient pareilles. Je crois qu'il y a une part d'oiseau chez tous les petits enfants.

Elle rit. Suivit cependant un silence qui rendit d'autant plus pesante l'ambiance de morne tristesse qui avait pris possession du foyer. Nous échangeâmes un regard, avouant l'un et l'autre, l'un à l'autre, la possibilité que Samson ne revînt plus. Rana leva la main pour me caresser la joue.

— Cher Béri ! Notre vieux quartier me manque.

Nos yeux demeurèrent un instant unis par le souvenir des chasses aux démons livrées autrefois par notre armée d'enfants.

Rana reprit alors ses recherches dans les tiroirs

d'une commode à côté du lit. Dans un petit coffret en bois muni d'une serrure métallique, elle découvrit enfin un parchemin roulé.

— Voilà ! jubila-t-elle en me le tendant. C'est ça, n'est-ce pas ?

— Je crois que oui.

Je lui remis Miguel sur les bras et défis le rouleau qui se révéla contenir cinq feuillets.

— Allez, dit Rana du ton dont elle m'aurait invité à partager une aventure. Pendant que tu regarderas la lettre, je vais nous chercher du vin et une *hallah*... Mais non, tu dois être en train de revivre l'exode. Enfin, tu prendras bien un verre de vin, n'est-ce pas ? Et tu peux rester ? Au moins le temps de terminer ta lecture ? Je l'exige !

— Le temps de tout lire, oui. Ensuite il faudra que je retourne auprès de ma famille. Mais comment se fait-il que tu aies encore du *hametz* chez toi, Rana ? Tu ne fêtes donc pas Pessah ?

— Nous voulions attendre encore un peu, pour plus de sûreté.

Elle me fit rasseoir à la table de la cuisine, m'apporta une coupe de vin, puis s'assit à mes côtés et prit ma main libre dans les siennes. La lettre de mon oncle était ainsi conçue :

« Très cher Samson,

« Miguel Ribeiro m'a opposé un refus. Je vais donc vous conter une histoire. Vous y verrez mon espoir que vous soit révélée l'obligation où nous sommes tous de consentir maintenant un sacrifice. Si nous n'agissons pas en ces jours charnières à l'instar de rabbi Graviel, il se peut bien que tout soit perdu.

« Qu'importe que votre foi ait été ébranlée ? Ce sont vos actes qui comptent.

« Samaël restera-t-il maître du terrain ? »

En haut de la page suivante, il avait inscrit *História da crestadura do sol do rabi Graviel.* « Histoire du coup de soleil de rabbi Graviel ». Il m'avait conté la même histoire le jour de son dernier chabbat. Tandis que mes lèvres formaient les mots du titre, un fourmillement à la nuque me dit qu'il reprenait les rênes de mon esprit. Sa voix murmurait : « Oui, relis, Bérékhia, que tu en saisisses toi aussi le sens. Ce n'est pas un hasard si j'ai offert ce même conte et à toi et à Samson. »

— Qu'est-ce que c'est ? demanda Rana, devinant mon trouble.

— Un conte. Sur rabbi Graviel, un de mes ancêtres. Sur l'emprisonnement qu'il eut à subir en Espagne pour sauver la vie de sa fille. Je crois que mon oncle avait eu une vision, qu'il savait qu'il serait lui aussi appelé à faire un grand sacrifice. Oui... Il a accepté de mourir pour sauver la vie de la jeune femme. Il croyait avoir conclu un marché. Mais le tueur n'a pas tenu parole.

— Béri, tu veux dire que ton oncle... Non !

Rana, qui ignorait la mort de mon maître, tressaillit de tout son corps. Elle posa Miguel sur la table, se leva brusquement et se couvrit les oreilles, me regardant fixement avec une expression d'horreur.

Lorsqu'elle commença à trembler, je m'approchai et lui pris les mains.

— Rana ! Rana !

Elle me dévisagea comme elle aurait fait un étranger, cherchant à déchiffrer mes traits. D'une voix blanche, vidée de tout semblant d'émotion, elle dit :

— Samson... Et maintenant maître Abraham... Et Esther, est-elle... ?

— Non, elle est saine et sauve. Ma mère aussi, et Cinfa. Juda a disparu.

J'obligeai Rana à se rasseoir et à prendre du vin. Serrant la coupe entre ses deux mains comme un enfant, elle but avidement et se mit à divaguer à propos de la sécheresse et des puits du domaine. Je laissai passer la crise, puis demandai :

— Samson a-t-il évoqué dernièrement des dissensions parmi les moissonneurs ?

Elle fit un signe de tête négatif.

— Ou peut-être une querelle avec mon oncle ?

— Non, rien.

— Alors, pourquoi mon oncle parle-t-il dans sa lettre de l'ébranlement de sa foi ? Samson avait-il des ennuis ?

Rana s'accrocha à mon bras et murmura :

— Samson veut faire de l'enfant un chrétien, il dit qu'il ne fait plus bon vivre en juif de nos jours. Nous ne fêterons pas Pessah cette année. Et quand bien même...

Elle déplia les langes de Miguel pour me montrer son prépuce. L'enfant aurait dû être circoncis le huitième jour de sa vie. Sa mère ferma les yeux, les cils baignés des larmes de la désespérance. Comme en signe de solidarité, Miguel lui aussi se mit à pleurer. Je le pris dans mes bras et le berçai doucement, sans succès. Rana parla encore, avec une violence inopinée, comme lançant les paroles aux quatre vents :

— Si j'avais su... Comment a-t-il pu changer à ce point ? Quand nous nous sommes mariés... Et ensuite, en attendant le petit... Nous étions si... si bien. Tu te souviens de Pessah autrefois ? Tu n'as pas oublié, Béri ? ! Avant tout ce... Attends ! J'ai quelque chose à te montrer.

Elle prit un gros livre sur le chambranle de la cheminée. À la reliure finement ouvragée je reconnus la Torah imprimée par Éliézer Toledano aux jours de mon enfance. Elle me la tendit avec un impératif succinct :

— Regarde !

— Je ne comprends pas. Que veux-tu que je regarde ? demandai-je, prenant le livre.

— Ouvre-le ! N'importe où !

Je lui rendis Miguel et laissai le volume s'ouvrir tout seul. Il me présenta une page du livre d'Ezra, des versets traitant de la reconstruction du Temple. Tous les noms de Dieu y avaient été raturés à l'encre brune. Je sentais mon sang se glacer comme à la vue d'un talisman maléfique.

Rana parlait toujours, d'une voix précipitée, comme traquée :

— Samson m'a dit : « Il faut enterrer le dieu juif. Après Pessah nous dirons des prières pour l'Éternel, puis il faudra l'ensevelir, puis il faudra l'oublier. » Samson a barré tous Ses noms !

Je ne pouvais détacher les yeux des pages profanées. Enfin je refermai doucement le livre, jurant de ne plus regarder une seconde fois. Je le posai sur la table.

— Je ne pourrai pas vivre en chrétienne ! Plutôt me tuer ! se lamenta soudain Rana dans un cri qui parut creuser un vide entre nous.

— Mais ton fils ? objectai-je. Qui s'occupera de lui ? Maintenant que...

— Mieux vaut qu'il meure !

Neuf ans auparavant, pour échapper à la conversion forcée, certains parents juifs s'étaient en effet ôté la vie en tuant d'abord leurs enfants – actes écrits dans un alphabet qui passerait à jamais mon entendement.

— Tu ne parles pas sérieusement, dis-je à Rana. Ce n'est pas possible !

Elle se pencha en avant, me remit à nouveau Miguel. Ses yeux luisaient d'une résolution effrayante. Elle ramassa sur la table un gros couteau à pain, se leva d'un bond et le brandit au-dessus de l'enfant, tout le corps crispé par la rage.

— Je le ferais sur-le-champ si tu voulais me faire coudre un linceul pour mon Dieu !

— Tu commettras un péché grave si jamais tu fais du mal à ce petit. Il est l'envoyé du Seigneur auprès de nous. Tuerais-tu Abraham, Isaac, Moïse, s'ils se tenaient là devant toi ?

Sa main sur le manche du couteau ne trembla pas.

— Cet enfant est Abraham, Isaac, Moïse. Il est l'Éternel, notre Dieu ! m'exclamai-je.

Rana laissa tomber l'arme et fondit en larmes. Je la fis rasseoir et lui caressai les cheveux. L'enfant paraissait fasciné par les pleurs de sa mère. Dès qu'elle se calma, il se mit cependant à se trémousser et à vagir. Je renonçai bientôt à mes efforts pour le réconforter et le rendis à Rana.

Retenant mon souffle, sans me laisser le temps de réfléchir, je saisis le livre profané et le jetai au feu.

Rana sursauta.

— Bérékhia ! Non ! Qu'est-ce que tu fais ?

Le papier jaunit et se recroquevilla, envahi d'abord de fumée, puis de flammes pétillantes, et je parlai d'une voix qui me semblait émaner de mon oncle :

— Je n'ai pas besoin de mots écrits pour moi. Fût-ce de la Torah. Ni toi non plus. Reste fidèle à un judaïsme du dedans. Le Seigneur viendra à ta rencontre dans ton for intérieur, à un pas au-delà de l'endroit où tu dialogues avec toi-même. Si Samson revient – et nous prierons tous pour sa sauvegarde – laisse-le parler du christianisme pendant que tu respireras le judaïsme. Ton fils saura la différence. Et quand il sera d'âge à garder un secret, tu lui parleras de la reine Chabbat, la fiancée qui l'aura attendu patiemment pendant toute son enfance. Et vous célébrerez ensemble leurs noces.

Le nourrisson chercha à nouveau le sein de sa mère. Pendant qu'il tétait, Rana sonda ses traits, comme cherchant au fond de son regard un reflet de la cérémonie à venir.

« Quelle merveille, pensai-je, brûlant de jalousie, que de pouvoir nourrir un autre de ce qu'on est soi-même ! »

Le sens de la vie se révèle-t-il toujours à l'improviste, dans un éclair ? Je ne sais, mais je sus alors que j'aspirais, avant de mourir, à me donner à un autre aussi pleinement que Rana.

Elle haussa les épaules et dit, sceptique :

— On verra.

Nous nous embrassâmes sur le pas de la porte et je demandai encore :

— Samson ne s'était-il pas fâché avec mon oncle ou un autre des moissonneurs ? Ne serait-ce pas là ce qui lui a fait perdre la foi ?

— Non. C'était à cause de l'enfant. On peut vivre soi-même dans une peur de tous les instants, mais condamner un être aimé à subir le même sort, c'est autre chose. Il a longuement réfléchi à l'avenir de son fils en tant que juif, et ce qu'il a vu ne lui a pas plu.

— Veux-tu venir avec moi ? proposai-je. Tu sais que tu seras la bienvenue chez nous, aussi longtemps que tu auras besoin d'un abri. Et il ne faut pas craindre les forces de l'autre côté. Ce n'est qu'une superstition. Il ne t'arrivera aucun mal si tu quittes la maison.

— Non, merci, répondit-elle en me caressant le bras. Mes parents essaieront de venir. S'ils le peuvent...

— Je comprends. N'oublie pas, plante un jardin intérieur où tu pourras te cacher, où tu pourras faire entrer Miguel quand il sera assez grand, dis-je en effleurant une fois encore les cheveux soyeux de l'enfant. Et si Samson revient, envoie-le-moi. Tous, nous pouvons parler encore au futur du sort des juifs au Portugal. Peut-être qu'il retrouvera la foi.

Nous échangeâmes un dernier baiser, mais j'avais à peine fait quelques pas qu'elle me rappelait. Une main tremblante cachait presque les lèvres qui formèrent la question :

— Crois-tu que l'Éternel ait pris Samson pour se venger de ce qu'il a fait au livre ?

Je fermai les yeux pour chercher la réponse et tressaillis en me rendant compte que j'avais perdu toute confiance en Dieu. J'inscrivis dans l'air le cercle ouvert qui, dans l'alphabet des doigts que je partageais avec Farid, disait l'inconnaissable.

VIII

Quittant la maison de Rana pour un monde trompeur, abandonné de Dieu, je cherchai un soutien dans l'histoire de rabbi Graviel, telle que mon oncle l'avait contée. En relisant ses mots, je m'étais souvenu des derniers enseignements qu'il nous avait dispensés, à Juda et à moi. Là aussi, mon maître avait évoqué la nécessité du sacrifice. C'était le vendredi de la semaine précédente, à l'occasion de notre *séder*. Tandis qu'Esther remplissait nos écuelles de potage de navet au safran, il m'avait adressé un signe de tête en disant :

— L'Éternel s'était souvenu de Sara...

C'était me demander de réciter la Torah en commençant par ce verset de la Genèse. J'obtempérai, en portugais, pour être compris de Juda :

— Or, l'Éternel s'était souvenu de Sara, comme il l'avait dit, et il fit à Sara ainsi qu'il l'avait annoncé. Sara conçut et enfanta un fils à Abraham, quoique âgé, à l'époque précise où Dieu l'avait promis.

J'avais dit ainsi de mémoire tout le chapitre XXI. Sans autre pause que pour tremper mes lèvres dans le vin, j'avais conté l'histoire d'Isaac, fils d'Abraham et de Sara, dont le nom signifie en hébreu « il rit » et évoque la félicité d'Abraham d'avoir pu engendrer un fils à l'âge de cent ans.

Au premier verset du chapitre XXII : « Il arriva, après ces faits, que Dieu éprouva Abraham », mon oncle m'avait intimé, d'un haussement des sourcils, de m'adresser directement à Juda. Prenant dans la main le menton de mon frère, attirant son regard d'enfant, j'avais poursuivi en employant toutes les ressources de ma rhétorique :

— Il lui dit : « Abraham ! » Il répondit : « Me voici. » Il reprit : « Or çà, prends ton fils, ton fils unique, celui que tu aimes, – Isaac ; achemine-toi vers la terre de Moria, et là offre-le en holocauste sur une montagne que je te désignerai. »

Juda se tortillait sur son siège en se mordant la lèvre, troublé par la perspective de la mort d'Isaac. Je le savais blessé dans son âme par le refus de notre mère de lui accorder une place dans sa vie, je le sentais reculer intérieurement au souvenir de ses malédictions. Prenant ses deux mains dans les miennes, je lui avais conté comment Abraham avait lié Isaac et l'avait placé sur un autel de bois qu'il avait construit, comment, lorsqu'il avait saisi le couteau pour immoler son fils, le Seigneur s'était interposé sous la figure d'un ange, disant : « Ne porte pas la main sur ce jeune homme, ne lui fais aucun mal ! car, désormais, j'ai constaté que tu honores Dieu, toi qui ne m'as pas refusé ton fils, ton fils unique ! Je te comblerai de mes faveurs, je multiplierai ta race comme les étoiles du ciel et comme le sable du rivage de la mer. »

Ce dénouement heureux n'avait pas tranquillisé Juda dont les traits criaient le désarroi et le besoin de réconfort. Mon cœur s'était serré à sa vue qui me faisait mesurer la cruauté que nous avions eue, mon oncle et moi, de tirer l'épée de la Torah pour battre en brèche ses fragiles défenses. Les yeux baissés de l'enfant fuyaient nos regards. Lâchant son menton, je lui avais fait sentir la pression de ma main à la nuque, qu'il eût du moins la consolation d'une caresse.

— Mange encore de ta soupe, avais-je dit. Elle refroidit.

Le conseil n'avait pas eu l'heur de plaire à mon oncle. L'écartant d'un geste dédaigneux, il avait pris lui-même la parole :

— Allez, mon cher Juda, j'avais une raison de demander à Béri de te raconter cette histoire. Dis-moi ce que tu en penses.

Tous les regards étaient braqués sur l'enfant. Ses lèvres cependant demeuraient scellées. J'avais fait glisser ma main pour lui tapoter le dos ; il était au bord des larmes. Plein de colère contre mon oncle, je me retenais à peine de crier : « N'a-t-il pas assez souffert en le bref espace de cinq ans ? Laissez Juda tranquille ou sur mon âme... ! »

— Je veux connaître ta pensée, avait insisté mon oncle. Jamais je ne te blâmerai pour avoir dit la vérité. Jamais ! Je t'en donne ma parole.

— Dis-nous, Juda, avait ajouté Esther avec un sourire maternel.

Notre propre mère lui montrait un visage de pierre. Cédant à un tic nerveux, elle avait recommencé à tirailler les mèches folles à ses tempes. J'avais pincé enfin Juda au cou pour le pousser à avaler la pilule, et il avait répondu en pleurnichant :

— Elle ne m'a pas plu.

— À moi pas davantage, avais-je dit.

— Pourquoi ? avait demandé mon oncle, m'imposant silence d'un mouvement impatient du poignet.

— Parce que..., avait commencé l'enfant, se frottant les yeux de ses poings serrés. Je ne sais pas. Parce qu'elle ne m'a pas plu.

— Dis-moi pourquoi, avait répété mon oncle d'une voix caressante.

— Parce qu'Isaac n'a rien fait de mal ! avait lâché Juda.

— C'est juste, avait approuvé mon oncle, se levant et se penchant en avant, les deux mains appuyées sur le plateau de la table. Maintenant je vais te dire un secret, Juda. Et les secrets sont des choses très puissantes. Il ne faudra donc le redire à personne. Ce sera entre toi et moi. D'accord ?

Juda avait hoché la tête ; il était bouche bée, comme en extase. Il adorait les secrets de notre oncle.

— D'après la plupart, l'histoire signifie qu'il y a des moments où il faut apporter un sacrifice au Seigneur, avait expliqué mon maître. Le cas échéant, un sacrifice terrible. D'une certaine manière, ils ont raison. Abraham était prêt à immoler son fils. D'autres disent que le Seigneur a eu tort de demander pareille chose à un homme. Que l'homme aussi a eu tort d'accepter. Peut-être sont-ils dans le vrai. Moi-même, je le pense parfois. Mais voici le secret...

Mon oncle s'était penché plus bas encore, approchant son visage tout près de celui de Juda. Ses yeux lançaient des éclairs. Posant un doigt sur ses lèvres, il avait chuchoté :

— N'oublie pas le sens du nom Isaac : « il rit ». C'est toute la preuve qu'il nous faut pour être certains que la Torah nous tient ici un langage métaphorique ; elle nous pose des devinettes d'une espèce toute particulière. Isaac n'est pas le fils d'Abraham dans ce monde. Il est pour ainsi dire le fils de son cœur, au-dedans de lui. L'enfant du rire et de la tristesse d'Abraham, de sa colère et de sa tendresse, de ses craintes et de ses rêves. Or, qu'est-ce que le Seigneur exige d'Abraham ? Qu'il soit disposé à renoncer à tout cela. À ses sentiments et à ses pensées les plus intimes, à ses biens les plus chers. Qu'il défasse les nœuds de son esprit. Qu'il impose silence à une partie de lui-même. Et pourquoi ? Pour que s'ouvre en lui une porte par laquelle le Seigneur pourra entrer. Cher Juda, l'histoire te demande de t'ouvrir au Seigneur. Ce n'est pas plus compliqué que cela.

Tendant le bras, il avait ébouriffé les cheveux de son neveu en lui tirant le nez.

— Le Seigneur t'aime tellement qu'il veut bien raconter une histoire terrible qui te fera penser du mal de lui. Tout cela pour qu'un jour tu puisses le rencontrer au fond de ton cœur. Il veut pouvoir te serrer dans ses bras, c'est tout. Tu comprends ?

Juda, toujours sous le charme, avait répondu par un grand signe de tête affirmatif tandis que je poussais un soupir de soulagement et m'étonnais de la versatilité des humeurs enfantines.

La leçon que j'avais pour ma part tirée de l'histoire – sur le moment – avait été de ne jamais être trop pressé de douter de mon oncle. À présent cependant, sur le chemin de retour de chez Samson, je pensais à ce qu'il nous avait dit du sacrifice. Le Seigneur avait demandé à Abraham de renoncer à son bien le plus précieux. Avait-il demandé de même à mon oncle de sacrifier sa vie ? Pourquoi ? Pour sauver plus de livres des flammes chrétiennes ?

Ces spéculations furent presque aussitôt interrompues par quelqu'un criant mon nom. Rouvrant les yeux sur la réalité, je vis que l'intuition de Rana ne l'avait pas trompée. Ses parents, Rachel et Benjamin, arrivaient du côté de la ville, courant au-devant de moi.

— Béri ! cria encore Benjamin en s'approchant, appuyant sur moi le regard affolé de ses yeux noirs. As-tu vu Rana ? Comment va-t-elle ?

— Très bien. Miguel aussi. Ils ne courent aucun danger pour l'instant.

— Dieu merci ! soupira-t-il, plaquant les deux mains sur ma poitrine. Allez, nous n'avons pas de temps à perdre en paroles, il faut la rejoindre. Donne notre bénédiction aux tiens.

— Je n'y manquerai pas, promis-je. Une question seulement. Avez-vous vu Samson ? Rana dit qu'il est allé à Lisbonne faire des courses...

Les doigts de Benjamin sur mes lèvres m'imposèrent silence.

— Ma fille est veuve depuis dimanche, murmura-t-il. Samson a été pris dès le début de l'émeute. Attaqué par surprise.

— Parti en fumée, ajouta Rachel avec un geste tournoyant de la main. Samson n'est plus.

— Et les bûchers brûlent toujours sur la place ? demandai-je.

— Aussi longtemps que nous resterons là, le feu ne s'éteindra pas, répondit Benjamin.

La brûlure de ses paroles m'atteignit à travers l'engourdissement dont les vagues semblaient affluer et refluer à leur propre rythme dans mon esprit, me disant que j'étais resté trop longtemps éloigné des miens. Je me mis à courir, mais je trouvai les portes à l'est et au nord de la ville barrées par des foules de fanatiques et de moines. Les jeunes gens se battaient entre eux en jurant comme des charretiers, tels de jeunes ours se préparant à l'instant où ils pourraient démontrer leur bravoure. Il n'en était pas de même à l'ouest. Je ne rencontrai à la porte Sainte-Catherine qu'une petite bande de vieux ivrognes. J'appris plus tard qu'une rumeur s'était répandue en ville prêtant au roi l'intention d'envoyer des troupes de l'est pour rétablir l'ordre dans sa capitale. On n'avait donc pas jugé nécessaire de monter la garde à l'opposé.

Apparemment, je ressemblais moins encore à un juif que ma mère elle-même ne le pensait. Loin de mettre la main à l'épée, les chrétiens que je croisais m'invitaient à partager leurs plaisanteries grossières contre les femmes et les convertis. Pour sauver ma peau – puisse le Seigneur me le pardonner – j'accédai à tout ce qu'ils voulaient.

— En quoi un juif ressemble-t-il à une mante religieuse ? me demanda un homme au visage hâve, sans âme.

À mon aveu d'ignorance, il reprit :

— Crache dessus, ça continue à prier. Jette-le en prison, ça prie toujours. Le seul moyen d'en finir, c'est de lui couper le cou !

Je m'étonnais qu'on pût rire de propos semblables. Mais les chrétiens ouvraient tout grand leurs gueules édentées, polluaient l'air de leurs hennissements, et je fis chorus de mon mieux.

En m'éloignant, je me dis que c'était à dessein que le Seigneur m'avait conduit à rentrer dans Lisbonne par ce chemin, afin de me faire passer chez le trafiquant d'armes converti Eurico Damas en regagnant Alfama. Il demeurait dans le beau quartier du Bairro Alto, sur les hauteurs dominant les taudis qui s'entassaient devant moi. Je me souvenais qu'il avait affirmé autrefois à mon oncle, aux jours où les deux hommes se parlaient encore, pour justifier son ascension au propre et au figuré : « Je tiens à ne jamais oublier mes origines. Comme tout nouveau chrétien fidèle. »

Sentiment honorable, et pourtant... Dès qu'il nous avait tourné le dos, mon maître m'avait arraché un cheveu au sommet de la tête. Sourd à mon cri de douleur, il avait dit : « Les nobles paroles de cet homme ne sont pas mieux ancrées dans son âme que ce fil ne l'était dans ton cuir chevelu, Bérékhia. On tire dessus et... » Il avait fait tournoyer ses mains dans l'air, feignant l'étonnement de voir le cheveu s'envoler. « Ne te fie jamais à un individu qui tire profit de la mort de son prochain. À plus forte raison s'il exhibe ensuite son châle de prière en public. »

Le soleil déclinait dans le ciel lorsque j'abordai la montée à travers les ruelles en terre battue qui dessinent un dédale de lacets sur les pentes des collines au pied du Bairro Alto, envahies d'un culbutis de masures en bois où les pauvres végètent dans un asservissement sans rêves. Des faces crasseuses se retournaient sur mon passage comme à la vue d'un spectacle insolite. Partout couraient, dans des nuages de poussière, des poules, des chats, des enfants aux yeux mangés par les mouches. Un grand nègre enchaîné par le pied à une ancre rouillée me fixa du regard pénétrant d'un conteur enregistrant le passage d'un personnage. Devinant chez lui une affinité spirituelle, je le saluai d'un signe de tête, mais il se détourna comme si je l'avais accusé d'un crime. La gamme des mauvaises odeurs allait de la honte à la colère, la seule note plus gaie étant fournie par quelques rares jardinets plantés d'œillets et de lavande, de chou, de navets et de fèves.

Une place pavée, ombragée par de puissants marronniers, marquait la limite fixée par le roi à la misère de ses sujets. Au-delà, les baraques de fortune et les guenilles rapiécées cédaient le pas à la pierre polie de l'aristocratie lisbonnine.

Je reconnus aussitôt la maison de Damas aux gargouilles cornues dont les gueules béantes, s'ouvrant dans la pierre blanche de la corniche, me terrifiaient autrefois. Des bouffées de fumée s'élevaient de la cour. Je pris mon couteau dans mon sac et le passai à ma ceinture.

Mes coups à la grille de la porte cochère attirèrent

enfin l'attention d'un adolescent efféminé, au charmant visage rond, qui vint se camper de l'autre côté, les mains sur les hanches. Il nageait dans une chemise de soie verte et une veste cramoisie trop amples, sans doute trop tôt héritées d'un aîné. Lorsqu'il écarta de sa joue une longue mèche de cheveux ambrés et, d'un geste irrité, la fourra sous son béret bleu, je remarquai que ses mains étaient tachées de cendres. Il me prit apparemment pour un colporteur étranger. Articulant soigneusement, d'une voix musicale mais d'un ton sans réplique, il dit :

— Je ne sais pas ce que tu vends, mais nous n'en voulons pas.

Il se frotta le menton qui resta marqué d'une traînée noire de cendre et de sueur.

— Je n'ai rien à vendre, repartis-je. Je cherche Eurico Damas.

Il leva au ciel un regard sceptique, puis baissa les yeux et haussa les épaules avec une moue railleuse.

— À ta place, je me mettrais à creuser. Il ne sera pas allé là-haut si j'ai mon mot à dire.

— Il est mort ?

— On ne peut plus, fit l'adolescent en frappant le mur du plat de la main.

— Il n'y a pas de doute ?

— J'ai vu le cadavre de mes propres yeux. Je lui ai même craché dans la gueule.

— Il a donc été tué par les émeutiers ?

— Disons que maître Eurico avait pas mal d'ennemis, répondit l'autre avec encore un haussement d'épaules. Tu ne croyais pas sérieusement qu'il allait s'en tirer ? Celui-là, il aurait fallu qu'il se cache mieux qu'une punaise dans la couture d'une paillasse. D'ailleurs, qui es-tu ?

— Pedro Zarco, dis-je, donnant le nom de baptême

que j'avais été contraint d'accepter neuf ans auparavant. J'habite à...

— Ah oui ! Le neveu de maître Abraham !

— Comment le sais-tu ?

L'adolescent s'approcha et glissa les doigts dans les ouvertures de la grille comme s'il se proposait de l'escalader. Je vis que la rougeur de ses joues était faite d'égratignures et de marques de coups.

— Maître Eurico détestait ton oncle, me confia-t-il. Il parlait tout le temps de le faire enlever et de lui infliger la *pinga*, simplement pour entendre les jolis jurons et autres balivernes qu'il arriverait à lui faire dégoiser. C'est drôle. D'un autre côté, j'ai presque l'impression qu'il l'aimait bien. Dans la mesure où il pouvait aimer quelqu'un. Mais il pensait que ton oncle était un peu fou... et dangereux.

La *pinga*, du mot portugais qui signifie « goutte », était une torture dans laquelle on faisait dégoutter de l'huile bouillante sur le corps nu du patient. Parfois les tortionnaires inscrivaient ainsi le nom de la victime dans sa chair. Les Portugais étant grands amateurs des noms à rallonges, la plupart étaient prêts à confesser n'importe quoi avant même d'en arriver au patronyme.

— Et toi, tu es de ses domestiques ? demandai-je.

— Je les ai renvoyés.

Avec le sourire de celui qui lèverait le voile sur un trésor, il ôta son béret. Une cascade de cheveux ambrés et soyeux lui tomba sur les épaules. *Il* était décidément une femme.

— Je suis sa veuve, dit-elle, soulignant le propos d'un grand signe de tête affirmatif.

Avec un nouvel haussement d'épaules qui semblait cette fois demander pardon de sa petite mascarade, elle déverrouilla la grille et m'entraîna comme sur le parquet d'une salle de bal.

— Viens !

Voilà donc l'épouse que Damas avait prise au berceau ! Elle me poussa dans une cuisine souillée de sang, me fit traverser l'office au pas de course pour déboucher dans une cour ombragée d'orangers chargés de fruits. Un grand feu de bois et de vêtements crépitait sur le pavement en brique de la terrasse, projetant vers le ciel de grands flocons de cendres qui se déposaient en couche noire sur une pile bigarrée de chemises, de pourpoints, de manteaux et de chausses dans l'attente.

— Je brûle ses affaires, expliqua-t-elle, jubilante. J'y ai passé toute la nuit. J'ai commencé par les bottes. Il en avait huit paires. Une pour chaque jour de la semaine. Plus une belle, en requin, pour la messe du dimanche. S'il trouvait que je les avais mal cirées, il pissait dessus et me faisait recommencer. Et tu peux m'en croire, la pisse de cet homme-là puait comme de la pisse de matou ! L'ennui, c'est qu'elles puent encore en brûlant. Comme lui !

En haut du brasier, des volutes de flamme sautillaient comme des marionnettes à fils.

— Tu as jeté Eurico Damas au feu ? demandai-je.

— Tu trouveras peut-être ses dents si tu regardes bien ! répondit-elle avec un grand sourire en se pourléchant les babines, l'air gourmand. Il en avait plus que sa part. Elles doivent bien être là quelque part.

Je la dévisageai en silence. Elle me rendit un regard absent, pouffa soudain et reprit :

— Ce jour-là il est parti enlever ton oncle, tu sais.

— L'a-t-il trouvé ? Qu'est-ce qu'il... ?

— Non, il est rentré bredouille, de mauvais poil. Maître Abraham se cachait, et il n'a pas réussi à le débusquer. C'est lui qui l'a dit, je l'ai entendu.

Mon intuition m'avait donc trompé ; Eurico Damas

n'avait pas trempé dans le crime. Et Samson était mort. Restaient le père Carlos et Diego, seuls moissonneurs qui pouvaient avoir trahi mon oncle, avec Miguel Ribeiro ou rabbi Losa dans le rôle du maître chanteur.

— Il voulait donner la *pinga* à toute votre petite bande de kabbalistes, disait la jeune femme. Vous contraindre d'avouer que tout ça, c'est de la poudre aux yeux. Ces derniers temps il en était carrément obsédé. Ben oui, il se faisait vieux. Vois-tu, il n'y croyait pas.

— À quoi ? Je ne comprends pas.

Elle eut encore un rire sarcastique, prit un petit air de supériorité et se mit à tirailler les basques de sa veste de soie.

— Un Dieu omniprésent, benêt !

Pendant qu'elle parlait, un adolescent malingre, la lèvre ornée d'un soupçon de moustache brune, se précipita sur la terrasse, traînant derrière lui une épée ensanglantée. Ses yeux étaient braqués sur moi.

— Ça va, José, lui cria ma compagne. C'est le neveu de maître Abraham.

Elle se tourna à nouveau vers moi et me chuchota à l'oreille :

— C'est José qui l'a tué. Il ne sait pas vraiment manier une épée. Mais embrocher un bonhomme soûl comme un porc dans une cuve de moût, ce n'est pas sorcier...

Elle mima le coup mortel, souriant comme une bienheureuse, puis me quitta pour jeter une cape sur le feu. José me salua avec la gravité du tout jeune homme promu soudain au rôle de protecteur. Nous restâmes un instant à regarder les hardes se consumer, gardant un silence insolite, presque religieux. Les traits de la jeune femme se durcissaient. Elle leva enfin les deux mains à ses joues, comme pour essuyer des taches, et reprit la parole :

— J'ai d'autres marques au dos, tu sais. Toute une année il m'a étrillée. Pour lui, je n'étais bonne qu'à ça. Il secouait lui-même son engin en me frappant. Je veux effacer jusqu'à son souvenir. Tu peux comprendre, n'est-ce pas ?

Je fis oui de la tête. Elle me serra la main, me regarda encore d'un air grave et, posant un doigt sur sa poitrine, demanda :

— Les kabbalistes, ils croient vraiment que Dieu habite là-dedans ?

— Là et partout. Et nulle part. Dieu viendra à toi sous la forme que tu pourras le mieux percevoir – revêtu d'un habit taillé à ta mesure. Cela dépend de Sa grâce. Et de ta vision.

— Donc il ne viendra pas à moi en tant qu'homme. Je n'ai pas besoin d'un dieu mâle. J'en ai eu un déjà, et je le haïssais ! Je tuerai le prochain dieu mâle qui me montre son goupillon !

— Ce sera une émanation féminine alors. Ou asexuée. Ou encore androgyne, voilà le plus probable.

— Une femme. Ouais, j'aimerais mieux une femme. Je ne permettrai plus jamais à un bonhomme de m'enfiler ! hurla-t-elle en grinçant des dents.

Elle brandit le poing, remit son béret, composa ses traits en une expression hautaine et, dissimulant à nouveau sa chevelure, lança :

— Si tu veux de ses nippes, prends et va-t'en !

Nous nous dévisageâmes comme pour mieux nous pénétrer de la cruauté du monde. D'une voix tremblante, elle dit :

— Il y avait une fois une jeune fille qui nageait dans le Tage et qui fut épiée de loin et vendue en esclavage par ses parents.

Elle baissa les paupières et s'étreignit, cherchant dans sa propre chaleur un remède contre la désespérance.

— Et un jeune homme, repartis-je, qui perdit son oncle et son petit frère.

Ses yeux se rouvrirent, pleins de compréhension, et nous échangeâmes un signe de tête comme frère et sœur à l'heure des adieux. Le poids de notre solidarité me retint un instant encore. Je me détournai enfin et m'en fus.

La brune avait brossé le ciel d'un lavis de cuivre et d'eau de rose. Observant de loin la foule qui grouillait toujours sur le Rossio, je sentis à ma nuque la main de mon oncle. « Si tu te teins les mains en rouge, nul ne te cherchera noise », murmura-t-il. Le conseil était clair. J'arrachai la croûte qui s'était formée sur ma blessure au bras et me barbouillai du sang frais qui m'inonda les doigts. « Maintenant descends au fleuve, dit la voix de mon oncle. Suis la berge et si quelqu'un t'interpelle, dis que tu fais la chasse aux marranes ! »

Je savais que je rentrerais sans encombre, et il en fut ainsi. Le tapis souillé d'immondices était toujours en place sur la trappe. En descendant à la cave, j'eus cependant l'impression de réintégrer une prison. J'étais jeune et fier, j'avais honte de me cacher.

Cinfa accourut à ma rencontre, affolée, parlant d'hommes qui une demi-heure auparavant avaient à nouveau envahi la cuisine avec des promesses de clémence pour tout converti qui se rendrait.

— Ne sors plus ! supplia-t-elle.

— Juda ? demanda ma mère, retenant son haleine.

— Rien de nouveau, répondis-je.

Farid et la fillette sans ongle dormaient devant nos pupitres, enveloppés dans des couvertures. Esther n'avait pas bougé. Assise toujours, en silence, avec un profil de marbre blanc.

Je fis de mon mieux pour rassurer Cinfa, puis soulevai la natte qui recouvrait mon oncle. L'odeur de la putréfaction me brûla les narines. « Ô mon Seigneur, pensai-je, combien de temps faudra-t-il attendre encore avant de le mettre en terre ? » À nouveau je l'enduisis de myrrhe, me répétant à chaque coup de pinceau : « N'ôte pas tes yeux de sa figure. Il ne faut rien oublier si tu veux te venger. »

Psalmodiant en esprit, je sentis mon corps délivré par miracle des frustrations accumulées, assoupli, vibrant d'une force sacrée. Telle est la puissance de la Torah – ou, peut-être, si développée était ma faculté d'automystification – que je finissais par me croire élu pour sauver Israël des Philistins de Lisbonne ; je me persuadais que la solution du mystère de l'assassinat de mon oncle fournirait aussi, je ne savais comment, la clef de notre salut. J'étais loin encore de soupçonner la vraie nature du lien entre la mort de mon maître et la survie des juifs portugais.

Levant les yeux sur les stores de cuir qui voilaient les soupiraux, je me mis encore à réfléchir à la fuite du tueur. « Il doit y avoir une issue secrète, pensai-je, un passage dérobé, connu des seuls moissonneurs. Voilà pourquoi mon oncle ne voulait jamais que je descende à la cave sans sa permission. Je n'ai pas encore été initié à tous les secrets de notre temple. »

— As-tu apporté quelque chose à manger ? me demanda soudain Cinfa. La petite a faim.

La fillette sans ongle se tenait aux côtés de ma sœur, muette, fixant sur moi un regard plein d'espoir.

— Je suis désolé, je n'y ai pas pensé, répondis-je. Je vais remonter voir ce que je peux trouver au magasin. Il doit bien y avoir...

— Non. Reste là ! commanda ma mère, les poings serrés, les yeux étincelants de colère. Nous allons attendre maintenant que ce soit fini pour de bon.

Cinfa et la petite se partagèrent ma dernière *matsah*. L'azyme était trempé de sang, mais il ne disparut que trop vite. Dès lors la faim aussi nous tint compagnie.

Comme j'avais besoin d'occuper mes mains nerveuses et que j'étais déterminé à apprendre l'identité de la jeune femme assassinée, je pris une feuille de papier dans notre meuble de rangement et entrepris de la dessiner.

Farid se réveilla une heure plus tard, lorsque j'eus terminé une première esquisse du visage et que j'ébauchais les mains. D'une tape sur l'épaule, Cinfa vint m'avertir qu'il me demandait.

Je lui portai une tasse d'eau et la tint contre ses lèvres. Il but avidement. Il transpirait à grosses gouttes. Sa fièvre avait augmenté et le fond de ses chausses était souillé de sang et d'excrément.

— Comment te sens-tu ? demandai-je.

— Il y a quelque chose qui essaie de m'ouvrir de l'intérieur, qui me retourne les entrailles. Je n'ai pas pu me retenir. Mes chausses... Allah lui-même doit se boucher le nez devant ma puanteur.

Malgré ses protestations, je lui nettoyai le derrière et le recouvris. Nous n'avions pas d'oreillers en bas. J'ouvris donc la *genizah* et calai la tête de mon ami sur une pile de manuscrits. Quel meilleur emploi aurais-je pu faire d'écrits hébreux, les choses étant ce qu'elles étaient ?

Farid s'assoupit à nouveau et je m'isolai, assis contre le mur oriental, à l'endroit où je m'imaginais que la morte avait crié merci, les genoux ramenés contre la poitrine dans une posture de suffisance et de repli. Une froideur calculatrice m'éloignait des miens.

Était-ce la vengeance inassouvie ? Les autres se parlaient à voix basse, mais je ne pouvais prendre part à leur conversation. J'avais besoin de courir, de crier ma vengeance sur les toits. Je ne pouvais vivre claustré dans des chuchotements, enchaîné par un langage chiffré. Mon maître avait raison. Le lion de la kabbale dans ma poitrine ne me permettrait plus de mener la vie d'un crypto-juif.

J'appris ainsi que la traversée spirituelle que me réservait la Pâque de cette année serait un dévoilement de mon propre visage.

Je repris mon dessin. Tant que la lumière me le permettait, je me perdis dans les traits de la jeune morte, puis dans ceux de mon oncle. À la tombée de la nuit, je ne pus prendre sur moi de réciter l'office du soir. La fillette trouvée dormait entre mes jambes, la tête posée sur ma cuisse. Cinfa aussi vint partager avec nous une même couverture.

Je n'entendis dans mon sommeil cette nuit-là que mes propres cris. J'étais attaché à la fontaine au milieu du Rossio. On me baptisait avec une palme embrasée.

Je me réveillai dans le noir, les vêtements imprégnés de l'âcre odeur de la fumée avec sa charge de souvenirs. Je savais la chose impossible ; la chemise et les grègues que je portais n'avaient pas approché du bûcher. La kabbale nous apprend cependant à ne jamais faire fi de pareilles illusions des sens. Par la suite, j'allais interpréter l'odeur comme signe qu'une partie de moi-même était restée prisonnière de la journée de dimanche. Sur le moment, je me contentai de me mettre nu et d'asperger mes habits de l'eau anisée dont nous gardions une provision dans notre cabinet. L'odeur, têtue comme une tique gorgée de sang, ne lâcha pas prise pour autant.

Je ne pus retrouver le sommeil. L'obscurité se peuplait à mes yeux de formes jaunes et violettes, dotées d'une luisance lunaire, que je voyais nous enserrer, moi et les miens, dans des draps glacés. Je trouvais cependant du réconfort à leur contact, à nous sentir enveloppés tous dans une couverture qui scellait la solidarité de nos destins. (Comme j'aurais aimé y voir un don de Dieu, retrouver l'entente d'une poésie qui pour moi était à jamais perdue.)

Le monde s'achemina ainsi vers l'aube du mercredi, le lever du jour annonciateur de la sixième nuit de Pessah.

L'inquiétude me ramena auprès de Farid. Son souffle contre mes doigts était court mais régulier. Je me souvins de notre enfance, des pluies printanières dans les lauriers-roses de la cour qui lui arrachaient des cris, tellement le parfum suave le bouleversait.

Oui, il avait toujours été plus réceptif que moi.

Je me rappelai encore la naissance de Juda. Ce jour-là nous avions dansé nos prières, Farid et moi, au bord du fleuve.

Juda... Farid... Mon oncle Abraham...

Les noms... Sont-ils des signes arbitraires ou doit-on y chercher un sens plus profond ?

Lorsque je m'étais laissé abattre par le changement de nom qui m'avait été imposé avec le baptême, mon oncle m'avait recouvert la tête de son châle de prière en murmurant : « L'Éternel a de nombreux noms. Ainsi nous aussi, qui sommes créés à son image, nous devons en avoir plus d'un. L'être au-delà du nom sera toujours le même. »

Mon maître m'avait maintes fois dit que nous sommes tous des autoportraits du Très-Haut.

Son assassin partageait-il lui aussi cette semblance divine ?

Depuis que j'avais vu les langues de flamme s'élever du bûcher de mon peuple, au-dessus du perron de l'église Saint-Dominique, il semblerait peut-être qu'une vie – celle de mon oncle – n'eût guère dû peser dans la balance. Peut-être l'horreur a-t-elle besoin de se cristalliser dans une âme unique, un diamant de deuil.

Ma réflexion aboutit scudain à une impasse. Levant les yeux, je vis les lueurs de l'aurore qui commençaient à filtrer à travers les soupiraux du mur nord. Je bus une gorgée d'eau au broc posé sur le cabinet, souhaitai d'un signe de tête le bonjour à ma mère qui venait d'ouvrir les yeux et caressait distraitement les cheveux de Cinfa, endormie contre sa cuisse. Esther dormait assise, la tête penchée sur l'épaule droite, les bras ballants. Farid lui aussi était toujours plongé dans le sommeil. J'essuyai son front brûlant avec un linge mouillé, mais il ne se réveilla pas.

Découvrant à nouveau le cadavre de l'inconnue, je m'agenouillai près de la tête et apportai quelques ultimes retouches à mon dessin. Je lui avais fait la bouche trop large, trop mélodramatique.

Peu après, travaillant toujours aux lèvres, j'entendis Réza et son mari José nous appeler dans la cour. Ma mère se dressa sur son séant. Bouche bée, elle ne se releva pourtant pas, comme si elle n'en croyait pas ses oreilles. Suivi de Cinfa, je courus accueillir les arrivants.

Réza ouvrait déjà la trappe lorsque je mis le pied sur la dernière marche. D'un geste, je la priai de me laisser passer.

— Je t'ai cherchée partout ! m'exclamai-je en l'embrassant.

C'était bien de sentir dans mes bras sa féminité solide et compacte, mais j'avais surtout besoin d'air et de lumière.

D'ailleurs, Réza aussi semblait avoir souffert. Une vive flamme d'inquiétude brûlait dans ses immenses yeux gris au regard d'ordinaire si distingué – distant, disaient certains. José n'avait pas vu de barbier depuis plusieurs jours. Il avait l'air malade, gros d'une terreur contenue, les yeux cernés, les lèvres pâles et gercées.

— Tu vas bien, Béri ? demanda Réza d'une voix hésitante.

— Oui, très bien. Mais où étiez-vous tous les deux ? Je suis passé chez vous, je n'ai trouvé...

— Nous avons essayé de vous rejoindre ici, mais nous n'avons pas pu passer, raconta José, les mains sur mes épaules. Nous avons donc fui à la campagne, à Sobral. Nous n'en avons plus bougé. Nous avons bien tenté plusieurs fois de rentrer en ville, mais avec la racaille aux portes... Mieux valait ne pas prendre de risque.

Réza ôta sa toque et reprit son questionnement anxieux :

— Tout le monde est sain et sauf ?

— Juda a disparu, répondis-je. Et ton père, Réza...

Mon cœur battait à tout rompre. J'ajoutai :

— Il a quitté son revêtement extérieur pour retourner auprès de l'Éternel.

Ma cousine laissa tomber sa toque. Ses yeux s'agrandirent encore, cherchant à comprendre. Je fis un geste pour lui prendre les mains, mais elle les retira. Je murmurai :

— Ce qui fut naguère l'enveloppe de ton père repose à la cave.

Le sang reflua de son visage. Son regard se couvrit d'un voile vitreux. Elle descendit le retrouver, peinant pour avancer, pliant les épaules sous un joug invisible.

Nous reculâmes, ma mère, Cinfa, José et moi, lorsqu'elle s'agenouilla pour poser des doigts tremblants sur la dépouille. On ne peut accepter la mort si l'on n'y fait face d'abord seul à seule.

Lorsqu'elle se laissa tomber à terre comme un enfant, j'approchai et posai une main sur le sommet de sa tête. Ses pleurs silencieux se communiquaient comme un chuchotis à ma propre chair. Elle se tourna vers Esther.

— Comment est-ce arrivé, mère ?

Réfugiée toujours au fond d'elle-même, ma tante ne répondit pas.

— Sais-tu si le roi Manuel a repris la ville ? demandai-je à José.

— Pas encore. On dit qu'il a peur d'y rentrer. La populace réclame sa tête.

Réza dit une prière sur son père. Lorsqu'elle s'éloigna du corps, Esther se leva comme un fantôme, glissa auprès du mort et rabattit la natte sur son visage. Cela fait, elle se rassit, à nouveau changée en pierre.

Il n'en fut pas de même de la fillette sans ongle. Lorsque Réza la prit sur ses bras, un mur intérieur s'écroula et la petite se mit à pleurer comme si on l'égorgeait.

— Tu la connais ? demandai-je.

— C'est Aviboa. La fille de ma voisine Graça. Sais-tu si elle... ?

Je haussai les épaules.

— Je n'ai trouvé que l'enfant.

C'était un péché, je le sais, mais j'ajoutai à part moi : « Pourquoi n'ai-je pu trouver plutôt Juda ? »

LIVRE DEUXIÈME

IX

Nous sommes mercredi, peu avant midi – à sept heures de la sixième nuit de la Pâque – et j'ai fait tous les dessins dont j'aurai besoin.

Réza nous assure que le calme est revenu en ville. Nous remontons donc, José et elle, Cinfa, Aviboa, ma mère et moi-même, l'un derrière l'autre, à pas furtifs et dépaysés, comme rentrant d'un long séjour à l'étranger. Pour rafraîchir Farid, je l'emmène dans la chambre de ma mère, lui nettoie le visage avec de l'eau-de-vie et applique une compresse sur son front. Ses yeux se ferment malgré lui, mais il reste éveillé ; ses doigts se promènent sans trêve le long de mon bras, réclamant la présence de Samir.

Esther reste en bas pour communier seule avec les ténèbres de la cave.

Nous préparons mon maître et l'inconnue pour l'enterrement, psalmodiant des prières tout en purifiant les corps. Je lave la figure de mon oncle sept fois à l'eau froide, trois fois à l'eau tiède. Les ablutions procèdent selon l'ordre prescrit, d'abord le ventre, puis les épaules, les bras, le cou, les parties naturelles, les doigts des pieds et des mains, les yeux et les narines.

Tenant les mains de marbre de l'armure que mon

oncle a dépouillée, je me sens parcouru d'une vague chaleureuse de tristesse et de joie mélangées. L'instant d'après, l'émotion refluant, je me retrouve seul avec la victime d'un crime. L'intuition vient par éclairs, dit le *Zohar*. Il en est bien ainsi.

L'entaille qui lui fend la gorge a noirci. Le sang séché ressemble à une croûte de terre cuite.

Quatre fois je lui lave les doigts qui demeurent pourtant tachés d'encre. Comme de juste chez un artiste qui retourne auprès de son Créateur.

Ma tante Esther sacrifie sa chevelure aux ciseaux et pose ses mèches teintes au henné sur la poitrine de son mari.

Quel est donc le poète hébreu qui compare la chevelure coupée d'une veuve à de longues et fines larmes de sang ?

Nous revêtons enfin mon maître d'une robe blanche, et ma mère répand de la terre de Jérusalem sur ses yeux et ses parties naturelles.

Je tiens la main de Cinfa pendant qu'elle lui fait ses adieux. Ses yeux fatigués, injectés de sang, sont grand ouverts, animés par la curiosité, sans trace de peur ou de tristesse.

— Nous ne le reverrons plus, me dit-elle en hochant la tête.

— Plus ainsi. La prochaine fois que tu verras notre oncle, ce sera quand il t'ouvrira les bras pour t'accueillir au royaume divin.

Mes paroles confiantes s'accordent mal avec la terreur tétanisante qui, malgré moi, appesantit mes paupières ; je ne sais plus ce que c'est que de sentir les bras de mon maître autour de moi.

Nous drapons encore son châle de prière sur ses épaules avant de l'envelopper dans le linceul en lin confectionné par ma mère et Réza.

Lorsque je vois disparaître son visage, mes yeux se ferment pour le retenir dans leurs ténèbres. Il n'est plus désormais qu'une ombre violette ; je ne réussis pas à évoquer son rayonnement. Continuera-t-il à s'estomper, jusqu'à ce que je ne retrouve même plus le son de sa voix ?

Nous lavons avec le même soin le corps de la jeune femme. Réza aide maintenant ; Aviboa joue dans la cour avec Roseta.

Brites, notre blanchisseuse, surgit soudain à la porte de la cuisine. Naturellement disposée à tout regarder du bon côté, elle présente d'ordinaire au monde un front serein et souriant. Aujourd'hui cependant elle est sombre et enrouée. Elle nous ramène dans sa carriole du linge lavé et repassé de frais, aubaine à laquelle elle a pensé à ajouter une morue séchée, longue comme le bras.

Nous nous embrassons. Toute parole serait de trop, mais notre solidarité muette me pèse sur le cœur comme un quartier de roc.

— Je vous ai appelés pendant la nuit, murmure-t-elle enfin.

— Nous ne pouvions pas répondre. Merci quand même.

À nouveau mes lèvres s'impriment sur sa joue. Je la laisse ensuite mêler ses larmes à celles de ma mère.

Il est impossible de trouver un cercueil dans le quartier. Tous les menuisiers juifs sont morts, et je refuse d'en commander un à un chrétien. Nous couchons donc mon oncle et l'inconnue, dans leurs linceuls, au fond de la charrette que j'ai empruntée à la veuve du docteur Montesinhos. L'âne est celui de Brites. C'est elle qui a insisté pour nous le prêter, répondant à mes protestations d'une voix voilée :

— S'il te plaît, Béri ! Tu pourrais être mon fils.

Quelque chose me pousse à fuir le présent pour me réfugier dans un passé plus heureux. J'ai de la peine à y résister. Il le faut pourtant, si je veux accomplir les devoirs que m'impose ma religion et, surtout, découvrir l'assassin de mon oncle.

Esther prend place près des corps sur un tabouret de bois ; nu-tête, les mains croisées sur le ventre, elle exhibe ses pauvres cheveux tailladés. Je marche à côté de l'âne avec ma mère et Réza. Quittant Lisbonne, nous prenons la route de l'est. Aucune question ne se lit dans les yeux chrétiens qui nous regardent passer ; chacun sait où nous allons et pourquoi. Cinfa reste à la maison avec José, le mari de Réza.

De nombreux juifs se sont acheminés vers la *Quinta das Amendœiras*, le domaine des Amandiers, dont les champs encadrent une tour fantomatique de pierre blanche, patinée par les ans, à un peu moins d'une lieue à l'est de la ville. Les terres appartenaient autrefois à Aaron Poejo, juif montagnard de Bragance, venu s'installer là par égard pour sa jeune épousée, originaire de l'Algarve, qui mourait de froid sous les cieux rudes du Nord-Est. Les arbres – amandiers et châtaigniers – proviennent de plants qu'il y apporta en souvenir de sa patrie. La première maison qu'il construisit est aujourd'hui une ruine dont on ne distingue plus que les fondations de pierre. Poejo la quitta pour la tour octogonale qui lui servait de grange à la suite d'une vision qui lui montra des marins blonds aux cheveux longs, porteurs de masques de fer, en train de saccager Lisbonne et de mettre le feu à tous les quartiers juifs. En se transformant en lieu d'habitation, la tour fut couronnée d'un belvédère du haut duquel, comme Farid et moi le découvrîmes un jour au cours d'une équipée enfantine, on aperçoit les tours de guet qui s'élèvent au bord du Tage. Poejo se croyait ainsi sûr d'être averti à l'avance de toute attaque, mais lorsque sa femme fut ensuite lapidée, par une ironie du sort, au moment de la conversion forcée, les coupables furent des voisins, de bons Portugais que la famille connaissait de longue date. La nuit de sa mort, à en croire la légende, Poejo et ses deux filles auraient tenté en vain de démolir leur tour. Le lendemain matin, fourbus et désespérés, ils auraient évidé le tronc d'un grand châtaignier au sud de l'édifice et enseveli la morte, debout, à l'intérieur de l'arbre. Le tronc s'est refermé avec le temps, mais l'arbre, comme empoisonné par le remords, montre aujourd'hui encore un feuillage clairsemé et maladif. On dit aussi qu'il s'en dégage une odeur de pourriture à la fête de Yom Kippour. De là, l'aura occulte qui s'attache au domaine et le fait regarder comme un lieu propre à accueillir ceux qui ont subi le martyre pour le judaïsme.

Après l'ensevelissement de sa femme, Poejo et ses filles réunirent encore une fois de jeunes plants et s'en furent au Midi, traversant l'Algarve, puis la mer, pour s'installer finalement au Maroc, non loin de Tétouan. Les amandiers du domaine, comme tant d'autres au Portugal, retournèrent alors à l'état sauvage. Leurs fruits vert tendre semblent pourtant avoir résisté à l'abandon, égayant comme des notes de musique les branches privées de soins.

Les nôtres arrivent de la Petite Jérusalem et de la Judiaria Pequena, amenant leurs morts. J'en vois même de la rue juive qui jouxte l'église carmélite à l'autre bout de la ville. Quelques-uns ont, comme nous, une charrette attelée d'un âne, mais la plupart ne disposent pour le transport de leurs êtres chers que de brouettes en bois.

Les anciens de la communauté nous dirigent vers les champs encore libres. Je salue de la tête tous ceux que nous croisons, sans engager la conversation si ce n'est pour m'enquérir de Juda et des deux moissonneurs survivants – le père Carlos et Diego Gonçalves. Personne ne les a vus.

Je creuse les fosses avec l'aide de trois terrassiers maures, venus gagner un peu d'argent. Leurs yeux noirs sont discrets, et ils ne posent pas de questions.

Réza veut absolument aider.

— J'ai besoin de *faire* quelque chose, Béri, dit-elle. Le monde s'écroule dès que je reste les bras croisés.

Elle lève sur moi un regard perdu et se fourre dans la bouche une mèche de cheveux qu'elle mordille nerveusement selon une mauvaise habitude dont je la croyais guérie depuis longtemps.

Pour mon oncle, ma mère a choisi une place près d'un jeune amandier aux branches en candélabre, levées comme en prière vers le ciel turquoise. La jeune femme trouvera le repos au pied d'un chêne-liège dont les amples rameaux font penser aux bras accueillants d'un grand-père.

Le scribe Isaac ibn Farraj prie avec nous. Il est venu enterrer la tête de Moïse Almal. C'est lui, le fou qui s'est aventuré en courant jusqu'aux abords du bûcher du Rossio pour dérober aux flammes la dépouille de son ami et épargner à son esprit un destin d'errance ici-bas.

— J'ai assez vu de chrétiens jusqu'à la fin de ma vie, me dit-il. J'apprends le turc. C'est facile, écrit en caractères arabes. Je compte prendre le premier bateau pour Salonique. On dit que la ville se transforme en métropole juive. Vrai ou faux, je vous conseille de partir aussi.

— Mais votre maison ici ?

— À quoi bon ? Tous les nôtres vont bientôt quitter le Portugal. Et pour ma part je ne ferai pas la même sottise que la femme de Loth !

Pensant à l'Isaac mentionné dans le papier perdu par Diego, je demande :

— Avant l'émeute, vous n'avez pas donné rendez-vous à Diego Gonçalves, l'imprimeur ?

— Pas autant que je m'en souvienne.

— Et le 29 du mois, vendredi prochain, est-ce une date qui a pour vous une signification particulière ?

Isaac se gratte le menton, recouvert d'une végétation de fins poils blancs, et dit en avançant la lèvre inférieure :

— Je vois que tu as des ennuis, Béri, et que tu as besoin d'aide. Mais il faudra être plus clair si tu veux que je comprenne.

Il me prend la main et me regarde avec tendresse. Je me trouve soudain fou d'avoir pu le soupçonner d'être l'Isaac du message énigmatique. Il n'a jamais eu de liens avec les « moissonneurs du champ » ni de motif d'animosité à l'égard de mon oncle. Je me rends compte que je commence à me méfier de tout le monde.

— Cela n'a pas d'importance, dis-je.

À ma demande, il essaie encore de tirer Esther de sa torpeur en lui adressant une harangue en persan. La seule réponse de ma tante est un regard vitreux.

Je tourne sept fois autour de la tombe de mon oncle en récitant des prières. Comme le veut l'usage pour un *Baal Chem*, un maître du Nom. Ma voix de prière hébraïque, dont les modulations ruissellent comme de l'eau sur des murs de vieux grès, me semble émaner d'un passé reculé. Ne tenant pas en place, je quitte les miens pour enterrer la main de senhora Rosamonte sous un citronnier. Je remercie la morte pour son aigue-marine, dernier cadeau que je serre dans mon sac avec le papier de Diego et l'alliance de l'inconnue ; peut-être servira-t-elle un jour à racheter la vie d'encore une hirondelle prise dans les rets de Pharaon.

Avant de retourner auprès de ma famille, je m'arrête un instant pour poser la main à plat sur le tronc d'un grand chêne-liège récemment dépouillé de sa précieuse écorce. Je ne sais pourquoi, peut-être pour mieux percevoir la force du géant verdoyant, je ferme les yeux. Aussitôt une grande lumière embrase les ténèbres d'un feu noir orangé et une chaleur humide me pénètre de part en part. Mon oreille saisit un grand bruissement de feuilles dans les hauteurs, comme d'un aigle ou d'un héron qui se serait perché à la cime de l'arbre. « Oui, nous sommes là, dit la voix de mon oncle. Mais n'ouvre pas les yeux. Notre splendeur est plus que tu ne pourrais supporter. »

Je serre les paupières pour m'en protéger, et il poursuit : « Bérékhia, l'écorce d'un arbre n'est pas seulement un symbole à l'usage des poètes. Elle est une présence réelle qui partage le monde avec les hommes. Elle croît, elle meurt, et elle peut être détachée par un bûcheron. Sens ta main rencontrer la solidité sous l'écorce. »

J'enlace le tronc de l'arbre, sensible au fluide tellurique qui monte à travers mes jambes, jusqu'à ma tête.

« Tu as été attiré vers cet arbre parce qu'il t'a rappelé qu'un masque peut être autre chose qu'une métaphore, dit-il. Il arrive aussi qu'il soit une parure réelle. »

Je le supplie en pensée : « S'il te plaît, mon oncle, parle-moi aussi simplement que possible », mais il réplique d'un ton irrité : « Nous parlons le langage du royaume divin et point ne savons d'autre moyen de nous faire entendre ! » La compassion reprend le dessus dans les phrases suivantes. « N'oublie pas, notre ombre est votre lumière. Notre clarté la plus limpide est pour vous paradoxe suprême. Écoute-moi, Bérékhia ! N'envoie jamais ton travail par un courrier qui ne se reconnaît pas du jour au lendemain dans son propre miroir. Et souviens-toi de la vue de celui qui parle avec dix langues. »

Là-dessus mes mains perçoivent un frémissement et mes oreilles un battement d'ailes. Le rayonnement des ténèbres sous mes paupières baissées s'éteint, se résorbe en grisaille. L'oiseau – mon oncle – s'est envolé. Ouvrant les yeux, je contemple l'immensité du ciel bleu à travers les voussures dénudées des branches.

Un écho au fond de moi-même répète les paroles qu'il m'a adressées : « N'envoie jamais ton travail par un courrier qui ne se reconnaît pas du jour au lendemain dans son propre miroir. » Est-ce à dire un homme qui ne se connaît pas soi-même ? Ou peut-être quelqu'un sans mémoire, qui chercherait à nier et à retrancher son passé ? Un homme qui ne peut se reconnaître parce qu'il veut perdre le souvenir de l'histoire individuelle qui l'a fait celui qu'il est aujourd'hui ?

« Et souviens-toi de la vue de celui qui parle avec dix langues. » Farid. Mon oncle ne pouvait vouloir désigner autre chose que les doigts de mon ami – ses dix langues. C'est à son discernement que je devrai me fier pour apprendre l'identité de l'homme qui ne se reconnaît pas.

Un instant je suis tenté d'invoquer le pouvoir du ruban de vélin que je porte au poignet, de prier mon maître de me revisiter et de me donner une explication plus claire, dans la langue des hommes. Au fond des entrailles j'ai cependant peur de m'aventurer sur le terrain de la kabbale pratique. Mon oncle avait certainement une raison pour me parler par énigmes.

— Béri !

C'est ma mère qui m'appelle de l'autre bout du champ.

En allant la rejoindre, je pense : « De plus en plus, le monde fait irruption dans ma vie de contemplation intérieure. Précisément comme mon oncle l'a prédit. »

Avec Réza je me lave les mains dans un ruisseau proche et nous quittons le domaine des Amandiers sans nous attarder davantage. Je crains pour la vie de Farid, et le danger d'une nouvelle descente des sauterelles chrétiennes demeure toujours présent.

Je saute de la charrette peu avant d'arriver à la maison pour demander des nouvelles du père Carlos à l'église Saint-Pierre. Il est toujours introuvable, la porte de son logis verrouillée. Je grimpe donc à travers les ruelles et les escaliers d'Alfama vers la maison de Diego. Le savetier qui hier m'a aidé à fuir me hèle du pas de sa porte. Lorsque j'approche, il chuchote :

— N'y entre pas.

— Pourquoi ?

— Un homme est venu demander après ton ami Diego. Il est reparti tout à l'heure, mais ce n'était pas la première fois. Il surveille la maison. Il est peut-être toujours là, caché quelque part à attendre. Fais-moi un salut, souris et va-t'en.

Je suis son conseil à la lettre, feignant même de rire, puis demande :

— Qui est-il, cet homme ?

— Je ne sais pas. Un grand blond, nordique.

Je le remercie d'une inclination du buste. Sur le chemin du retour, l'écho de mes pas me renvoie une question obsédante : « Se peut-il que ce soit l'assassin de mon oncle qui guette à présent Diego ? »

À la maison je trouve Réza en train de faire cuire des œufs durs pour le déjeuner. En principe, les repas devraient être préparés par une voisine pendant notre première semaine de deuil, mais le deuil est désormais le lot de tous. Le sol de la cuisine a été lavé à grande eau, les débris de vaisselle balayés dans la cour. Même notre table a retrouvé, grâce à quelques clous, le pied que les pillards lui avaient arraché.

— C'est Brites qui a tout fait pendant notre absence, explique Réza. Les autres l'aident maintenant à nettoyer le magasin.

— Esther aussi ? demandé-je.

— Non, elle veille Farid chez ta mère.

— Et Aviboa ?

— Oui, la petite nettoie elle aussi. Elle ne lâche pas Cinfa d'un pas.

Réza soupire et mâchonne une mèche de cheveux.

— Je vais être obligée de l'adopter, tu sais. Je ne peux pas la laisser seule au monde. Graça, sa mère, était veuve. Elle n'avait pas de frères ou sœurs.

— Est-elle juive ?

— Une fillette de quatre ans ! éclate Réza, les yeux étincelants de colère. Qui es-tu, Bérékhia Zarco, pour juger ainsi une orpheline ? Tu crois peut-être que les enfants gazouillent en hébreu dès le berceau ? Qu'est-ce que cela peut faire ?

— Tu m'as mal compris, Réza. Pour moi il n'y a pas de différence. Je pensais seulement aux complications que cela pourra créer.

— Toute ma vie n'est faite que de complications, soupire-t-elle en m'effleurant le bras d'une caresse qui semble demander pardon. Son père était un juif converti, Graça chrétienne.

— Mieux vaut ne pas en parler à ma mère... Pour l'instant du moins.

Réza acquiesce et je l'embrasse sur la joue. Ouvrant doucement la porte de la chambre de ma mère, je trouve Farid couché sous deux grosses couvertures, le corps secoué de frissons. Ma tante Esther est assise sur son tabouret au pied du lit, toujours les mains croisées sur le ventre, le regard perdu dans le vague. Je dépose un baiser sur la fraîcheur de son front.

Quelqu'un a ôté du matelas un drap souillé de sang qui traîne, froissé, contre le mur.

Les yeux de Farid s'ouvrent, mais il ne sourit pas, ne me fait aucun signe. Je lui apporte encore une couverture en laine prise sur mon propre lit, puis tombe à genoux et avance la main pour prendre la sienne. Il me chasse.

— C'est peut-être la peste.

— Tes gestes sont plus forts, protesté-je.

C'est un mensonge. Nous enlaçons nos doigts et ses yeux se referment. Je pense à la carte du Portugal, de la Grèce et de la Turquie, chaque pays une forme sur l'échiquier où moi et les miens, nous représentons des pions.

Lorsque les frissons de Farid diminuent et qu'il cède au sommeil, je m'attarde encore à lui caresser les cheveux. Je ramasse enfin le drap sale, le roule sous mon bras et l'emporte, traversant ma chambre sur la pointe des pieds. Il faut cacher son incontinence à ma mère qui, face à l'aggravation du mal, pourrait exiger que nous l'abandonnions à son sort. Réza sursaute en me voyant reparaître, mais l'expression de ses yeux m'assure de sa complicité. Je cache le drap derrière un laurier-rose à côté de la fosse d'aisances. J'en avertirai Brites en lui disant de bien se garder en le lavant des humeurs délétères qu'il a pu absorber.

Il n'y a plus de vinaigre. Je me lave donc les mains au savon noir et à l'eau, descends à la cave, prends une feuille de vélin recouverte de caractères hébraïques minuscules formant le nom de mon oncle et rédige une liste des suspects. Viennent en tête les deux moissonneurs survivants.

Le père Carlos.

Diego Gonçalves.

Rabbi Losa.

Miguel Ribeiro.

Au dernier trait de plume je me dis : « La jeune femme que nous venons d'enterrer désignera comme la flèche d'une girouette le nom du coupable. »

Je me munis du portrait que j'ai réalisé ce matin, glisse à nouveau le marteau dans ma besace et pars faire le tour de toutes les boulangeries d'Alfama et de Graça. Je suis persuadé que l'inconnue est la clef du mystère ; si je réussis à l'identifier, j'apprendrai aussi qui a détruit mon avenir.

À présent que la ville a retrouvé le calme, mes regards la perçoivent comme une mosaïque d'yeux chrétiens effrontés, de saleté et de bouse de vache, de bois éclaté et de pierre ensanglantée. Parmi la demi-douzaine de boulangers et de mitrons que j'interroge, personne ne connaît la jeune femme. Passé la cathédrale, je descends vers la Petite Jérusalem. Les magasins sont fermés, les rues jonchées de détritus. Des femmes à genoux lessivent le sang qui marque le pas de leurs portes. Un lit brûlé fume encore, comme dans l'attente de son propriétaire, au beau milieu de la place de la Synagogue. Derrière le palais da Ribeira, la porte de la boulangerie de Simon Kol a été condamnée avec des planches. Je me glisse sur le côté, enjambant un tas de choux et d'oignons pourris où des chats de gouttière cherchent leur pitance. L'un surtout attire mon attention ; ses testicules fourrés sont boursouflés, de la taille de deux citrons. Lorsque je frappe à l'entrée privée de maître Simon, son visage apparaît à une fenêtre à l'étage. Ses joues mal rasées et le regard égaré de ses yeux gris sont des symptômes du mal dont nous souffrons tous.

— Pedro Zarco ? demande-t-il.

Je hoche la tête et il me fait signe de l'attendre à la grille de sa cour. En me faisant entrer, il me serre dans ses bras et m'embrasse. Les sanglots lui soulèvent la poitrine comme un soufflet de forge. Il porte le lin grossier du deuil.

— Kiri ? murmuré-je, prononçant le nom de son unique enfant avec la même frayeur inavouable que je ferais un nom secret de la Divinité.

— Oui, répond-il.

Nous gardons un instant le silence, la main dans la main. Enfin il m'interroge à son tour :

— Les tiens vont bien ?

— Mon oncle Abraham est mort.

— Comment a-t-il pu... ?

Après le premier hoquet de surprise, Simon ne peut achever. Nous savons tous deux que dans ce monde même un *gaon*, un sage miraculeux, peut tomber sous le fer d'un tueur.

Il répond à ma question sur Juda par un signe de tête négatif.

— Beaucoup ont disparu, dit-il. Et on ne les retrouvera pas. Ils ont été avalés par le Léviathan. Et écoute bien mes paroles ! Le monstre ne sera rassasié que le jour où il nous aura tous dévorés. Attends ! Tu verras !

Je coupe court à ses prophéties en lui montrant mon portrait de l'inconnue.

— Connaissez-vous cette jeune femme ? Elle travaille peut-être dans une boulangerie.

— Elle ressemble un peu à Meda Forjaj dans sa jeunesse, répond-il en plissant les yeux. C'est le même arc des sourcils qui se rejoignent à la racine du nez. Comme des ailes de papillon éployées. Mais je ne la connais pas.

— Qui est-ce, Meda Forjaj ?

— Elle a quitté le quartier au moment de la conversion. Mais elle aurait la cinquantaine maintenant. Veuve. Ce n'est pas elle.

— Où est-elle allée ?

— Du côté de Belém, il me semble.

Belém, c'est la proche ville portuaire d'où les caravelles portugaises font voile pour l'Afrique, les Indes et le Nouveau Monde.

— Je crois qu'elle espérait mettre le grappin sur un riche explorateur, si tu vois ce que je veux dire, ajoute Simon avec le haussement d'épaules de celui qui se refuse à porter un jugement. On vit comme on peut.

— Une femme de son âge ne peut pas vivre uniquement de cela.

— Son mari faisait le commerce du drap de Flandre. Elle a appris à tenir les livres pour l'aider dans ses affaires. Peut-être qu'elle fait aussi de la couture à domicile comme ta mère.

— Merci.

Nous nous donnons l'accolade, sans insister, comme réticents à reconnaître que nous nous voyons peut-être pour la dernière fois.

— On dirait que vous n'avez pas l'intention de rouvrir, lâché-je en partant.

— Je ne veux plus nourrir ce pays, répond Simon en secouant la tête.

Ses dernières paroles sont à peine audibles :

— Saigneur ! Voilà le seul métier qui a de l'avenir au Portugal.

Le regard collectif des chrétiens massés à la porte Sainte-Catherine me fait dresser les cheveux sur la nuque. Mes muscles se tendent pour fuir, mais il n'y a pas de quoi. Les yeux des autres sont calmes, leur respiration paisible. Leur peur de la peste et de la sécheresse et des légions de démons qui règnent sur les nœuds de leur pensée a été purgée, du moins provisoirement.

J'atteins les faubourgs de Belém en moins d'une heure. Des centaines de nègres et de corvéables régis par le fouet travaillent ici à la construction d'un nouveau couvent monumental pour le roi dom Manuel, ouvrage qui ne sera sans doute pas achevé avant le siècle.

Un chiffonnier crasseux, à demi nu, me dirige vers l'enseigne d'un boulanger. Je suis accueilli dès le seuil par une femme maigre aux traits aigris, accusateurs.

— Que désirez-vous, senhor ? demande-t-elle avec l'accent rude de la Castille.

Je reconnais à son parler une convertie espagnole, un des milliers qui cherchèrent refuge au Portugal lorsque le roi Ferdinand et la reine Isabelle expulsèrent les juifs en 1492. Son regard hostile dit assez son dépit d'être vue en compagnie d'un coreligionnaire. Je lui montre mon dessin.

— Je cherche cette jeune femme.

Elle me tourne le dos et reprend son travail, ensachant des petits pains qu'elle prend sur des palettes de bois.

— C'est important, ajouté-je.

— Si vous ne voulez rien acheter, allez-vous-en.

— Elle est morte. Sa famille devrait le savoir.

Elle se tourne à nouveau vers moi, les yeux à demi fermés, l'air méfiant.

— C'est la fille de senhora Monteiro. Pourquoi est-ce que... ?

N'ayant plus de patience pour la peur, fût-ce celle d'une juive, je lui coupe la parole :

— Et où habite-t-elle, senhora Monteiro ?

— Dans la même rue, plus bas, sur la droite. Une maison aux boiseries jaunes. Mais vous feriez peut-être mieux...

— Dites-moi, senhora Monteiro est-elle une parente de Meda Forjaj ?

— Sa belle-sœur. Comment le savez-vous ?

— Grâce aux ailes éployées d'un papillon. Et à la mémoire d'un vieux juif.

À la porte de la maison indiquée, une nabote à la peau squameuse et tannée lève des yeux en boule de loto et me lance un regard furieux, comme si j'interrompais une partie de cartes. Elle porte une méchante perruque noire de filasse de lin cirée.

— Senhora Monteiro ?

— Qui la demande ?

— Mon nom ne vous dirait rien, répliqué-je en lui tendant mon dessin. Connaissez-vous cette jeune femme ?

— C'est Teresa. Où est-ce que tu as pris ça ?

Son mari, un petit homme malingre, court sur pattes, apparaît à l'arrière de la maison. Couvert d'une fine poussière blanche – peut-être de la chaux – qui voltige à chaque pas de ses pieds nus, il a des yeux gris endormis, surmontés de sourcils ailés.

— On nous apporte un portrait de Teresa, dit la femme. Regarde !

Il en reste bouche bée, à croire qu'il n'a jamais vu d'œuvre d'art – ou qu'il a tout compris. La nouvelle de la mort de sa fille ne veut pas passer mes lèvres. Lorsque je prends sur moi et lâche le mot, il lève les deux mains à ses tempes, enfonce les poings dans ses yeux soudain noyés de larmes. Je veux le réconforter, mais senhora Monteiro arrête ma main tendue.

— Qu'est-ce que tu racontes ? demande-t-elle.

— Elle a été tuée dans l'émeute à Lisbonne. Dimanche dernier.

La femme plaque une main sur sa bouche, bâillonnant son propre hoquet de surprise. Ses yeux terrifiés se tournent vers le dedans. Le silence qui nous unit tous les trois est rompu enfin par son hurlement :

— Je l'ai toujours dit, que ça finirait mal ! Elle a été tuée avec les juifs, hein ?

Avant que je ne puisse répondre, son mari la pousse violemment et court se cacher au fond de la maison. La femme se cogne au mur, tombe à terre en glapissant :

— Gredin !

L'injure s'accompagne d'un ricanement et d'un crachat envoyé à la suite de son mari.

Je l'aide à se relever, puis récupère mon dessin qu'elle a lâché en tombant. La mère n'a pas de larmes pour sa fille. Je reprends donc mon interrogatoire :

— Elle a été tuée dans la petite juiverie. Savez-vous ce qui a pu l'amener là-bas ?

Elle m'arrache à nouveau le dessin et l'examine de près comme pour en faire la critique.

— C'est bien elle. C'est toi qui l'as fait ?

— Oui.

— Artiste, hein ? La chienne n'aurait jamais dû quitter la maison. Mais les filles des mariages mixtes... C'est ce qu'elle était, au cas où tu ne saurais pas... Je ne suis pas juive, Dieu merci ! C'est lui, siffle-t-elle avec un geste vers l'intérieur de la maison, un geste comme pour chasser une mouche. Ou plutôt il l'était. C'est le sang mêlé. Ces filles-là ont envie d'un homme dès qu'elles commencent à saigner. C'est la lune. Il paraît que ça agite les esprits animaux chez les enfants des mariages mixtes. Tout ce sang brassé, le pur avec l'impur.

Elle illustre son propos en frottant l'une contre l'autre ses mains sales et calleuses, conclut enfin en hochant la tête :

— Tu as du talent, tu sais. Tu n'es pas juif ?

— Je l'étais. Maintenant j'essaie simplement de survivre. Comme tout le monde dans ce fumier.

Son regard se teinte d'un mépris venimeux. Je fais de mon mieux pour ne pas oublier qu'elle aussi est une émanation de la Divinité, un remous né du saphir d'amour que l'Éternel lança autrefois dans notre monde. Je ne vois que la bave sur ses lèvres, le noir luisant de sa perruque. Je répète ma question :

— Si cela ne vous fait rien, pourriez-vous me dire ce que Teresa faisait dans la petite juiverie ?

— Tu n'écoutes pas ? Elle se faisait enfiler ! Il lui fallait une queue circoncise !

Voyant que son ton me gêne, elle éclate de rire et ébauche un geste obscène.

— Ça lui plaisait de se faire trifouiller par un braquemart juif, bien gros, bien gras, de se faire arroser le...

— Qui est son mari ? demandé-je sans la laisser achever.

— Un homme de négoce. Une grosse tête. De grosses couilles aussi, à ce qu'on dit. Toutes poilues, comme des pelotes de laine. Mais avec un goût de dattes du Maroc.

Elle se pourlèche les babines et poursuit :

— Et sans le sou. Ce n'est pas tout le monde chez vous qui sait faire rentrer de l'argent. Ha, ha ! J'en ai fait l'expérience, deux fois dans ma vie ! Avec mon propre vaurien de mari... Et maintenant celui de Teresa...

Elle se renfrogne, secoue la tête.

— Il s'appelle Manuel Monchique. Quand même, elle aurait pu s'en trouver un qui...

Mon cœur bondit dans ma poitrine. « Bien sûr, l'ancien élève de mon oncle. Il vient d'épouser une chrétienne. C'est donc Teresa ! »

Justement, nous avons appris le mois dernier que Manuel a obtenu du roi un certificat de pureté de sang, effaçant la macule de ses origines juives. En le croisant rue du Temple, mon oncle l'a vivement rabroué en raison, croyais-je, de cette trahison. À présent, à la lumière des révélations de senhora Monteiro, leur querelle se prête à une tout autre interprétation.

Je sens des doigts glacés m'effleurer le bras. Faisant un effort pour reprendre pied dans le présent, je vois senhora Monteiro qui me lorgne en grimaçant. Elle a troussé ses jupes. Sa main va et vient entre ses cuisses. Je lui arrache sa perruque et la jette à terre, dévoilant un crâne pouilleux, parsemé de quelques maigres touffes de cheveux gris.

Son rire gloussant me suit dans ma fuite. Les rues de Belém, puis celles des faubourgs de Lisbonne s'ouvrent devant moi, mais c'est dans le mystère du crime dont mon oncle a été victime que j'ai l'impression de m'enfoncer. Peut-être Manuel a-t-il surpris Teresa dans les bras de mon oncle, il a tiré alors son poignard et...

Et pourtant, si telle doit être la solution, un obstacle de taille me barre la route. Comment Manuel a-t-il pu apprendre le secret de notre trappe et de la *genizah* ?

Béni soit Celui qui nous dispense Sa grâce ; la porte Saint-Laurent au nord de la ville n'est gardée que par une racaille nonchalante. Je passe sans m'arrêter, contourne la colline dont la pente rehausse les remparts de la citadelle et descends vers Alfama par le chemin le plus court. L'état de Farid m'inquiète. Je veux passer le voir avant d'affronter Manuel Monchique. Ma mère m'accueille à la porte de la cuisine.

Derrière elle je vois Diego, coiffé de son turban jaune. Une barbe de quelques jours recouvre à présent la balafre qui lui barre le menton, et les points de suture sont à peine visibles. Il me fixe d'un regard qui semble vouloir deviner mes pensées, vient à moi en traînant la patte comme un chien blessé. Nous nous donnons l'accolade, mais, incertain s'il n'a pas comploté contre mon maître, j'ai les gestes circonspects et maladroits d'un mauvais acteur.

— Je suis tellement navré pour ton oncle, dit-il. Qu'il ait pu être tué par la populace chrétienne, je n'arrive pas à le croire.

Les paroles de Diego sont impuissantes à abattre les barrières dont je m'entoure. Non seulement je me méfie de lui, mais j'aperçois maintenant, posté au coin de la cheminée, un inconnu à qui je ne peux faire voir mon déchirement. Un homme de forte carrure, au visage inexpressif, qui se tient raide et immobile, les deux mains sur le pommeau de son épée, et porte la fruste livrée des mercenaires. À ma question muette Diego répond :

— C'est mon garde du corps.

— Converti ?

— Oui. Avec une lettre spéciale de sauvegarde. C'est plus sûr. Maintenant surtout, alors que les émeutiers ont tué ton oncle et tant d'autres, je crois que...

— C'est un juif qui a tué mon maître ! déclaré-je.

— Comment ?

— Il a été égorgé comme par un *chohet*.

Ma mère, qui entend pour la première fois mon interprétation des faits, s'accroche à la table comme si le sol se dérobait sous ses pieds.

Diego émet un râle de stupeur. Ses deux mains levées en écran devant sa bouche semblent refuser jusqu'à la possibilité de pareille trahison.

Est-ce l'émotion d'un philosophe innocent ou la feinte magistrale d'un assassin ?

— Pourquoi un juif aurait-il souhaité la mort de ton oncle ? demande-t-il.

— Par jalousie peut-être, lancé-je, curieux de sa réaction. Ou bien pour voler.

— Allons, Bérékhia, qu'est-ce que tu racontes ? crie soudain ma mère. Comment peux-tu croire qu'un des nôtres attenterait à la vie de mon frère ?

Je perçois dans sa voix une note hystérique que je ne connais que trop bien. Encore un peu et elle m'accusera à nouveau d'être un mauvais juif.

Je prends le pot d'eau sur la tablette de la cheminée et bois avidement sans baisser les yeux devant son regard.

— Un manuscrit a été dérobé, dis-je. Aucun chrétien ne savait que nous en possédions.

Ma mère se met à tirailler les petites mèches de cheveux à ses tempes.

— Tu en es certain ? fait Diego.

Je réponds par un signe de tête affirmatif. Il me prend par le bras et demande encore :

— Où a-t-on pris le manuscrit ?

— À la cave.

— Il avait des livres à la cave ! Qu'est-ce que tu... ?

— C'était la *Haggadah* qu'il enluminait.

— Il gardait des livres hébreux ?

— Oui.

— Il était fou ?!

Ou bien Diego est un excellent comédien, ou bien il n'était réellement pas initié à toutes les activités des « moissonneurs du champ », il ignorait encore le secret de la *genizah*. Pour plus de sûreté il faudra poser la question au père Carlos, s'il est encore en vie.

À moins que lui aussi ne mente pour faire porter les soupçons sur son confrère en philosophie...

— Il s'occupait de faire passer les livres à l'étranger, expliqué-je à Diego. Pour les sauver des flammes.

— Mon Dieu ! Avec qui ?

— Je ne sais pas. Dites-moi, quand avez-vous vu mon oncle pour la dernière fois ?

— Vendredi dernier. À l'hôpital. Tu y étais. Pourquoi est-ce que tu... ?

— Et dimanche ? Vous ne l'avez pas revu ?

— Non. Pourquoi me poses-tu toutes ces questions ?

— J'essaie de reconstituer son emploi du temps, dis-je, mentant à nouveau. Qu'avez-vous fait depuis dimanche ? Je ne vous ai pas trouvé chez vous.

— Je me cachais. Chez un ami.

Le regard de Diego se durcit, comme toujours lorsqu'il s'apprête à sermonner. Il reprend :

— Bérékhia, je crois que tu me dois des explications. Qu'est-ce qui te fait penser que... ?

— Je n'ai de comptes à rendre à personne ! éclaté-je. La mort de mon oncle me donne de nouveaux droits, dont celui de ne pas tenir compte de la mine revêche que vous prenez maintenant pour m'en imposer. Jugez-moi si vous voulez. Froncez les sourcils, priez, invoquez la Torah contre moi. Cela m'est égal.

— Tu as tort. Et si...

— Taisez-vous, Diego ! Dites-moi seulement ce que vous savez de l'homme qui surveille votre maison.

— Quel homme ? Qu'est-ce que cette histoire ?

— Quand je suis passé chez vous ce matin, votre voisin d'en face, le savetier, m'a parlé d'un homme qui serait venu poser des questions à votre sujet... Un grand blond, sans doute nordique.

Je lis de l'épouvante dans le regard de Diego. J'insiste :

— Savez-vous pourquoi quelqu'un s'intéresserait à vos mouvements ?

— Non, murmure-t-il, posant les deux mains sur mes épaules, les serrant comme dans des tenailles. À moins... À moins que ce ne soit l'assassin de ton oncle qui me poursuit !

— Oui, j'y ai pensé. Mais pourquoi souhaiterait-on votre mort à tous les deux ?

Il ne trouve pas de réponse, se borne à secouer la tête.

— Réfléchissez !

— Je ne vois pas ! gémit-il. Qu'est-ce que nous pourrions savoir que... ?

— Mon oncle a-t-il parlé d'un livre particulièrement précieux qu'il aurait découvert récemment ? La moindre allusion ?

À nouveau le même geste perplexe. Je prends dans mon sac le portrait de la jeune femme tuée avec mon oncle et le déroule sous ses yeux.

— Et cette femme ? La connaissez-vous ?

— Je ne l'ai jamais vue. Qui est-ce ?

— Cela n'a pas d'importance. Dites-moi plutôt ce que vous savez de dom Miguel Ribeiro.

— Il est gentilhomme, n'est-ce pas ? Fils du vieux Rodrigo Ribeiro, si ma mémoire ne me trompe.

— Oui. Mon oncle a-t-il parlé de lui ?

— Pas à moi. Allez, Béri, il doit bien y avoir des indices qui permettent d'identifier le tueur. Qu'as-tu trouvé à la cave ? S'il y a des preuves contre l'homme du Nord, j'ai besoin de le savoir, il faudra...

— Je n'ai rien trouvé.

Encore un mensonge. Je demeure méfiant, réticent à lui faire part de mes découvertes. Esquivant son regard sceptique, je me tourne vers ma mère qui contemple la danse des flammes dans l'âtre. Je lui tapote le bras et adoucis ma voix pour demander :

— Comment va Farid ?

Elle fixe sur moi des yeux apeurés et dit :

— Bérékhia, j'ai besoin d'en savoir plus. La *Haggadah*, est-ce le seul livre qui a été volé ?

— Je crois que oui. Allez, dites ! Comment va Farid ?

— Tu ne crois pas que nous devrions... ?

— Mère, s'il vous plaît, dites-moi comment va...

Elle rentre le menton et se détourne avec un air de défi.

— Vous êtes folle ! crié-je. Vos devoirs, vos préceptes, vos bienséances ! À quoi vous ont-ils servi ?

Ses yeux s'emplissent de larmes. Sa réponse vibre de la force du désespoir :

— Comment peux-tu me parler ainsi, alors que Juda... ?

— Portez vos coquilles ailleurs !

C'est un hurlement. M'éloignant à grands pas, j'éprouve un remords cuisant, mais en même temps je suis content d'avoir provoqué la dispute. Je ne suis plus le même. La mort de mon oncle m'a coupé aussi bien de mon passé que de mon avenir. La rage et la frustration semblent être mon seul héritage.

J'ouvre doucement la porte de la chambre de ma mère. Farid dort, la respiration saccadée, aux prises avec un cauchemar. Je lui frotte le cou et les bras avec un linge mouillé jusqu'à ce que sa lutte intérieure s'apaise. Vidé de toute autre émotion que la peur pour mon ami, je quitte la maison.

— Où vas-tu ? crie ma mère à mon passage.

— Je sors !

Diego aussi m'exhorte de m'arrêter, me suit en boitillant jusqu'à la porte de la cour.

— Si tu as raison en ce qui concerne ton oncle, tu es peut-être en danger, toi aussi, dit-il, caressant d'un air songeur sa barbe naissante.

— Peu importe. Je ne permettrai plus aux chrétiens de me faire du mal.

Je le regarde bien en face et ajoute :

— Ni aux juifs !

Il pose tendrement une main sur mon bras.

— Tu es tellement innocent, mon enfant. Tu ne sais pas ce dont ils sont capables. Bérékhia, je crois que toi et les tiens, vous devriez faire vos bagages et partir. C'est ce que je compte faire. Régler mes affaires, vendre ce que je pourrai, puis m'en aller n'importe où. Le roi n'osera plus nous retenir maintenant que...

Je prends congé sans le laisser achever, mais mon *chalom* me rappelle le papier qui lui appartient. Je le prends dans ma besace et le lui mets dans la main.

— Voilà. Ceci est tombé de votre turban quand vous avez été blessé. Ne m'en voulez pas de vous le rendre souillé. Le sang est celui de senhora Rosamonte.

Diego lit le papier en hochant la tête.

— Oui, Isaac. Un ami andalou. De Ronda. J'ai écrit cette petite note pour ne pas oublier notre rendez-vous. Ma mémoire n'est plus ce qu'elle était. Ton oncle aussi le connaissait.

— Et *Madre* ?

— *Madre de Deus*, la fontaine de la Mère-de-Dieu. Nous étions convenus de nous y retrouver. Nous allions...

Il laisse la phrase en suspens, me serre le bras comme sous l'emprise d'une peur subite et reprend :

— Peut-être que je comprends maintenant. Isaac parlait de vendre un livre à ton oncle ! Je supposais qu'il s'agissait d'un ouvrage castillan, mais comme tu dis qu'il avait toujours des livres hébreux...

— Quand ?

— Quelques jours avant sa... avant l'émeute. C'était ici même. Tu devais être au magasin. Isaac disait qu'il possédait une copie manuscrite du *Livre des Khazars* de Yehouda ha-Lévi. On aurait dit que ton oncle humait le parfum du myrte.

— J'aimerais beaucoup le rencontrer.

— J'essaierai de le retrouver et de passer ce soir après le repas.

Je le remercie. Il recommence ses remontrances :

— Je ne sais pas s'il est bien sage de courir les rues en ce moment. Tu devrais...

Je fais la sourde oreille et m'éloigne dans la rue Saint-Pierre. Jetant un dernier regard en arrière, je vois par-dessus le mur de la cour la tête de Diego qui retourne à la cuisine de sa démarche bancale. Ses agresseurs n'ont-ils pas agi pour le compte d'un autre ? D'un moissonneur, peut-être ?

« Il n'y a ni hasards ni coïncidences, dit la voix de mon oncle à mon oreille intérieure. Tout a un sens. »

Un homme vêtu de blanc surgit soudain d'un porche et me fourre sous le nez un livre relié en cuir. Mon couteau lui caresse déjà le cou lorsqu'il hurle mon nom :

— Béri ! Qu'est-ce qui te prend ?

Je baisse ma lame. Ce n'est qu'António Escaravelho avec son Nouveau Testament mangé aux vers. Autrefois membre du Conseil des Anciens de la communauté juive, orfèvre d'une habileté étonnante, il est devenu après la conversion forcée un chrétien zélé et, presque aussitôt, un fou plus fervent encore.

António pue comme de l'ordure faisandée. Sa barbe grise est collée de boue, sa peau tannée criblée d'abcès. Son Évangile exhale une odeur de cardamome et de fumier, mariage mal assorti qui m'oblige à me boucher le nez.

— Dieu t'assiste ! caquette-t-il, tandis que je rengaine mon couteau.

Ses regards fous ne tiennent pas en place. Il cligne de l'œil et presse son livre contre mon menton comme pour me faire tenir droit.

— Tu serais gentil de ne plus me sauter dessus comme ça, dis-je, soupirant à la vue des lentes qui ornent la racine de ses cheveux semblables à des cordes effilochées.

Je lui fais baisser le bras qui tient l'Évangile. Espérant qu'il pourra m'aider à avancer dans la voie qui conduit à l'assassin de mon oncle, je demande :

— Où étais-tu quand l'émeute a éclaté ? À côté de chez nous, comme d'habitude ?

— J'ai remis encore une supplique, répond-il avec un rictus édenté, comme s'il n'avait pas entendu ma question. Pour aller à Rome voir le pape. On m'assure que cette fois-ci j'ai de bonnes chances d'être autorisé à partir.

— Ne dis pas que tu recommences ! m'exclamé-je.

Il y a en effet des années qu'il demande à quitter le Portugal. Le décret royal du 20 avril 1499 a fermé les frontières à tous les nouveaux chrétiens.

— Mais si ! proteste-t-il, vexé qu'on puisse tenir sa cause pour perdue. Et il faut venir avec moi, mon petit. Toi et maître Abraham !

« Mon maître a déjà fait son dernier voyage », murmuré-je à part moi, craignant la réaction d'António à la nouvelle de sa mort.

Avec un sourire nostalgique je me souviens de la réponse que mon oncle avait l'habitude de faire aux discours exaltés du mendiant sur le pape : « Pourquoi entreprendre un voyage aussi long pour rencontrer un homme tellement à court de sainteté ? » À mon étonnement, je réplique moi-même par une autre phrase de mon maître :

— À la simple idée de voir le pape, le cuir chevelu me démange.

Commencerai-je donc à singer maintenant ses propos ? Est-ce ainsi que je compte le retenir auprès de moi ?

— Je crois qu'un voyage chez le pape Jules II serait une véritable libération pour toi. Il paraît que les musulmans sont très accueillants dans toute la péninsule italienne.

Des musulmans en Italie ? Apparemment, la sécheresse a tari aussi toutes ses notions de géographie. Je reprends mon interrogatoire :

— Écoute-moi bien, mon ami ! Est-ce que tu étais là dimanche, le premier jour de l'émeute ?

— Près de là, caché, répond-il, posant un doigt sur ses lèvres. Avec un ami à quatre pattes.

— Pouvais-tu voir la grille de notre cour ?

— Oui. Depuis la chaussée jusqu'au ciel, tout fait partie de...

— As-tu vu quelqu'un entrer ? Un homme portant un couteau peut-être, ou bien un chapelet ? Manuel Monchique, par exemple, l'ancien élève de mon oncle ? Tu te souviens certainement de lui.

— Il y a eu peut-être une libellule ou deux. Et quelques crapauds. Encore qu'il ne soit pas toujours facile de voir les petites bêtes sauter de...

— Un homme, je te dis !

Il fait signe que non, mais je persévère.

— Tu en es certain ? Tu n'as pas vu Diego Gonçalves ? Tu le connais. L'imprimeur, ami de mon oncle.

— Non.

— Le père Carlos, alors ? Ou rabbi Losa ?

Chaque nom me vaut la même réponse négative. Il faut croire donc que le tueur est passé par la rue du Temple – par l'entrée de notre magasin ou celle de la chambre de ma mère.

Je prends congé avec un *chalom* et une inclination du buste, mais au premier pas que je fais, António glapit :

— Il ne te reste pas de l'agneau pascal ? J'ai le ventre plus vide encore que l'âme !

— Va trouver Cinfa, lancé-je sans me retourner. Elle te donnera tous les fruits que tu voudras.

— Dieu te bénisse, mon enfant !

Je vois près du mur de la cathédrale une troupe de mendiants agités. Malgré la défense édictée sous peine de mort, une des vaches lâchées par le roi a été abattue. Un homme sec et nerveux écorche la bête avec une épée rouillée tandis qu'un saltimbanque tient en haleine un public d'enfants et de chiens errants en jonglant avec trois de ses pieds coupés.

Dans la rue voisine mes coups à la porte de Manuel Monchique ne suscitent d'abord aucune réponse. Finalement, une fente à peine perceptible se dessine entre les volets d'une fenêtre.

— C'est moi, Pedro Zarco, crié-je, donnant mon prénom chrétien pour plus de sûreté.

Le silence se prolonge. Je m'engage donc dans la venelle qui longe le côté de la maison, lance mon marteau par-dessus le mur de la cour, me hisse au sommet et saute à terre de l'autre côté. La mère de Manuel, petite femme toute de noir vêtue, semblable à un farfadet, se tient sur le seuil de la porte de derrière. Ses mains déformées par l'arthrite s'agrippent à un pot de faïence bleue.

— C'est moi, Pedro, répété-je. J'ai connu Manuel à l'école. Je suis le neveu de maître Abraham.

Lorsque je me baisse pour ramasser mon marteau, elle me jette le pot à la tête. Il se brise à mes pieds en deux moitiés parfaites. Mon assaillante disparaît aussitôt dans la maison.

Manuel vient alors à la porte, enveloppé dans une cape écarlate aux franges noires. La lame de l'épée qu'il tient des deux mains, la pointe en l'air, dédouble ma vision de sa figure juvénile aux joues vermeilles. J'y vois encore un prodige de l'ère de mensonge qui nous accable, un être qui ne ressemble en rien au sensitif qu'il fut autrefois, à l'enfant dont les yeux larmoyaient au moindre souffle de vent, épuisé par la plus petite course en forêt où il chassait ses chers papillons. À présent il se rengorge comme un paon, trace la lettre *yod* en l'air avec la pointe de son arme et dit en affectant un ton impérieux :

— Je ne sais pas quelle créance tu prétends recouvrer, mais tu n'auras rien de moi ou des miens !

— Ravale tes grands mots ! rétorqué-je. Tu peux garder tes airs bravaches pour les vierges que tu séduis le jour de Kippour. Je n'apporte que ceci.

Prenant le dessin roulé dans ma besace, je le lui lance.

— Regarde donc, beau et vaillant chevalier du Christ !

Manuel met un genou en terre et ramasse le portrait d'une main défiante. Au premier regard, ses yeux brillent d'une lueur étonnée. Comme si je lui offrais un objet volé, il demande :

— Où as-tu pris cela ?

— Je l'ai dessiné.

— Tu l'as vue ?

Il remet son épée au fourreau et accourt. Redevenu ami, il me prend les mains, me bombarde de questions :

— Où ? Quand ? Elle va bien ?

— Manuel, je suis navré... Elle est morte. Tuée chez nous.

Je sens ses doigts se glacer pendant qu'il écoute

mon récit. Son souffle frémissant me dit et redit son refus de croire. Ou bien il est un maître hypocrite, ou bien il ignorait la mort de sa femme.

— Ce n'est pas elle, proteste-t-il. Ce n'est pas possible. Même ta main peut se tromper sur la forme d'un œil, la courbe d'un menton, un...

— Est-elle blanchisseuse ou boulangère ? demandé-je.

— Ni l'une ni l'autre, répond-il, retrouvant le sourire. C'est une méprise...

Je sors de mon sac l'alliance en filigrane d'or. Il me l'arrache. L'incertitude fait trembler sa voix.

— Elle ressemble à la sienne. Mais cela ne prouve rien. Je connais d'autres femmes qui portent des bagues toutes pareilles.

— Ses mains sentaient l'huile d'olive, le romarin et l'essence de citron. Elles étaient tachées de cendre. Et elle avait deux petites marques aux tempes. Comme celles de...

Le sang reflue du visage de Manuel. Il tombe à genoux, près de s'évanouir, ferme les yeux comme sous l'empire du sommeil et fond en larmes. Reprenant enfin son souffle, il dit :

— Les cierges... Elle travaille avec maître Bento. Ils fabriquent des cierges parfumés. Aux essences de fleurs. Quand la cire refroidit, ils les roulent dans de l'huile d'olive pour les conserver.

— Et les marques ?

— De naissance, dit Manuel en hochant la tête. La sage-femme a dû la tirer au monde. Avec les fers. Elle ne voulait pas venir toute seule. Elle a toujours eu peur des premiers pas. Elle était tellement timide, comme si le monde était pour elle un escalier raide, conduisant à un cachot. Je l'aidais à comprendre qu'il y a un jardin en bas des marches. Je l'aidais à s'y rendre. Nous étions... Nous...

Attendant que ses pleurs tarissent, je réfléchis à l'impossible : cette jeune femme peureuse, trouvée nue avec mon oncle après l'acte d'amour.

— Comment a-t-elle été tuée ? demande soudain Manuel d'une voix résignée. A-t-elle été violée par les chrétiens ?

— Je ne sais pas si elle a subi des violences. Je ne le crois pas. Mais elle a été égorgée.

— Ô Seigneur !

Il se cache la tête dans les mains et reste un instant figé. Relevant enfin les yeux, il dit :

— Je suppose que vous l'avez déjà enterrée.

— Nous ne pouvions plus attendre. Je suis désolé. Sa tombe est au domaine des Amandiers. Je te la montrerai à la première occasion. Nous réciterons ensemble le *kaddich* pour elle. En attendant, ne sais-tu pas ce qui l'avait amenée du côté de chez nous ?

— Elle voulait passer chez son frère Tomás qui habite ton quartier. Sans doute qu'elle est arrivée chez vous par hasard, en fuyant l'émeute.

— Connaissait-elle mon oncle ?

— De nom, bien sûr. Autant que je sache, ils ne se sont jamais rencontrés.

— Et les autres membres du cercle des moissonneurs ? Diego ? Le père Carlos ?

— Cela m'étonnerait qu'elle en ait entendu parler.

— Est-ce qu'elle se tenait pour juive ?

— Pas vraiment. Elle savait que d'après la loi mosaïque seul est juif celui qui est né de mère juive. La sienne est chrétienne, de Ségovie. Elle vit à Lisbonne depuis l'enfance et elle se croit sortie de la cuisse de Jupiter, mais c'est une paysanne au fond. Son père est portugais, converti, de Chaves. Tous les deux l'ont rejetée quand elle a accepté de m'épouser. Alors, qu'est-ce que je fais ? Je m'achète un certificat de pureté de sang. C'est logique, non ? Mais crois-tu que la vieille catin en tienne compte ? Elle me dit qu'un juif, c'est comme une grenade dont le sang souille tout ce qu'il touche. Elle a réponse à tout. Comme le démon.

Manuel se lève et se détourne avec une expression tourmentée.

— Ton oncle ne comprenait pas ma situation.

— Il est mort lui aussi, Manuel !

Il sursaute, se penche vers moi, les yeux agrandis par une peur panique.

— Ma tante Esther a été violée et refuse de parler. Juda a disparu. Et mon oncle nous a quittés, répété-je de façon qu'il ne puisse en douter. Ma mère, Cinfa et Réza sont saines et sauves.

Manuel se cache à nouveau le visage pour pleurer. Ou plutôt pour ne pas se trahir ? Je l'entends murmurer :

— Maître Abraham ne m'a donc pas pardonné.

— Son pardon était-il tellement important ?

Manuel se retourne vivement et me foudroie du regard comme si ma question était un crime.

— Bérékhia, le certificat du roi ne fait pas de moi un sans-cœur !

— Je lui ai parlé de toi. Après votre prise de bec dans la rue. Il m'a dit qu'il te rendrait honneur à votre prochaine rencontre. Il s'est laissé emporter par sa haine pour le concept de sang pur. Il savait qu'il avait mal agi. Tu avais sa bénédiction.

Les yeux de Manuel versent des larmes silencieuses. Il ramasse les deux moitiés du pot cassé et demande :

— Comment les chrétiens l'ont-ils trouvé ? Il n'a donc pas fui avec toi ?

J'envisage un instant de lui tendre un piège, mais

décide finalement que la vérité est bien assez énigmatique. Lorsque je lui décris les corps, il se prend à nouveau le visage dans les mains.

— C'est *impossible* ! gémit-il.

Il répète le mot encore et encore, jusqu'à ce que la lamentation se réduise à un murmure enfin englouti dans une mer de silence.

Je m'approche et dis :

— Il faut découvrir comment elle est arrivée dans notre cave. Peut-être son frère pourrait-il nous l'apprendre.

— S'il est encore en vie.

Nous repartons donc ensemble pour nous rendre chez Tomás. Tout le long du chemin Manuel marmonne comme une incantation le nom de sa femme. Il s'est composé un visage impassible et ses mains ne quittent pas le pommeau de son épée, mais l'attitude lui sied mal. Le fer n'est pas fait pour ses mains dont les seules armes dans ce monde devraient être la plume et le filet à papillons.

Notre destination se trouve au second étage d'une maison de rapport sordide, dans une rue pauvre au pied de la petite butte que couronne l'église Saint-Étienne. Des cloches grêles sonnent vêpres lorsque nous passons devant l'édifice, et les fidèles s'assemblent en traînant les pieds. Le sacristain chasse deux chiens gambadants qui veulent eux aussi assister à l'office. Le soleil couchant embrase l'horizon. Les ténèbres de la sixième nuit de la Pâque sont proches, presque à portée de la main.

Le beau-frère de Manuel travaille pour un fabricant d'oreillers. Nous le trouvons dans une mansarde où règne une odeur de poulailler, occupé à bourrer de plumes des filets à mailles serrées. C'est un homme sans cou, aux joues veinées de rouge comme celles du père Carlos, avec des cheveux châtain sale et un front fuyant. Il arbore une expression taurine de fureur aveugle, obsessionnelle, et reçoit la nouvelle sans sourciller. Le seul signe d'émotion est un bref temps d'arrêt dans le mouvement de ses mains.

— Elle a dit qu'elle sortait, raconte-t-il. Elle venait d'avoir ses époques, elle se plaignait de se sentir sale.

Je repars, faisant signe à Manuel de me suivre. Nous avons appris tout ce que nous avons besoin de savoir.

— Que sais-tu de cet homme ? demandé-je.

— Cela ne se voit pas ? La moitié chrétienne a les manières et l'intelligence d'un porc. Tu peux t'imaginer comme cela fait endêver la moitié juive. Teresa était forcément un enfant adopté. Je ne me l'explique pas autrement.

Levant la tête, je vois Tomás quitter la fenêtre d'où il nous surveillait. Se peut-il qu'il ait suivi sa sœur, qu'il l'ait tuée, ainsi que mon oncle, en tant que justicier, par je ne sais quel fanatisme religieux transmis par sa mère ? Se peut-il qu'il soit arrivé chez nous en même temps et dans le même dessein qu'un moissonneur, initié au secret de notre *genizah* ? Une telle coïncidence est-elle concevable ?

Deux plumes tombent de la fenêtre de la mansarde. Je tends la main pour en attraper une.

— Je crois que Teresa se sentait plus juive que tu ne le penses, dis-je en refermant les doigts sur le duvet.

Manuel ne répond que par un regard incompréhensif. Je poursuis :

— Où va une juive à la fin de son rythme lunaire ?

— Aux bains, dit-il.

— Et où sont les bains les plus proches ?

— Rue Saint-Pierre. À côté de chez toi.

— Justement.

X

La synagogue de la Judiaria Pequena fut construite en l'an chrétien 1374, au sommet d'un coteau à la limite méridionale des anciens remparts de Lisbonne. Au pied de l'éminence se trouve une petite place disposée autour d'un poirier imposant, frère du colosse qui ombrageait autrefois la cour du grand temple de la Petite Jérusalem. À partir du fouillis tentaculaire des racines de l'arbre, une première volée de marches en pierre blanche, de quatre toises de haut, conduit à la tannerie de Samuel Aurico qui occupe le rez-de-chaussée de l'édifice dont l'étage, atteint par une seconde volée, de trois toises, est réservé à la synagogue.

Derrière le bâtiment court la rue Saint-Pierre. C'est là que nos ancêtres placèrent l'entrée du *mikveh*, série de piscines creusées dans le roc, nourries par une source souterraine et réunies par des cascades, dont deux servent aux immersions rituelles. Grâce aux négociations habiles de rabbi Abraham Zacuto et de quelques autres juifs de cour, l'établissement échappa aux confiscations de 1497, et notre *hazzan*, David Moisés, put y demeurer en tant que gérant. Bien sûr, les hommes de la communauté n'étaient plus censés se plonger dans ses eaux à la veille du chabbat. Pour ma part, je n'y ai pas renoncé. Un bain, c'est un bain, et le pape lui-même aurait du mal à prouver ce que le baigneur a en tête. Encore que tout cela semble désormais en passe de changer. Avec les malédictions portugaises qui nous lient de plus en plus étroitement les mains, plus personne ne se souciera de preuves. Dans toute l'Espagne, un bain pris le vendredi peut valoir une condamnation au bûcher, et les événements de ces derniers jours montrent assez que Lisbonne à son tour s'ouvre aux flammes de l'Inquisition.

Il va sans dire que, depuis la conversion, il a été de même interdit à nos femmes d'effacer l'impureté que constituent les marées rouges appelées par la lune. Teresa, l'épouse de Manuel, semble cependant avoir été plus fidèle et plus courageuse que son mari ne se l'imaginait. Fut-elle surprise au bain par des émeutiers chrétiens ? Peut-être s'enfuit-elle dans la rue, sans avoir le temps de se rhabiller, pour trouver enfin refuge chez nous. Seules trois maisons séparent la nôtre, au coin triangulaire de la rue Saint-Pierre et de la rue du Temple, du *mikveh*.

La porte de l'établissement de bains est verrouillée. Nous frappons, mais personne ne répond.

— Je crains que maître David n'ait péri dimanche dans la tourmente, dis-je à Manuel, contant ensuite ma vaine attente du *hazzan* à la porte Sainte-Anne.

Manuel colle néanmoins les lèvres contre la fente de la porte et lance des appels. La sixième nuit de Pessah est déjà tombée sur la ville, grise et venteuse, soulevant des tourbillons de poussière qui volent à ras du sol. Mon compagnon lève une main devant son nez et sa bouche et donne des coups de pied dans la porte. Il n'y a pas de réponse.

— Que faire maintenant ? demande-t-il.

— Passons chez maître David, proposé-je. Je sais où il garde ses clefs.

— Je n'ai jamais compris pourquoi maître Abraham était tellement content d'habiter si près des bains et de la synagogue, commente Manuel en cheminant. Compte tenu de ses mauvais rapports avec rabbi Losa. La proximité ne faisait qu'envenimer leur querelle.

— D'après mon oncle, l'emplacement de la maison est idéal pour se fondre en Dieu. La rue Saint-Pierre et la rue du Temple se rejoignent devant chez nous. Il disait qu'un kabbaliste doit tâcher de vivre à une croisée des chemins, « où deux ne font qu'un ».

— Quel bonheur que de discerner dans la vie des lignes indubitables, tracées une fois pour toutes ! soupire Manuel avec un sourire nostalgique, d'un ton qui me dit que lui aussi a commencé à douter de Dieu.

Nous nous engageons dans une rue latérale qui grimpe à flanc de colline et frappons à la porte du *hazzan*. Perché sur la gouttière de la maison je vois un faucon dressé, quinteux, sur le qui-vive, avec une courroie de cuir qui pend à sa patte droite. Lorsqu'une grande femme maigre au menton pointu nous interpelle d'une fenêtre à l'étage, l'oiseau s'envole.

— Nous sommes tous bons chrétiens ici, élevés dans la crainte de Dieu, lance-t-elle d'une voix tremblante. *Vieux* chrétiens, tous tant que nous sommes, avec le Seigneur Jésus ressuscité dans nos cœurs.

Elle joint les mains sur la poitrine dans une attitude de prière. Même d'en bas, je vois que ses ongles sont rongés jusqu'au sang. Elle nous prend manifestement pour des chasseurs de marranes.

— Nous cherchons simplement maître David, dis-je d'un ton rassurant. Nous ne vous voulons aucun mal. Nous aimerions seulement savoir si vous l'avez vu.

— Mon Dieu ! Je le savais bien. Mais vous ne le trouverez pas ici. Je ne l'ai pas revu depuis dimanche. Je crois qu'il était destiné ce jour-là à réchauffer le cœur de Dieu en personne sur le bûcher du Rossio.

« Destiné ce jour-là à réchauffer le cœur de Dieu » ? Dans leur crainte d'appeler un chat un chat, les Lisbonnins sont capables de dire les absurdités les plus monstrueuses. Y a-t-il jamais eu sur terre un peuple plus habile à transformer en un tour de langue un scorpion en rose ?

— N'auriez-vous pas par hasard la clef de chez lui ? demandé-je.

— Si. Je l'ai.

— Pourrions-nous y jeter un coup d'œil ?

— Attendez une minute. J'arrive.

Elle descend en lissant nerveusement le devant de son tablier noir. Ses yeux, obstinément baissés, refusent de rencontrer les miens. Elle dit d'une voix hésitante :

— Quand nous avons connu senhor David, au début, il nous a paru si distingué. C'est pourquoi nous l'avons gardé comme locataire. Plus tard, bien sûr, nous avons appris qu'il n'était qu'un marrane. Il nous avait promis de déménager avant la fin du mois.

Son désaveu de l'homme qu'elle a hébergé sous son toit a quelque chose de pathétique. Miguel essaie de la tranquilliser :

— Il était le *hazzan* du quartier, vous savez.

Les mots ne sont pas choisis au hasard. Comme moi, il la soupçonne d'être elle-même d'origine juive. L'hébreu *hazzan* doit apaiser ses frayeurs en lui faisant comprendre que nous sommes des siens, sans intentions hostiles.

Trompée par l'homophonie, la femme y entend cependant le portugais *azango*, vocable dont le sens est « mauvais augure » ou « malchance ». Hochant vigoureusement la tête, elle répond d'un ton excité :

— Oui, oui, Votre Seigneurie a raison. Tous les juifs sont *azango* !

Il y a huit jours, son ignorance nous aurait fait rire. À présent nous respirons profondément, nous raidissant pour un combat qui durera peut-être autant que notre vie. Enhardie par l'approbation qu'elle croit avoir trouvée chez nous, notre interlocutrice s'empresse d'ouvrir.

Le déclic de la serrure se fait entendre en même temps qu'un « ça y est ! » de la part de la femme, la porte s'ouvre en grinçant et une bouffée d'air fétide nous accueille.

— Je vous serais reconnaissante de ne pas rester longtemps, dit la logeuse d'une voix humble, rencontrant enfin mon regard pour aussitôt à nouveau baisser les yeux. Je ne veux pas paraître discourtoise, messeigneurs, mais les astres nous enjoignent aujourd'hui de ne pas recevoir d'étrangers sous notre toit. Je suis certaine que vous comprendrez.

Une carpette de cuir usé conduit de l'entrée jusqu'à la cheminée froide de maître David. La distance n'est que de cinq pas, mais nous n'osons pas bouger. Tout le parcours est jonché des précieux ouds et luths de la collection du *hazzan*, éventrés et fracassés. Un cistre exquis, en palissandre et merisier, comme une agate taillée pour la musique, a été cassé en deux et pend au chambranle comme un crabe mort. Sous l'instrument s'élève un petit tas de débris de verre et de vaisselle cassée, surmonté par des phylactères emmêlés qui plus jamais ne sentiront le pouls d'un bras. La logeuse brandit un doigt sévère.

— Vous auriez dû le voir avant que je nettoie. Ses fèves avaient toutes des barbes grises. Comme leurs rabbins ! Et la puanteur... Seigneur, ces gens-là sentent mauvais, vous ne trouvez pas ?

— Dites-moi seulement si vous avez vu ses pantoufles, coupé-je.

— Je vous demande pardon, mais je ne m'occupe pas de ses hardes, répond-elle, lissant à nouveau son tablier. Nous n'étions pas amis. En fait, nous n'avons jamais même...

Je me dirige vers l'armoire, laissant radoter la femme sur la façon dont elle tenait à distance le « petit juif croque-note », comme elle appelle maintenant David. Je trouve les pantoufles sous un fouillis de bonnets de velours qui datent du règne du roi Jean. Avec un peu d'effort et quelques jurons hébreux marmonnés entre mes dents, un talon s'ouvre et il en tombe trois clefs. La logeuse ouvre des yeux ronds.

— Pendant quatre ans, dis-je, quand vous n'étiez pas encore propriétaire de la maison, j'ai étudié les modes de la musique grecque et arabe avec David dans cette même pièce. Vous ne l'avez pas reconnu à mon odeur ?

— Ah ! je comprends, murmure-t-elle avec une aspiration sifflante. Vous savez bien vous déguiser, vous autres !

Je perçois dans sa voix une note d'admiration involontaire.

— Ce n'est pas un déguisement, rétorqué-je. C'est de la sorcellerie !

Me souvenant d'un vieux tour de passe-passe que mon oncle m'a appris, je lui montre ma main vide, puis tire les clefs de ses narines.

Elle émet un hoquet d'effroi, se signe et tombe à genoux. Les yeux noyés de larmes, elle gémit :

— Je vous en supplie, ne me faites pas de mal !

— Si le « petit juif croque-note » revient, dites-lui que Pedro Zarco est passé.

— Oui, senhor, dit-elle avec une petite inclination de la tête. Mais je pense que Votre Seigneurie ferait mieux de le lui dire elle-même cette nuit dans ses rêves. Là où il est maintenant, il ne risque pas d'entendre autrement.

Le sol du *mikveh* est humide et glissant, et quelque juif prudent en a condamné les fenêtres avec des planches. Descendant dans le noir, je perds pied. Mon derrière entre à l'improviste en contact avec l'arête d'une marche de granit et une douleur cuisante me déchire l'épaule. Je pousse un cri.

— Je vais chercher une lampe avant que tu ne te blesses sérieusement, dit Manuel.

Il remonte dans l'air du soir, poussant la porte derrière lui.

Assis dans l'escalier, je m'abandonne à la douce étreinte de la solitude et de l'obscurité. Autour de moi des formes violettes se matérialisent pour aussitôt à nouveau se fondre dans le noir diapré. « Nos craintes et nos désirs sont façonnés au tour des ténèbres », dit la voix de mon oncle à mon oreille. J'attends donc. Le jeune Mordekhaï apparaît dans un cadre tissé de mon souffle léger. Lorsqu'il s'éloigne en dansant, sur des pieds de faon, un bruit sec me tire de ma rêverie. Je me lève d'un bond. Un pas ? Mon cœur se met à battre la chamade. Au même instant mon oncle surgit, bleu émaillé d'or, enluminure peinte par ma mémoire. Son expression est hésitante, songeuse, comme s'il réfléchissait aux interprétations possibles d'un verset obscur. Au lieu de s'arrêter pour me saluer, il poursuit son mouvement flottant, montant vers, puis à travers la fausse nuit du plafond pour enfin disparaître à mes regards.

« N'y fais pas attention, me dis-je. Ce n'est pas une vision, mais une simple illusion. »

Un faible bruit de respiration arrive d'en bas, me pousse de l'avant. Ou bien n'est-ce que le vent qui siffle à travers un passage ou un conduit d'aération ? On dit qu'il y a une bonne dizaine de galeries qui se rencontrent ici et remontent à la surface, vestiges d'un réseau souterrain aménagé par nos aïeux dans l'attente du Messie. Je crie en portugais la seule question qui ait encore un sens :

— *Judeu ou cristao ?*

Je n'entends plus rien.

— Je viens en paix, ajouté-je.

Le silence gros d'attente me renvoie ma propre peur. Je décide de poser une énigme aux ténèbres :

— Quel est l'ange qui tend les mains à Abraham ?

Un juif connaîtra la réponse : Raziel. En hébreu, langue où les lettres sont aussi des chiffres, la valeur numérique de son nom est égale à celle d'Abraham – 248. Les mains de Raziel sont le signe = qui les unit.

Je remonte deux marches, sans faire de bruit, pour me mettre à l'abri d'une attaque éventuelle, mais aucun mouvement ne trouble les ténèbres qui m'entourent. Je repose ma question, remonte encore. J'entends le grincement d'une porte. Une flamme en haut me révèle le visage de Manuel. En bas il n'y a que le gris des degrés de pierre.

— Je m'excuse d'avoir tant tardé, dit Manuel. Personne...

— Chut ! J'ai l'impression qu'il y a quelqu'un. J'ai entendu un souffle, peut-être aussi un bruit de pas.

Il vient me rejoindre sur la pointe des pieds.

— Juif ou chrétien ? chuchote-t-il.

— Un pas n'a pas de religion.

— Alors, qu'est-ce... ?

Un murmure rauque parvient à mes oreilles :

— Raziel... Raziel...

— Que dit-il ? demande Manuel.

Je lui fais signe de se taire, puis crie en hébreu :

— Montrez-vous !

Un homme minuscule, les oreilles surmontées de deux maigres touffes de cheveux, s'avance en clignant des yeux jusqu'au bas des marches. Il est pieds nus, et la grosse serviette nouée autour de sa taille accentue encore la maigreur de sa poitrine étroite. C'est le chirurgien Salomon Éli. Sans réfléchir, je dévale l'escalier.

— C'est impossible ! m'exclamé-je. Je vous ai vu place des Frères de Saint-Jean, attaché avec votre femme et...

— Chalaat Halom ! crie-t-il en me tapotant joyeusement l'épaule. Un de mes petits garçons a eu la vie sauve !

Salomon donne des surnoms affectueux à tous les enfants qu'il circoncit. Le mien – *chalaat halom*, « rêve exaucé » – se réfère aux prières ardentes de mon père pour un second fils.

— Pourtant je vous ai vu avec...

Salomon retient mes paroles d'un doigt posé sur ses lèvres.

— Ma chère femme Reina est morte, chuchote-t-il. Tous sauf moi.

Une main levée dans un geste tournoyant suggère une colonne de fumée.

— Mais comment se fait-il ?

— Tu veux le savoir ? Un kyste, mon cher Chalaat. J'avais excisé l'an dernier un kyste douloureux à l'un des bandits qui nous ont pris. Un maçon. Il m'a reconnu après que Reina eut déjà... On m'avait obligé à regarder. Je lui ai dit que je voulais la suivre sur l'autre rive du Jourdain céleste. Il a souri dans sa barbe et il m'a frappé. Je me suis réveillé sur le toit d'une maison au-dessus de l'église Saint-Michel. Des petites fleurs jaunes poussaient dans les joints des tuiles entre mes jambes. C'était étrange. Je me croyais mort. Il faisait nuit. Mais quand j'ai vu la lune... Enfin, je n'ai jamais lu nulle part qu'il y eût aussi aux cieux des corps célestes. À moins que la lune ne soit elle aussi qu'une prison, *sahar só uma outra sohar* ?

Salomon hausse les épaules, grimace un sourire amer et poursuit :

— Peut-être mon maçon s'est-il dit que la vie serait pour moi un pire châtiment. On m'avait dépouillé de mes vêtements. Où aller ? Je ne pouvais rentrer. Il n'y aurait personne à la maison. Je suis arrivé ici tant bien que mal. La porte était ouverte. C'est après qu'on l'a fermée à clef de l'extérieur.

— D'autres y sont-ils venus ? demande Manuel. Une jeune femme ?

— Personne, répond le chirurgien.

— Elle est morte dimanche, rappelé-je à Manuel. Avant que Salomon n'arrive là. Et je ne sais comment, mais elle a dû passer des bains dans notre...

— Quelle jeune femme ? s'inquiète le *mohel*. Serait-ce Cinfa ? Est-elle... ?

— Non, elle va bien.

Prenant les mains de Salomon, je lui fais part de la mort de mon oncle et du but de nos recherches. Je conclus :

— Si vous avez vu quelque chose, n'importe quoi... Des bijoux, des vêtements, de la nourriture...

— Venez avec moi, dit-il d'un ton grave.

Il nous fait passer devant la piscine rituelle des hommes et se dirige vers les cabines des femmes dont le sol est garni de carreaux en forme d'étoiles à six branches. Sa démarche mal assurée est celle d'un petit enfant ou d'un homme qui n'a rien mangé depuis plusieurs jours. Si légers soient-ils, ses pas résonnent néanmoins dans ces cavernes comme un roulement de tambour. Il nous fait entrer enfin dans le vestiaire exigu où se trouve son lit de fortune. Manuel rejette la serviette dont Salomon s'est servi en guise de couverture, ramasse une robe de lin roulée en boule comme oreiller et la déplie.

— Elle est à Teresa ? demandé-je.

Un voile d'ombre se referme sur le visage de Manuel. Il baisse le bras qui tient la lampe, tombe à genoux. Des sanglots funèbres font frémir les draps glacés de la couche du fugitif.

— Nous l'avons trouvée nue, murmuré-je à Salomon. Je ne crois pas qu'elle serait sortie ainsi dans la rue si elle avait pu l'éviter. Comment pensez-vous donc que... ?

Manuel se relève soudain, sort d'un pas décidé et s'éloigne en direction de la cour centrale. Je crie son nom, et comme il ne revient pas, je le suis, marchant au milieu de mon propre écho que les murs réverbèrent comme une révélation indiscrète.

Manuel suit le couloir vers l'est, descend en courant une rampe qui conduit à une salle de méditation, s'enfonce encore dans les entrailles de l'établissement de bains, passant devant des bassins abandonnés et des grottes qui sentent le froid et le moisi. Il nous conduit ainsi à la pièce qui servait de bureau à maître David. Nous y trouvons les deux grandes armoires à livres renversées, les archives du *mikveh* répandues par terre. À l'autre bout de la pièce, dans un coin, une lampe à huile est couchée sur le côté. Tandis que Manuel l'examine, Salomon se laisse tomber sur le sol de pierre. Sa poitrine se soulève avec effort dans l'atmosphère lourde et humide.

— Mes jambes sont fatiguées, soupire-t-il avec un haussement d'épaules.

— Nous vous trouverons quelque chose à manger dès que nous aurons terminé ici, lui dis-je.

Il lève une main pour protester qu'il peut attendre.

— Pourquoi es-tu parti comme ça ? demandé-je à Manuel.

— J'essayais de voir par où ma femme a pu fuir à l'arrivée des chrétiens.

Salomon promène ses regards autour de la pièce, renifle l'air comme un lapin, penche la tête vers le sol, puis se relève et tend le cou comme une biche broutant une branche presque hors de sa portée.

— Ça sent mauvais, grommelle-t-il en tirant la langue. On dirait du fumier.

Il a raison. Il y a dans la trame de l'air une fibre mauvaise.

— Un écureuil ou un rat crevé, lance Michel. Noyé, sans doute.

Comme d'un tour de clef, la compréhension s'ouvre et je réponds :

— Non, ce n'est pas un animal. J'y vois clair maintenant. Allons chez nous, à la cave, je vous montrerai ce que c'est.

Suivi de Manuel et de Salomon, je descends les marches au-delà de notre trappe secrète. Le *mohel* s'entoure frileusement de la couverture que je lui ai donnée et s'appuie au mur pour ne pas trébucher. Ne connaissant pas notre cave, il demande d'une voix curieuse :

— De quand date tout cela, mon enfant ?

— Cela a toujours été ainsi, autant que remonte la mémoire de la famille.

À la vue des nattes et des buissons de myrte, il comprend qu'il se trouve dans un lieu de prière. Il psalmodie donc :

— Béni soit Celui qui préserve Son temple des idolâtres.

À l'autre bout de la pièce, Esther est assise devant le pupitre de mon oncle, le regard rivé droit devant elle, sur le miroir sanglant. Elle est tête nue. Ses cheveux teints, massacrés par les ciseaux, lui donnent un air effrayant.

Salomon, qui a un petit nom pour tout le monde, l'appelle :

— Etti !

Elle ne répond pas, n'esquisse pas le moindre mouvement. Salomon fait la moue et m'adresse une question muette. J'explique :

— Elle ne veut pas parler pour l'instant. Il faut lui laisser du temps.

Le *mohel* hoche la tête, puis renifle l'air.

— L'odeur vient bien d'ici, dit-il. Cela pue comme...

Il se souvient du revêtement de chair corruptible dépouillé par mon oncle et la phrase se termine en râle.

Je vais droit aux tentures en cuir de Cordoue accrochées au mur occidental, derrière Esther. L'une après l'autre, je les enroule, les détache de leurs crochets et les pose sur le sol d'ardoise. Manuel allume à sa lampe les chandelles de nos deux candélabres d'argent. Pressant le bout des doigts contre le mur sous les étranges traînées de sang, coupées net en haut d'une rangée de carreaux, je dis :

— Si Samir ou mon oncle était là, nous pourrions gagner du temps. Ou même un des moissonneurs.

— Qu'est-ce que tu cherches ? demande Manuel.

— Tu verras, dis-je. Je viens de comprendre comment un homme – ou plusieurs – peut disparaître comme par enchantement de cette pièce. Et comment une odeur peut traverser les murs.

Je me mets en devoir de taper du poing sur tous les

carreaux à tour de rôle, suivant une ligne horizontale à la hauteur de ma tête, depuis l'extrémité sud de la pièce, près de nos cuves encastrées, jusqu'au nord, où Esther ne bouge toujours pas.

Salomon chuchote à Manuel :

— Le pauvre garçon ! La mort de maître Abraham lui fait penser de gauche à droite.

La locution, fort usitée parmi les juifs de Lisbonne, veut dire que je n'ai plus toute ma tête. J'y réponds par une autre, de même sens, inspirée de la folie du roi Nemrod :

— N'ayez crainte, aucun moucheron ne m'est entré dans l'oreille. Mon oncle me déconcertait toujours par sa façon de disparaître, puis de reparaître à l'improviste. Cela faisait dire au père Carlos qu'il était peut-être un esprit moqueur. Maintenant je comprends tout. Aussi pourquoi il ne voulait jamais que je descende à la cave sans sa permission.

Je continue à taper. Ne trouvant pas le son auquel je m'attends, je recommence au début de la rangée au-dessous. À la quatrième, qui coupe le mur au niveau de mon cou, je découvre ce que je cherche – le son creux d'un carreau qui cache une ouverture.

Cinfa dévale soudain l'escalier, s'arrête sur la dernière marche et fixe sur moi un regard défiant.

Encore une vingtaine de coups et je trouve dans le mur les contours d'une porte. Si je ne me trompe, il doit y avoir, à droite ou à gauche, un carreau qui branlera si j'appuie dessus. Je ne mets que quelques instants à le localiser. Je l'enlève, cassant l'ongle de mon pouce dans le processus, et le lance à Cinfa. En dessous il y a une poignée ronde, en fer, sur laquelle on a gravé en caractères frustes le mot hébreu *rehitsah*, « bain ». Respirant profondément, priant pour le bon succès de mon entreprise, je l'empoigne et tire dessus.

Du coup, le joint entre deux rangées de carreaux devient le bord d'une porte qui tourne autour d'un pivot central, ouvrant sur un espace parfaitement noir. Salomon vient me rejoindre, s'assied sur ses talons comme un imam musulman et sonde les ténèbres d'un œil curieux.

— Passe-moi la lampe, dis-je à Manuel. J'y vais.

— Où est-ce que cela mène ? demande-t-il.

— C'est ce que nous verrons. Pour l'instant, donne-moi la lampe.

Il me la tend. La lumière révèle un passage aux murs de pierre.

— Je te suis, dit Manuel.

— Moi, je reste, fait Salomon en me tapotant l'épaule avant de poursuivre avec un signe de tête à l'adresse de ma sœur : Et toi, Cinfa, tu ne pourrais pas me chercher des *matsot* et de l'eau ? Et un verre de vin cacher, tant que tu y es ! Et l'oreiller le plus moelleux que tu pourras trouver !

Cinfa court à la cuisine. Brandissant haut la lampe, je m'enfonce avec Manuel dans les ténèbres. Le passage humide qui s'étend devant nous sent la pierre froide et la solitude. À mesure que nous avançons, les murs se resserrent et le plafond s'abaisse, nous obligeant finalement à ramper comme des taupes. Une vingtaine de pas plus loin, le boyau s'élargit à nouveau et nous nous redressons pour nous heurter à une porte de pierre munie d'une poignée en fer rouillé, elle aussi ronde, elle aussi gravée du mot *rehitsah*. Manuel tire. La porte pivote, laissant passer un courant d'air humide. Je soulève la lampe. Sa petite flamme joue sur des carreaux bleus et verts. Le sol de l'endroit est jonché de papiers. Nous nous trouvons dans l'établissement de bains, dans le bureau du *hazzan*.

Après le départ de Manuel et de Salomon, je me rends auprès de ma mère, armé désormais de la certitude que le tueur n'est pas un magicien, mais un homme comme les autres, astucieux, membre du cercle des « moissonneurs du champ ». Je la trouve au magasin, à quatre pattes, en train de lessiver le sol à la lumière d'une mince chandelle. Je lui fais part de mes découvertes, puis demande :

— Connaissiez-vous l'existence du passage dérobé ?

Elle pose sa brosse et se relève sur les genoux.

— Avant ta naissance, dit-elle, quand les nouveaux chrétiens de Lisbonne s'appelaient encore des juifs et que ton père cherchait à établir...

Je ferme les yeux, la croyant lancée dans encore une histoire interminable sur mon père et sa vie de travail et d'abnégation au service de l'affaire familiale. Percevant mon exaspération, elle conclut d'un ton brusque :

— Notre cave faisait partie du *mikveh* ! C'est de là que nous viennent les deux cuves de granit.

— Pourquoi ne me l'avez-vous jamais dit ?

Elle se détourne, les mâchoires crispées, comme si ma présence lui était à charge.

— Tu te crois donc le droit de tout savoir ? La vie ne marche pas comme ça, quoi que mon frère ait pu te mettre en tête.

Je sais qu'elle a raison, mais je ne peux m'empêcher de la toiser avec dédain.

— Peut-être pensait-il que tu savais et qu'il était donc inutile d'en parler, ajoute-t-elle d'un ton conciliant en reprenant sa brosse. De toute manière, cela n'avait pas d'importance.

Elle me renvoie d'un petit signe de la main. Elle paraît épuisée. Baissant les yeux, elle fait la moue en découvrant un crapaud brun, couvert de verrues, qui vient de sauter hors de sa cachette.

— Qu'est-ce qu'il veut encore, celui-là ?

— Manger, dis-je. Une mouche. Il veut vivre. Laissez-le tranquille.

— Le laisser ? Une bête immonde ? Une des dix plaies d'Égypte, envoyée par Dieu pour punir ceux qui nous avaient retenus en esclavage ? Dans ma maison ? !

Ma mère semble osciller entre le somnambulisme et un état d'exaltation fébrile. Tandis qu'elle attrape son balai, j'essaie de la ramener vers des sujets plus intéressants.

— Je croyais toujours qu'il se cachait dans la *genizah* avec les livres. Comme il aimait leur contact et leur odeur !

— Qui donc ? fait-elle, fronçant les sourcils comme si je délirais.

J'aurais envie de la gifler. Elle repousse un des deux battants de la porte qu'on n'a toujours pas remis sur leurs gonds, et envoie valser le pauvre crapaud au milieu de la rue du Temple. Je fais une dernière tentative.

— S'il vous plaît, ne pouvez-vous pas... ?

Mais c'est inutile. La simple présence de ma mère semble me priver de toutes mes forces. Elle lève un regard rêveur vers le ciel. Le crapaud étourdi tente un premier saut titubant. Roseta apparaît sans crier gare et se glisse vers lui à pas feutrés, sort les griffes, prête à bondir.

— Pas de ça ! crié-je.

Je me précipite dans la rue, ramasse le crapaud et lui donne asile dans ma besace. Je m'attends à de nouvelles récriminations de la part de ma mère, mais elle n'a plus d'yeux que pour les vagues argentées des nuages qui déferlent de l'ouest. Comme tout le reste, la nuit lui fait penser à Juda.

Je lâche le crapaud dans les champs en amont de la ville, me lave les mains, grignote une *matsah*, puis reprends le chemin de la maison pour voir comment va Farid. Un mince croissant de lune s'est levé à l'horizon, et je me conte une histoire en contemplant son auréole : La femme de Manuel, se baignant au *mikveh*, entend les hurlements des juifs massacrés dans la rue au-dessus de sa tête. Elle se lance éperdue dans le labyrinthe de bassins et de cabines, aboutit au bureau du *hazzan*, face à un mur de carreaux glacés en forme d'étoiles. Les portes du passage dérobé sont-elles ouvertes ? Mon oncle est-il lui aussi aux bains, en train de se purifier avant la prière ? Ou bien pousse-t-elle un cri en voyant approcher la lueur des flambeaux chrétiens ? Peut-être mon oncle l'entend-il, peut-être ouvre-t-il la porte secrète pour se glisser dans le *mikveh* et la conduire hors de danger, dans notre cave. Ensemble, mon maître et la jeune femme attendent la fin de l'accès de folie qui a frappé Lisbonne. Mais les tueurs – un moissonneur et un maître chanteur – sont plus rapides. Après avoir fait entrer la mort sous notre toit, ils ouvrent la porte dérobée, l'un passe encore la main pour refermer, laissant l'empreinte de ses doigts sanglants sur le carrelage, et tous deux s'échappent par l'établissement de bains.

En rentrant, je trouve Farid assis à la cuisine. Ses traits portent la marque d'un blême combat. Je sais que je devrais courir à lui, mais le désespoir me laisse moi aussi sans force.

— As-tu bien fait de te lever ? demandé-je par geste, sans approcher.

Mon ami fait oui de la tête, mais la main qui me répond est lourde de fatigue :

— J'ai trouvé ma maison vide. Tu n'as pas eu de nouvelles de mon père, n'est-ce pas ?

Ses bras blancs pendent à ses côtés comme si déjà les anges l'habillaient pour...

— Non. J'ai demandé après lui. Personne ne l'a vu. Je reprendrai les recherches demain dès l'aube. Le calme est plus ou moins revenu, on peut donc...

— On a apporté une lettre pour toi, fait-il en me montrant un rouleau. Ou plutôt pour ton oncle.

J'arrache le sceau. La missive est de senhora Tamara, marchande de livres d'occasion qui tient boutique dans la Petite Jérusalem et avec qui nous avons souvent fait affaire. Je lis :

« Maître Abraham, un enfant a essayé de me vendre un ouvrage qui ressemblait fort au livre de contes égyptiens que vous venez de découvrir. Le livre a-t-il été dérobé pendant l'émeute ? Peut-être aurais-je dû l'acheter. Je vous demande pardon, mais sur le moment je n'ai pas réfléchi. J'ai chassé le vendeur en poussant les hauts cris. Je crois néanmoins pouvoir vous le décrire. Peut-être sera-t-il connu de quelqu'un et pourra-t-on récupérer l'ouvrage. »

J'ai l'impression d'avoir pris un gros poisson pour le chabbat : le « livre de contes égyptiens » désigne en langage chiffré la *Haggadah* de mon oncle ! Le tueur a donc commis une imprudence. Et maintenant que je sais comment il a pu sortir de la cave... À croire que la balance au royaume divin penche désormais en ma faveur.

Pourtant, avant même que cette nouvelle n'ait pu me gonfler les poumons de l'air frais de l'espoir, Farid m'enchaîne à nouveau à la désespérance. Lorsque je lui traduis le message de senhora Tamara en langage gestuel, il répond :

— Il reste encore un obstacle en travers de notre chemin. Quand on a apporté la lettre, je suis descendu te chercher à la cave et j'ai vu la porte dérobée. Je sais ce que tu penses. Mais le tueur n'est pas sorti par là.

— Comment ? !

— Retournes-y. Cherche les traces de sang. Tu en verras jusqu'à l'endroit où le passage se resserre. Comme si le tueur avançait à tâtons, appuyant les mains sur les murs de part et d'autre. Mais là où on ne peut passer qu'en rampant, les marques s'arrêtent. Le tueur a fait demi-tour. Il est rentré dans la cave.

— En es-tu certain ? demandé-je avec un hoquet de surprise.

— Tu seras mieux à même de t'en assurer à l'aube. Maintenant, à la lumière d'une lampe, il se peut que tes yeux ne confirment pas le témoignage des miens. Mais c'est exact. Je ne me trompe pas.

Encore une fois je me dis que ce n'est pas un hasard si l'Éternel, sachant le besoin que j'aurai des talents uniques de celle-ci parmi toutes Ses semblances, m'a fait l'ami de Farid. Je demande :

— Mais pourquoi le tueur serait-il retourné dans la cave plutôt que de se sauver par l'établissement de bains ?

— Peut-être qu'il a entendu quelqu'un dans le *mikveh*... d'autres chrétiens. Ou bien, mais oui... Peut-être qu'il était trop gros ou pas assez souple pour se faufiler. Il est plus que probable que c'était la première fois qu'il empruntait le passage. Il a dû croire qu'il avait partout la même largeur, puis découvrir...

Farid laisse retomber ses mains et, d'un geste faible, me signale que la diarrhée le reprend. Honteux de ma propre santé, je le conduis à la fosse d'aisances. L'air de la nuit nous frappe, sec et frais. Les traits de mon ami se tordent de douleur lorsque je lui nettoie le derrière, à vif. Luttant contre l'effroi, je pense : « Non seulement j'ignore comment le tueur s'est sauvé, mais il me faut maintenant, encore une fois, livrer bataille pour la vie d'un autre. » Tournant le regard en dedans pour interroger l'avenir de Farid, je vois l'Ange de la mort, ombre faite d'un millier d'yeux grand ouverts, qui se dresse au chevet de mon ami. Des mains squelettiques s'agrippent à une épée au bout de laquelle pend une goutte d'amertume. Lorsqu'il aperçoit devant lui cette vision hideuse, Farid cède à la terreur, ouvre la bouche, sculpte de ses lèvres le cri gloussant du sourd. Vite, l'Ange de la mort lui jette son offrande infecte sur la langue.

Farid en meurt, noircit, pourrit.

Il n'y a pas d'issue.

Le corps flasque de mon ami s'appuie à mon bras en retraversant la cour.

— Pour l'amour du ciel, Farid, dis-moi donc où le tueur s'est caché lorsque j'ai fait irruption dans la cave ! La porte était verrouillée de l'intérieur. Il n'y avait personne. Je te le jure, personne !

Son geste de réponse est une phrase poétique qui me renvoie à la volonté d'Allah. Je décroche la lampe suspendue à la grosse poutre du plafond de la cuisine et redescends. Comme Farid me l'a dit, des gouttes de sang et des traces de pas marquent le sol du passage, et des ombres de doigts, regroupées toujours par cinq, indiquent les endroits où le tueur a frôlé les parois en avançant à tâtons. Là où le plafond s'abaisse, une mare de sang séché au sol a gardé l'empreinte d'un tissu, comme de genoux pressés contre la pierre. À l'endroit le plus resserré, une longue traînée de sang diagonale suggère une main tendue désespérément de l'avant. Lorsque le boyau s'élargit à nouveau et que je peux me redresser, il n'y a plus rien. Ni traces de pas ni ombres de doigts.

Le tueur a bien fait demi-tour. À moins qu'il n'ait disparu.

XI

Farid descend à son tour, une main collée au mur pour raffermir ses pas incertains. Il vient à moi, s'assied sur ses talons. La douleur lui lacère à nouveau les entrailles, mais ses mains parlent :

— Maintenant que tu sais que le tueur ne s'est pas sauvé par le passage dérobé, raconte-moi dans l'ordre ce que tu as fait après avoir découvert le corps de ton oncle. Tout !

La magie des mots adressés à un ami m'apporte le don de l'intuition. Après avoir tout narré par le menu, je trouve sans peine la solution. Comme si je la portais en moi depuis le début, cachée, lovée comme un chat endormi dans un coin qui aurait échappé à mes regards :

— La *genizah* !

Farid hoche la tête comme à la lecture d'un texte sacré. Ses mains se raniment :

— Le tueur a dû se cacher là en t'entendant appeler les tiens de l'autre côté de la porte. Quand tu as fracturé le verrou, il était couché parmi les livres, étreignant la nuit. Plus tard, lorsque tu es remonté chercher un marteau et des clous, tu t'es attardé à chasser un pillard, à surveiller les émeutiers à l'autre bout de la rue. Tu as eu un vertige. Tu t'es reposé un instant. Il a dû profiter de ton absence pour se glisser par la porte de ta mère, rue du Temple.

— Ciel ! Je n'ai pas regardé... Je n'y ai même pas pensé. J'ai supposé d'abord qu'il avait été tué par des chrétiens qui n'auraient rien su de la *genizah*.

— Il faut vérifier. Nous ne pouvons nous permettre la moindre erreur.

Je prends la clef derrière le miroir sanglant, ouvre la cachette et en retire les manuscrits, les liasses de correspondance, tout jusqu'à notre sac d'argent. Dans la fosse vide, les traces de sang sont bien visibles. Elles en recouvrent le sol, telles les ombres brunes de feuilles tombées, portant la même empreinte tissée que j'ai déjà relevée dans le passage.

Je fais part à Farid de ma lecture des indices :

— Le tueur était couché sur le côté droit, lové autour de la pile de manuscrits. Toutes les marques sur le sol viennent de ses vêtements. Il a ramené les genoux contre la poitrine, posant les pieds contre la paroi orientale où les semelles de ses souliers ont laissé deux taches estompées. L'empreinte de tissu, de la taille d'un pétale de fleur, vers le haut de la paroi nord, indique qu'il y appuyait le coude gauche. Son bras droit, tendu, tenait le couteau de *chohet*. Pendant qu'il attendait là que je m'en aille, il a passé plusieurs fois la lame sur la paroi sud, d'où les faibles rayures sanglantes qu'on discerne dans le plâtre.

Farid approuve d'un signe de tête.

Je murmure pour moi-même le nom de Diego.

Mon ami lit le mot sur mes lèvres et demande :

— Pourquoi lui ?

— Grand comme il l'est, il se peut qu'il ne passe pas là où le boyau se resserre.

— En effet. Mais le père Carlos aurait également des difficultés.

— Je ne sais pas. Diego m'a dit qu'il allait repasser ce soir avec quelqu'un qui voulait vendre un manuscrit hébreu à mon oncle. Il n'est pas venu. Peut-être qu'il voulait seulement gagner du temps. Il faut que je le retrouve. Peut-être qu'il projette de fuir en ce moment même. Et je te promets de chercher aussi ton père. Je passerai d'abord chez Diego, puis à la mosquée clandestine.

Pendant que je range à nouveau livres et papiers dans la *genizah*, Farid vient à moi d'un pas traînant et me prend le bras.

— Il ne faut pas t'approcher du Rossio.

— Je passerai par Graça pour descendre au quartier maure. Il n'y a plus de danger.

— Parle portugais.

Je fais oui de la tête et ses doigts poursuivent :

— Et prends mon meilleur poignard. Celui de Baghdad qui peut couper en deux même la pensée la plus subtile d'un soufi. Tu le trouveras dans ma chambre.

— Et toi, qu'auras-tu pour te défendre ?

— Un des poignards de mon père. Le grand, de Safed. Il aurait voulu que...

Les gestes de mon ami sombrent dans le silence du deuil et je hoche à nouveau la tête. Nous nous regardons, de part et d'autre de l'abîme qui se creuse aux pieds des mourants. Nous savons tous deux que l'instant viendra où mes mains ne pourront plus l'atteindre. Il se laissera aller, chutera comme Mordekhaï et mon père entre les bras de flamme noire de l'ange Doumah, gardien des âmes dans l'au-delà. Farid met une main sur son ventre et la fait trembler en signe de peur, puis se frappe la poitrine d'un poing affaibli. C'est dire que ses digues spirituelles se fissurent, qu'il ne peut plus cheminer seul.

Je le serre dans mes bras, retrouvant à son contact la douceur de fleur maladive qu'avait avant sa mort mon frère aîné. Je sens ses côtes qui se dessinent, froides et dures, comme des vagues à la surface de sa peau. La voix de mon oncle murmure à mon oreille des paroles de mise en garde : « Bérékhia, n'abandonne pas les vivants pour les morts ! »

— Je vais chercher un médecin, dis-je à Farid. Diego devra attendre. Si tu...

— Pas de médecin ! proteste mon ami. Les chrétiens ne savent que saigner.

— J'en trouverai un musulman.

— Où ? demande-t-il, sceptique.

— Je ne sais pas... Je chercherai.

Nous passons un moment à nous disputer pour la forme, mais nous savons l'un et l'autre que le docteur Montesinhos était un des derniers à pratiquer fidèlement la sagesse d'Avicenne et de Galien. Qui pourrai-je trouver à présent qui accepte de s'exposer à la contagion pour soigner un pauvre sourd, tisseur de tapis ? Farid agite les bras pour chasser mes propos et demande de l'air, gémit lorsque je le couche dans une des cuves pour le laver. Il n'a aucune lésion sur la peau. Ce n'est donc pas la peste, ni la suette. Pourtant quelque chose chez lui tarit les sources de vie. Il me repousse soudain avec des gestes irrités :

— Va chercher Diego ! Tu perds ton temps avec moi.

— Farid, m'obéiras-tu ?

Sa mimique de réponse joue d'une gamme descendante :

— Tu n'as pas d'huile de vie à verser dans mes lampes.

— Ce n'est pas le moment de faire de la poésie !

Comme il continue à protester, je lève la main, menaçant de recourir à la force. L'absurdité du geste le fait sourire.

Le cœur serré par l'inéluctable, je pense : « C'est la dernière fois que je le verrai heureux. »

Je referme la *genizah* et remets la clef dans la vessie d'anguille.

— Remontons, dis-je à Farid.

— Qu'est-ce que tu veux faire ?

— Patience !

Je fais cuire un œuf à la cuisine, le sale abondamment et oblige mon ami à l'avaler avec une infusion de verveine et de buis. Je partage sa peine pendant une heure de mastication machinale et de tranchées violentes. Je le gave de charbon, le fait boire encore, jusqu'à ce qu'il en ait le ventre ballonné. Suivant mes instructions, il serre ensuite les genoux contre la poitrine et je lui administre un clystère émollient de graine de lin bouillie dans de la tisane d'orge, puis un second de tisane d'orge additionnée d'une goutte d'arsenic. Je le lave derechef et Cinfa nous apporte de la cave de l'encens de pavot et de camphre aux vertus dormitives. Farid s'en remplit les poumons, respirant péniblement. Je l'endors en lui contant les fables de Kalila et de Dimna dont Esther me régalait dans mon enfance.

Je prends enfin le poignard de Baghdad sous son matelas et m'enfonce dans la fraîcheur de la sixième nuit de Pessah, grimpant sur les hauteurs d'Alfama à la recherche de Diego. À quelques pas de sa maison j'aperçois cependant un homme de haute taille dont la masse se découpe dans l'obscurité de l'autre côté de la rue. Adossé au mur décrépi de l'échoppe du savetier, il porte un chapeau à larges bords sur de longs cheveux raides, une cape sombre qui l'enveloppe jusqu'aux talons, des bottes de cavalier et un fouet de cuir brut à la main droite. Il mesure bien cinq pouces de plus que moi, soit plus de six pieds, stature très rare parmi les Portugais.

Ce ne peut être que l'homme du Nord contre lequel le savetier m'a mis en garde.

Il lève soudain la tête et se redresse ; il m'a vu. Nos regards se croisent. Je sais qu'il m'a reconnu, mais nous ne bougeons ni l'un ni l'autre. Pour ma part, ce sont des questions qui me clouent sur place. Guette-t-il Diego pour le tuer ou attend-il simplement le salaire promis par le moissonneur pour la mort de mon oncle ? Et que sait-il, que s'imagine-t-il à mon sujet ?

Je ne m'attarde pas pour apprendre les réponses. Elle devront venir de Diego lui-même, et s'il se trouvait chez lui, l'homme du Nord ne serait pas là à monter la garde devant sa porte. Je m'éloigne à reculons, puis me mets à courir vers le quartier maure, regardant de temps à autre par-dessus mon épaule pour m'assurer que je ne suis pas suivi.

Les fenêtres des tavernes et des lupanars lâchent dans les rues nocturnes de Lisbonne des jets de lumière crue, orangée. Au moindre bruit mon cœur bondit comme pour gagner un asile secret ; c'est l'heure de la nuit où chaque son, chaque forme semble un présage de mort.

La mosquée clandestine que fréquente Samir se situe au-dessus d'une forge, non loin du vieux bazar. La grande porte de bois, sculptée de motifs décoratifs en bas-relief que l'artisan a agencés autour d'un heurtoir en forme de fer à cheval, est fermée à clef. Un chardonneret mort gît, improbable, sur le seuil, une larme de sang près de son bec. Mon second coup de heurtoir fait éclore la flamme d'une chandelle à l'une des fenêtres de l'étage.

— Qui est là ? demande une voix de femme dans un chuchotement sibilant.

— Pedro Zarco. Je cherche maître Samir.

Les volets se referment avec fracas. L'instant

d'après, un homme en caleçon long entr'ouvre la porte et me scrute d'un air défiant. Il a le corps sec et nerveux, les yeux plissés d'un ascète soufi. La flamme vacillante d'une chandelle accentue le creux des joues sous le double croissant des pommettes saillantes.

— Je cherche maître Samir, répété-je. Il vient là...

— Qui êtes-vous ?

Il parle portugais, d'une voix profonde, sonore, comme taillée dans le granit.

— Un ami. Pedro Zarco. Nous habitons des maisons voisines. S'il est avec vous, dites-lui que je...

— Il n'y est pas, coupe l'autre d'un ton bourru, comme désireux d'écourter le danger que représente ma présence.

— Savez-vous où il se trouve ?

— Lorsque le bûcher a commencé à flamber sur la place, tout le monde s'est dispersé. Samir a couru chez lui, retrouver Farid. Attendez !

Il referme la porte. J'entends le bruit du verrou poussé, puis des pas qui s'éloignent et reviennent en courant presque. La porte s'ouvre à nouveau en criant sur ses gonds et une main me tend une paire de babouches.

— Samir est parti si vite qu'il les a oubliées, explique l'homme.

Le père de Farid a donc lui aussi trouvé la mort. Contraint de me rendre à l'évidence, je décide de passer encore en vitesse chez senhora Tamara, la libraire de la Petite Jérusalem, dans l'espoir d'en savoir plus sur le « livre de contes égyptiens ».

Je frappe à sa porte sans recevoir de réponse. Mes pas se portent alors d'eux-mêmes vers la maison. Je me sens vidé ; l'air de la nuit fait résonner ma poitrine comme une cloche de plomb. J'ai besoin de manger un morceau et de prier pour la *netsah*, la force d'endurance qui émane à tout instant du monde divin dans le nôtre.

En arrivant, je me lave le visage et avale quelques *matsot* rassises accompagnées de deux pommes avant de m'installer devant la cheminée pour réciter des prières.

La solitude et l'assoupissement, s'insinuant aux franges de la psalmodie, me prennent dans leurs rets.

Je vois soudain, au fond de l'âtre, les mains de mon oncle qui font de grands gestes dans un langage qui me dépasse. La sueur perle à mon front. Un visage se penche sur moi, allongé par des ombres dansantes, brûlant d'une lumière orange. Mon cœur s'emballe. Je recule sur mon siège, me lève d'un bond.

— Bérékhia, j'ai amené l'homme dont je t'avais parlé. Je te présente Isaac de Ronda.

C'est Diego qui parle, éclairé par le feu de la cheminée, désignant de la main un inconnu.

Je respire profondément pour me calmer et regarde autour de moi. Le garde du corps de Diego s'est posté à la porte de la cuisine. Il nous tourne le dos. Quant à Isaac, il a le visage maigre et terne commun à tant d'hommes de négoce nouveaux-chrétiens, avec des cheveux raides coupés au carré. Il porte une robe écarlate et un bonnet violet orné d'une belle plume sombre. En me serrant la main, il me fixe d'un air hardi comme un paysan parvenu qui voudrait me faire reconnaître sa supériorité ou m'inviter à partager son lit. Je me dis que sa fortune est vraisemblablement de fraîche date.

Ma dégringolade des songes du demi-sommeil m'a laissé le corps lourd. J'allume encore deux lampes au-dessus de la table pour me donner le temps de me remettre, mais je demeure désorienté, sans aucune idée de l'heure.

— Avez-vous vu ma mère ou Esther ? demandé-je à Diego.

— Elles sont certainement au lit, répond-il. Le jour se lèvera dans quatre heures. Je pensais qu'il y aurait moins de danger à passer maintenant. Je me doutais que tu ne dormirais pas.

La lumière des lampes donne à nos ombres des proportions plus humaines, moins inquiétantes. Je fais asseoir mes hôtes et leur offre de l'eau-de-vie.

Tous deux acceptent. Isaac colle les lèvres au bord de sa tasse, renverse la tête et avale l'alcool d'un trait, comme de l'eau.

— J'ai une rage de dents, dit-il. Ça tue la douleur.

— Nous avons de l'huile de girofle si vous préférez, proposé-je.

— Merci. J'ai la mienne.

Il prend une fiole dans son escarcelle et se frotte les gencives avec le liquide qu'elle contient. Ses doigts sont fins et élégants, avec des ongles impeccablement taillés. Ils semblent être le seul élément de sa personne qui ait eu le temps de se faire à ses nouvelles richesses. Bientôt ses lèvres apprendront à siroter le vin et sa poignée de main acquerra la douceur d'une plume de paon flottant sur la brise.

— Où avez-vous été, Diego ? demandé-je. Je suis parti à votre recherche.

— Chez un ami. Cela m'a semblé plus sûr que de rentrer chez moi.

— Vous avez bien fait. J'ai vu l'homme du Nord devant votre porte.

— Un Nordique ? demande Isaac, surpris.

— Blond, grand, avec un fouet de cuir brut à la mode de Castille, précisé-je.

— Je ne rentrerai pas, dit Diego avec un haussement d'épaules. Peut-être qu'il se lassera d'attendre et s'en ira sans demander son reste.

— Qu'est-ce qu'il veut ? demande Isaac.

Diego se prend le visage dans les mains et me regarde droit dans les yeux en tressaillant.

— Me tuer, apparemment. Il faut croire que nous, les amis de maître Abraham, nous nous sommes fait un ennemi sans nous en rendre compte.

— Je suis désolé de la mort de votre oncle, me dit Isaac, tripotant nerveusement les cheveux qui lui cachent les oreilles.

Il parle avec un fort accent andalou, d'une voix grave, lente, voilée comme celle de beaucoup de ses compatriotes. Je le ramène à l'objet de sa visite.

— Il paraît que vous avez une *safira* à vendre, taillée par Yehouda ha-Lévi.

Il répond en citant un des plus célèbres vers du poète :

— « Je n'aurai de cesse que le sang du prophète Zacharie ne trouve le repos. »

Son regard scrutateur semble chercher à démêler mes intentions. Décidément, je ne sais que penser de cet Isaac de Ronda. Je poursuis mon questionnement :

— Mon oncle était intéressé ?

— Très, dit Diego.

— Il a dit qu'il réunirait le prix d'achat dans les prochains jours, ajoute Isaac. Mais maintenant je ne...

— Comment avez-vous fait entrer la *safira* au Portugal ?

— Elle n'en est jamais sortie. Je l'ai achetée à un ami à Porto. Il s'apprêtait à la brûler. Vous comprendrez certainement que je ne pouvais pas permettre cela.

— Si tu ne l'achètes pas, Bérékhia, je crains qu'elle n'aille à quelqu'un qui n'aura pas ta compréhension de sa valeur, intervient Diego.

— Pour votre part, vous n'y pensez donc plus ? lui demande Isaac.

— Tout mon rôle dans l'affaire, c'était de seconder maître Abraham en attendant qu'il trouve l'argent nécessaire. Personnellement, je préfère les manuscrits latins. C'est moins dangereux. Je cède la priorité à Bérékhia.

— Y avait-il d'autres personnes intéressées ? demandé-je.

— J'ai eu plusieurs contacts, répond Isaac. Mais personne ne semble disposé à faire une offre.

— Même senhora Tamara, la libraire de la Petite Jérusalem ?

— Elle ne veut pas en entendre parler. Elle n'achètera plus aucun ouvrage hébreu, même pas en traduction. Cela peut se comprendre, vu les événements de ces derniers jours.

— Simon semblait croire que le manuscrit pourrait rapporter gros ailleurs. À Gênes, à Constantinople ou à Raguse. Même au Maroc, fait remarquer Diego.

— Simon Eanes, le drapier ? demandé-je.

— Oui.

Mon cœur bondit à nouveau, faisant vaciller mon corps. Étaient-ils en concurrence pour l'achat de livres ? Serait-ce là, la clef du mystère ?

Un désir pervers remue dans mes entrailles et monte à mes lèvres dans une prière sacrilège. Pourvu que le coupable ne soit pas Simon – qu'il me soit donné d'exercer moi-même ma vengeance.

Diego me tapote l'épaule et reprend d'un ton nostalgique :

— C'est à peine croyable, qu'on se donne tant de mal pour des manuscrits qu'on pouvait consulter naguère à la bibliothèque. Notre patrimoine prend désormais le chemin des collections privées. Un jour tous nos écrits appartiendront à de riches chrétiens qui les garderont sous clef, dans des vitrines et des coffres dorés.

— Je vous ferais un prix, dit Isaac, donnant à sa voix une intonation tentatrice. J'accepterais même un troc. Compte tenu des circonstances, un chandelier d'argent ferait tout à fait l'affaire. Je tiens à rentrer à Ronda le plus vite possible.

— Vous comprendrez qu'il m'est impossible d'honorer un engagement verbal de mon oncle, objecté-je, si tant est qu'il en ait pris un avec vous. Nous aurons besoin de tout notre argent simplement pour manger. Mais dites-moi une chose. Vous a-t-il nommé les personnes qui finançaient les achats et l'aidaient à faire sortir les livres du Portugal ?

— Vous ne les connaissez pas ? !

— Non. Mon oncle préférait ne pas en parler. Il pensait que si jamais il était dénoncé, moins nous saurions et mieux cela vaudrait.

Farid entre soudain d'une démarche vacillante. Voyant les visiteurs, il fait dire à ses mains :

— Pardon, je ne savais pas...

Je m'empresse de le rassurer :

— Ça ne fait rien. Reste avec nous si tu te sens assez bien.

Diego et Isaac se lèvent pour le saluer. Farid remercie en inclinant la tête, se laisse tomber sur le banc à côté de moi et pose sur mon bras une main pesante.

— Mon ami est sourd, dis-je. Il lira nos paroles sur nos lèvres. Il n'y a rien que vous pouvez me dire qui doive lui être caché.

— Votre oncle ne m'a jamais parlé de ses méthodes, déclare Isaac en réponse à ma question de tout à l'heure, se levant avant de conclure avec un sourire apprêté : Si vous ne voulez pas vous porter acquéreur de l'ouvrage... ?

— Non.

— Je ne vous dérangerai pas plus longtemps. Je vous remercie de votre hospitalité.

À la porte, il me prend le bras et récite dans un doux murmure, du ton dont une mère chanterait une berceuse, quelques vers d'un poème de Moïse ibn Ezra :

— « Ma nuit est plongée dans une mer de ténèbres silencieuse et sans vague, une mer sans littoral, sans rivages pour ceux qui voyagent. Nuit longue ou brève, je ne le sais. Comment savoir, si le deuil nous accable ? »

Rapprochant sa bouche de mon oreille, il ajoute :

— Ne perdez pas courage !

L'étrange gentillesse de cet étranger contre qui j'ai conçu des soupçons me laisse comme veuf, seul dans l'étreinte du chagrin. Isaac et Diego partis, je recouche Farid. Ma mère dort pelotonnée sur elle-même dans le lit de ma tante et mon oncle ; sa respiration est inquiète. Sa main a laissé tomber une fiole bouchée. Je la ramasse dans les plis de la couverture et fais tomber sur mon doigt une goutte gluante. Le goût amer est celui d'un élixir de jusquiame et de mandragore. Afin d'échapper pour un temps à elle-même et à Lisbonne, ma mère a fait appel à la torpeur d'un sommeil narcotique. Peut-être est-ce tant mieux.

À la cave, je trouve Esther assise toujours, telle une statue, devant le pupitre de mon oncle. Cinfa frissonne à ses pieds. Je remonte chercher une couverture que je drape sur les épaules de ma sœur. Son regard reflète l'esseulement et la peur, mais elle fuit mon attouchement dans un mouvement de recul irrité. Assis sur mon lit, je prie ensuite pour le retour de Juda avant de m'aventurer à nouveau dans les rues de la ville pour troubler le repos de senhora Tamara. Avant que je ne puisse donner à mes pieds l'impulsion du départ, le sommeil vient cependant s'entretisser à la psalmodie, m'enveloppant comme dans une couverture de laine ouatée.

Je me réveille couché. Le regard éteint, ceint de toutes parts d'une obscurité qui me semble grosse de malheur. Quelque chose de chaud et d'anguleux se serre contre mes côtes. Je me lève d'un bond. C'est Cinfa, les cheveux dans les yeux.

Tandis que je me remets de ma frayeur, elle aussi se réveille et gémit :

— Où vas-tu ?

— Chez senhora Tamara.

— Il ne faut pas !

— Il ne m'arrivera rien. Ne t'inquiète pas, dis-je en lui caressant la joue.

Elle s'assied, plonge la tête sous ma chemise – refuge qu'elle affectionnait dans sa petite enfance – et me réchauffe de son haleine.

— Je serai de retour avant l'aube. Tu te souviens comme je t'emmenais autrefois à la librairie de senhora Tamara pour lire le *Roman de Renart* pendant que je faisais mes livraisons du matin ?

Elle hoche la tête sans quitter ma poitrine.

— Nous referons cela très bientôt. Maintenant surveilleras-tu Farid pour moi pendant mon absence ?

Comme je l'espérais, elle redresse vivement le cou, émerge de sa cachette, prête à aider, et demande :

— Qu'est-ce qu'il faut faire ?

— Donne-lui encore de l'infusion de buis quand il se réveillera. Elle est prête, dans le broc bleu de notre mère. Et un œuf, s'il est capable de manger. Lave-toi les mains ensuite au savon.

Elle hoche la tête d'un air songeur et se met debout dans le lit, me regarde avec les yeux avisés d'un adulte. Son maintien pesant est celui de notre mère. Ma sœur m'en veut-elle en secret du rôle que je joue dans le vol de son enfance ?

Dehors, l'aube du jeudi va poindre. Le char du soleil entame déjà sa course céleste. Quand il aura atteint l'horizon occidental, l'astre priera la septième nuit de la Pâque de combler l'humanité de sa venue sacrée.

Sur le chemin de chez senhora Tamara je m'arrête rue des Orfèvres, pensant que quelqu'un aura peut-être tenté de vendre notre feuille d'or ou notre lapis à l'un ou l'autre des artisans nouveaux-chrétiens qui y travaillent. Ce sont des veufs de fraîche date, des parents soudain sans enfants qui m'ouvrent leurs portes et me serrent dans leurs bras comme si je pouvais intercéder auprès du Seigneur pour qu'il leur rende leurs chers disparus. Pourtant, nul n'a été approché récemment par un vendeur d'or ou de lapis. Tous me promettent leur assistance lorsque je m'arrache à leur étreinte pour reprendre ma route. Insensibilisé, me méfiant de mes propres émotions, je porte mes pas traînants au-devant de l'aurore.

Senhora Tamara répond dès que je tire sa sonnette :

— *A tinta está quase seca !* L'encre est presque sèche !

C'est sa manière désuète de dire qu'elle arrive. Le cri est suivi du bruit d'une bonne demi-douzaine de verrous repoussés. La porte s'entr'ouvre à peine et un œil pâle, souligné d'une poche profonde, m'examine.

— Bérékhia !

La vieille libraire me montre son sourire édenté, défait une dernière chaîne et me tire à l'intérieur avec l'empressement de l'enfant qui veut faire découvrir un trésor à ses parents. Son visage parcheminé est encadré de cheveux argentés.

— Laisse-moi te regarder ! s'exclame-t-elle.

Elle recule à petits pas trottinants et lève la tête en plissant les yeux, creusant encore les rides de ses paupières lourdes. Lorsqu'elle parle enfin de sa voix légèrement essoufflée, les poils noirs qui ornent sa lèvre supérieure frémissent comme des moustaches de chat.

— Tu aurais besoin d'une bonne nuit de sommeil et d'un barbier !

Elle présente sa joue à mon baiser.

— Vous ai-je réveillée ?

— Moi ? Tu plaisantes ? Une vieille femme n'a jamais le sommeil profond, répond-elle avec un geste amer. La malédiction de l'âge – tous les souvenirs qui traînent tiennent le repos à distance !

— Mais où étiez-vous donc ? Je suis passé en pleine nuit. Vous n'avez pas ouvert.

— À côté. J'ai dormi chez une voisine. Par les temps qui courent, le juif qui ose passer la nuit seul a déjà un pied dans la tombe.

Nous parlons de ma famille. La nouvelle de la mort de mon oncle laisse la libraire abasourdie.

— Viens ! dit-elle, me faisant signe d'approcher de son pupitre devant la cheminée. Prends le tabouret !

Son regard est sévère mais en même temps absent ; elle semble se demander comment concilier cette mort violente avec la présence de la Divinité.

Ses mains tremblantes écartent un traité latin sur les fleurs, ouvrage dont ma visite a interrompu la lecture. Me pressant derechef de m'asseoir, elle allume deux chandelles dans une *menorah* d'argent à sept branches. Les rayonnages qui tapissent les murs jusqu'au plafond sont bourrés de manuscrits plus ou moins délabrés ; d'autres, empilés par terre, bâtissent des tours branlantes. Ma vieille amie approche un siège et prend place à son tour, posant les mains dans son giron comme pour retenir les larmes prêtes à jaillir. La pièce et son occupante sentent toutes deux le parchemin et la poussière propre aux livres rares. Pour mieux préserver ses trésors grecs, latins, byzantins et persans, senhora Tamara vit derrière des volets clos. Comme j'adorais dans mon enfance l'exotisme hermétique de ce magasin qui me semblait abriter mon patrimoine !

— Il n'était qu'un enfant, prononce-t-elle enfin avec insistance.

— Qui donc ?

— Le garçon qui m'a proposé la *Haggadah* de ton oncle.

— Avait-il un accent ?

— Non, il était de Lisbonne.

— Basané ?

Elle se penche jusqu'à me toucher, faisant travailler ses mâchoires. Elle mâchonne des graines de cardamome dont le parfum revigorant l'entoure comme une aura.

— Non, le teint clair. Un petit maigrichon. Aux cheveux rebelles. Comme une tête de chardon. Attends !

Elle se lève et court comme une poule à travers la pièce, cherchant du papier, un roseau et un encrier. Elle me met le tout entre les mains et se poste à mon épaule comme un maître de la Torah.

— Voilà, Béri. Dessine !... Non, non, le nez était plus mince, avec des narines comme les ouïes d'un cistre, très fines. Et les lèvres étaient plus charnues, comme boudeuses. Voilà, plus arquées, plus pleines...

Chaque fois que je saisis bien un trait, sa main me pince la nuque et sa voix murmure « *perfeito* », étirant le mot comme un fil de soie. Au bout d'une heure de travail, elle me lâche et se déclare satisfaite.

— Et ses vêtements ? demandé-je.

— Des haillons. C'était un petit gueux. Le genre de gamin qui colporte du sainfoin sur les quais. Il m'a dit qu'il vendait le manuscrit pour le compte de son maître. Je lui ai donné des fables à regarder pendant que je l'examinais. Mais le petit drôle ne savait même pas lire.

Elle fronce le front. L'ignorance est à ses yeux un péché chrétien qui ne mérite aucune indulgence. Me raccompagnant jusqu'à la porte, la main dans la main, elle ajoute :

— Ne m'en veux pas. J'aurais dû l'acheter. Mais tout d'un coup ma petite mouche m'a piquée et je me suis mise à glapir comme un perroquet. Allez, tu me connais.

Elle me fait signe de me baisser, de façon qu'elle puisse me parler à l'oreille, et poursuit d'un ton de conspirateur :

— Bérékhia, après tout ce qui s'est passé... Quand penses-tu que le roi dom Manuel reprendra ses esprits et abrogera sa proscription des livres hébreux ?

— Jamais.

— Il faudra donc que je me mette à la contrebande, moi aussi.

— Quand je saurai comment mon oncle s'y prenait, je vous le dirai.

Je roule le dessin et le serre dans ma besace. Nous nous embrassons en nous quittant. Dans la rue, regardant au loin, par-dessus les toits fauves, je me demande qui pourrait être assez stupide ou téméraire pour charger un enfant illettré de vendre un manuscrit hébreu volé à la libraire la plus avertie de la Petite Jérusalem. Montant du sol, la voix murmurante de mon oncle m'apporte dans un tourbillon de poussière le nom de Miguel Ribeiro, le gentilhomme pour qui Esther vient de calligraphier un livre des Psaumes.

À ma question muette : « Pourquoi lui ? », la réponse sonne : « Précisément parce qu'un juif ne saurait contester les agissements d'un noble portugais. »

XII

La rue Neuve-du-Roi est un enfer, pleine malgré l'heure matinale de marchands ambulants et de bêtes qui circulent dans une odeur de fumier, de sueur et d'épices. Je me faufile à travers la foule jusqu'au coin de la rue des Orfèvres et me dirige vers l'hôtel de Miguel Ribeiro. La porte est gardée par deux hallebardiers armés de pied en cap. Le plus petit, un homme à l'air maladif, affligé d'un bec-de-lièvre, suit mon approche d'un regard méfiant. Je me campe devant lui et dis :

— Fais savoir à ton maître que Pedro Zarco désire lui parler.

Il transmet le message à un laquais nègre au crâne rasé qui revient presque aussitôt en courant. Le hallebardier ouvre la grille, et le maître d'hôtel se précipite au-devant de moi sur les marches du perron. C'est un petit rouquin grassouillet aux cheveux sales, plaqués par la sueur sur un front boutonneux. Des chausses bleues trop ajustées font saillir ses fesses charnues, et le haut de son pourpoint vert est déchiré. Il me prend le bras et m'emmène avec des airs de sauveteur. De près, je vois que la peau de son cou adipeux est à vif, striée d'égratignures. Aurait-il la gale ? Son corps dégage une odeur désagréable, métallique, semblable à celle qui s'attache aux vieilles monnaies. Peut-être prend-il des pilules d'antimoine, panacée dont les pseudo-médecins chrétiens se montrent fort libéraux.

— Entrons ! Entrons ! murmure-t-il en gesticulant comme un fou.

Il m'introduit dans une antichambre au plafond en ogive, ornée de fresques de dieux et déesses nus à la manière florentine. Le regard de ses yeux injectés de bile est à la fois méprisant et médusé. Sans élever la voix, d'un ton de conspirateur, il demande :

— Votre dieu est-il vraiment un taureau ?

— Pardon ?

— Le dieu juif est-il un taureau ? Allez, vous savez bien. Une vache mâle, le mari de la vache – taureau...

Il parle lentement, comme à quelqu'un qui n'entendrait pas le portugais, levant les deux mains à ses tempes pour simuler des cornes.

J'ai bien entendu parler des docteurs de l'université de Coïmbre qui nous croient dotés d'une queue préhensile, des évêques de Braga qui prétendent qu'il nous faut le sang chaud d'enfants chrétiens pour la célébration de la Pâque, des médecins de Porto qui nous attribuent une odeur *sui generis* – le *fœtor judaicus* –, comparable à celle de la chair de baleine pourrie. Mais cette histoire de taureau est pour moi une calomnie nouvelle. Le malentendu s'éclaircira quelques semaines plus tard, lorsque je me rendrai compte que mon interlocuteur aura confondu le mot *Torah* avec le portugais *touro*. En attendant, je me borne à soupirer et dis :

— S'il vous plaît, conduisez-moi auprès de votre maître. Il me connaît.

Il s'essuie le front avec sa manche et me demande d'un ton anxieux :

— Vous ne savez donc pas où il est ? Il voulait retrouver maître Abraham Zarco. C'est votre oncle, n'est-ce pas ?

— Oui.

— Alors vous devez bien savoir !

— Je vous jure que non. Et il n'est certainement pas avec mon oncle. Mon oncle est mort.

— Ah, mon Dieu ! se lamente le bonhomme, se prenant la tête dans les mains.

— Qu'est-ce qu'il y a ?

Il lève sur moi un regard suppliant et murmure :

— Dom Miguel a disparu dimanche dernier. Il avait mentionné le nom de votre oncle. Je croyais...

— L'avez-vous cherché ?

— Vous voulez que je sorte ?! Que je quitte l'hôtel ?!

Il se met à arpenter la pièce en se tordant les mains.

— Quand l'avez-vous vu pour la dernière fois ? demandé-je.

— Mon Dieu ! Dimanche après-midi. L'émeute commençait. Des chasseurs de marranes sont venus à l'hôtel. Il leur a parlé, puis il est parti à cheval du côté de Benfica, où il a un haras. Depuis, nous sommes sans nouvelles. Je crains qu'il ne soit pas parvenu à destination.

— Qui l'accompagnait ?

— Il était seul. J'ai envoyé des courriers. Personne ne l'a vu.

Il se met à se gratter le cou avec rage, arrache d'un coup de griffe sauvage une croûte suppurante derrière l'oreille, s'accroupit enfin comme s'il s'apprêtait à vider ses entrailles sur le parquet, sans cesser ni de se gratter ni de se lamenter.

— S'il était juif, je comprendrais. Mais il est innocent ! Tout à fait innocent !

Je me souviens de l'allusion de mon oncle à l'alliance de dom Miguel avec l'Éternel. Apparemment, même ses propres domestiques ignorent qu'il est un crypto-juif.

— Porte tes coquilles ailleurs, paysan ignare ! m'écrié-je en gagnant la porte.

L'homme se relève d'un bond et se cramponne à mon bras. Je me dégage brutalement. Me toisant avec des yeux de poisson exorbités par la colère, il siffle entre ses dents :

— Mais oui, tu en es ! Jusqu'au bout des cornes !

— N'aie crainte ! répliqué-je avec un sourire cruel. Je n'appellerai pas sur toi la malédiction de notre dieu-*touro*.

Il redresse les épaules, se cambre, prend une pose avantageuse, autant que le permettent sa petite taille et son nez de carlin, et rugit :

— Hors d'ici, marrane !

Mais le mépris des mortels ne peut plus m'atteindre. Poursuivant mon chemin, je perçois son appel terrifié :

— Ne dites pas que vous partez ? !

Je me retourne, cherche ses yeux implorants. Il est à nouveau assis à croupetons, les ongles au travail, le cou en sang. Je le vois à travers une distance qui, à mon propre étonnement, n'admet aucune pitié pour ses affres chrétiennes.

La route de Benfica longe les carrières de Campolide où des centaines de nègres aux yeux jaunes extraient la pierre calcaire des coteaux éventrés. On distingue deux races d'esclaves : les *portadores*, le dos harnaché de hottes tressées, qui se traînent en grognant sous leur faix de pierre, et les *picadores*, aux épaules larges et aux muscles saillants, dont les paumes roses serrent les manches en bois des pics de fer qui fouillent le corps des collines. Une troisième espèce hante les régions inférieures des pentes : de jeunes Portugais connus sous le nom de *lebres* – « lièvres » –, de petite taille et aux pieds légers, qui ramassent et emportent les détritus dans des paniers de jonc.

Sur la grand-place de Benfica, une vieille aux paupières tombantes, enveloppée dans un grand châle noir, vend de la confiture de coings devant l'église Saint-Dominique. Je l'aborde et demande :

— Savez-vous où se trouve le haras de Miguel Ribeiro ?

— Connais pas.

— Le forgeron le saura certainement. Ayez la bonté de m'indiquer son atelier.

— C'est donc au Basque que tu as affaire ? ricane-t-elle, pointant le doigt vers une baraque en bois, grise de poussière, à l'autre bout de la rue.

Ses épaules se voûtent et elle continue à rire tout bas comme en savourant une indiscrétion.

Un âne piteux est attaché à la poignée de la porte de la forge. Des mouches forment une nimbe bourdonnante autour d'une plaie enflammée sur le museau de la pauvre bête. À l'intérieur, un colosse blême à l'épaisse chevelure noire actionne avec des bras semblables aux branches d'un chêne un soufflet de la taille d'un carrosse. Il ne porte que des sandales et un long tablier de cuir qui, de profil, laisse voir les muscles puissants de ses jambes et ses fesses nues. La gueule ronde du soufflet, chauffée au rouge, pénètre dans le fourneau. L'air lourd sent la fumée, le métal et le travail ardu. Je tousse pour attirer l'attention du forgeron, m'excuse de le déranger et demande :

— Connaissez-vous dom Miguel Ribeiro ? Il serait propriétaire d'un haras non loin d'ici.

— Qui le demande ? fait-il en se tournant vers moi.

Il parle avec l'accent basque, en écourtant les mots. Une cicatrice épaisse et renflée lui traverse la joue gauche depuis le lobe de l'oreille. La sueur lui dégoutte lentement du menton, formant une petite mare par terre.

— Je m'appelle Pedro Zarco. Je lui apporte un message de Lisbonne. De la part de sa sœur.

Il me tourne à nouveau le dos, reprend son travail et lâche d'une voix irritée :

— Si tu es au service de sa sœur, tu devrais savoir où le trouver.

— Elle a été frappée de la goutte sereine dès l'enfance. Elle n'a pas pu me décrire le chemin.

Mon mensonge ne l'a pas convaincu. Je le vois au mouvement patient, résigné, dont il baisse les bras pour essuyer sur son tablier ses mains en sueur.

— Elle n'a pas besoin de voir pour te dire comment te rendre au haras de son frère.

— Elle arrive de Coïmbre. Elle est inquiète, à cause de l'émeute. Tout ce qu'elle sait, c'est qu'il se trouve quelque part par ici, à Benfica. Avez-vous besoin de lire mon pedigree avant de me répondre ? Ou vous suffit-il de me regarder la bouche ?

Il rit, me considère d'un œil lubrique.

— En effet, mon mignon, tu n'es pas mal de ta personne.

Écartant les jambes, il se cambre et passe une main énorme sous son tablier pour se tripoter le sexe. Son regard appuyé ne laisse aucun doute sur ce qu'il veut.

— Si tu es prêt à payer, je te le dirai peut-être.

— Tant qu'à payer, je peux acheter le renseignement ailleurs.

— Ma pine est très bien, dit-il avec une grimace qui dévoile quelques chicots noircis. Grosse comme le bras. Et elle sait te baiser le cul ! Je crois que ça te plairait, jeune homme.

— J'ai un ami qui ne demanderait pas mieux. Moi, je ne suis pas intéressé.

Il défait son tablier et le jette de côté. Il est nu en dessous, ruisselant de sueur, tout muscle et poils emmêlés. Son membre saille de son bas-ventre comme un rouleau à pâtisserie.

— Je pourrais te prendre de force, dit-il d'un ton prévenant.

Le plaisir anticipé fait étinceler ses regards, mais je brandis le poignard de Farid et rétorque :

— Et moi, je pourrais vous la couper.

Il rit, avance à pas de grand chat, passe le pouce sur sa balafre d'un air aguichant.

— Comment sais-tu que cela ne te plairait pas, si tu n'as jamais essayé ?

Je recule, le cœur battant à tout rompre.

— J'ai essayé. Une fois, avec l'ami dont je viens de parler. Mais je préfère d'autres accouplements. Et je tiens à garder mon cul intact si vous n'y voyez pas d'inconvénient.

Sans sourire, il lève la main à la bouche, se mouille les doigts et, se fiant à son propre désir pour me séduire, se met à pomper tandis que je continue à battre en retraite.

Je tâte enfin du pied la barre du seuil, psalmodie à part moi « béni soit Celui qui m'a délivré des satyres » et me précipite dans la rue. Un regard en arrière me le montre auprès de son âne, exhibant sa virilité à la pauvre bête et à une bonne partie de la ville de Benfica.

De retour sur la place, je m'enquiers sans succès du haras de Miguel Ribeiro auprès d'un marchand de savon et d'un vannier.

— Cela ne vous gêne pas que votre forgeron se donne ainsi en spectacle ? demandé-je.

— C'est bon pour les affaires, répond le marchand de savon. On vient le voir de tous les villages à des lieues à la ronde. Le forgeron basque qui l'a plus grosse que ses étalons !

Un colporteur d'ajoncs se mêle à notre conversation et m'informe qu'il y a plusieurs haras sur la route de Sintra. Je sors donc de la ville par la porte occidentale. La route est bordée de part et d'autre d'interminables haies de sumac. Enfin, à l'embranchement d'un chemin de terre qui part vers le nord, je tombe sur une petite chapelle dédiée à la Vierge. Une femme à l'air timide, voilée de noir, prie à genoux l'effigie bienveillante. L'enfant nazaréen sur les bras de Marie paraît fragile et esseulé. La suppliante tourne vers moi un visage fin, empreint d'une expression chaleureuse, et dit :

— Saint Antoine a prié ici autrefois.

Si l'on met bout à bout toutes les pérégrinations que les chrétiens prêtent à leur saint Antoine, il faut croire qu'il a parcouru plus de pays à genoux que Diaz, Vasco da Gama et Colomb avec tous leurs navires réunis.

— C'est donc un lieu très saint, approuvé-je avec douceur en me signant. Dites-moi, senhora, savez-vous où je pourrais trouver le haras de dom Miguel Ribeiro ?

— Je crois que c'est tout près. Par là, répond-elle, indiquant le chemin de terre. À cent toises sur la gauche. Vous verrez d'abord le ruisseau où le fils Melo s'est noyé il y a quelques années pendant la grande crue, puis des blocs de granit qui, d'après le père Francisco, faisaient partie d'un temple de sorcières aux temps païens. Le haras, c'est un peu plus loin.

Je refais le signe de la croix en la remerciant. Les

repères surgissent comme annoncés, mais la brise m'apporte en même temps une odeur infecte de bourbe et de pourriture. À l'ombre noueuse d'un énorme chêne gravé du crâne aux orbites creuses qui marque d'ordinaire les portes des maladreries, la pestilence me prend à la gorge. Un lièvre traverse soudain le chemin, preste comme la peur. Tous les sens en éveil, j'enjambe une roue de charrette abandonnée. À l'ouest, au-delà d'un bouquet d'orangers et d'un pré, je découvre le haras – une maison rustique au crépi bleu et blanc, flanquée d'écuries à arcades. Le domaine est entouré d'un muret en pierre dont la porte de bois s'ouvre en grinçant sous ma poussée. Arrivé au milieu du sentier qui conduit à la maison, je crie :

— Dom Miguel ! Je suis le neveu de maître Abraham. Je ne vous veux aucun mal !

Ma voix coupe comme un présage de danger l'air pourrissant. Seul un pivert au travail au loin ose troubler de ses notes piquées le silence qui suit. Je traverse l'herbe brûlée du pré devant les écuries en retenant mon haleine, luttant contre la nausée. Toutes les stalles sont vides à l'exception d'une seule où je trouve la cause de l'odeur pernicieuse : un cheval sans yeux, pâture d'une marée grouillante de vers.

La porte de la maison est fermée à clef. En soulevant le heurtoir, je perçois une voix assourdie de l'autre côté. Ma main se glisse vers ma besace, mes doigts se referment sur le poignard de Farid. La porte s'ouvre, laissant passer un homme maigre au nez crochu, drapé dans une cape de lin grossier. Il est armé d'une arbalète dont la flèche vise mon cœur.

— Vieux chrétien ou nouveau ? demande-t-il.

— Vieux !

Deux autres le suivent. Des bras me saisissent par derrière, ravivant ma blessure à l'épaule. Une voix me crache une injure à l'oreille :

— *Fideputa !*

Utilisant le mot hébreu pour catin, je réponds :

— Si ma mère était *zonah*, je serais mieux habillé que je ne le suis !

— Comment ?

Le grand maigre baisse son arbalète et s'approche. Les franges bleu et blanc de son châle de prière dépassent sous sa cape.

— On voit ton *tsitsit*, dis-je. Tu ne tromperas pas grand monde comme ça.

— Je ne veux tromper personne, réplique-t-il. Lâche-le, Jacob !

L'affrontement fait place à des présentations et à des salutations courtoises.

— Je cherche dom Miguel Ribeiro, expliqué-je. Est-ce bien son haras ici ?

— Oui, répond-il avec un geste qui me convie à entrer.

À l'intérieur, un homme à peine plus âgé que moi est assis par terre au fond du vestibule. Ses cheveux bruns sont hérissés, ses joues ombragées d'une barbe de huit jours. Il porte un pourpoint de brocart bleu ouvert au col, un haut-de-chausses en peau de buffle déchiré à la cuisse et de grosses bottes d'Alentejo dont l'une a perdu son talon. Me saluant d'un signe de tête, il se lève et vient à ma rencontre. Le talon manquant le fait boitiller.

— Dom Miguel Ribeiro ? demandé-je.

Il fait oui de la tête. Je veux me présenter, mais l'arbalétrier au nez crochu, qui se tient maintenant à mes côtés, me devance :

— C'est le neveu d'Abraham Zarco !

Dom Miguel écarquille les yeux et me prend vivement les deux mains. Les siennes sont froides comme de la glace.

— Venez ! dit-il d'une voix que l'impatience fait trembler.

Il m'introduit dans la chaleur d'une cuisine qui sent la viande grillée, me fait asseoir à une table de pierre devant un feu de braise. Nous y restons en tête à tête.

— Où est votre oncle ? demande dom Miguel.

À ma réponse, il se tourne contre le mur et se signe.

— Pourquoi est-il passé vous voir dernièrement ?

Dom Miguel continue à fixer le mur. Je reprends donc :

— Peut-être est-ce simplement le manque de sommeil, mais je ne sais que penser. Savez-vous que vous êtes juif ? Ou du moins que mon oncle vous tenait pour tel ? Sa visite avait-elle à voir avec cela ?

Le gentilhomme se relève brusquement et prend une outre de vin sur une étagère au-dessus de la cheminée. Il remplit deux tasses, y verse un peu d'eau et m'en tend une en lançant :

— À votre santé !

Il boit à longs traits et se laisse lourdement tomber sur son siège, m'invite d'un geste à suivre son exemple, cite à l'appui un poème hébreu :

— « Bois tout le long du jour, jusqu'à ce que la lumière défaille et que le soleil recouvre d'or son argent. »

Je trempe mes lèvres dans le breuvage rouge foncé et il ajoute :

— Le vin, c'est tout ce qui me maintient en vie. Depuis le temps, il doit bien avoir remplacé tout mon sang.

À l'interrogation muette de mes yeux il répond :

— Non, je ne crois pas être juif... Pas encore, mais j'apprends. C'était en effet un des motifs de la visite de votre oncle.

— Je ne comprends pas.

— Moi non plus, fait-il avec un rire ironique qu'on prendrait plutôt pour un soupir. Il faudrait poser la question à votre oncle pour en être certain. Ce n'est plus possible. Mais, à l'en croire, je suis né à Ciudad Real de parents juifs. En l'an de grâce 1482. Sans m'en douter, me voilà plus vieux de deux ans. Miracle ! Toujours d'après votre oncle, mes parents ont péri en 1484 dans le second autodafé de Ciudad Real.

Il lève encore sa tasse, aspire avidement les dernières gouttes de vin, se gratte le menton et poursuit :

— Ils ont été brûlés comme *negativos*, parce qu'ils refusaient de dénoncer d'autres judaïsants. Votre oncle s'est chargé alors de me faire passer clandestinement au Portugal. Il connaissait bien mes parents, il avait étudié pendant un temps avec mon père. Il semble que ma mère lui ait arraché la promesse de me faire élever dans la religion chrétienne et de ne pas me révéler mes origines sauf nécessité absolue. Il s'est donc dit : « Tant qu'à devenir un de ceux-là, que l'enfant en profite », et il a attendu de trouver une famille noble sans héritier qui voulait un petit garçon et acceptait de ne pas poser de questions indiscrètes sur son sexe circoncis. Je n'ai su tout cela qu'il y a huit jours, lorsque votre oncle est passé me dire que la copie du livre des Psaumes que j'avais commandée à votre tante était presque terminée. Comme preuve, il m'a apporté une lettre signée de mon père adoptif, conclut Miguel, remplissant à nouveau nos deux tasses.

— Pourquoi croyez-vous qu'il vous en ait parlé maintenant, après tant d'années ?

— Je ne sais pas.

Il se penche vers moi, les yeux rivés sur les miens, quémandant un réconfort. Impuissant à le lui fournir, je hausse les épaules. Il lâche un rot bruyant et se détourne, parle encore sans me regarder :

— J'y ai beaucoup réfléchi, Bérékhia. Pouvait-il savoir que les chrétiens allaient commencer à massacrer tous les juifs de Lisbonne ? Se peut-il qu'il ait voulu m'avertir du danger qui me menaçait ?

— Il était puissant, mais...

Un frisson qui me court à fleur de chair m'impose silence. Dom Miguel lève les deux paumes, réticent lui aussi à s'aventurer sur les terres semées d'embûches de la prophétie.

— Quoi qu'il en soit, je me suis mis en colère. L'apprendre comme ça, à mon âge, de but en blanc... Je regrette maintenant de ne pas avoir eu l'occasion de m'entretenir plus longtemps avec lui. Voyez-vous, au fond, je ne doute pas de sa parole. Et il était le seul à pouvoir me parler de mes vrais parents. C'est drôle, comme la compréhension arrive toujours trop tard.

Deux goulées, et la tasse est à nouveau vide.

— Venez, dit-il en se levant. Il y a là du monde que je veux vous faire rencontrer.

Plongeant le regard dans ses yeux ivres, je me rends compte que ce jeune aristocrate a dû se douter en secret de la terrible vérité que mon oncle l'a obligé à regarder en face. La mort fut-elle son châtiment pour avoir détruit une illusion ? Je le retiens :

— J'ai d'abord quelques questions à vous poser.

— Comme vous voudrez, acquiesce-t-il, s'inclinant humblement.

— Vous dites que vous vous êtes fâché.

— Oui. Mettez-vous à ma place !

— Pour l'instant, dom Miguel, mes réactions hypothétiques ne nous intéressent pas. Où étiez-vous dimanche, quand l'émeute a éclaté ?

— Ah ! Je vois où vous voulez en venir, fait-il avec une mimique comme pour retirer une flèche de sa poitrine et un rire qui sonne faux. Très bien. J'étais chez moi. Ensuite, quand les dominicains ont allumé le bûcher sur la place, je suis parti pour Benfica. On venait de m'apprendre que j'étais juif, Bérékhia. N'auriez-vous pas... ?

— Quelqu'un vous accompagnait-il ?

— Non, personne.

— Vous n'avez donc aucun témoin pour confirmer vos dires ?

Souriant, dom Miguel se soulève et, avec la maladresse qui vient d'un ventre noyé de vin, défait les lacets de sa braguette de cuir. Il dénude son sexe, relève le gland circoncis, me le tend comme il ferait une rose, et dit :

— En voilà un !

— Suspect. Il ne peut pas parler.

Dom Miguel éclate d'un gros rire d'ivrogne.

Sa bêtise me laisse ahuri. Indifférent, il s'applique à renouer ses aiguillettes, plissant les yeux tandis que ses doigts trébuchent dans leur travail. La chose faite, il pousse un soupir, se laisse tomber sur son siège et fixe sur moi un long regard, beaucoup trop long, me couvant des yeux comme s'il cherchait à violer l'intimité de mes pensées. Tout chez cet aristocrate débauché m'agace. Surtout que lui-même ne sache pas qui il est.

L'idée me frappe comme une flèche : « C'est à lui que mon oncle pensait en me disant de me méfier du courrier qui, du jour au lendemain, ne se reconnaît plus. » Je me lève d'un bond et crie :

— Qu'est-ce qui vous aurait empêché de tuer impunément mon oncle ? Vous, un noble !

— Allons, mon ami ! répond-il. Tuerais-je la seule personne capable de me dire la vérité sur mes parents ? Si vous croyez cela, vous êtes un sot !

— Dites plutôt la seule qui vous savait juif, qui

pouvait en apporter la preuve ! Mon oncle mort, votre secret serait enterré une fois pour toutes !

— Faut-il que je vous montre encore mon alliance avec le Seigneur ? D'autres aussi étaient au courant. Un enfant élevé dans une maison pleine de domestiques... Les gens ont des yeux. Ils ne disent rien, mais ils voient. Au fait, mon alliance est une meilleure preuve que tous les parchemins des archives royales.

Il se lève et tape du poing sur la table.

— Je n'ai pas tué votre oncle ! Si vous croyez que si, pourquoi est-ce que je ne vous tue pas maintenant ?

La question me réduit à quia.

— Venez avec moi ! reprend-il. J'ai quelque chose à vous montrer.

Dom Miguel m'introduit dans un salon plein de monde. Des hommes, des femmes et des enfants aux yeux las me saluent avec des signes de tête, signes de reconnaissance dont la solennité fait place à des sourires fugitifs qui éclosent, se fanent et s'effacent presque aussitôt. Mon hôte murmure à mon oreille :

— N'ayez crainte ! Nous sommes entre nous.

À la foule assemblée il annonce :

— Voici Bérékhia, un ami de la petite juiverie.

Un homme basané, aux yeux en amande, dont la barbe mal soignée est parsemée de flocons d'avoine, se lève et demande :

— Connaissez-vous Mira et Luna Alvalade ? Elles doivent demeurer non loin de chez vous.

— Oui, mais il y a un bon moment que je ne les ai vues.

— Ce sont mes cousines. Elles... Je...

Il ne peut achever.

— J'essaierai de prendre de leurs nouvelles en rentrant et de les transmettre à dom Miguel.

— Et le docteur Montesinhos ? demande une belle

femme, la tête couverte d'une mantille de dentelle rousse.

— Il est mort. Je suis désolé de vous l'apprendre.

La plupart des autres s'enhardissent à leur tour et, d'une voix dont ils ne réussissent pas à bannir la crainte, me demandent des nouvelles de leurs parents et amis. Je leur fais part de tout ce que je sais, inscrivant les noms dans ma mémoire de la Torah afin de me renseigner dès que, ma vengeance assouvie, j'aurai repris pied dans le monde des hommes.

Dom Miguel pose une main sur mon épaule et chuchote :

— Ils sont tous de Carnide, de Pontinha et des autres villages des environs. Quand l'émeute s'est portée dans les campagnes, ils ont cherché refuge ici. J'ai armé quelques-uns des premiers arrivés et fait savoir que personne ne serait renvoyé.

— Et le cheval à l'écurie ? demandé-je.

— Pour décourager les indiscrets et les enragés, répond-il en souriant. Comme le crâne gravé sur l'arbre.

Dom Miguel lâche encore un rot et se frappe la poitrine, embrasse tous les réfugiés d'un grand geste du bras et reprend à voix basse en secouant la tête :

— Ils ne veulent plus rentrer chez eux. Un de ces jours, je serai bien obligé de les mettre dehors.

— Et à Lisbonne, la tuerie est bien finie ? me demande soudain une toute jeune fille à la mine intelligente.

Comme si Dieu l'avait désignée pour me poser cette question précise, tout le monde fait silence. L'espace d'un instant, notre réunion fortuite devient une assemblée de fidèles dans l'attente d'une réponse de la bouche même du Très-Haut.

— Les rues sont redevenues à peu près sûres, dis-je.

Je sais que ce n'est pas ce qu'ils souhaitent entendre, mais je n'ai rien de mieux à leur offrir.

— Qu'est-ce à dire, « à peu près » ? s'insurge le barbu.

— Autant qu'elles le seront avant longtemps. Autant que le monde peut l'être pour des juifs en attendant la venue du Messie.

Un murmure d'approbation parcourt la salle, et pourtant... Notre foi en Sa venue n'est-elle pas simplement l'espoir dont se leurrent d'éternels naufragés ?

Je m'installe avec Miguel sur un petit tapis devant l'âtre. Tandis que la conversation reprend parmi les réfugiés, il me demande, toujours à voix basse :

— Si j'avais tué votre oncle, croyez-vous que j'aurais sauvé tous ces autres ?

— Pour expier le péché d'homicide, vous pourriez sauver tout Israël.

Il ferme les paupières comme pour se couper du monde.

Je vois que je l'ai blessé, mais dans l'état où je suis, l'angoisse des autres a peu de poids, et la sympathie qui palpite au fond de mon cœur meurt avant de se communiquer à ma voix.

— Mon oncle vous avait écrit, dis-je sèchement. J'ai porté la lettre à votre hôtel dimanche dernier, mais vos domestiques m'ont dit que vous étiez sorti et mon oncle voulait que je ne vous la remette qu'en mains propres.

Mon hôte rouvre des yeux rouges et fatigués. Lorsqu'il parle, sa voix a le timbre monocorde du désespoir. Il demande :

— Vous en a-t-il révélé la teneur ?

— Je la garde dans ma mémoire.

Je la lui récite, du premier au dernier mot, mais sa réaction me prend au dépourvu. Quand j'en ai fini, il éclate d'un rire cordial.

— Votre oncle voulait m'intéresser à une affaire, raconte-t-il en me dévisageant, comme étonné soudain de ma présence. En effet, vous êtes beau. J'aurais eu du mal à vous opposer un refus. Il n'était pas bête. Quant à ce qu'il voulait, il s'agissait de paquets. Et de l'ange Métatron dont il parle dans sa lettre. Et de voyages à Gênes, je crois bien. Quelque part en Italie. Je sais que j'ai dit non, mais je ne me souviens plus des termes exacts de sa proposition. J'avais l'esprit ailleurs, écartelé entre passé et présent. Il y avait tant de choses qui tout d'un coup s'éclairaient d'un jour tout nouveau.

Sa main s'agrippe à mon épaule et il poursuit :

— Bérékhia, connaissez-vous l'instant où vous cessez de traduire mentalement une langue étrangère ? Tout d'un coup les mots vous parlent sans que vous ayez besoin d'y penser. C'était la même chose. Je comprenais soudain la réserve et la froideur de mes parents adoptifs, leur réticence à voyager avec moi, leurs conciliabules mystérieux lorsqu'ils me croyaient endormi.

— Quand l'émeute a éclaté, vous avez donc...

— J'ai paniqué. C'était trop. Découvrir tout d'un coup que je suis juif pour voir l'instant d'après les flammes du bûcher lécher les toits de Lisbonne. Comme si on l'avait allumé exprès pour moi. C'est étrange, l'impression que le passé ne vous appartient plus... Apprendre que tout est faux et qu'il faut récrire votre propre histoire. J'ai fait seller un cheval et je suis venu ici.

— Mon oncle a-t-il mentionné d'autres personnes lors de votre entretien ? Des noms, n'importe lesquels ?

Dom Miguel répond par un geste de dénégation presque trop énergique.

— Personne ? Un prêtre ? D'autres juifs ? Réfléchissez bien !

— Je n'y ai guère fait attention. Il voulait que j'entreprenne des voyages pour son compte. Grâce à mes relations, il m'est facile de me rendre à l'étranger. Il voulait que je me charge de certains paquets. Oui, voilà ! Un *correio*, un courrier... Voilà l'emploi qu'il me destinait.

— C'est le mot qu'il a employé ? *Correio ?*

— Oui.

— Et que deviez-vous transporter ?

— Des anges, dit dom Miguel en souriant. Je m'en souviens maintenant. Il disait qu'il s'agissait de mettre des anges en sûreté. Je n'y ai rien compris.

— Il parlait de manuscrits hébreux, expliqué-je. Sans doute qu'il ne voulait pas tout dire avant de voir comment vous réagiriez à la révélation de votre judaïsme, de quel côté votre cœur pencherait.

— Je ne comprends toujours pas. Les anges seraient donc des livres ?

— Les livres, ce sont des combinaisons de lettres de la langue sacrée. Les anges aussi. Vu ainsi, à travers la fenêtre de la kabbale, un ange n'est ni plus ni moins qu'un livre doté d'une forme céleste – d'ailes, pour employer la métaphore usuelle. Dans l'idée de mon oncle, votre tâche aurait été de sauver ces manuscrits ailés des flammes. Il ne voulait pas vous qualifier de contrebandier, il a donc choisi un mot mieux sonnant – courrier. Ce qui veut dire sans doute que...

Je me tais, ébloui par une intuition subite concernant la traîtrise dont mon oncle a été victime.

— Quoi ? demande dom Miguel.

— Ce qui veut dire que quelqu'un le trahissait. L'un de ceux qui l'aidaient à faire passer les livres. Le *correio* actuel. Il lui fallait trouver un remplaçant. Il devait être aux abois. Sans cela, il n'aurait pas pris le risque de vous dévoiler vos origines. Peut-être le courrier connaissait-il le secret de notre cave et de la *genizah*. Ou bien il a agi avec la complicité d'un moissonneur. Ou en payant les services de l'homme de main qui traque maintenant Diego Gonçalves.

L'expression perplexe de dom Miguel me dit qu'il ne m'a pas suivi. Je résume :

— C'est très simple. Mon oncle avait besoin de vous parce que le courrier à qui il s'était fié jusque-là avait commencé à le trahir. Comment, je ne sais pas. Ni pourquoi. Mais ce courrier, ce passeur est vraisemblablement la clef du mystère.

— Qui est-ce ?

— Je l'ignore. Mais j'entends le découvrir ! dis-je en me levant. Il faut que je rentre maintenant. Vous trouverai-je ici si j'ai besoin de vous parler, ou retournez-vous en ville ?

— C'est ici qu'on a besoin de moi. J'y reste, dit-il avec le même rire étouffé que tout à l'heure. Et c'est ici qu'il y a du vin. Il n'est pas cacher, mais il soûle.

Dans le vestibule, une dernière question que je crains de poser me fait hésiter devant la porte. Dom Miguel la devine :

— Aurais-je sauvé tous ces juifs si je n'avais pas appris la vérité sur mon passé ? Voilà ce que vous voulez savoir, n'est-ce pas ?

— C'est une question déloyale. Vous avez agi honorablement, plus que...

— La réponse est non. Ce n'est pas dire que j'aurais applaudi au massacre. Ne croyez pas cela. Je ne suis pas cruel et je n'ai jamais cru les juifs tellement différents... J'allais dire « de nous ». Encore l'esprit de l'escalier. Mais je serais resté dans mon hôtel de Lisbonne à lire tranquillement sous les lustres du salon.

Et si les hurlements des victimes étaient parvenus à mes oreilles, j'aurais simplement fait fermer les volets.

De retour à Alfama, agacé par ma propre fatigue, mon corps suant et le soleil ardent de l'après-midi lisbonnin, je frappe encore sans succès à la porte du père Carlos, puis passe à l'église Saint-Pierre demander de ses nouvelles. Le sacristain me dit qu'il n'a toujours pas donné signe de vie.

Quant à Diego, je ne sais même pas où commencer à le chercher. Avec l'homme du Nord qui monte la garde devant sa porte, il ne sera certainement pas chez lui. Et les seuls amis que je lui connais, ce sont les autres membres du cercle des moissonneurs.

Je décide d'éplucher les liasses de correspondance que j'ai découvertes au fond de notre *genizah*, dans l'espoir d'y trouver les noms des passeurs de livres ou peut-être un indice mettant en cause une personne de notre entourage. Avant de rentrer cependant, le besoin de savoir où rabbi Losa se trouvait dimanche dernier m'attire comme un aimant vers la porte de sa demeure. En réponse à mes coups impatients, son visage hâve jaillit, telle une gargouille, à une fenêtre de l'étage.

— Que veux-tu ? demande-t-il d'un ton bourru.

C'est étrange, mais j'éprouve du soulagement à revoir sa tête, à entendre sa voix hargneuse. Je réponds :

— M'entretenir avec vous, c'est tout, cher maître.

Peut-être trouve-t-il mon ton sarcastique. Il referme avec fracas les volets en criant :

— Retourne à ta maudite kabbale !

Je cogne encore à la porte. Me sentant trahi dans les bons sentiments que je nourrissais à son égard, je hurle :

— Je ne m'en irai pas tant que nous n'aurons pas parlé !

En attendant, une rage aveugle bouillonne dans mes entrailles. Je fais pleuvoir sur la porte une grêle de coups de pied.

— Je l'enfoncerai ! Je le jure, je la démolirai, votre bougresse de porte !

La fureur me monte à la tête, me brûle les joues et les tempes. Comme l'alcool en ébullition qui envahit le chapiteau d'un alambic. Je frappe à coups redoublés, je ne peux plus m'arrêter. Manifestement, la maçonnerie de fortune qui prêtait un semblant d'assise à mon esprit vient de s'écrouler. Des enfants en guenilles s'attroupent pour assister au spectacle. Un porte-faix malingreux me lance un regard méprisant et ose demander :

— Qu'est-ce que tu fais là, marrane ? !

Il s'accroupit, se déleste de sa hotte remplie de bois à brûler. Ses yeux sans cils, hébétés, ne reflètent que la plus vague approximation d'une intelligence humaine. Se redressant, il croise sur la poitrine des bras maigres comme des allumettes, cambre les reins et se raidit dans une attitude de dédain.

Sans doute n'ai-je plus toute ma tête. Je l'aborde d'un pas décidé en brandissant mon poignard.

— Je m'en vais te couper les oreilles ! menacé-je, chargeant chaque mot de venin. Voilà ce que je fais !

Dans un éclair de lucidité, je me rends compte que je suis en train de singer Farid, présent dans mes pensées. Est-ce ainsi qu'on acquiert le courage ici-bas, en embrassant et faisant sienne l'image d'une vaillance étrangère ? L'apprentissage n'est-il que la transposition, dans l'intériorité, de ce qu'on voit au-dehors ?

Le porte-faix garde le silence, sans baisser son regard provocant. Son corps pue la peur et la haine qui lui font monter le sang au visage. Je me retourne vers la maison de rabbi Losa. Un enfant au teint olivâtre, le front ombragé d'une frange noire, m'adresse un signe de la main. Je me rends compte que c'est mon voisin, Didi Molkho. Béni soit Celui qui sauve les petits enfants. Je lui rends son salut. Il sursaute soudain, montre du doigt quelque chose derrière moi. Je pivote sur mes talons et esquive de justesse une bûche lancée par le porte-faix. L'instant d'après, trop vite, une seconde vole vers mes yeux et m'atteint à l'oreille. Je perds pied. Mes doigts, palpant la blessure, se teignent de rouge. Mon assaillant bombe la poitrine et retrousse les lèvres dans une grimace satisfaite. Il crache et tousse. Je me relève, feins l'étourdissement. Tandis qu'il rit, je me rue en avant et lui assène un coup de crâne au creux de l'estomac. Il est plus fragile que je ne le pensais, un paquet d'os et de poil et de peau jaunie. Il tombe sur le cul, peine pour reprendre son souffle, puis hurle :

— Chien de marrane !

Le regardant de haut en bas, je pose un doigt sur mes lèvres et prononce d'un ton de menace :

— Tu as encore tes oreilles. Si tu tiens à les garder, tu ne piperas plus.

Il se remet debout, se frotte le derrière, contemple les badauds assemblés.

— Ce n'est qu'un juif, dit-il pour sauver la face. Pas la peine de me salir les mains.

Lorsque je repars de mon côté, mon regard rencontre celui de Didi. Il m'avertira si le porte-faix approche. Au bout d'un moment il accourt, hochant la tête en signe que tout va bien.

— Il est parti ? demandé-je.

— À toutes jambes. Mais rabbi Losa aussi. Il s'est sauvé pendant que tu te battais.

En rentrant, je trouve ma mère occupée à balayer les ardoises de la cour. Elle ne me demande pas où j'ai été, n'a en réponse à mon regard interrogateur qu'un cri indigné :

— De la saleté partout !

Devant la cheminée, Réza prépare un repas d'œufs et de morue.

— Peux-tu me dire comment va Farid ? demandé-je.

— Il repose toujours dans le lit de ta mère. Mais regarde sur la table. Il y a quelque chose pour toi. De la part de maître Salomon.

Salomon, le *mohel* que j'ai trouvé réfugié dans le *mikveh*, m'a apporté une traduction latine du commentaire d'Averroès sur le *De anima* d'Aristote, un gros volume, sans doute pour me remercier de l'avoir délivré de l'établissement de bains.

— Quand est-il passé ?

— Il y a une heure à peu près.

— A-t-il dit pourquoi il laissait le livre ?

Un sourire fugitif effleure les lèvres de Réza.

— Oui. C'est « un cadeau pour mon petit Chalaat Halom ».

J'emporte le volume dans ma chambre et le laisse tomber sur mon lit. À travers la fenêtre intérieure, je vois Cinfa en train de lessiver le sol du magasin. Elle lève des yeux éteints lorsque j'enjambe l'appui.

— Cette nuit j'ai fait boire Farid comme tu me l'as demandé, annonce-t-elle d'une voix sèche. Et il a mangé deux œufs durs.

— Merci. C'est gentil à toi. Ça va ?

— Oui. Pourquoi ne restes-tu pas un peu à la maison ? Tu devrais manger quelque chose.

— Pour l'instant je vais descendre à la cave. Tu peux venir avec moi si tu veux. Mais ensuite il faudra que je sorte à nouveau.

— Pour trouver l'homme qui a tué oncle Abraham ? demande-t-elle.

— Où as-tu pris cette idée-là ?

— Je ne suis pas bête, Béri. J'entends ce que tout le monde raconte, je sais ce que...

Un coup unique frappé à la porte coupe court à ses plaintes. Sans attendre de réponse, notre voisine d'en face, senhora Faiam, se précipite à l'intérieur. Sa robe noire est déchirée au col, sa joue barrée de longues égratignures rouges.

— Les chrétiens ? ! crié-je, croyant qu'elle a été agressée.

— Non, ce n'est pas cela, halète-t-elle, emprisonnant ma main dans les siennes. Je t'ai vu de ma fenêtre. Je suis désolée de ce qui est arrivé à maître Abraham.

Lorsqu'elle lève ma main à ses lèvres pour y déposer un baiser léger, je flaire un relent de détresse. Ses yeux pâles sont rougis par les veilles, ses traits tirés.

— Nous avons besoin de toi, Béri. Peux-tu venir ?

Elle attire ma tête près de sa bouche et, me broyant les doigts, baisse la voix de façon que Cinfa ne puisse l'entendre :

— Apporte des amulettes. Un *ibbour* a pris possession de Gémila et ne veut plus la lâcher. Et, Béri, le démon dit qu'il sait qui a tué ton oncle !

XIII

Je descends à la cave, prends dans le gros meuble de rangement ce qu'il me faut pour exorciser un *ibbour* et cours chez senhora Faiam. Je trouve Gémila, sa belle-fille, à la cuisine, attachée par la taille à un banc de bois, les mains liées, pantelante, affamée d'air. Comment décrire la victime d'une possession ? À deux reprises déjà j'ai eu l'occasion d'en observer les symptômes : la peau blanche comme un parchemin gorgé d'eau, les yeux tourmentés, les croûtes de sang au bord des lèvres et des narines. Il n'en va pas autrement de Gémila. Peut-être son cas est-il plus inquiétant encore ; elle a déjà cédé une bonne part de son enveloppe humaine pour assumer la forme du démon. Ses boucles châtaines, barbouillées d'excrément, lui collent aux joues et au cou. Le petit doigt de sa main gauche, cassé, est tordu à un angle impossible. Son ample robe blanche est souillée partout, comme si elle avait nagé dans une mare de sang et de boue. « Un être de l'autre côté s'est lové autour de son âme », me dis-je. Mon premier mouvement me pousse à fuir. Mon oncle m'a appris cependant que les esprits malins qui envahissent le corps des vivants ne sont que des métaphores – puissantes, certes, mais qui ne peuvent résister même à un kabbaliste débutant. Et si ce démon sait réellement qui a tué mon maître...

Gémila renverse la tête qui semble soudain trop lourde pour son cou. Lorsqu'elle se tourne vers moi, la terreur s'enfuit de son regard. Vides de toute expression si ce n'est une profondeur contemplative, ses yeux suivent les rubans de fumée qui s'élèvent de mon encensoir.

Bento, son mari, pose une main sur mon épaule. Son sourire éperdu a le sens d'un appel au secours. Ses longs cheveux bruns sont ramenés derrière sa tête, assujettis par un ruban bleu, mais il y a bien huit jours qu'il n'a pas vu de barbier. Son front et ses mains, son justaucorps et ses grègues, tout est marqué de traînées de sueur et de suint. Il gagne sa vie comme tondeur de moutons itinérant. Qui sait quels périls il a affrontés pour regagner Lisbonne et trouver sa femme ainsi ?

Belo, leur chien à trois pattes qui voue à Gémila une fidélité à toute épreuve, se serre à présent contre la porte qui donne accès aux autres pièces de la maison et fixe sur sa maîtresse des yeux apeurés.

— *Sente-se bem ?* Est-ce que cela va bien ? demandé-je à Gémila en portugais.

Question stupide, j'en conviens. La seule réponse de la possédée est le silence. Ses yeux, froids comme le verre des volcans, déjouent ma pénétration. Je soulève ses mains liées. Son pouls est rapide, irrégulier ; ses esprits vitaux semblent emportés dans une folle débandade. Mon attouchement amène sur ses lèvres une moue de dédain. Elle avale encore une goulée d'air, se ramasse craintivement sur elle-même et hurle en hébreu :

— Une cloche tombe à travers ma poitrine !

Ses yeux se révulsent, puis se braquent sur moi avec une intensité glaciale.

— Elle ne cesse de rebondir entre notre monde et la sphère démoniaque, chuchote senhora Faiam.

Je lui donne raison d'un hochement de tête et elle ajoute :

— Il semble que l'*ibbour* ne sache pas le portugais. Il ne parle qu'hébreu.

— Quand les douleurs ont-elles commencé ? demandé-je à Gémila dans la langue sacrée.

Sa poitrine se soulève violemment, se fige lorsque vient la réponse :

— Il n'y a pas de douleur. Ce vaisseau est fragile, mais suffisant.

La voix, monotone, vidée de toute chaleur, n'est pas celle de la jeune femme. L'hébreu trahit une pointe d'accent castillan. Je poursuis mon questionnement :

— Qui es-tu ?

— Maïmon le Blanc aux Deux-Bouches.

Je me détourne un instant pour rassembler mes forces ; ce n'est pas là un *ibbour* ordinaire, mais un démon.

— Pourquoi dis-tu « deux bouches » ?

— L'une pour dévorer les enfants des *anousim*, les convertis de force. Une bouche de sang. Avec des aiguilles en guise de dents.

La possédée mord l'air et me lance soudain un crachat rouge. J'entends derrière moi le râle de senhora Faiam. Tandis que je m'essuie le cou, Gémila ouvre la bouche. Le sang dégouline de ses dents cassées. Elle rit.

— Que le Seigneur la pardonne, se lamente sa belle-mère. Elle a mangé du verre juste avant que j'aille te chercher. J'ai essayé de l'arrêter, mais l'*ibbour* ne se nourrit que de minéraux. Il est...

J'endigue d'un geste le flot de paroles, me tourne à nouveau vers Gémila et demande :

— Pourquoi es-tu venu ?

— *Tsedek* est divorcée d'avec *Rahamim*.

Le démon connaît la kabbale ! Le divorce dont il parle est la rupture entre la justice, féminine, et la miséricorde, masculine, qui instaura à notre ère le règne du mal.

— Je viens avec *Rahamim*, dis-je. Nous épouserons ensemble cette femme, *Rahamim* et moi.

— Tu pourras entrer et me chevaucher, mais tu ne ressortiras plus ! m'avertit le démon.

C'est un double sens où il faut entendre à la fois le sexe de Gémila et le char de la vision mystique, peu de ceux qui y montent pouvant revenir indemnes. Évoquant un grand sage de l'époque de la Michnah qui réintégra sain et sauf notre monde à la suite d'un tel voyage, je dis :

— Je viens en paix comme rabbi Akiva.

Je lève alors mon médius sur la jeune femme et invoque l'autorité de Moïse.

Elle se cabre. Le démon crache d'un ton de défi :

— Je ne suis ni Amalécite ni vipère ! Et Moïse est mort !

— La fête de Pessah n'est pas encore terminée. Moïse fait reculer la mer Rouge à cet instant même.

— Lui aussi sera donc bientôt de l'autre côté, d'où il ne pourra t'aider.

— Ainsi tu refuses de laisser cette femme se gouverner elle-même ?

— Comme elle m'a accueilli, je resterai avec elle et lui donnerai la consolation que ton Dieu lui refuse. Je serais sinon un hôte ingrat. N'en conviens-tu pas ?

— Comme tu voudras.

Je me tourne vers Bento et lui donne mes instructions :

— J'aurai besoin de trois choses. De l'eau froide

d'abord, puisée dans le Tage. Remplis-en le chaudron ou le baquet le plus grand que tu pourras trouver. Que Gémila puisse s'y baigner. Nous en avons un si vous ne...

— Nous aussi ! Quoi encore ?

— Une petite sole. La plus petite possible ! Mais, pour l'amour du ciel, que je l'aie vivante ! Enfin, demande à Cinfa de te montrer l'endroit où nous gardons notre teinture magique. Apporte-la-moi et verses-en dans une assiette.

— Qu'allons-nous faire ? demande senhora Faiam.

— Toute saleté ou ordure favorise l'autre côté. Ainsi parle le *Zohar*. Et ce démon ne l'ignore pas. Il faut purifier Gémila.

— Tu auras beau me tailler les ongles, cela ne servira à rien ! siffle l'*ibbour*. Le chabbat n'est pour moi qu'un coucher de soleil comme les autres et toi, une ombre qui tente de retenir le feu.

— Et la sole ? demande ma voisine à voix basse pour ne pas être entendue du démon.

— Elle nous aidera dans notre combat. Les poissons sont réfractaires à Maïmon et ses pareils.

En attendant le retour de Bento, je réciterai avec senhora Faiam le Psaume XCI afin de préparer Gémila à l'exorcisme. La belle-mère de la possédée serre des deux mains la chaîne de l'encensoir tandis que je lui explique la cérémonie.

— Éloigne de moi cette odeur immonde, bique brenneuse ! hurle soudain le démon. Et toi, Bérékhia Zarco, sache que si tu essaies de me chasser de ma demeure, tu ne découvriras jamais l'assassin de ton oncle !

Les paroles de l'esprit malin me laissent muet. Je plonge le regard dans les yeux noirs de Gémila, cherchant à entrer en contact avec lui. Comme accablée de sommeil, la tête de la possédée décrit un cercle paresseux. Lorsque enfin elle se redresse, sa gorge éructe un grand éclat de rire.

— Tu as donc vu le tueur ? ! m'exclamé-je.

— Oui ! Mais si tu lèves encore une fois contre moi le doigt de Moïse, je ne lâcherai pas plus le secret que cette femme.

— Et tu me révéleras son identité si je te laisse tranquille ?

— Oui.

— Pourquoi te ferais-je confiance ?

— Maïmon ne ment pas. J'ai même osé dire la vérité à votre Seigneur. Je ne le crains pas. Je n'ai rien à perdre. Seuls des juifs comme cette catin pétrie d'iniquité ont besoin de mentir à leur Dieu !

Senhora Faiam se cramponne à mon bras.

— Écouteras-tu un *ibbour*, Bérékhia ?

— Mais il sait ! hurlé-je. Il connaît le coupable !

— Détache-moi ! ordonne le démon.

Je m'arrache à l'étreinte fiévreuse de senhora Faiam. Elle se prend la tête dans les mains et crie :

— Serviras-tu Samaël, le roi des démons, pour venger ton oncle ? !

Je sens l'aveu monter dans ma gorge : Oui ! Je ferai n'importe quoi pour trouver le coupable ! N'importe quoi !

Qu'est-ce donc qui me retient ? Gémila elle-même ? Elle se met debout au prix d'un violent effort, grognant, tendant le cou, soulevant le banc auquel on l'a attachée. Puis, laissant retomber le meuble avec fracas, elle se tord dans ses liens, comme empalée sur une épée flamboyante. Elle halète, se remet à mordre l'air à belles dents. Lorsque la marée intérieure reflue, elle fixe sur moi le regard de ses yeux impénétrables et répète :

— Détache-moi !

Des aboiements détournent mon attention. C'est Belo qui de son unique patte de devant gratte frénétiquement à la porte de la cour.

La voix de mon oncle se fait entendre au fond de moi : « N'abandonne pas les vivants pour les morts ! » Je sens ses mains sur mes épaules quand à nouveau je fais face au démon. Je commence à réciter le Psaume XCI :

— « Sous ses ailes tu trouves un refuge : sa bonté est un bouclier et une cuirasse. Tu n'auras à craindre ni les terreurs de la nuit, ni les flèches qui voltigent le jour, ni la peste qui chemine dans l'ombre, ni l'épidémie qui exerce ses ravages en plein midi... »

— Tu ne trouveras jamais l'assassin ! hurle Maïmon. Jamais !

Senhora Faiam se joint à moi, les fils de nos deux voix unis par le rouet du psaume. Nous récitons ensemble :

— « Tu seras témoin de la rémunération des méchants. C'est que tu as dit : "L'Éternel est mon refuge !" Dans le Très-Haut tu as placé ton abri. Nul malheur ne te surviendra, nul fléau n'approchera de ta tente ; car à ses anges il a donné mission de te protéger en toutes tes voies... »

Au-delà des paroles de mes lèvres, je me détourne en esprit du démon et monte les marches de la prière muette. Parvenu en haut d'un parapet resplendissant de vibrations intérieures, soutenu par le soufflet de ma poitrine, je lève encore sur Gémila le médius de la main droite. Ses yeux inquiets courent à travers la pièce, ses muscles bandés cherchent à secouer ses liens, elle grommelle des obscénités en hébreu, pousse des hurlements. Sa bouche lâche des jets de rire, puis m'aguiche d'un sourire enjôleur, rehaussé du va-et-vient suggestif d'une langue agile. Je sais cependant que la jeune femme elle-même est ailleurs, loin en bas, prise dans la mélodie du psaume que je confie désormais à senhora Faiam. Les noms secrets de la Divinité montent du fond de ma gorge, expirés et inspirés par mes narines, rythmant ma respiration. Lumière et obscurité se confondent, puis se séparent, font voir la nudité de leur contraste. Le monde est illuminé comme par une flamme noire. Le temps se retire et, dans mon état exalté, je vois que c'est la peur du délaissement qui fait rire Gémila. Poursuivant mon ascension sur les ailes de la psalmodie, je baisse la main pour lui caresser la joue. Je perçois une douleur. L'atteinte du mal. Un vent froid. Le sang qui coule sur mes doigts. Des cris. L'attouchement de senhora Faiam qui me lave.

— Le démon t'a mordu ! crie-t-elle.

Je la repousse et reprends la psalmodie jusqu'à ce que la pièce se fonde dans une grisaille et que nous restions, Maïmon et moi, face à face, nous dévisageant de part et d'autre d'un espace chargé qui enfle et se resserre dans un lent mouvement de respiration. Bento s'approche de mon revêtement corporel, le touche à l'épaule et dit :

— Le bain est prêt.

Nous déshabillons Gémila qui se débat comme une bête. Je me tourne vers la porte ouverte de la chambre à coucher. J'y vois le jeune fils de la possédée, Menahim, assis, Belo dans ses bras, en train de pleurer.

— Tu dois nous quitter ! lui dis-je.

Il se lève d'un bond et traverse la cuisine en courant, suivi par le chien. Tous deux disparaissent dans la cour.

L'eau du fleuve est pure et glacée. Gémila pousse des hurlements perçants. Ses poings se serrent, les nerfs ressortent sur son cou, ses bras agités se libèrent de leurs entraves. Senhora Faiam, frappée par sa belle-fille, tombe lourdement à terre. Les traits de Gémila se tordent dans un cri de Mélusine hilare. Le sang coule de sa bouche, formant dans l'eau troublée des petits nuages roses. La possédée se contorsionne sous nos mains, chaque muscle animé de la seule volonté d'évasion.

Transi et trempé, réchauffé cependant par la prière intérieure, je psalmodie. Bento tient sa femme sous l'eau jusqu'à ce que le froid asphyxiant la laisse engourdie et passive. Elle claque des dents. J'approche l'encens fumant de son nez. Le sang se retire de ses lèvres ; ses yeux se recouvrent d'un voile vitreux.

Nous la sortons de l'eau. Senhora Faiam lui sèche les cheveux avec une serviette en murmurant des mots apaisants. Bento lui baise les mains.

— Reculez-vous, leur dis-je.

Récitant une prière du *Bahir*, je prends le poisson frétillant dans son pot et le plonge dans la teinture magique. Gémila frissonne, assise sur une chaise. Je presse la sole teinte de vermillon contre son front, à l'emplacement de la ligne de vie. Elle sursaute comme au contact d'un fer rouge. Rapidement, je frotte le poisson vivant contre ses épaules et ses seins, son ventre, son sexe et ses pieds, de façon que la teinture qui le recouvre touche les dix *sefirot* ou points primordiaux et qu'il se pénètre des essences symboliques de la jeune femme. Je le laisse alors tomber à terre, ferme les yeux et entonne les paroles magiques de Josué :

— « Soleil, arrête-toi sur Gabaon ! Lune, fais halte dans la vallée d'Ayyalôn ! »

Les paupières closes, je fais tourner mes prunelles jusqu'à voir les couleurs du dedans, respire par saccades jusqu'à me sentir tournoyer au vent des ailes de

Métatron. Lorsque je rouvre les yeux, les branchies du poisson travaillent comme un soufflet. Je le replace dans son pot d'eau. En échange de la vie, il a inscrit un message sur les carreaux du sol.

M'empressant de lire, je déchiffre, dans un prisme miroitant de caractères arabes, le mot *taïr*, « oiseau » – allusion voilée à l'orifice par lequel le démon pourra être extrait.

Derrière mon dos, des pas approchent. J'aperçois en face de moi le père Carlos. Du haut de la montagne que j'ai gravie, porté par le souffle intérieur de la prière, sa présence me paraît toute naturelle. Je pose un doigt sur mes lèvres, réponds par un signe de tête affirmatif à la requête muette de son regard. Il se tourne alors vers Gémila, lève le médius et joint sa voix impérieuse à la psalmodie.

Je tire du sang de mon doigt et grave en *ketav énayyim*, l'écriture des anges que m'a apprise mon oncle, le mot *Élohim* le long de la ligne du destin qui court sur le front de la jeune femme. Sa tête se renverse comme une fleur fanée. Ses yeux chavirent. Avant qu'elle ne s'endorme, je lui prends le nez entre mon pouce et mon index et clame :

— Quitte ce corps juif et ne t'y accroche plus ! Je te le commande au nom du Dieu d'Israël !

Je hurle en araméen une série de noms divins et chasse le démon de Gémila. Elle pousse un grand cri. Le sang jaillit de ses narines. Retombant en avant, sur moi, elle lutte pour reprendre son souffle. Je lui essuie la figure avec ma manche.

— Tu es sauvée, murmuré-je. L'esprit malin est parti.

Elle tente de parler, mais sombre aussitôt dans une syncope.

Nous la veillons, le père Carlos et moi, aux côtés de senhora Faiam et de Bento. Gémila ne saigne plus. Nous avons lavé son corps à l'eau chaude et au savon. Son mari l'a couchée doucement, comme un nouveau-né, dans leur lit. Son pouls est lent et régulier, et ses joues ont repris leurs couleurs. Menahim, son fils, à genoux sur l'oreiller, lui caresse les cheveux. La bosse à ses pieds, agitée d'un doux mouvement de respiration, c'est Belo, couché en boule sous les couvertures. Le père Carlos prie tout bas. Lorsque je me sens capable d'affronter la possibilité d'encore une mort, je lui demande à voix basse :

— Et Juda ?

— Je ne sais pas, répond-il, secouant la tête tandis que ses lèvres grimacent. Attendons qu'elle se réveille. Je te dirai alors où je l'ai vu pour la dernière fois.

Il ferme les yeux. J'y vois apparaître des larmes qui collent à ses cils.

Jointe aux mots tentateurs du démon qui continuent à me hanter, la disparition de mon petit frère me fait frissonner d'un froid humide dont la sensation ne veut plus me lâcher. Je m'assieds par terre dans un coin, tourné vers l'orient, et psalmodie la Torah, y cherchant le chemin qui pourra nous ramener à Dieu, Gémila et moi. Au bout d'un certain temps, Carlos ouvre les volets d'une fenêtre exposée à l'ouest. Le ciel rayonne des dernières lueurs du crépuscule. Le soleil sombre à l'horizon comme pour se cacher à jamais aux yeux humains.

Il est près de minuit lorsque Gémila enfin se réveille. Elle s'assied, contemple d'un regard plein d'amour Menahim endormi à ses côtés. En m'apercevant, elle sursaute.

— Béri, qu'est-ce que tu fais là ?

— Tu ne te souviens pas ? demandé-je.

— Non... Qu'est-ce que tu veux dire ?

À ces mots la nuit retombe sur mon cœur ; si le démon connaissait l'identité de l'assassin, son savoir n'est plus.

Senhora Faiam accourt.

— C'était un rêve de l'autre côté, ma chérie, dit-elle, caressant la joue de sa belle-fille. Tu as eu un cauchemar et j'ai demandé à Béri de passer te voir.

— Oui, murmure Gémila dont le regard absent semble ressaisir les franges de ce qu'elle vient de vivre. Un rêve.

— Cela n'a plus d'importance, la rassure Bento en lui embrassant les mains.

Elle se tourne vers moi, troublée.

— Mais tu y étais, dit-elle. Dans mon rêve. J'étais emportée par un fleuve de sang. Comme le Nil, après que Moïse en a frappé les eaux de sa verge... J'avais froid... Tellement froid...

Ses paroles sont prudentes, chacune un pas en arrière dans son cauchemar. Elle poursuit :

— Et ton oncle et toi, vous étiez sur la rive et vous m'appeliez. Mais vous étiez tous deux des oiseaux... Oui, des ibis. Tout d'un coup je vous ai entendus pousser des cris féroces. Je vous voyais battre des ailes. Mais le courant me retenait captive, me ballottait contre les rochers. Puis j'étais moi aussi un ibis. Je volais vers la rive, dans vos bras.

Ses yeux fixes sondent toujours sa mémoire. Elle hausse les épaules, m'adresse un sourire qui semble demander pardon et conclut :

— C'est parti. C'est tout ce dont je me souviens.

— Ça va, dis-je. Le plus important, c'est que ce soit bien fini.

— Je ne pourrai jamais te le revaloir, s'exclame senhora Faiam en me baisant les mains.

— Vous ne me devez rien.

Mais je mens et mes paroles sonnent creux. Le mystère de la mort de mon oncle s'est rouvert devant moi comme la bouche noire d'un souterrain. Chaque pas que je ferai à partir de cet instant sera pour m'y enfoncer plus avant. Le père Carlos me prend par le bras et dit :

— Viens ! Nous avons à parler maintenant de Juda.

Est-ce lui, l'assassin ? Est-il soulagé que Gémila n'ait pu le nommer ?

— Oui, allons-y, acquiescé-je sèchement.

Lorsque nous atteignons le seuil, Gémila me rappelle.

— Béri, il y a une chose encore que j'ai vue dans mon rêve, dit-elle. Un être blanc à visage humain. Peut-être en partie vautour. Mais il avait deux bouches, l'une par-dessus l'autre, et les lèvres de celle du bas étaient serrées, bordées d'une frange de sang. Comme dans les images du démon Maïmon. Quand vous m'appeliez sur la rive, toi et ton oncle, il vous attaquait à coups de griffes. Et, Bérékhia, Maïmon est sorti de votre maison, de la porte du magasin. Je n'étais pas au milieu d'un fleuve. Je regardais la rue du Temple par-dessus notre mur. Du sang ruisselait sur la chaussée et je maudissais Dieu de l'avoir fait verser !

XIV

Je me tiens avec Carlos devant la maison de senhora Faiam. Les péchés récents de Lisbonne sommeillent pour l'instant, voilés par la grâce ténébreuse de la septième nuit de la Pâque. Partagé entre mon besoin de chaleur humaine et ma réticence à laisser voir ma faiblesse à un homme qui a peut-être été complice du meurtre de mon oncle, je tire sur une des larges manches de l'habit de mon compagnon et dis :

— Parlez-moi de Juda. Il me faut tout savoir.

— Les chrétiens l'ont pris, dimanche.

— Y a-t-il une chance qu'il s'en soit sorti ? Qu'il soit encore en vie ?

— J'aimerais le croire, mais...

Le prêtre joint les mains à la manière des adeptes du Nazaréen, lorsqu'ils prient, et raconte :

— Je l'ai emmené à l'église lorsque le massacre a commencé. Nous nous sommes cachés en bas, dans la crypte. Tu la connais. Là où on garde les reliques. D'autres aussi y avaient cherché refuge. Nous étions nombreux. Mais les émeutiers y ont fait irruption. Ils ont commencé à...

La bouche de Carlos se tord et sa voix, en suspens, portée vers moi comme une flamme dans le vent, s'éteint sous une bouffée d'horreur. Il me prend les mains, presse mes doigts contre ses yeux, respire profondément comme pour baigner son âme dans la senteur revigorante du myrte. Il me lâche enfin et reprend son récit :

— J'ai réussi à fuir dans la cour avec l'enfant et à gagner la berge du fleuve. Moïse Jagos et sa famille se sont joints à nous. Moïse voulait louer une barque pour Barreiro, sur l'autre rive. Il avait de l'or cousu dans la doublure de son bonnet. Un batelier a accepté. Mais à l'instant même où nous embarquions, ils nous ont rattrapés. D'autres chrétiens. Ils ont emmené tout le monde. Juda aussi. J'ai essayé de le défendre. Il faut me croire. Mais ils m'ont jeté à l'eau. Quand enfin...

Il se pelotonne sur lui-même, s'étreignant comme pour se protéger du froid. Je le secoue.

— Dites-moi seulement où ils ont emmené mon frère ! Aux bûchers du Rossio ?

— Je ne sais pas. Mon Dieu, je... Je ne sais pas. Ils sont allés d'abord du côté du palais da Ribeira. Je leur ai couru après. Je voulais sauver Juda à tout prix. Cet enfant, ce bel enfant... Ton frère, Bérékhia, il était si beau... Connais-tu l'auberge des Bateliers derrière l'église de la Miséricorde ? C'est là que je les ai rejoints. Juda m'a vu. Il a souri en tirant la langue, comme s'il s'attendait à recevoir un cadeau. Est-ce croyable ? Qu'est-ce qui a bien pu lui passer par la tête ? J'ai couru au meneur, un dominicain. J'ai montré Juda. J'ai dit : « Vous avez pris un vieux chrétien par erreur. Cet enfant est mon pupille. Il n'est pas juif. » Le moine a répondu : « Dieu ne se trompe pas. » Il était comme Hérode, ce chrétien-là. Comme un dément, drapé dans sa puissance. Il a dit aux autres de déshabiller Juda. Le sexe circoncis de l'enfant a fait rire toute la bande. Mais il ne pleurait pas, lui. Il ressemblait à votre oncle. Il me regardait fixement, comme de derrière un vœu de silence, comme pour dire que tout s'accomplissait comme il se devait. Maître Abraham et Juda... Je ne comprends pas.

Carlos émet un râle, se détourne vers un souvenir qui le laisse le souffle coupé.

— Vous savez donc ce qui est arrivé à mon oncle. Comment ? !

— C'est Cinfa qui me l'a dit. Quand je suis passé avant de te rejoindre chez senhora Faiam. Elle m'a parlé de maître Abraham et de ce que tu essaies de faire.

Il vient plus près, baisse la voix jusqu'à un chuchotement de conspirateur.

— Ils m'ont violé, Bérékhia. Ils étaient ivres. Ils m'ont jeté sur les pierres de la berge, les uns me tenaient pendant que les autres... Je ne supportais pas leurs rires. Quand j'ai pu me relever, j'ai couru au Rossio. Mais Juda était introuvable.

— Pourquoi n'êtes-vous pas venu nous le dire plus tôt ?

— J'avais peur. J'avais mal. Mal aux os à cause de leur haleine avinée, à cause de la fumée. J'ai cherché asile au couvent des carmélites. Je suis un lâche, Bérékhia. Regarde ces robes, ces idoles...

Il soulève le crucifix agrafé à sa poitrine, tire dessus jusqu'à ce que l'attache se brise.

— Regarde ce bois traître qui me brûle !

Ses doigts crispés, crochus, arrachent le Nazaréen à sa croix. Juif infirme comme tant d'autres, raidi dans les convulsions de l'agonie, Jésus tombe à terre. Carlos grogne comme une bête du fond du gosier, lance la croix dénudée contre le mur blanc de notre maison. Il se calme enfin et, respirant bruyamment, contemple les toits sur les hauteurs, le noir miroir du fleuve en bas.

— Lundi, murmure-t-il, je suis parti à sa recherche. Je me suis aventuré dans la fosse aux lions, dans l'église Saint-Dominique. Bérékhia, pour la première fois en neuf ans les chrétiens ne me faisaient pas peur. Peut-être est-ce cela que Juda a ressenti. Mais comment est-ce possible ? Un jeune enfant ne peut pas connaître de tels sentiments. Je me suis dit qu'il était peut-être rentré tout seul. Je ne sais comment, mais...

Chose étrange que l'espoir qui défie toute vraisemblance. Tandis que Carlos parle toujours, je pense : « Même maintenant, il n'est donc pas certain que Juda soit mort. Il se cache quelque part, à l'écart, à l'abri. » Tout haut, je demande au prêtre :

— Pourquoi devrais-je vous croire ?

— Qu'est-ce que tu veux dire ?

— Pouvez-vous prouver où vous avez passé ces derniers jours ?

— Douterais-tu de moi ?

— Je douterai de tout le monde jusqu'à la venue du Messie.

— Tu peux demander aux carmélites, soupire-t-il comme en se rendant à une évidence qu'il a longtemps refusé d'admettre.

Je décide de lui tendre un piège en faisant semblant de soupçonner Simon.

— Nous avons trouvé un fil de soie sous l'ongle du pouce de mon oncle. Un fil de soie noire, arraché peut-être à un des gants de Simon.

— De Simon ? Tu ne veux pas dire que... ?

— Si. Pourquoi ne serait-ce pas lui ?

— Mon cher Bérékhia, toutes ces morts te font lire de gauche à droite. Simon adorait ton oncle. Il ne lui aurait jamais fait de mal.

— Ils ont pu avoir un différend sur un point de doctrine ésotérique.

Le prêtre rejette l'hypothèse d'un geste dédaigneux.

— Un désaccord sur le Talmud ou la Torah peut inspirer des paroles enflammées, mais ne conduira jamais au sang versé. Tu devrais pourtant le savoir.

Il a donc échappé à ma petite embûche. Mais peut-être se doute-t-il que j'aurai compris que le fil n'est qu'un faux indice. Cela étant, réagirait-il autrement ?

— Avez-vous parlé de Juda à ma mère ? demandé-je.

— Oui. Elle a fini par se calmer. Cinfa ne la quitte pas. Quand la petite m'a pris à part pour me dire que tu livrais bataille à un *ibbour* chez senhora Faiam, j'ai pensé que tu aurais peut-être besoin de soutien, répond Carlos en baissant la tête avant de murmurer : Sais-tu qui est mort ?

Je ne peux m'empêcher de rire.

— Vous êtes impayable, Carlos ! La question en ce moment est plutôt de savoir qui *n'est pas* mort !

— Dom Joao Mascarenhas, dit-il.

— Évidemment.

Cela ne m'étonne pas. Receveur principal et juif de cour, dom Joao percevait les taxes d'octroi pour le compte du roi. C'est son or qui a fait sortir Réza de la prison de Limœiro dimanche dernier. L'idée d'un converti enrichi grâce aux impôts qui frappent leurs marchandises a toujours été pour les vieux chrétiens un sujet de rancœur. Dom Joao était sans doute l'homme le plus détesté de Lisbonne.

— Comment est-ce arrivé ? demandé-je.

— Comment ? Comme pour tout le monde. La populace a assiégé sa maison. Elle a enfoncé les portes. Dom Joao a fui par les toits de la Petite Jérusalem. Figure-toi, comme le premier venu ! Il a réussi à atteindre...

— Allez, Carlos, vous ne pouvez pas être naïf à ce

point ! m'exclamé-je. Pour eux, nous avons tous le pied fourchu et une queue au bas du dos. Tous, sans exception. Que nous mangions notre potage avec du jaune d'œuf ou de la feuille d'or !

Une prière pour l'âme de dom Joao unit nos voix.

— Assez de *mitsvot*, dis-je ensuite. J'ai des questions à vous poser. Tout d'abord, savez-vous qui aidait mon oncle à faire passer les livres hébreux à l'étranger ?

Le prêtre répond par un signe de tête négatif.

— Vous n'en avez aucune idée ? insisté-je.

— Aucune. À moins que ce ne fût un autre des moissonneurs. Maître Abraham ne voulait mettre personne dans le secret. Il disait que cela valait mieux, au cas où nous aurions été arrêtés.

— Reste donc Diego... Simon et Samson sont morts. Mon oncle a-t-il dit... ?

— Morts ? ! s'écrie Carlos, me coupant la parole. Mais tu viens de parler des soupçons qui pèseraient sur Simon !

— Non, ils sont bien morts. Je voulais seulement voir votre réaction.

— Bérékhia, j'ai besoin de savoir la vérité. Mes frères kabbalistes sont-ils morts ou vivants ? Dis-moi ce qu'il en est !

— Le propriétaire de la maison où Simon a son magasin m'a dit qu'il avait été pris par les émeutiers et traîné au bûcher. Et le beau-père de Samson l'a lui-même vu tomber aux mains des chrétiens.

Les épaules du père Carlos se voûtent. Il lève la main, se frotte les yeux. Je reprends mon questionnement :

— Mon oncle vous a-t-il parlé dernièrement d'Aman ? A-t-il fait des remarques au sujet de Diego ?

— Pas Diego aussi ? ! Tu crois qu'il a pu prendre part à... ?

— Mon oncle a été tué avec une lame de *chohet*. Par quelqu'un qui connaissait l'emplacement de notre trappe et de la *genizah*. C'était forcément un moissonneur. Ou un des passeurs de livres, si mon maître leur a confié ses secrets.

— Mais qu'est-ce qu'Aman vient faire là-dedans ?

— La dernière *Haggadah* de mon oncle a été dérobée. Je crois qu'il avait donné à Aman le visage de celui qui le trahissait, ou qu'il soupçonnait de le trahir.

— Il ne m'en a pas parlé.

— Y a-t-il quelqu'un dont il ait dit du mal ces derniers temps ?

— Non, personne.

— Diego était-il initié à toutes les activités des « moissonneurs du champ » ?

— En ce qui concerne la *genizah*, par exemple ?

— Oui, et le passage dérobé entre notre cave et le *mikveh*.

— Tu l'as découvert ! Comment ? Ou bien savais-tu déjà ?

— Ce serait trop long à raconter, Carlos. C'est encore une mort qui m'y a conduit. Maintenant dis-moi simplement si Diego le connaissait.

— Je ne crois pas.

— Et la *genizah* ?

— Non. Maître Abraham nous avait demandé expressément de ne pas lui en parler.

Il est donc pour ainsi dire impossible que Diego ait tenu le couteau de *chohet*. Si le père Carlos ne ment pas, tous les moissonneurs sont innocents. Le crime ne peut avoir été commis que par un ou plusieurs des passeurs de livres. Je demande encore :

— Empruntiez-vous souvent le passage dérobé ?

— Presque jamais, répond le prêtre.

— Parfait.

— Comment ça, « parfait » ?

— Cela explique peut-être que le tueur n'ait pas su qu'il ne passerait pas. Le boyau se resserre. Moi-même, j'ai eu du mal à me faufiler. Un homme plus corpulent y resterait pris. Il a donc fait demi-tour, il est rentré dans la cave et, en m'entendant en haut des marches, il s'est dépêché de se cacher dans la *genizah*. Ensuite, quand je suis sorti chercher des outils pour clouer la trappe, il est remonté en catimini et il a quitté la maison par la porte du magasin – en le voyant rue du Temple, Gémila a maudit le Seigneur, donnant prise ainsi à l'*ibbour*. Le tueur ressemblait apparemment à un démon. « Maïmon le Blanc aux Deux-Bouches », comme dit Gémila. Il avait vraisemblablement le teint très clair. Ou peut-être le visage dissimulé par un capuchon ou un chapeau dont elle aura pris la mentonnière pour une seconde bouche.

Je pose une main sur l'épaule du prêtre et poursuis :

— Il faut que je lise la correspondance de mon oncle. J'espère y découvrir les noms des passeurs. Et il y a un dessin que je veux vous montrer, Carlos. Le portrait d'un enfant qui a essayé de vendre le manuscrit volé. Mais il nous faut plus de lumière.

Lorsque je me dirige vers la grille de notre cour, le père Carlos me retient cependant et demande :

— Qui aurait eu le courage de se livrer à la contrebande avec ton oncle ? Qu'en penses-tu ?

— Je ne sais pas. En tout cas, il est probable que c'est quelqu'un que nous connaissons. Peut-être même quelqu'un avec qui mon oncle feignait de ne pas s'entendre.

En prononçant ces paroles, il me vient une idée perverse. Qui mon oncle détestait-il le plus au monde, exception faite du roi Manuel et de quelques ecclésiastiques chrétiens ? Mon vieil ami, rabbi Losa ! Se pourrait-il que l'inimitié qui opposait les deux hommes ne fût qu'un faux-semblant ? En tant que costumier attitré du clergé, Losa voyage librement, il lui serait tout à fait possible d'emporter des manuscrits hébreux vers des contrées plus sûres. Je demande au prêtre :

— Mon oncle parlait-il parfois de rabbi Losa aux réunions du cercle des moissonneurs ?

— Très peu. Et en général avec mépris.

— Carlos, voulez-vous m'accompagner maintenant chez le rabbin ? Je n'ai jamais compris pourquoi, mais il vous aime bien. Et il faut absolument que je lui parle.

— Il m'apprécie parce qu'il retrouve chez moi sa propre peur, dit Carlos. Nous nous réunissons parfois pour trembler en commun.

Sur le chemin de chez Losa, le prêtre reprend la parole, demandant d'une voix craintive :

— Alors, est-ce que tu me pardonnes ?

— Vous pardonner quoi ?

— Que je n'aie pas pu sauver Juda. J'ai besoin de le savoir.

— Bien sûr que je vous pardonne. Vous êtes vous-même une victime au même titre que... Écoutez, Carlos, je ne suis plus certain d'être juif, mais cela ne fait pas encore de moi un inquisiteur chrétien.

— Plus certain d'être juif ? ! Bérékhia, il faut pourtant que tu croies à *quelque chose* !

— Le faut-il ? Vraiment ? !

— Mais cela va de soi.

Je m'arrête au milieu de la rue et respire profondément, me remplissant la poitrine et les entrailles des odeurs nocturnes de la jungle touffue qui enserre cette piteuse bourgade qu'on nomme Lisbonne. Je lui dis :

— Hume ces ténèbres, Carlos. Il y a là quelque chose de nouveau, outre l'odeur de la merde et de la fumée et de la forêt. Un paysage nouveau est en train de prendre forme, un continent laïque où nous pourrons fuir les rivages embrasés de la religion. Pour l'instant, on ne fait à peine que l'entrevoir. Mais cela viendra. Et les chrétiens ne pourront nous empêcher d'y trouver refuge.

— Dis-moi, cher Bérékhia, je t'en prie, réplique Carlos d'un ton tout ensemble sceptique et prêcheur. Sur quoi cette terre nouvelle se fondera-t-elle, sinon sur la religion ?

— Je n'en sais rien, Carlos. Elle ne s'est pas encore matérialisée. On y rencontrera des mystiques et des agnostiques, je n'en doute pas. Mais il n'y aura pas de place pour les prêtres et les moines, les diacres et les évêques et les papes. S'ils osent mettre le pied chez nous, nous les jetterons dehors la tête la première. Et il en ira de même des rabbins pédants. Le premier à déployer son rouleau de commandements se fera couper la gorge séance tenante !

— Tu devrais implorer le pardon de Dieu pour ce que tu viens de dire.

— Portez vos coquilles ailleurs ! J'en ai assez de quémander ! Mon Dieu ne dispense ni pardon ni châtiment.

— L'*Én Sof* ? demande le prêtre, évoquant le concept kabbalistique d'un Dieu caché, sans attributs connaissables.

J'approuve d'un signe de tête et il ajoute :

— Il n'y a guère de réconfort dans un Dieu transcendant à tout.

— Ah ! le réconfort... Pour cela, mon cher ami, ce n'est pas un Dieu qu'il me faut, mais une femme qui partage mon lit et des enfants que je pourrai serrer dans mes bras. Je vous abandonne le Seigneur de l'Écriture, le nôtre comme celui des chrétiens. Je préfère celui dont on ne peut rien dire.

Carlos se borne à secouer la tête, geste qui semble me reléguer dans un monde qu'il renonce à comprendre. Nous ne sommes plus qu'à quelques pas de la maison de rabbi Losa. Je me dissimule dans l'entrée d'une ruelle tandis que le prêtre frappe à la porte. En réponse à ses coups, la fille adolescente du rabbin, Esther-Maria, ouvre un volet à l'étage. Ses yeux, recouverts de cheveux emmêlés, paraissent fatigués.

— Je m'excuse de te réveiller, dit Carlos. Ton père est-il là ?

— Il est sorti, répond-elle.

— Où est-il allé ?

— Je ne sais pas.

— Pourrais-tu lui dire que j'aimerais lui parler ? Il me trouvera chez Pedro Zarco ou à Saint-Pierre. Dis-lui de venir dès qu'il le pourra. Quelle que soit l'heure. Et qu'il sache que nous ne lui voulons aucun mal.

Elle consent et je reprends avec Carlos, à pas las, le chemin de la maison. Nous nous asseyons dans la cour, pénétrés l'un et l'autre d'un sentiment de culpabilité qui nous court dans les veines telle une mélodie morbide, comme s'il fallait nous imputer à crime d'avoir eu la vie sauve. Je prends une lampe dans la cuisine et déroule mon dessin de l'enfant qui a proposé le manuscrit de mon oncle à senhora Tamara.

— Le connaissez-vous ? demandé-je.

— Non, répond Carlos, rapprochant le portrait de ses yeux.

Je le serre à nouveau dans ma besace et le prêtre reprend, comme s'il demandait une faveur :

— Puis-je rester là jusqu'au matin ? Je ne supporte pas d'être seul.

— Il le faudra bien. Je ne vous conseille pas de retourner à votre logement ou à Saint-Pierre. Un homme de main, un grand blond, nordique, semble avoir été chargé par l'assassin de tuer Diego. Vous êtes peut-être vous aussi parmi les victimes désignées.

Le prêtre tressaille et ouvre tout grands ses yeux paresseux, l'air d'un homme qui viendrait d'avaler du poison.

— Moi ? ! Cela expliquerait peut-être...

Il prend sous son habit un carré de parchemin aux quatre coins duquel on a cousu de petites touffes de laine semblables au *tsitsit*. On dirait un jouet d'enfant. Il me le tend avec un impératif succinct :

— Lis !

Des caractères hébreux minuscules, pas plus gros que des fourmis, dessinent les contours grossiers d'un corps humain. La langue est un mélange bizarre d'hébreu et de portugais, les paroles empruntées au livre de Job : « Elle abandonne ses œufs à la terre et les laisse chauffer sur le sable, oubliant qu'un pied peut les fouler et la bête des champs les écraser. »

— Quand l'avez-vous reçu ? demandé-je.

— Vendredi dernier. Quelqu'un l'a glissé sous ma porte. Tout d'abord j'ai cru que c'était ton oncle. Je pensais qu'il voulait me faire peur, pour que je lui cède le livre qui lui tenait à cœur. Ensuite je me suis dit que cela venait peut-être de toi.

Carlos sourit en prononçant la dernière phrase qui lui vaut de ma part un regard incrédule.

— Et maintenant ? Votre esprit est-il rentré au logis au terme de ses égarements ?

— Je ne sais plus. Mais si quelqu'un a tué ton oncle et veut maintenant me tuer, moi... Peut-être est-ce lui qui a fabriqué ce talisman. Peut-être y a-t-il un rapport entre la mort de maître Abraham et le manuscrit que je détiens. Mon livre a peut-être une valeur que nous ne soupçonnons pas.

— Pouvez-vous me le montrer ?

— Non. Il est chez moi. Et s'il faut braver un tueur à gages... Béri, c'était tout ce qui me restait du judaïsme. Je ne pouvais pas m'en défaire. Ç'aurait été me renier moi-même.

— Ne vous en faites pas, Carlos. Avez-vous une idée de ce qui pourrait donner au manuscrit une valeur particulière ?

— Non. Il n'est pas unique. Il y a d'autres copies.

— Il comporte peut-être des notes marginales ?

— Non, rien. À moins que le passeur ne se soit mis en tête de le garder pour lui.

— C'est peu probable. Après avoir fait sortir du pays une bonne centaine d'ouvrages de valeur, il n'y a pas de raison logique pour qu'il se retourne tout d'un coup contre mon oncle simplement à cause de votre manuscrit. D'ailleurs, nous avons dans la *genizah* plusieurs manuscrits très rares qui ne semblent pas l'avoir intéressé. Il n'a pris que la dernière *Haggadah* de mon oncle.

Examinant à nouveau le talisman, je remarque que le mot « sable », *areia*, est mal orthographié.

— Ceci a été écrit à la hâte, dis-je, probablement en cachette. Par quelqu'un qui ne possède que des connaissances limitées de la Torah et qui n'a pas reçu une formation de scribe. Pourtant l'encre est de qualité. L'auteur doit être un scribe amateur qui dispose des meilleurs matériaux. Droitier, bien sûr, à en juger par l'inclinaison de l'écriture. Quant à la laine...

J'en renifle les fils et les fais passer entre mes doigts.

— Plutôt vieille, je dirais. Elle sent le cèdre, comme si elle avait séjourné dans un coffre de bois. Si nous voulons en savoir plus, nous aurons besoin de l'aide de Farid. Peut-être que l'encre aussi a une odeur caractéristique. C'est quelqu'un qui veut vous faire peur qui a fabriqué ce talisman. Mais s'il voulait vous tuer, il ne se donnerait pas la peine de vous mettre en garde. Voulez-vous me le laisser ?

— Je ne demande qu'à ne plus le voir, dit Carlos, renversant soudain la tête pour bâiller. Il me semble parfois que je pourrais dormir cent ans, deux cents ans.

— Allez, prenez mon lit. Vous trouverez une couverture dans l'armoire.

— La cour me va parfaitement.

— Vos souffrances ne ressusciteront pas les morts.

— Béri, j'ai besoin de voir le ciel et les étoiles. Laisse-moi où je suis. Je dormirai quand Dieu le voudra.

Haussant les épaules, je lui souhaite une bonne nuit et me dirige vers la cave. Je remarque en passant la silhouette de ma mère, debout dans sa chambre, ombre veillant Farid. Lorsque je viens plus près, je vois qu'elle presse sur son sein une amulette en parchemin. Celle-ci a la forme de la mythique flûte à dix trous qu'on appelle une *magréfah*. Nos regards se rencontrent dans un espace par-delà la parole, puis, d'un commun accord, se tournent vers Farid. Il respire à présent librement, comme s'il reprenait pied dans le monde des vivants. Y a-t-il eu un échange ? Farid contre Juda ? Est-ce pour cela que ma mère ne le lâche pas des yeux ?

— Merci de lui avoir prêté votre lit et de le veiller, murmuré-je à son oreille.

Elle me serre la main. Elle sent toujours la jusquiame. D'une voix ensommeillée, elle soupire :

— Si seulement il était des nôtres !

— Cela n'a plus d'importance, dis-je.

— Tu te trompes, Bérékhia. Maintenant c'est plus important que jamais.

À croire que nous ne serions pas de la même race. Je l'embrasse dans le cou et descends à la cave en traînant les pieds, mais la lecture de la correspondance de mon oncle ne me donne guère sujet d'espérer. Seules deux lettres semblent contenir des promesses. Écrites toutes deux en arabe, par une même personne. La première est datée du 3 Chevat de cette année. Mon oncle a dû la recevoir très peu avant sa mort. La signature, excessivement ornée, dessine une *menorah*. Si je ne me trompe – les kabbalistes de la vieille génération se plaisent à jouer des tours au lecteur non initié – le nom est Tou bi-Chevat. C'est de toute évidence un pseudonyme. *Tou bi-Chevat* est une fête du calendrier juif que nos mystiques associent à l'arbre de vie et à des réparations accomplies ici-bas et dans l'au-delà. Malheureusement, mon arabe est loin d'être à la hauteur du style fleuri de l'auteur. Une chose cependant est certaine : il fait au moins une fois allusion à une *safira* que mon oncle lui aurait envoyée. La seconde lettre a été écrite il y a tout juste un an. Malgré tous mes efforts, elle me laisse perplexe. S'il me fallait traduire, je dirais que mon oncle négociait l'achat d'un « carreau décoratif au cœur d'un coucher de soleil ».

J'aurai besoin de l'aide de Farid pour débrouiller les sinuosités symboliques qui masquent le sens des deux missives.

Avant de refermer la *genizah*, j'examine encore une fois les trois liasses de correspondance, cherchant une écriture qui ressemble à celle du talisman de Carlos. Je ne trouve rien.

En haut, Farid dort paisiblement, en ronflant. Son front n'est plus brûlant. Je résiste à la tentation de le réveiller ; c'est le premier vrai sommeil qu'il a eu depuis le début de sa maladie. Je m'installe à la cuisine pour attendre son réveil ; les lettres de Tou bi-

Chevat sont en sûreté, dans ma besace. Jetant des pincées de cannelle sur les braises de la cheminée, contemplant les étincelles rougeoyantes qui piquent l'air comme une pluie d'étoiles filantes, je me rends compte que je suis noir de poussière et de crasse, mais je trouve du réconfort dans la puanteur moite qui me colle à la peau. Il est bien juif, ce remugle fauve, la marque du deuil où j'ai élu domicile, quelque chose que la vengeance rehaussera encore, jusqu'au divin, le jour où je découvrirai l'assassin de mon oncle.

Je me réveille tôt le vendredi matin, assis, la tête reposant sur la table de la cuisine, le nez plein d'une odeur saumâtre. D'énormes morues salées trempent dans un chaudron d'eau près de ma tête. Les coqs accueillent l'aurore de leurs cris. Cinfa prépare avec le père Carlos une infusion de verveine.

C'est le septième jour de la Pâque ; la nuit prochaine sera la dernière de la fête. Il ne me reste plus beaucoup de temps pour trouver le tueur. La crainte de le voir m'échapper dissipe les dernières vapeurs du sommeil.

— Mère dit qu'on peut vivre comme un roi en ne mangeant que de la morue et des œufs, annonce Cinfa, me montrant un visage joyeux.

Ses yeux semblent me supplier de ratifier sa chimère de bonheur, mais je me sens accablé, pris au piège. La maison est une prison, Cinfa et le père Carlos de peu croyables prophètes de survie. Me levant d'un bond, je demande :

— Rabbi Losa n'est pas passé ?

— Pas encore, répond le prêtre.

— Et que devient Farid ?

— Toujours en train de dormir.

— Il a assez reposé ! Il faut que je le réveille.

Dès mon premier pas, Cinfa accourt et se blottit, palpitante, contre ma poitrine.

— S'il te plaît, ne sors plus ! Il t'arrivera quelque chose d'horrible aujourd'hui, je le sais !

Je devrais être attendri, mais mon seul désir est d'échapper à ma jeune sœur. Je la ramène devant la cheminée et lui murmure des paroles apaisantes :

— Il ne m'arrivera rien. Je ne permettrai plus jamais à un chrétien de me faire du mal, je te le jure.

Son visage défait me dit que l'insouci enfantin qui jusque-là la protégeait du chagrin n'est plus. Je lui prends la main et récite avec elle et le père Carlos les prières du matin. Le prêtre dit alors :

— Je retourne encore à Saint-Dominique pour essayer de savoir ce qu'est devenu Juda.

— Laissez tomber, Carlos, conseillé-je. S'il est encore en vie, il finira par rentrer. Les moines ne vous diront rien. Pour eux, il n'est qu'une bouffée de fumée juive comme les autres.

— Non, il faut que j'y aille.

— Mais c'est dangereux. Peut-être l'homme de main vous guette-t-il.

— Alors il m'attendra devant chez moi. Je sortirai par le magasin et suivrai la rue du Temple jusqu'au fleuve. Je ne risque rien.

Il m'adresse un signe de tête comme pour solliciter mon approbation. Il semble avoir enfin reçu le don du courage.

— Très bien, dis-je.

Il s'incline, puis s'en va d'un pas traînant. Resté seul avec Cinfa, je la cajole :

— Laisse-moi passer un moment avec Farid. Je reviens tout de suite.

Elle me regarde fixement, les traits congestionnés, gros de larmes prêtes à couler. Je lui tends la main, mais elle se dérobe et quitte la cuisine en courant.

Farid dort toujours. Son visage a repris toutefois les couleurs de la vie, et la peau de ses membres est souple et chaude. Suspendues au-dessus du lit, les amulettes de ma mère se balancent follement comme pour clamer au monde sa santé retrouvée. Mes yeux se mouillent. Le retrait des anges m'inspire une plénitude de reconnaissance qui me pousse vers la fenêtre pour adresser mes remerciements à l'Éternel. Belo, les oreilles dressées, regarde par-dessus le mur de senhora Faiam, gaillardement calé sur son unique patte de devant. « Bénis soient les hommes et les femmes, les enfants et les chiens, pensé-je. Avec tant de beauté dans le monde, l'existence d'un Dieu personnel a-t-elle vraiment tant d'importance ? Ne pouvons-nous nous contenter de ce que nous avons ? » Baissant le regard, je découvre par terre le Nazaréen que Carlos a arraché à sa croix, lui qui partage mes interrogations vis-à-vis de l'avenir inconnaissable. Farid se réveille et frappe deux petits coups contre le châlit pour attirer mon attention.

— As-tu des nouvelles de Samir ? demande-t-il.

— Non. Je suis désolé. Attends...

Je cours chercher les babouches de son père dans ma chambre, m'agenouille à côté de mon ami et les lui tends. Mes mains disent pour moi :

— Je n'ai pas osé te les montrer avant, au plus fort de ton mal... On m'a dit à la mosquée que, quand l'émeute a éclaté, ton père est parti si vite qu'il les a oubliées.

Farid s'accroche aux pantoufles et ferme les yeux. Ses pouces caressent les semelles dont il renifle le cuir. Sentant Samir, ses lèvres s'ouvrent malgré lui, sa figure devient celle d'un écorché vif. Les nerfs de son cou se crispent, tendant vers le jugement attendu de la colère divine. Il commence à gémir. J'enlace mes dix doigts aux siens et tente de le délivrer par la force de mon amour.

Lentement, la houle du deuil s'apaise, se réduit à un flux silencieux. Lorsque Farid se soulève sur le coude et s'essuie les yeux avec un coin du drap, je répète :

— Je suis désolé.

Il hoche la tête et se mouche dans la manche de sa chemise. Je m'assieds au chevet du lit et poursuis :

— Tu avais la dysenterie. Avec tout le reste, j'ai failli ne pas le reconnaître. Je crois que c'est le riz que tu as acheté lundi quand nous sommes rentrés dans Lisbonne.

Il passe la main sur ses lèvres dans un ample geste de remerciement, puis la déploie vers le haut pour louer la générosité d'Allah. Sa mimique est assurée, pétrie d'une foi retrouvée. Jaloux de sa croyance en un Dieu bienveillant, je ne peux retenir un mouvement d'impatience.

— Quel jour sommes-nous ? demande-t-il.

— Vendredi.

— Déjà la veille du chabbat...

Il secoue la tête et respire profondément, comme pour rassembler ses forces au sortir d'un long sommeil.

— As-tu appris autre chose au sujet de l'assassinat de ton oncle ?

Je lui fais part des résultats de mon enquête, lui montre d'abord mon dessin du petit mendiant qui a essayé de vendre la *Haggadah*, puis les lettres de Tou bi-Chevat.

— Nous tenons enfin quelque chose de concret, fait-il en parcourant du regard la première lettre avant d'en traduire la substance en gestes d'une parfaite aisance : « J'ai attendu de vous écrire, maître Abraham, dans l'espoir de voir arriver d'autres *safiras*.

Comme il n'y a rien eu dernièrement, je ne peux toutefois m'empêcher de me poser des questions. Est-il arrivé malheur à notre Zorobabel ? Ou peut-être est-ce vous qui souffrez de maladie. Je vous prie de me faire tenir de vos nouvelles. Je commence à m'inquiéter. »

Il y a un instant où le monde miniaturé d'un manuscrit s'éveille à la réalité, où les contours des mains d'un prophète, les yeux brillants d'une reine revivent dans le présent éternel de la Torah. C'est une sensation similaire, comme d'un arrêt du temps, qui s'empare de moi maintenant et dirige mes regards vers le dedans. Un chemin se déploie sous mes yeux, conduisant de Lisbonne, à travers l'Espagne et l'Italie, vers l'Orient. Mon oncle le parcourt, chargé de ses chers manuscrits, avec le sourire joyeux de celui qui apporte un don.

Si ces images me visitent, c'est qu'il semble clair, d'après la lettre, que l'itinéraire des livres sauvés par mon maître aboutissait à Constantinople. N'ayant pas reçu des envois annoncés, son associé dans la capitale ottomane, Tou bi-Chevat, craignait qu'il ne lui fût arrivé malheur. Sans doute cette nouvelle lui fit-elle soupçonner une trahison de la part de l'un ou l'autre de ses courriers. En attendant d'identifier le coupable, il garda l'information secrète, se rendant cependant chez dom Miguel Ribeiro pour tenter de recruter un nouvel associé, capable de prendre la relève, puis, face au refus du gentilhomme, écrivant à Samson Tijolo qui, en tant que marchand de vin, aurait pu lui aussi être autorisé à voyager à l'étranger.

Quant à Zorobabel, il ne peut s'agir que du personnage biblique qui apparaît dans le livre d'Ezra. Prince de Juda, c'est lui qui remmena les exilés de Babylone après l'édit de Cyrus, rétablit le culte à Jérusalem et entreprit avec le grand prêtre Josué la reconstruction du Temple.

Mais que signifie son nom dans le contexte de la contrebande ? Serait-ce le pseudonyme de celui qui portait les manuscrits à Constantinople ?

Dans la seconde lettre, Tou bi-Chevat parle de la *zouleha* – le « carreau » – qu'il est disposé à acquérir pour mon oncle dans la capitale ottomane.

— Je ne comprends pas, dis-je à Farid.

— Je pense que c'est ici une allusion détournée à des matériaux de construction, soit, par extension, à une maison. Ton oncle négociait peut-être l'achat d'une demeure sur la rive européenne du Bosphore – au « couchant » de Constantinople.

XV

Mes mains disent à Farid :

— Mon oncle nourrissait donc depuis longtemps le projet de quitter le pays. Il attendait d'avoir conclu la transaction avant de nous parler de Constantinople. Byzance, imagine-toi... En terre musulmane ! Si seulement il m'en avait fait part ! Nous aurions tous pu faire un effort supplémentaire pour réunir l'argent. Mais peut-être craignait-il d'être dénoncé et de compromettre...

Ma tante Esther met fin à ma mimique désordonnée en m'appelant à la cuisine.

— Seigneur ! murmuré-je. Son âme est rentrée dans son corps.

Farid lit les paroles sur mes lèvres et me presse d'y aller :

— Va la retrouver ! Il se peut qu'elle ait besoin de toi pour parfaire son retour parmi les vivants.

Accourant, je vois que ma tante n'est pas seule. Elle tient Cinfa aux épaules, s'abrite derrière la jeune fille comme derrière un bouclier humain. Un vieillard se dresse à ses côtés. Grand et maigre, il est anormalement pâle, avec de grands cheveux blancs ébouriffés et des sourcils qui ressemblent à des chenilles velues.

Un être fait plutôt de neige que de chair. Les yeux d'Esther se fixent sur moi avec une expression grave.

— Tu te souviens peut-être d'Afonso Verdinho, dit-elle. Il faisait partie du cercle de ton oncle.

Nous l'appelions autrefois *O Sinistro*, sobriquet affectueux mais en même temps ambivalent, inspiré non seulement de sa prédilection pour la main senestre, mais encore de ce qu'il y avait de sinistre dans son détachement des choses de ce monde. Mon oncle, qui l'aimait bien, le considérait comme un original, disant qu'il lisait la Torah comme si le sens était figé dans de la colle forte – conséquence de l'austérité intransigeante qu'il avait assimilée en étudiant auprès des soufis en Perse. Pourtant je ne le reconnais plus. Maintenant que je sais que c'est lui, il paraît plus vieux encore et plus terni, comme s'il avait passé toutes ces années à jeûner, enfermé dans un cachot obscur, étiré sur un chevalet. Sa chemise blanche froissée est tachée de sueur aux aisselles. Il porte sur le bras une vieille cape noire, doublée de soie bleue qui s'effrange à l'ourlet. Lorsque nos regards se croisent, ses lèvres se tordent dans une grimace gênée. Aucun ne fait mine de saluer l'autre.

— Tu te souviens, n'est-ce pas ? insiste Esther. Tu n'étais qu'un enfant quand...

— Je me souviens, dis-je d'un ton cassant, paralysé par une prémonition de désastre imminent qui m'enserre comme une prison de verre.

— Bérékhia, je vais vivre pendant un temps avec Afonso, poursuit ma tante, parlant lentement et avec douceur. Il s'est mis en route dès que la nouvelle de l'émeute est parvenue à Tomar. Il a pris des chambres à l'auberge de senhor Duarte, à côté de chez Réza. Nous serons là-bas. S'il te plaît, dis-le à ta mère. Je ne veux pas la réveiller, mais si elle a besoin de moi, elle n'a qu'à passer.

— Je ne comprends pas, dis-je.

Elle lève les deux mains à ses tempes comme pour rassembler ses pensées éparses. Cinfa se tord pour la regarder en face, puis quitte la maison en courant. Esther lui crie de revenir. En vain.

Afonso se penche à l'oreille de ma tante et lui parle en persan, les traits empreints d'une tendre compassion. Il prend un air protecteur, lui enlace les épaules, la serre contre lui et me dit d'un ton sec :

— Tu devrais laisser un peu de temps à ta tante. Essaie de comprendre que la traversée est loin d'être aussi simple que tu le pensais autrefois.

Il emmène Esther dans la cour. Blottis l'un contre l'autre, ils franchissent la grille et s'en vont. La jalousie me brûle le cœur comme une coulée de poix bouillante ; il est cruel de savoir qu'un tiers a su ressusciter ma tante, là où mes propres efforts ont échoué.

Et qu'elle abandonne sa famille à un tel instant – c'est inconcevable !

Dom Afonso... Est-ce que sa réapparition change tout ? Peut-il avoir joué un rôle dans le crime dont mon oncle a été victime, dans sa contrebande de livres ? Il a pourtant quitté Lisbonne avant la conversion forcée, bien avant que mon maître n'ait creusé, avec l'aide de mon père, la fosse qui nous sert de *genizah*.

J'éprouve au fond du ventre une déception absurde à constater que la vie n'est pas un livre, qu'elle ne comporte pas de notes en marge, élucidant les péripéties périlleuses. Si les choses étaient aussi simples, dom Afonso serait resté tranquillement au coin de son feu à Tomar. Son arrivée ne fait que compliquer une situation que déjà je ne maîtrise plus.

J'entends mon oncle murmurer : « Mon cher Bérékhia, la vie nous confronte souvent à des chemins qui ne mènent nulle part, à des portes s'ouvrant sur des précipices, à des escaliers couronnés de grilles verrouillées. » Je me souviens aussi qu'il aimait à dire que la vie tout entière est un acheminement vers le chabbat. « Admettons, pensé-je. Reste qu'avant d'y arriver, nous nous perdons presque tous dans les détours. »

Abattu, je rejoins Farid.

— Les gens, lui dis-je, sont de drôles d'oiseaux.

— Pourquoi ? Que se passe-t-il ?

Il écoute mes explications, puis demande encore :

— Tu ne sais pas ?

— Quoi donc ?

— Ils étaient amants autrefois. Samir me l'a dit.

— Tu es fou ? Afonso et...

— Il y a des années que c'est fini. Cela n'a pas d'importance.

Ses mots sont d'une simplicité qui dépasse mon entendement. Le sol sous mes pieds devient fluide, se dérobe comme les eaux d'une rivière en crue. Les mains parlantes de Farid sont mon seul point d'appui dans le maelström qui emporte le monde.

Se peut-il qu'Esther ait malgré tout trempé dans le crime ? Malgré elle, en révélant en passant l'existence de la *genizah* à dom Afonso qui aura agi de son propre chef, n'écoutant que la passion dont il brûle toujours pour elle.

Devinant mes pensées, Farid commente :

— Le château de cartes, c'est toi qui l'échafaudes maintenant sur un plan incliné dans une tempête de sable.

— Non, pas si elle ignorait les intentions criminelles de dom Afonso. Il a très bien pu lui cacher ses menées. Maintenant encore, elle ne se doute pas que l'homme venu la consoler est l'assassin de son mari !

— Pourtant, si nous devons en croire la lettre de Tou bi-Chevat, il est plus que probable que le crime fut commis par un des passeurs de livres. Tu ne crois tout de même pas qu'Afonso en était ? Tu ne le vois pas dans le rôle de Zorobabel ?

Le silence entre nous va grossissant. Je suis toujours bouleversé par le départ d'Esther. Mon ami me fait signe de temps à autre, mais j'ignore ses ouvertures. Il pose finalement une main sur mon bras.

— Quelqu'un vient d'entrer, me disent ses doigts. Un homme à la démarche étrange. J'en perçois les vibrations.

À nouveau on m'appelle à la cuisine. Une voix d'homme. J'y cours. Le moissonneur et drapier « mort » Simon Eanes se tient dans l'embrasure de la porte, s'appuyant lourdement sur ses béquilles, les épaules recouvertes de son antique surtout en velours noir. Il semble ne s'être ni lavé ni rasé depuis dimanche dernier, et une grande cicatrice lui barre le front, semblable à un œil blessé. Cinfa est là aussi, se serrant contre lui comme une orpheline. Il m'accueille d'un signe de tête tout en caressant de sa main gantée les cheveux de ma sœur.

— Je viens d'apprendre la mort de maître Abraham, dit-il.

Involontairement, mon regard se porte sur son pied pour vérifier s'il est bien humain.

— Vous n'êtes pas mort ! m'exclamé-je.

Il secoue la tête et sourit. Un sourire dément, grimaçant, comme si ses lèvres s'écartaient malgré lui, mues par les fils invisibles d'un marionnettiste.

Je fais un pas vers lui, obéissant à la force de survie partagée qui nous unit. Mais ses gants ! Celui qui recouvre la main droite est déchiré au dos. Se pourrait-il que le fil de soie que j'ai trouvé sous l'ongle de mon oncle provienne en effet... ? Méfiant, je recule. L'autre étale sur ses traits encore une parodie de sourire.

— Vous allez bien ? demandé-je. Qu'êtes-vous devenu ? Votre propriétaire m'avait dit...

— Ça va. C'est moi qui lui ai donné la consigne de dire à tout le monde que j'étais mort. Cela m'a paru plus sûr, étant donné les circonstances. En fait, j'ai réussi à fuir la ville. Je viens de rentrer.

« Ô Seigneur, pensé-je, Juda lui aussi va-t-il ressusciter des morts ? Ou est-ce trop espérer ? »

Simon accepte avec des courbettes la *matsah* rassise qui est tout ce que je peux lui offrir.

— Mon oncle n'est pas le seul mort parmi les membres de votre cercle, dis-je. Il y a aussi Samson.

— Je sais. Il venait de passer chez moi, au magasin. Je l'avais pressé de rester, de se cacher avec moi, mais il tenait à retourner auprès de Rana et de leur enfant. Il a été pris à moins de cinquante pas de ma porte... Il n'avait aucune chance, les chrétiens étaient partout.

J'ai l'impression d'être séparé de mon corps. Je veux tendre un piège au moissonneur, mais les paroles qui sortent de ma bouche ne disent que la vérité.

— Diego et le père Carlos ont survécu. Et maintenant Afonso Verdinho est de retour à Lisbonne.

Simon hoche la tête. Ses lèvres esquissent un sourire distrait, de pure politesse, comme s'il ne m'avait pas entendu. Nous nous asseyons de part et d'autre de la table. Pour me faire croire qu'elle ne nous écoute pas, Cinfa se met à marmotter je ne sais quoi à propos du ménage qui l'attend. Face à ma mine irritée, elle se sauve dans la cour.

Une grimace tout ensemble crispée et hilare se dessine sur le visage de Simon, comme tracée par le pinceau d'un enlumineur sans talent. Je demande :

— Quelque chose vous fait rire ?

— Non.

— Vous êtes blessé, dis-je, montrant son front. Vous a-t-on frappé ?

Simon tâte sa cicatrice, parle d'une voiture à bras contre laquelle il aurait trébuché en se cachant dans l'échoppe d'un plumassier, rit en me montrant aussi son genou contusionné. Il me raconte ensuite une anecdote stupide, l'histoire d'un chien qui aurait pissé sur une jambe de bois qu'il a essayée autrefois. Il sourit tout en parlant, cligne des yeux, sourit toujours. Lorsque enfin le silence prend le pas sur la parole, ses regards inquiets fuient d'un coin à l'autre de la pièce.

Dans son désespoir, il a décidé de se faire bouffon à la cour d'un Dieu tyran.

— Nous n'avons plus de vin, lui dis-je. Mais voulez-vous de l'eau-de-vie ? Il nous reste aussi de l'encens de Goa qui pourrait...

— Non, merci. Je n'ai besoin de rien.

Farid entre d'un pas de convalescent et s'assied à côté de moi sur le banc. Il répond au sourire de Simon en inclinant la tête, geste dont la maladresse a le sens d'une question. L'autre n'y réagit pas. Les doigts de mon ami me disent :

— Il est comme le jasmin privé d'eau qui fleurit avant de mourir.

Sans raison, dans l'espoir simplement de lui faire perdre sa gaieté factice, je parle à Simon de ma mère et d'Esther, de la disparition de Juda et de Samir. Il hoche la tête comme si je ne lui apprenais rien. Pour le mettre à l'épreuve, je dis :

— J'ai trouvé un grain de chapelet près du corps de mon oncle. Je suis persuadé que c'est le père Carlos qui l'a tué.

— Carlos ? Mais quel motif pouvait-il avoir pour tuer maître Abraham ?

— Ils s'étaient disputés au sujet d'un manuscrit que le prêtre ne voulait pas céder à mon oncle.

Le sourire de Simon semble vouloir me passer un caprice. Ses doigts se promènent sur le plateau de la table, imitant la démarche d'une araignée.

— Eh bien, qu'en dites-vous ? m'impatienté-je.

— Que veux-tu que je dise ? Je pense que c'est absurde. Mais s'il te plaît de le croire, qui suis-je pour dissiper tes illusions ? Ce n'est plus moi qui me donnerai du mal pour démêler la vérité. Les illusions sont parfaites. Nous devrions tous avoir le bonheur de posséder un parterre de mensonges fleuris – la vie en devient infiniment plus facile.

Cinfa rentre dans la cuisine et se blottit sous l'aile de Farid.

— Ne m'écoute pas, soupire soudain Simon. Je ne suis qu'un vieux fou. J'ai perdu courage. Mais si tu y tiens, j'essaierai pour l'amour de maître Abraham de regarder la vérité en face. Maintenant dis-moi une chose. A-t-il été tué par une personne de connaissance ? Par un juif ?

Je crois lire presque de l'espoir dans son regard interrogateur, comme si la mort subie aux mains d'un coreligionnaire était pour mon oncle préférable à celle que lui aurait fait souffrir un adepte du Nazaréen. Je réponds :

— C'est plus que probable.

Tandis que je parle du couteau de *chohet* et de notre or volé, Simon se mord la lèvre en louchant du côté de Cinfa. Je finis par comprendre sa mimique et demande à ma sœur d'aller chercher au magasin du fruit pour notre hôte.

— Je sais ce que tu veux, siffle-t-elle, me foudroyant du regard. Mais il était mon oncle aussi ! J'irai chercher des fruits pour Farid, parce qu'il a besoin de manger. Pas pour toi !

Je lui tends la main dans un geste apaisant, mais elle s'enfuit à nouveau.

— Je ne sais pas comment la prendre, avoué-je. Tantôt elle tremble de peur pour moi et l'instant d'après...

— Ça passera. Il faut du temps, fait Simon en souriant.

— Vous parlez tout à fait comme Afonso Verdinho.

— Eh oui ! Quand est-il arrivé ?

— Tout à l'heure. Bizarre, n'est-ce pas ?

— Qu'est-ce que tu veux dire ? Crois-tu que lui aussi eût pu... ?

— Ce n'est pas impossible.

— Parle-moi du départ de maître Abraham.

D'une voix précipitée, me gardant de l'émotion qui guette derrière les paroles, je raconte à Simon comment j'ai découvert mon oncle et la jeune femme, la position des corps, les entailles au cou. Il sourit toujours, mais ses lèvres frémissent. Il se livre une bataille au fond de son cœur. Il m'interrompt soudain, demande d'un ton pressant :

— N'y avait-il pas autre chose sur le corps de ton oncle qui sortait de l'ordinaire ?

Les battements accélérés de mon cœur scandent *um fio de seda* – un fil de soie –, mais ma langue répond à la question par une autre question :

— C'est-à-dire ?

Simon hausse les épaules comme pour se distancer de ce qu'il s'apprête à dire.

— De la *semente branca*, murmure-t-il.

— Comment le savez-vous ?

Sa main levée m'impose silence.

— À Séville, j'ai été dénoncé par un membre de notre communauté. Je n'ai jamais su qui. Ce n'est pas quelque chose dont les inquisiteurs se soucient d'informer leurs prisonniers. J'ai abjuré, mais j'ai été condamné à la prison perpétuelle. J'y ai vu les meurtrissures qui marquaient le cou de ton oncle. Ce sont les marques de la pendaison ou du garrot ou...

Son sourire s'éclipse. Il baisse les yeux, les essuie sur sa manche et poursuit :

— L'émission de la semence est une réaction du corps à la pression exercée sur le cou et la trachée-artère. Elle ne se produit pas chez tout le monde, mais cela arrive. Je me l'explique par la joie dont le martyr est transporté à l'approche de Dieu qui vient le délivrer, joie qui va jusqu'à l'orgasme. Peut-être Dieu lui aussi connaît-il la même volupté. Ton oncle aurait pu le savoir. Quoi qu'il en soit, la victime rencontre son Créateur lorsque l'extase qui monte au-devant de la douleur atteint son paroxysme. En tant que maître du Nom, ton oncle aurait connu presque aussitôt une jouissance exceptionnelle.

— Vous supposez donc qu'il a d'abord été pendu. Mais je n'ai pas trouvé de corde, ni de...

— Pendu ou garrotté ou même étranglé. Avec une corde ou avec les mains. Et...

— Cela s'est fait avec un chapelet. Je ne mentais pas tout à l'heure.

— Et ensuite ton *chohet* lui a coupé la gorge, reprend Simon. Par habitude, peut-être. Ou pour plus de sûreté. Avec un kabbaliste aussi puissant, on ne sait jamais. Il aurait moyen de...

— C'était forcément quelqu'un dont il ne se défiait pas, interviennent les mains de Farid. Notre mystérieux ami Zorobabel, sans doute.

Ne voulant pas révéler ce que je sais de la connexion probable entre la mort de mon oncle et sa contrebande de livres, je m'abstiens de traduire pour Simon qui réagit par un petit rire étouffé.

— Quelqu'un comme moi, d'après Farid.

Sa réserve farouche semble avoir été totalement évincée par cette nouvelle personnalité.

— Oui, approuvé-je. Comme vous.

— Je ne me défendrai pas, Bérékhia. Ton oncle m'a racheté de la mort aux mains des chrétiens. Je me serais tué moi-même plutôt que de...

— Pourtant nous avons trouvé sur le lieu du crime quelque chose qui semble vous appartenir.

— Quoi donc ?

— Prêtez-moi un de vos gants et je vous le dirai.

Il hausse les épaules, comme renonçant à protester contre l'absurde, ôte le gant déchiré et me le tend. Je prends le fil dans ma besace. La soie est bien la même, la nuance de noir parfaitement identique.

— Ceci est resté pris sous un des ongles de mon oncle. On dirait que c'est à vous.

Simon examine le fil, puis, prenant appui sur le plateau de la table, se soulève et fixe sur moi un regard bienveillant.

— Peut-être bien. Je n'ai pas l'œil expert. Mais n'importe qui a pu se le procurer dans mon magasin ou chez l'un quelconque des marchands de soie de la Petite Jérusalem. Bien sûr, tu te demandes comment j'ai déchiré mon gant.

Je fais oui de la tête, et il répond par une envolée lyrique :

— Quand on n'a qu'une jambe et qu'on se met à courir, on a tendance à tomber. Quand on tombe sur des pierres, la soie se déchire. C'est une matière merveilleuse que cette étoffe tissée par les vers, mais ceux qui la filent pour leurs cocons ne prévoient pas la stupidité des hommes.

Il reprend ses béquilles, cale les traverses rembourrées de cuir sous ses aisselles. J'ai honte de persécuter un ami de mon maître, mais en même temps un instinct pervers me pousse à le harceler encore, à bannir à jamais de son âme la possibilité du bonheur. Je dis :

— De nos jours, Simon, tout le monde porte un masque. Et je dois dire que j'ignore ce qui se dissimule sous le vôtre. De même que, pour votre part, vous ne pouvez savoir ce que cache le mien. Peut-être l'homme que vous êtes réellement se félicite-t-il en ce moment de m'avoir dupé.

— Mon vieux masque a brûlé il y a longtemps, sur le bûcher qui m'a ravi ma femme, répond-il, sautillant sur son pied unique pour bien placer ses béquilles. Le nouveau... Je ne sais pas moi-même à quoi il ressemble.

L'air résigné, il remet son gant et poursuit :

— Peut-être ai-je eu une querelle violente avec ton oncle, sans témoin. C'est certainement la supposition que ferait un inquisiteur. Est-ce donc là le rôle que tu as choisi de jouer ? Un mystique juif au service de l'Inquisition ? !

Il éclate d'un gros rire amer.

— Après tout, tu ne serais pas le premier. Tout est possible en Espagne et au Portugal. Bénies soient ces terres fertiles en miracles !

Les paroles de Simon sont-elles l'apologie cynique d'un homme las de vivre ou reflètent-elles plutôt la duplicité d'un tueur ?

— Savez-vous à qui mon oncle confiait les livres qu'il faisait sortir du pays ? demandé-je.

Il répond par un signe de tête négatif. J'insiste :

— N'avez-vous aucune idée ?

— Aucune. Je suis passé maître dans l'art de ne pas penser à certaines choses. C'est un talent particulier qu'on est obligé de cultiver en Castille et en Andalousie. Si jamais tu as l'occasion d'y faire un tour, tu verras comme il est prisé chez le bon peuple de ces provinces odieuses.

Je lui mets sous les yeux mon dessin de l'enfant qui a proposé le manuscrit de mon oncle à senhora Tamara.

— Le connaissez-vous ?

— Non, pas que je sache.

— Et Tou bi-Chevat ?

— La fête ?

— Non. C'est le pseudonyme d'un correspondant de mon oncle à Constantinople. Celui qui recevait les manuscrits sauvés.

— Il y a une bonne centaine de kabbalistes à Constantinople, dit Simon avec un geste dubitatif. Ton Tou bi-Chevat pourrait être n'importe qui. Maître Abraham ne souhaitait pas nous voir nous mêler de ces affaires-là. Nous avons respecté son désir. Comme toi, mon cher Bérékhia.

Il me montre encore une fois son pitoyable sourire. J'aurais envie de le gifler.

— Et Aman ? demandé-je d'un ton bourru.

— Comment, Aman ?

— Mon oncle vous a-t-il dit quel visage il avait donné à Aman dans sa dernière *Haggadah* ?

Simon secoue la tête et se dirige vers la porte, boitillant sur ses béquilles. Il se retourne encore une fois, la main levée en visière. Le bouffon a disparu. Il a le regard vide de celui qui vient de perdre son dernier espoir. Il murmure d'un ton pressant :

— J'avais quelque chose à te dire, Bérékhia. Il y a un gentilhomme espagnol logé à l'Estaus qui recherche en ville les livres hébraïques, notamment les manuscrits enluminés. Il m'a contacté le chabbat d'avant la mort de ton oncle pour me demander si je n'en avais pas à vendre. Je ne sais pas qui lui a donné mon nom. Il ne voulait pas me le dire. Méfie-toi de nous tous, si tu veux. Mais méfie-toi de lui en particulier. Tu seras peut-être tenté de vendre les livres de ton oncle pour réunir l'argent dont vous aurez besoin pour corrompre des fonctionnaires et quitter le Portugal. Mais cet homme-là m'est suspect.

— Comment s'appelle-t-il ?

— Il se dit comte, le comte d'Almira. Mais cela m'étonnerait que ce soit son vrai nom.

C'est en tout cas le même qui emmena Diego à l'hôpital après l'agression dont il fut victime. Lorsque j'en fais part à Simon et à Farid, tous deux insistent pour m'accompagner chez lui. Nous nous mettons en route sans parler, lentement, réglant notre pas sur celui de Simon. Toute trace du massacre a désormais disparu si ce n'est dans les regards des chrétiens, regards éloquents, méfiants, qui semblent démarquer un territoire et nous disent – chose que nous savons fort bien sans cela – que nous ne sommes pas comme eux. Le message transmis, ils se mettent à chuchoter entre eux, se détournent comme à la vue de morts en sursis. Que nous ne sommes pas autre chose, nous le savons aussi.

À l'ombre oblique qui sous le soleil matinal prolonge les tours jumelles de la cathédrale, Farid me fait comprendre qu'un homme nous suit.

— Depuis que nous avons quitté la maison, disent ses gestes. J'en suis certain. Et c'est un Nordique. Mais ne te retourne pas tout de suite.

Nous accélérons l'allure en passant devant la Madeleine pour descendre vers la Petite Jérusalem. Dans le quartier juif il nous faut louvoyer entre les pâtés de merde dont les chrétiens ont souillé les rues. Nous discernons encore sur les pavés les lignes de sang, brunâtres, brisées, pâlissantes, qui marquent le passage des corps des victimes traînées au bûcher. Des mouches tournoient dans l'air, nous entrent dans les narines, se posent pour paître au coin de nos yeux. Mes pensées cependant ne quittent pas l'homme du Nord qui nous suit. Comme si nous étions attachés par une corde invisible dont je me sens retenu comme par une bride. Près de l'ancienne école, j'ose un regard par-dessus mon épaule. Notre suiveur contourne à grands pas les voitures à bras des harengères qui encombrent la chaussée. Il n'y a pas de doute, c'est le colosse blond que j'ai aperçu en faction devant la porte de Diego.

Il a le teint pâle. Serait-ce lui, Maïmon le Blanc aux Deux-Bouches ?

Je prends le bras de Simon et le mets au courant de la situation.

— Sans doute est-ce moi qui l'intéresse, dis-je. Il doit croire que j'ai découvert quelque chose au sujet du complot contre mon oncle. Il faudra nous séparer.

Simon sourit, sans protester ; il ne luttera plus contre le sort. Mais Farid demande :

— Ne vaudrait-il pas mieux lui faire front ? Trois contre un seul.

D'un signe de tête, je lui rappelle l'infirmité de Simon.

— C'est une mauvaise idée. Seul, je pourrai le semer dans les ruelles du quartier. C'est un étranger. Il aura vite fait de s'égarer. Je vous retrouverai devant l'Estaus. Attendez-moi là-bas.

Ils acquiescent et nous poursuivons notre chemin, remontant vers le Rossio. Je me retourne pour m'assurer que notre suiveur me voit bien, puis, devant les boutiques des passementiers, bifurque brusquement vers le bâtiment de l'ancien hôpital juif. D'un bond, je me dissimule sous le portail de pierre de l'auberge

Aux Deux Frères. La venelle qui longe le côté de l'établissement me permettra de gagner inaperçu la rue des Forgerons.

Me pressant contre le mur, je remarque plusieurs papillons couleur crème qui descendent en battant des ailes vers un tas de crottin frais.

Je vois l'homme du Nord s'arrêter au carrefour. Il ôte son chapeau en regardant du côté où j'ai disparu. Il a de hautes pommettes saillantes et des yeux sournois. Il passe la main dans les mèches grasses qui lui retombent sur le front, se couvre à nouveau. Pourtant son premier pas est dans le mauvais sens ; il s'éloigne de moi, suivant Farid et Simon.

Spasme glaçant, la conscience de mon erreur me saisit aux tripes. Je me glisse silencieusement en avant. L'homme cependant, comme doué de seconde vue, se retourne et me regarde droit dans les yeux. Il me toise un instant, puis se met à courir. Je me précipite sur ses talons. Il perd son chapeau, tire de dessous sa cape un objet que je vois étinceler dans son poing serré. Farid aussi a flairé le danger. À une centaine de pas en avant, il se tourne vers Simon, gesticulant follement. Ils hâtent le pas, passent la porte nord de la Petite Jérusalem, plongent dans l'ombre du dôme de l'église Saint-Nicolas. L'allure heurtée de Simon est maladroite, sans espoir. Je hurle :

— Simon, cours !

Impossible. Il se retourne, lâche une béquille. La suite se déroule au ralenti, dans un temps qui a soudain la consistance du miel : le visage du vieux moissonneur, déchiré par un cri muet lorsque le sicaire se jette sur lui, son dernier soutien qui s'envole, son corps qui tombe lourdement contre un mur. Farid, à genoux, me le cache tandis que la cape de l'assassin blond flotte au vent de sa course.

XVI

Simon ne peut pas parler. Ou peut-être n'en éprouve-t-il plus le besoin. Couché dans les bras de Farid, il laisse à son regard le soin de faire ses adieux au monde.

Un stylet au manche d'ébène, plongé entre ses côtes, lui sépare l'âme du corps. Mes mains disent à Farid :

— Encore un qui ne vivra pas pour accueillir ce soir le chabbat.

La main gauche de Simon, gantée, s'agrippe au manche du poignard.

— Enlevez-le, gémit-il.

Farid retire l'arme de la blessure. Le sang nous éclabousse, jaillissant comme du vin mis en perce.

— Merci, soupire le vieux moissonneur.

Farid soulève le poignard tout en calant la tête de Simon au creux de son bras.

— Pointu, me fait-il remarquer.

Je comprends ce qu'il veut dire. Traditionnellement, la lame d'un *chohet* est à bout carré ; l'extrémité de celle-ci forme une pointe redoutable.

— Je m'excuse de vous avoir soupçonné, murmuré-je à Simon en hébreu. Il faut croire que j'étais...

Mais il ne veut pas m'entendre battre ma coulpe. Il hoche la tête, laisse ses doigts fins reposer sur mon bras. Ses yeux parcourent le ciel, ses lèvres se meuvent dans une prière silencieuse. J'y lis les noms divins, puis ceux des êtres chers qu'il a perdus. Le dernier vocable formé par sa bouche est « Graça ».

Les doigts de Simon me caressent comme si c'était moi qui avais besoin de réconfort. À l'instant où son âme s'en va, un hoquet gargouillant monte de sa poitrine ; ses mains sont parcourues d'un frisson semblable à un battement d'ailes. J'effleure à peine ses paupières en les fermant.

Assurément c'est péché pour un homme tel que moi de se tenir, même l'espace d'un instant, pour l'égal d'un prophète. Nonobstant, j'applique ma bouche sur la bouche de Simon, mes yeux sur ses yeux, mes mains sur ses mains. Je me couche sur lui comme Élisée sur l'enfant mort de la Sunamite. Insérant le pouce et l'index dans sa bouche, je l'ouvre alors à mon souffle et le remplis sept fois de la vie de ma vie. Une douleur me lacère l'épaule tandis que mes poumons se vident dans le mort. C'est Farid qui m'arrache au corps. Je lis du courroux dans son regard, mais il m'embrasse sur le front.

— Assez ! fait-il.

Je me retourne vers Simon. Sa chevelure ondoie doucement, comme caressée par une main d'ange.

— Tu vois ! dis-je tout haut.

— Il est mort, répondent les gestes assurés de Farid. Il ne se réveillera plus.

Il me serre contre sa poitrine. Le rythme de son cœur est comme une houle qui m'engloutit, une vague de chaleur qui me renvoie à la nuit de mes paupières baissées.

Ensemble, nous nous figeons. Je pleure. Enfin la

crue se retire de mes pensées et la mort de Simon me rend à Lisbonne et à l'instant. Une foule de curieux, bourdonnante de conjectures, nous serre de près. En effet, rien n'attire les chrétiens comme le spectacle du malheur d'un juif. Mon regard suit la direction prise par l'assassin dans sa fuite. Faisant signe à Farid de m'attendre, je cours ramasser son chapeau. Un petit garçon à demi nu me devance. Il a les yeux innocents de Juda.

De retour auprès de Farid, je dis :

— Je vais essayer de retrouver sa piste. Peux-tu affronter seul ces Philistins ?

Il acquiesce d'un signe de tête. Je tourne les talons et m'élance, propulsé de l'avant comme par un tourbillon de rage froide. Là où la rue débouche dans le Rossio, je reste pris dans les files emmêlées d'hommes et de femmes, de véhicules et de chevaux qui y convergent. L'animation factice de la place m'a dérobé ma proie.

Un vieux barbier au justaucorps déchiré m'interpelle avec l'intonation paresseuse du Midi :

— Vous voilà bien défraîchi, senhor. Venez, que je vous fasse la barbe et les cheveux. J'ai le tour de main, moi. Je vous blanchis un nègre qu'il n'y voit que du feu.

— Avez-vous vu passer un homme du Nord, un grand blond ? demandé-je.

— Peut-être ben qu'on aura de la pluie ce mois-ci, répond-il.

Avec l'indéfectible optimisme des monomanes, il me prend la main et essaie de m'entraîner vers son fauteuil. Je me dégage. Sa femme, dont une jeune fille épouille le crâne dégarni, désigne d'un doigt crochu la limite septentrionale de la place.

— Il est allé par là.

Je reprends ma course, interroge en vain les boutiquiers jusqu'à ce qu'un marchand de tapis que la peur rend prolixe me dirige sur la gauche de l'église Saint-Dominique.

Je m'engage dans la venelle de terre que nous appelions autrefois la rue de la Sorcière – *rua da Bruxa* – en l'honneur d'une vieille aux yeux de chat qui y exerçait le métier de rhabilleuse de pucelages. Un porteur d'eau rouquin qui fait une patience à l'abri d'un auvent a vu passer l'assassin.

— Par là ! crie-t-il, tendant le bras vers l'est.

Je pénètre dans le quartier maure, pousse de plus en plus loin, jusqu'à ce que les belles maisons au crépi bleu et blanc fassent place à des masures de bois. La rue aboutit enfin à un escalier de granit qui monte comme un ruban plissé vers une grande croix de pierre blanche, borne qui délimite le terrain du couvent de la Grâce dont le diadème de murailles crénelées couronne la pente aride et rongée de la colline une trentaine de toises plus haut. C'est un cul-de-sac.

De petits mendiants en guenilles, aux visages sales et sournois, qui ressemblent plutôt à des nains qu'à des enfants, jouent avec un ballon de cuir à côté de l'escalier. Perchée au sommet de la colline, une nonne minuscule, l'avorton de sa portée claustrale, leur crie après avec l'accent galicien :

— Allez ! Filez, petits rats ! Vous brûlerez tous en enfer avant de pouvoir demander pardon à Dieu !

Apparemment, le jeu consiste à frapper du ballon la croix chère au cœur de la religieuse.

Remarquant la présence d'un spectateur, un petit garçon chétif aux yeux vert clair lui lance d'un ton arrogant :

— *Vai-te foder, vaca !* Hé, la vache, va te faire foutre !

Les enfants rient. La religieuse continue à glapir :

— Pour vos péchés vous épouserez tous des catins du diable ! Et vos enfants naîtront sourds et sans yeux, avec des queues couvertes d'écailles. Puis vous...

On dirait une litanie qu'elle connaît par cœur. Peut-être est-ce sa manière de réagir à une torture quotidienne. Sa pénitence.

J'attrape le ballon qui descend la pente vers moi en rebondissant sur les cailloux.

— Hé ! rends-le-nous ! crient les enfants, furieux.

— Dites-moi d'abord si vous avez vu passer un étranger.

— Les étrangers, y a que ça dans le coin. Rends-nous notre ballon, ventrebleu !

— Un blond, nu-tête, les cheveux sur les épaules. Portant une cape avec...

L'un des gamins pointe un doigt court et crasseux et dit :

— Il a grimpé là-haut comme une araignée.

Je tente un coup de pied tombé et manque de peu la croix. Les enfants applaudissent, puis courent en hurlant après le ballon qui dévale la pente.

En haut de la colline, hors d'haleine, je m'arrête face aux arcs-boutants du couvent comme à la porte du Mystère. Un marché animé s'est installé de l'autre côté de la rue. J'interroge les vendeurs de tripes et de tamis, de peignes et de volières, voire une famille de bossus castillans en route pour Saint-Jacques. Personne n'a vu mon homme.

En désespoir de cause, j'ose aborder la nonne glapissante. Elle n'a plus en bouche qu'une unique dent décolorée qui s'enfonce tel un poignard ébréché dans sa lèvre inférieure. Ses paupières sont noires comme des pruneaux, son nez rongé par des ulcères. Elle suspend sa litanie le temps de m'offrir une perle de sagesse :

— Cherche Dieu, pas les hommes du Nord.

Lorsque je lui répète les paroles du gamin aux yeux verts, elle se met à piailler comme un perroquet du Brésil.

De retour au quartier juif, je me concerte avec Farid. Nous ne savons que faire du corps de Simon dont nous ne connaissons même pas l'adresse exacte. Comme il lui arrivait de parler de sa vue sur le Tage, nous avons toujours supposé qu'il demeurait à l'ouest de la ville, au-delà des remparts, sur la butte couronnée par l'église Sainte-Catherine. Nous empruntons donc une brouette à senhora Martins, une amie de ma tante, y chargeons le cadavre et nous mettons en route sous le soleil ardent de l'après-midi.

Les passants nous suivent-ils des yeux ? Je n'en sais rien ; je me suis réfugié dans un monde intérieur fait de questions et de regrets. Farid nous conduit. Je ne perçois que l'effort de l'interminable montée, un arrière-goût désagréable de chaleur et de sueur, de soleil et de poussière. Ce n'est qu'en entendant une voix crier le nom de Simon que je m'éveille à nouveau aux arêtes blanches, vibrantes de Lisbonne. À l'est, Sainte-Catherine dresse sa flèche contre le bleu du ciel. Une femme courtaude au visage hébété, coiffée d'un foulard blanc, accourt en hurlant et reste médusée d'horreur à la vue du sang qui macule les habits du mort. Elle tombe à genoux et vomit. Un vieillard me dit qu'elle est la sœur aînée de la compagne de Simon. Il désigne une maison de rapport délabrée.

— Ils habitent là, à l'étage.

Mon impression d'irréalité va s'augmentant. C'est moins en acteur qu'en spectateur que j'assiste à la scène qui suit. Je vois celle qui partageait la vie de

Simon, une femme svelte au teint olivâtre et aux yeux intelligents, dont le profil est d'une force frappante, vu son jeune âge. Ses gestes, lorsqu'elle nous invite à entrer, témoignent d'une élégance innée et son air de majesté naturelle me fait penser à Réza, mais elle est à peine sortie de l'enfance. Elle porte une ample robe rose.

— Voici Graça, la femme de Simon, dit la sœur.

Lorsque je lui conte ce qui s'est passé, elle court à la fenêtre, s'agrippe des deux mains au rebord, le cou tendu pour apercevoir Simon. Ses plaintes ont une intensité animale, comme d'une tigresse appelant son petit dans le langage des entrailles. Elle étreint son ventre et, le cœur défaillant, je me rends compte qu'elle est enceinte. J'attends que les premières vagues d'horreur refluent, puis lui dis :

— Votre nom était le dernier formé par ses lèvres.

Nous redescendons. Les badauds reculent. Graça tombe à genoux et caresse le visage de Simon, murmure au mort des paroles apaisantes où il est question du Christ et de leur enfant à naître. Je comprends alors ce qui aurait dû être évident : elle n'est pas juive.

Sa sœur, protectrice, l'arrache au cadavre avec la force du désespoir et l'oblige à nous faire face.

— Dites-nous comment Simon est mort ! exige-t-elle. Nous voulons tout savoir.

La voix qui répond n'est pas la mienne ; Bérékhia a fui dans les profondeurs, sous la cuirasse de mon corps.

Graça reste muette, bouche bée, le regard morne, désespéré. Sa sœur demande encore en serrant les poings :

— Où obtiendrons-nous justice ?

— Quand j'aurai retrouvé l'assassin, je vous le ferai savoir, dis-je avec un geste d'impuissance.

Comme Farid, je suis couvert du sang de Simon. Des voisins compatissants nous aident à nous laver, nous donnent du linge propre, nous régalent de vin et de fromage. Trop faibles pour protester, nous nous laissons faire. Redescendant ensuite vers le cœur de Lisbonne, la tête alourdie par la boisson, les jambes vacillantes, nous avons l'impression de quitter un paysage biblique.

Nous rendons d'abord la brouette à sa propriétaire, puis errons comme des fantômes par les rues de la Petite Jérusalem. Devant l'atelier de teinturier installé dans les anciens locaux de notre tribunal juif, je commence à épeler de mes pas « Abraham » en hébreu. Et encore, « Juda ». Au bout d'un certain temps je sens Farid s'énerver. Il s'arrête, tourné vers l'est comme la flèche d'une girouette.

— Rentrons ! me disent ses mains.

Je regarde à l'opposé le déclin du soleil sur la ville maudite. Ce soir, le dernier de la Pâque, nous devrions réciter le *Zohar* jusqu'à l'aube, mais nous ne possédons plus le texte sacré. Et quand même nous l'aurions...

— Non, pas à la maison ! m'écrié-je d'une voix avinée.

Je continue à marcher, cahin-caha, nous ramenant enfin à l'endroit où Simon a teint de son sang les pavés de la Petite Jérusalem.

— Il y a quelques heures encore, cette croûte brunâtre coulait dans ses veines, dis-je à Farid.

Il secoue la tête comme à l'énoncé d'une évidence. Mais je ne peux pas le croire, et je repasse les événements de la journée à l'envers – comme je lirais un texte dans le mauvais sens. La mise en garde de Simon contre le comte d'Almira résonne derechef à mes oreilles, soulignée d'un rythme de tambourins mauresques.

Les mains de Farid insistent :

— Rentrons à Alfama ! Il faut contacter Diego, l'avertir que l'homme du Nord le tuera certainement s'il le trouve.

— Non, Diego n'approchera pas de son logis et nous ne savons pas où il se cache. Nous allons à l'Estaus.

Son geste de réponse est un refus, mais je lui prends le bras.

— Ne dis plus rien ! J'ai besoin de toi.

Pénétrant sur le Rossio avec Farid, je me trouve pris dans un tourbillon de cendres blanches et noires, soulevées par le vent à l'emplacement des bûchers récents. Elles semblent de prime abord le seul vestige subsistant de la montagne de péchés chrétiens. « Nos coreligionnaires massacrés, pensé-je, n'ont plus pour demeure que notre mémoire. »

L'œil perçant de Farid m'oblige cependant à raviser mon jugement.

— Regarde par terre ! me disent ses mains, tandis que son pied montre un des joints des pavés.

L'espace est plein de dents humaines. Il y en a par milliers sur la place, coincées dans des fissures et entre les pavés. Regardant autour de moi, je vois partout des femmes et des enfants à genoux qui glanent ces dépouilles comme dans un champ au passage des faucheurs. Ils les garderont sans doute comme talismans contre la peste.

Devant nous, au coin nord-est de la place, une compagnie d'infanterie royale s'est alignée en cordon devant le perron de l'église Saint-Dominique. Nous voyons aussi une vingtaine de cavaliers, rangés derrière les fantassins.

— Le gouverneur a dû arriver à un compromis avec la hiérarchie dominicaine pour faire ouvrir les portes de la ville, commente Farid.

— La tuerie une fois bien finie, le roi envoie l'armée. Le courage avec lequel il nous défend est très réconfortant. Tu ne trouves pas ?

Plus loin, j'enregistre le respect témoigné aux troupes par des bourgeois qui la veille encore réclamaient la tête du roi Manuel. « Il y a dans l'âme des chrétiens portugais une passivité indéracinable, pensé-je. Jamais aucune révolte ne pourra aboutir ici. »

Une vieille aux yeux rusés, qui cherche à faire bavarder les badauds, nous arrête et s'exclame :

— On a jeté deux frères prêcheurs en prison. N'est-ce pas scandaleux ?

Je lève sur elle le médius de la main droite et psalmodie :

— Puisse ton âme méchante être condamnée à d'éternelles errances ici-bas !

Ses yeux chrétiens me disent son mépris. Je crache à ses pieds et nous poursuivons notre chemin en hâtant le pas. Le portail de l'Estaus est gardé par deux arbalétriers bâtis en hercule, en faction de part et d'autre d'un portier presque trop élégant, coiffé d'un chapeau à plume. Au-delà de la grille, à l'ombre d'un bouquet d'orangers, trois carrosses stationnent à la disposition des hôtes du palais. Je reconnais la voiture blanc et or que j'ai vue le jour où Diego fut blessé.

— Le comte d'Almira me recevra, dis-je au portier. Veuillez lui faire savoir que Pedro Zarco est arrivé.

— Avez-vous une lettre de recommandation ? demande-t-il en fronçant le nez comme au passage d'une charrette de fumier.

Je me rends compte alors que notre mise est celle de paysans de retour d'une journée de travail aux champs.

— Je ne suis porteur d'aucune missive, mais il me recevra.

Sous son regard scrutateur, je prends la pose hautaine du gentilhomme campagnard qui n'a pas de temps à perdre avec des domestiques mal stylés. M'éventant avec le chapeau améthyste de l'assassin, je me tourne vers Farid et marmonne avec mon meilleur accent castillan une remarque sur un banquet en l'honneur d'un ami fictif du nom de Diaz. Les Portugais trouvent les Castillans insupportables, mais n'en ont que plus de respect pour eux, notamment pour ceux qui peuvent se payer des domestiques. Ma petite comédie ne me paraît guère convaincante, mais je vois du coin de l'œil le portier transmettre mon message à un laquais de l'autre côté de la grille.

Nous attendons sous le soleil assassin de Lisbonne, contemplant les lézards insaisissables qui passent comme l'éclair dans les anfractuosités des pavés. Le regard impatient de Farid ne quitte pas les toits du quartier maure.

— Quand nous en aurons fini ici, lui dis-je dans notre langage gestuel, nous repasserons à la forge nous enquérir de Samir. Peut-être trouverons-nous quelqu'un qui pourra nous en dire plus.

Un laquais manchot m'aborde en traînant les pieds et annonce :

— Je conduirai senhor Zarco aux appartements du comte.

— Viens, dis-je à Farid.

Ensemble nous franchissons la grille.

L'intérieur du palais sent l'ambre et le musc. Nous nous engageons dans un corridor dont le sol est garni de mosaïques imitant des tapis de Perse. Les murs blancs sont coupés à intervalles rapprochés de niches qui abritent des piédestaux couronnés de grands vases bleus débordant de roses blanches et rouge pâle, à peine écloses.

Au-dessus de nos têtes, les voûtes du plafond arborent un décor d'arabesques blanc et or, toile de fond qui met en relief des images fidèles de pies, de huppes, de rossignols et d'autres oiseaux familiers. Je ne sais ce que le laquais peut penser des gestes lyriques que j'échange avec Farid en identifiant les différentes espèces ; ses yeux ne trahissent qu'un intérêt fugitif.

Au bout du corridor, un arbre noueux se dresse au milieu d'une immense cage métallique, finement ouvragée. Arrivés à sa hauteur, nous découvrons que c'est une volière. Des oiseaux chanteurs des colonies au plumage vivement coloré y ont fait leurs nids et voltigent entre les branches, telles des flèches jaunes, oranges et noires. Dans une tentative pour nier la beauté du spectacle, je montre du doigt la fiente blanche qui souille le sol. Farid, qui devine mon intention sans partager le jugement porté, se borne à un geste de réponse :

— Même un roi peut apprécier la beauté.

— Si c'était le cas, il ne les mettrait pas en cage, objecté-je.

— Aux yeux d'un roi, la liberté et la beauté ne font jamais bon ménage ! répond mon ami avec sagesse.

Les appartements du comte se situent au premier étage. Le parquet de l'antichambre présente l'aspect d'un damier. Au centre, une table de marbre rose est entourée de quatre fauteuils brodés aux armes du roi. On nous invite à nous asseoir, mais un triptyque troublant à droite de la porte accapare notre attention. L'on y voit un saint barbu, prosterné, qui mendie dans une ville en ruine, peuplée de prêtres à tête de rat et d'une foule de sphinx allégoriques. Les lèvres de Farid esquissent un sourire mi-figue mi-raisin tandis que ses doigts commentent :

— L'artiste semble bien connaître Lisbonne.

La porte en face de celle par laquelle nous sommes entrés s'ouvre soudain, livrant passage au comte.

— Ah ! je vois que notre petit tableau vous plaît, me dit-il, pinçant ensuite les lèvres comme s'il faisait grand cas de ma réponse attendue.

Il a le profil d'un ascète retors, avec un grand nez busqué et une abondante chevelure noire qui lui prête un faux air de jeunesse.

— Je ne sais pas encore s'il me plaît, répliqué-je. Mais l'artiste a du talent.

— Vous faites bien de vous réserver. Vous risquez moins d'acheter chat en poche.

— Je n'ai pas l'intention de le marchander.

Il rit gaiement. Rien n'indique qu'il ait reconnu en moi le jeune homme entr'aperçu lors de l'accident de Diego. Il renvoie le laquais d'un signe de tête à peine perceptible, s'adosse au panneau central du triptyque et se met à pérorer.

— C'est effroyable, ce que les saints doivent endurer. Je dirais que le jeu n'en vaut pas la chandelle. Le tableau est l'œuvre d'un Hollandais du nom de Bosche. Le roi dom Manuel l'a reçu en cadeau. Comme il ne peut pas le voir, il me le prête chaque fois que je suis de passage à Lisbonne.

Il conclut en faisant claquer sa langue :

— Notre sort est de savourer les restes de la table royale.

Le geste dont il nous invite ensuite à passer au salon est celui d'un ancien, prêt à dispenser sa sagesse à de jeunes disciples. L'espace d'un instant, une lumière surnaturelle semble faire reluire les deux émeraudes qui ornent l'index et le médius de sa main droite.

Je retrouve au salon la jeune femme du carrosse.

Debout près d'une fenêtre aux volets clos, une main cachée derrière le dos, séparée de moi par toute la largeur de la pièce. Elle porte une robe à traîne en soie couleur crème garnie de dentelle avec une gorgerette plissée. Son front est ceint d'un bandeau mauve, ses cheveux ramenés en arrière, réunis dans une corne tissée de filigrane d'argent. Le trait le plus frappant de son visage pâle et doux, étrangement enfantin, ce sont les yeux, animés par une curiosité toujours en éveil. En réponse peut-être à la sollicitude amicale qu'elle lit dans les miens, elle montre son bras caché. Il est comme un moignon, de moitié plus court que l'autre. Un tressaillement parcourt les doigts minuscules qui s'agrippent à son collier de perles, trahissant une hésitation anxieuse, mais plus je la regarde et plus sa propre expression de tendresse se raffermit. Je sens qu'elle aimerait me caresser les lèvres du bout de ces petits doigts. Le comte la présente :

— Ma fille Joana.

Saisi à la fois de désir et de gratitude qu'elle ne soit pas sa femme, j'adresse à part moi une action de grâce au Seigneur avant de m'incliner et de décliner mon identité. Prenant aussi la parole pour Farid, j'ajoute :

— Mon ami est sourd et ne peut parler. Il lira vos paroles sur vos lèvres.

Farid salue avec la grâce innée qu'il a héritée de Samir, grâce propre à tous les musulmans, qui doit nous rappeler que, représentants d'Allah les uns comme les autres, il nous incombe de nous rencontrer dans un esprit de sérieux qui ne déroge pas à nos origines.

— Je suis ravi de votre venue, dit le comte. Vous m'épargnez une nouvelle excursion dans la pestilence d'Alfama. Mettons-nous à l'aise, voulez-vous ?

Il prend le bras sain de sa fille – le gauche – et lui

fait traverser la salle comme un cavalier sa cavalière aux premières notes d'une danse. Non sans malaise, nous prenons place dans des fauteuils écarlates brochés d'or autour d'une table de marbre marqueté. Une aiguière de porcelaine rose et quatre coupes d'argent y sont disposées sur un plateau d'étain. Joana nous sert du vin. Le comte appuie sur nous un regard scrutateur. Nous nous sentons tous les deux maladroits, hésitants, comme des oiseaux de mer sur la terre ferme. Les mains de Farid me disent :

— Plus vite nous nous en irons et mieux cela vaudra.

— Si je ne me trompe, les gestes que vous échangez ainsi sont votre façon de communiquer entre vous, fait remarquer le comte en penchant la tête d'un air sceptique, tandis que ses yeux expriment un mélange de curiosité et d'arrogance.

— Nous avons grandi ensemble, expliqué-je. Nous avons donc inventé notre propre langage.

— Un langage des mains. Et pour des raisons que vous devinerez certainement, dit-il en désignant Joana, les mains me fascinent. Dites-moi, épelez-vous tous les mots ?

— Quelques-uns. Mais la plupart sont remplacés par des signes.

— Et lorsque vous épelez, vos mots sont-ils portugais ou hébreux ?

Mon silence amène sur les lèvres du comte un sourire fin, la grimace d'un homme qui aime à poser pour la galerie, à plaider la cause de l'accusation, à désorienter ses victimes avant de... Il rit soudain en battant des mains.

— Regardez ! fait-il.

Il se penche en avant et pose sur la table un objet invisible que la suite de la pantomime permet d'identifier comme une pièce d'étoffe précieuse, un châle dont il s'enveloppe la tête et les épaules tout en faisant mouvoir les lèvres sans émettre un son. Cela fait, il se tourne vers l'orient et récite d'une voix à peine audible les premiers mots de l'office du soir. L'écho des paroles va s'estompant. Le comte nous regarde tendrement, comme pour solliciter notre indulgence, et poursuit en castillan, toujours à voix basse :

— À partir de nos jours, les juifs auront intérêt à apprendre le métier d'acteur. Je prédis que nous y excellerons, dans tous les pays et toutes les langues, jusqu'à ce que la venue du Messie nous mette à même de refuser tous les rôles.

Ses lèvres pincées sourient. Il hoche la tête à l'appui de sa propre théorie, redresse le dos, fait tournoyer son châle invisible dans l'air avec l'adresse d'un escamoteur et répète :

— Tous, si lucratifs soient-ils. Passez-moi donc ma petite comédie. Un acteur sans public n'est rien et les occasions sont si rares.

La parenthèse ainsi refermée, il nous adresse à chacun un signe de reconnaissance.

— Je me souviens en effet de vous avoir vus tous les deux. Et feu votre oncle qui a failli se faire prendre par les gardes du roi avec ses phylactères. Il n'y a pas de sens à se cacher des siens.

Il se penche par-dessus la table pour me prendre la main. J'esquive le contact de sa paume froide et moite et demande :

— Est-ce à dire que vous êtes juifs ?

— Oui, répond Joana.

— Et non, ajoute le comte avec un haussement d'épaules qui semble demander pardon.

La jeune fille a-t-elle pris la parole pour endormir mes suspicions à l'égard de son père ? Farid, à qui mon penchant naissant n'a pas échappé, me met en garde :

— Ne leur fais pas confiance, ni à l'un ni à l'autre.

Posant une main sur son bras pour le rassurer, je me tourne vers le comte et l'invite à parler plus clairement.

— Mais c'est très simple, répond-il. Nous sommes juifs sans l'être. Le roi Ferdinand nous a accordé d'exquises lettres de sauvegarde. Béni soit Celui qui crée la macule et qui l'efface. Sans parler du titre délicieux dont il a daigné m'honorer par la même occasion. Comment ai-je obtenu ce petit rien si agréable, qui ouvre toutes les portes ? Par le mariage, mon jeune ami. Souvenez-vous-en lorsque vous songerez à faire souche. Feu la mère de Joana était le dernier rejeton d'une lignée des plus illustres.

Désignant sa fille d'un signe de tête, il lève un doigt annonciateur de franchise brutale.

— Des plus illustres, mais des plus désargentées. C'est donc aussi l'argent qui m'a fait comte. Ne faites pas la fine bouche ! Mais non, mon ami ! Il n'y a pas de quoi ! Le roi de Castille est dans le même cas. Tous les nobles sont des imposteurs. Enlevez leurs beaux atours et vous trouverez des paysans jaloux, ravis de culbuter une fille de ferme. Et ils mènent toujours un train au-dessus de leurs moyens. Ne l'oubliez pas ! Ils n'apprennent jamais ! C'est ce qui permet de reconnaître qu'ils ne sont pas juifs. Ceux qui profitent des leçons de l'expérience sont aussitôt réduits en fumée par nos frères prêcheurs si pauvres d'esprit qui se récrient : « Tiens ! Un juif ! » Alors, faites de l'argent, achetez ce qui vous plaît, soyez bien bête et vous aussi pourrez devenir comte un jour !

Il trempe ses lèvres dans le vin et demande :

— Au fait, vous êtes dans quelle branche du commerce ?

— Père ! s'exclame Joana. Je ne crois pas que ce soit bien nécessaire.

— Évidemment, ma chère, vous ne pouvez penser autrement. Pour une jeune fille, il n'y a que l'amour qui compte.

— En Castille cela passe pour de l'esprit, me disent les mains de Farid. Je crois que nous sommes censés admirer.

— Je vous ai posé une question sur vos affaires, senhor Zarco, insiste le comte, haussant les sourcils.

— Ma famille tient un magasin de fruits. Mais à vrai dire je...

— Je vous en prie ! Ne me parlez pas de la famille ! proteste-t-il avec un geste de recul. Les liens de famille sont la malédiction de l'Espagne et du Portugal ! Il faut vous en dégager, mon cher enfant, les *fuir* comme la peste !

Ne sachant que répondre, je consulte Farid. Il soupire et dit :

— Il essaie de nous jeter de la poudre aux yeux, je ne sais pas pourquoi.

— C'est bien ça, approuvé-je tout haut en me levant.

— Comment ? demande le comte, interdit.

— Dites-nous plutôt pourquoi vous vouliez acheter des manuscrits à Simon Eanes.

— Allez, mon cher, vous ne m'écoutez pas ! Les doublons, les cruzades, les ducats ! Ne me dites pas que les glorieux noms de l'argent ne font pas palpiter votre cœur ! Ils sont comme les noms de Dieu, sans le secret. Loué soit le Créateur des évidences !

Il se penche vers moi, baisse la voix.

— Peut-être ferais-je mieux d'en rester là, mais votre oncle était au courant. Voyez-vous, mon cher, je paie les manuscrits ici deux fois rien. Pauvres que vous êtes, vous ne demandez qu'à vous en défaire. Et j'encaisse ensuite des petites fortunes en les revendant à Alexandrie, à Salonique, à Constantinople, à Venise. Je compte parmi mes clients le pape Jules en personne, bénie soit la pierre sur laquelle est bâtie l'Église. C'est une source de profit intarissable. Allez, je sais bien que vous cachez chez vous des poésies exquises. Pourquoi ne pas les vendre ? Cela vous donnera de quoi fuir cet enfer. Je veux bien vous aider. J'ai des relations parmi les armateurs. À Faro par exemple, il y a un...

Comment ce serpent venimeux, ce voleur vêtu de soie sait-il que mon oncle possédait toujours des manuscrits hébreux ? Je demande à Joana :

— Est-ce vrai ? L'argent est-il le seul mobile ?

Elle ne détourne pas les yeux, mais hoche la tête d'un air grave.

Ce parvenu mal décrassé accuse donc mon oncle d'avoir fait sortir du pays les ouvrages d'Aboulafia et de Moïse de Léon pour un vulgaire profit matériel ! Comme si les textes de la kabbale avaient un prix ici-bas !

— Assez de faux-fuyants ! dis-je au comte d'un ton sans réplique. Est-ce vous qui avez fait tuer mon oncle ?

Il se cambre sur son siège, l'air offensé, mais se maîtrise aussitôt et esquisse un geste d'apaisement.

— Bien sûr que non. Je ne sais pas...

— Mais si vous ne mentez pas, il était pour vous un concurrent. Vous auriez fort bien pu vouloir...

La rage qui enfle en moi me laisse sans voix. L'autre revient à la charge :

— Vous ne voulez donc rien vendre ? Même pas une *Haggadah* ? Un rouleau d'Esther ? Rien qu'un petit...

— Je vous en prie, père, supplie Joana.

— Rien ! tranché-je. Et si je découvre que vous êtes responsable de la mort de mon oncle, je jure de vous couper la gorge !

— Comme c'est excitant d'être menacé ! minaude-t-il. Rien de tel pour entretenir la fraîcheur du teint et me donner de belles couleurs ! Vous n'êtes pas de mon avis ?

— Vous me donnez la nausée !

Je lui tourne le dos et me dirige vers la porte, mais la nuque me brûle. Des pas me rattrapent. La main minuscule de Joana s'accroche à mon poignet et la jeune fille chuchote :

— Il faut trouver la femme que mon père appelle « la reine Esther ». C'est une grande dame. Mais méfiez-vous d'elle !

XVII

De près, l'odeur des cheveux de Joana était comme un invisible prolongement de mon désir. Elle m'a serré une fois la main avant de s'enfuir. J'ai entendu claquer une gifle au fond de la salle, la voix de son père qui la grondait :

— Ce n'est pas une plaisanterie ! Que lui as-tu dit ?

Je me suis retourné vers elle, mais ses yeux m'ont lancé une mise en garde, un éclair muet, m'intimant de partir. Au-delà de la grille du palais, je gonfle mes poumons de la lumière d'or du couchant et traduis ses paroles en gestes pour Farid. Il répond :

— Chaque nom ajoute une page de plus au livre du mystère.

— Oui. Et c'est la *Haggadah* de mon oncle qui nous en fournira la clef. Je commence enfin à comprendre. Zorobabel y sera forcément. La reine Esther aussi. Et ou je me trompe fort, ou j'y reconnaîtrai les passeurs de livres.

— Il y a autre chose que tu devrais savoir, fait Farid. Le comte est identique à l'homme qui voulait te vendre un manuscrit hébreu, celui qui se faisait appeler Isaac.

— Comment ? !

— Isaac de Ronda et le comte d'Almira sont une seule et même personne.

— Comment le sais-tu ?

— Je le sais. Il y a des traits qu'on ne peut pas changer. Les yeux surtout. Il s'est trahi aussi par certains gestes. Tu as certainement remarqué les mains élégantes d'Isaac de Ronda. Il est un bon acteur, comme il le dit lui-même. Il réussit apparemment à contrefaire sa voix ; sans cela tu l'aurais reconnu. Son déguisement est d'ailleurs excellent, mais il n'est pas parfait. Il a beau se parfumer, il y a une odeur qui ne s'en va pas – l'huile de girofle.

— Sa rage de dents !

Farid approuve d'un hochement de tête et je reprends :

— Mais quel jeu joue-t-il ? Pourquoi vendre des manuscrits d'une main pour les racheter de l'autre ?

— Nous tenons trop peu de rimes pour y démêler un système.

— Viens, Farid ! Il faut rentrer. Peut-être trouverons-nous quelque chose dans la vieille *Haggadah* de mon oncle.

— Je ne peux pas, disent ses mains, tandis que sa tête baissée me demande pardon. Maintenant que je vais à nouveau bien, je dois chercher mon père. Je viendrai te retrouver dès que je le pourrai.

Ses doigts me caressent l'avant-bras. L'attouchement fugitif a une douceur de fleur. Je me souviens du suaire dont je l'ai vu revêtir par les anges, j'entends derechef la voix de mon oncle : « N'abandonne pas les vivants pour les morts. » Malgré tout, je ne peux m'empêcher de protester :

— J'ai besoin de ton aide. Nous sommes maintenant si près du but.

— S'il te plaît, Béri, ne pense pas qu'à toi-même.

— À moi-même ?! Mon oncle est mort ! Que veux-tu que je fasse ? Qu'est-ce que tout le monde attend de moi ?

— Rien. Je te demande seulement de me laisser chercher Samir. Allez, rentre !

Les gestes tranchants de Farid dessinent une séparation. Mû par le remords et l'angoisse, je ne l'en suis pas moins dans sa tournée de ses amis.

— Je ferai aussi vite que possible, promet-il.

Mais son attitude conciliante ne fait qu'attiser la rage qui me consume.

Nos recherches s'accomplissent en silence, comme de part et d'autre d'une barrière que ni l'un ni l'autre ne se soucie de franchir. Nous ne glanons qu'un seul indice, fourni par une marchande d'hameçons édentée qui demeure en face des locaux de la mosquée confisquée. Dans un arabe hérissé de consonnes elle dit avoir vu Samir en train de prier sur son tapis bleu à flanc de colline, sous les remparts de la citadelle. Y fit-il une brève halte dans sa course pour supplier Allah d'épargner son fils ? Elle désigne l'endroit d'un doigt rouge, couturé de cicatrices, qui n'a que la peau sur les os. Sur place, nous trouvons des mauvaises herbes poussiéreuses et un unique souci fané. Les jambes écartées, Farid regarde le Tage par-dessus les toits de la Petite Jérusalem et du centre de Lisbonne.

— Il est trop large, dit-il.

— Qui ça ? demandé-je.

— Le fleuve. L'autre rive devrait être à portée de vue. Comme à Tavira ou à Coïmbre. Même à Porto. Il n'y a pas d'intimité ici. Nous ne pouvons pas étreindre la ville. La largeur du fleuve nous donne le sentiment de n'y être que des hôtes de passage. De trop. C'est la malédiction de Lisbonne.

— Nous continuerons à chercher. Nous finirons bien par savoir ce qui lui est arrivé.

L'impatience qui me ronge dément la douceur affectée de mon discours. Mon oncle est mort, et Farid divague et parle d'embrasser des fleuves.

Je sens aussi de la colère derrière le regard impassible de ses yeux noirs. Je me rends compte que, pour la première fois depuis des années, nous avons à nouveau revêtu des masques l'un devant l'autre. Pourtant, malgré la frustration qui fait monter le sang à mes joues, je trouve un apaisement dans la certitude que les liens qui nous unissent ne pourront être rompus. Comme je le ferai encore souvent par la suite, je me dis que ma vie serait plus facile si je pouvais trouver aussi le plaisir physique dans les bras de mon ami.

Nous prenons enfin le chemin d'Alfama, hâtant le pas, chacun enfermé dans ses pensées. La crainte de tenir dans le jeu du comte d'Almira le rôle d'un pantin me fait regarder la ville comme un décor de théâtre, une toile de fond grise et déchiquetée. La révélation de Joana n'est-elle qu'encore une des ficelles que tire ce marionnettiste ?

À l'entrée de notre magasin, Farid me quitte sans prendre congé et se retire chez lui.

Je trouve à l'intérieur ma mère et Cinfa en train de ranger des fruits. La porte qui donne sur la rue du Temple a été remontée sur ses gonds et repeinte en bleu intense. Je m'apprête à demander l'explication de ce miracle, mais ma mère me devance, parlant d'un ton aigre :

— Enfin te voilà ! Es-tu prêt à dire les prières ?

Décoiffée, elle a les yeux ensommeillés, l'esprit engourdi par la jusquiame. Je réponds :

— Dans cinq minutes.

— Le chabbat a déjà assez attendu ! crie-t-elle.

— Bon, disons deux minutes.

À la cuisine, Aviboa dort sur un coussin. Réza fait cuire de la morue dans notre chaudron de cuivre.

— Brites est passée, me dit-elle à voix basse. Je lui ai donné le drap souillé que tu avais caché dans la cour.

Je l'embrasse sur la joue.

— Merci. Et rabbi Losa ? Il n'est pas venu ?

— Non.

— Qui a réparé la porte du magasin ?

— Bento. Il te fait dire que c'est un début de remerciement pour avoir délivré Gémila de l'*ibbour*.

— Bien. S'il te plaît, fais patienter ma mère si tu peux. Au moins quelques minutes.

Réza acquiesce d'un signe de tête. Je dévale l'escalier de la cave, pêche la clef de la *genizah* dans la vessie d'anguille et sors la vieille *Haggadah* personnelle de mon oncle. Le livre sur mes genoux, le cœur palpitant, je feuillette les pages de miniatures qui préludent au texte, cherchant Zorobabel. Je trouve sa vignette en haut de la sixième page. Mon oncle lui a donné l'aspect d'un jeune homme aux longs cheveux noirs et aux yeux ardents. Dans une attitude empreinte de la fierté du juste, il fait face au roi Darius dont les traits ouverts et optimistes sont ceux du prince Henri le Navigateur. Derrière les deux hommes se dresse la tour de pierre blanche du domaine des Amandiers. Zorobabel porte à la main droite un rouleau de la Torah, essence de la vérité, à la gauche la lettre *hé*, dorée, symbole de Binah, l'émanation féminine de la Divinité. Deux bagues d'émeraude brillent à l'index et au médius de sa main droite.

Ces joyaux me révèlent son identité. La chair vieillit, non point les pierres. Zorobabel n'est autre que le comte d'Almira.

— Le char du soleil va passer l'horizon, crie Réza. Tu fais attendre la fiancée. Et c'est le dernier soir de Pessah. Monte enfin !

— Elle n'a qu'à se marier sans moi !

— Ne sois pas têtu !

— Réza, tu connais les prières. Tu as une voix. Conduis l'office toi-même !

— Quelle mouche te pique, Bérékhia Zarco ? Tu sais très bien que je ne peux pas.

— Que ma mère le fasse, alors ! Mais, je t'en prie, laisse-moi tranquille !

— Il nous faut un homme, bêta !

C'est un blasphème, mais je réplique :

— La reine Chabbat n'a besoin que d'une voix, pas d'une verge ! Que Cinfa dise les prières si tu n'oses pas.

Réza fait claquer la trappe. J'ai à nouveau la paix.

Je reprends mon inspection de la *Haggadah* où j'espère trouver encore le portrait de la reine Esther. Son regard majestueux, rencontré dès la page suivante, fait bondir mon cœur dans ma poitrine. Elle aussi, je la connais. Esther, la reine juive qui dissimula sa religion et sauva son peuple du courroux du méchant vizir Aman, c'est dona Meneses ! Mon oncle l'a représentée en train de porter la Torah à son père adoptif Mardochée. Un second manuscrit est en partie caché sous son bras, sans doute le *Bahir* – le *Livre de la clarté* – car mon oncle l'a doté d'une auréole éclatante. Les traits de Mardochée me sont inconnus, mais il arbore une croix byzantine, un châle de prière juif et un aba bleu brodé d'arabesques vertes. Serait-ce un ecclésiastique de l'Église d'Orient ? Un ami juif dans un royaume sarrasin ? Un derviche turc ? « Quelqu'un qui réconcilie toutes les religions de la Terre sainte », me dit la voix de mon oncle. J'ajoute à part moi : « Ou qui en porte les trois masques à la fois. »

L'illumination vient presque aussitôt : « Peut-être est-ce Tou bi-Chevat. »

Ces nouvelles découvertes me laissent un instant abasourdi, incapable de penser. Je ne tarde pas cependant à comprendre qu'elles sont trop importantes pour que je puisse me fier uniquement à mon propre jugement. Il me faut la confirmation du regard d'aigle de Farid. Lorsque je soulève la trappe et émerge dans la cuisine, Réza éclate :

— Alors, Bérékhia Zarco, tu as tout de même fini par reprendre tes esprits !

Je m'esquive, baissant les yeux pour ne pas voir la cérémonie de l'accueil du chabbat. Je trouve Farid dans sa chambre. Agenouillé face à La Mecque, les paupières fermées, il se prosterne avec la grâce d'une palme pliant dans la brise. Lorsqu'il se redresse ensuite, un froncement du front me révèle qu'il me sait présent. Il n'ouvre pourtant pas les yeux, se prosterne à nouveau, sans m'adresser le moindre signe. Un mouvement de colère crispe tout mon corps. Le mot « trahison » s'impose à mon esprit en lettres de feu. Je frappe du talon trois coups, puis un seul, enfin quatre. Farid s'assied, me montre des prunelles inexpressives. Mes gestes l'appellent :

— S'il te plaît, j'ai besoin de ta clairvoyance.

Sa mine s'allonge. Simulant l'ennui, il se lève et me suit comme un fantôme. À la cuisine, Réza demande avec douceur :

— Te joindras-tu à nous maintenant ?

Sans répondre, sans rencontrer son regard, je descends à la cave avec Farid.

Celui-ci confirme d'emblée mon identification de Zorobabel :

— C'est le comte d'Almira.

Quant à la reine Esther, il hésite jusqu'à ce que j'attire son attention sur le collier d'émeraudes et de saphirs que dona Meneses ne quitte jamais. Il me donne alors raison :

— Oui, c'est bien elle.

La gorge serrée par l'émotion, je me dis : « Une alchimie imprévue a transmué l'amour de ces amis en peur. Puis en haine et enfin en crime. » Qui donc connaît mieux la peur qu'un juif converti ? Qui sait mieux haïr qu'un noble espagnol ou portugais ? Qui pourrait mieux jouer le rôle de traître que les nouveaux chrétiens anoblis qui assistaient mon oncle dans sa contrebande de livres hébraïques ? Zorobabel et la reine Esther !

Se sont-ils brouillés ? Tou bi-Chevat disait dans sa lettre n'avoir pas reçu une *safira* annoncée par mon oncle. Peut-être dona Meneses a-t-elle commencé à détourner les profits destinés à l'achat de nouveaux manuscrits ? À moins que le rapace Zorobabel n'ait été gêné par la morale intransigeante de mon oncle ? Ou qu'il n'ait essayé d'écouler les livres sur d'autres marchés ?

Le méchant Aman aurait alors, dans la dernière *Haggadah* de mon oncle – le manuscrit dérobé dans notre *genizah* –, les traits du vieux comte d'Almira. Voilà le visage que mon maître cherchait, celui qu'il me disait avoir enfin trouvé avant le *séder* du premier soir de la Pâque.

Et pourtant... Si le comte est coupable, s'il vise à s'assurer le silence de Simon et des autres kabbalistes qui peuvent avoir eu connaissance de ses activités, pourquoi a-t-il accepté ce jour-là de transporter Diego à l'hôpital ? Mes mains reprennent la parole :

— Il faudra retrouver le manuscrit volé pour avoir la preuve que c'est bien le comte qui a tué ou fait tuer mon oncle.

— Comment ? demande Farid.

— En lui tendant un piège, je ne sais pas comment. Le manuscrit est certainement entre ses mains ou celles de dona Meneses.

— Bérékhia ! crie soudain Réza. Il y a là une visite pour toi... Le père Carlos.

Est-ce une ruse de ma mère pour m'attirer en haut ? Je réponds :

— Qu'il descende !

— Qui est-ce ? demande Farid.

— Le prêtre.

Je range la *Haggadah*, referme la *genizah*, fais tourner la clef dans la serrure et la glisse à nouveau dans la vessie d'anguille.

Le père Carlos descend les marches en tâtonnant. Son front est baigné de sueur, sa respiration rauque et précipitée comme s'il venait de courir.

— Juda ? demandé-je.

— Aucune nouvelle.

Il s'approche, me prend les deux mains et m'implore d'une voix tremblante :

— Il faut m'aider !

— Est-ce l'homme du Nord ? Vous poursuit-il ? !

— Non, non... Ce n'est pas cela. Mais, ô Seigneur ! J'ai parlé aux dominicains... Ce sont eux sans doute qui ont évoqué un démon de l'enfer pour me tuer. Bérékhia, j'ai compris que le mal est jaloux. Le diable veut détruire tout ce qu'il y a de meilleur. Et ton oncle avait des pouvoirs bienfaisants qui opéraient des guérisons ici-bas et au royaume divin. Si le diable voulait... C'est lui, j'en suis sûr, lui et les dominicains qui nous mettent à tous des démons aux trousses. Maïmon le Blanc. C'est bien lui que Gémila a vu ! Elle ne s'est pas trompée !

Le regard égaré du prêtre me dit qu'il a fini par succomber à la folie de Lisbonne.

— Allons, Carlos ! Taisez-vous ! Je n'ai pas de temps pour vos métaphores.

— Regarde, alors ! crie-t-il.

Il me montre encore un talisman. Sur un carré de parchemin poli, de minuscules caractères hébreux dessinent grossièrement deux cercles concentriques. Le texte est extrait des Proverbes. Le cercle extérieur clame : « Il faut qu'ils mangent le pain de l'iniquité, qu'ils boivent le vin de l'injustice. » L'intérieur : « Le nom des méchants tombe en pourriture. »

— Je l'ai trouvé dans la doublure de ma cape ! glapit le père Carlos. Dans ma cape ! Comment expliques-tu cela ? Comment ? !

— Chut ! dis-je, prenant dans ma besace le charme qu'il m'a donné l'autre jour.

À quelques endroits, l'écriture du nouveau est aussi méticuleuse que celle du premier. Ailleurs, moins assurée, elle semble l'œuvre d'une personne ivre ou affaiblie par la maladie.

Je tends l'objet à Farid qui le renifle, puis lèche le parchemin.

— On dirait ton encre, conclut-il.

— Mon encre ? !

L'explication s'impose dans un trait de lumière, arrachant un gémissement à mes entrailles. Elle est évidente, encore que j'aie jusque-là refusé de la voir. Je retourne le parchemin dans mes mains. La texture confirme l'identité du scribe improvisé.

— Venez, Carlos, dis-je au prêtre. Ces gribouillages n'ont aucun rapport avec la mort de mon oncle.

Je m'engage dans l'escalier. Il me suit avec Farid. En haut c'est ma mère qui, d'une voix grêle, conduit la prière. Elle s'arrête un instant, tourne vers moi des yeux las, résignés. Le regard réprobateur de Réza, que Cinfa s'empresse de singer, rend le silence parlant. Sans y répondre, je conduis Carlos et Farid à la chambre de ma mère. Dans la cachette au-dessus de la porte, je trouve ses dernières amulettes. L'écriture est identique.

— Je ne comprends pas, dit le père Carlos.

— Sans doute qu'elle a entendu votre altercation avec mon oncle. Elle a cru pouvoir aider. Ce sont de ces aberrations qu'engendre un esprit obscurci par le souci et le chagrin. Le nouveau, elle l'a sans doute glissé dans votre cape la nuit dernière pendant votre sommeil. Elle prend de la jusquiame, elle n'est plus capable d'écrire avec le même soin, ni de raisonner avec un minimum de rigueur. Pardonnez-nous. Je suis certain qu'elle ne pensait pas mal faire. Elle voulait seulement vous pousser à céder le livre de Salomon ibn Gabirol dont mon oncle avait tellement envie. Dans l'état où elle s'est mise, peut-être même s'imagine-t-elle que ces talismans pourront lui ramener son frère. Deux mystères se sont entrecroisés. Nous n'y avons vu qu'un seul.

Si j'avais prêté l'oreille à mes propres paroles, j'aurais pu éviter l'erreur que j'étais sur le point de commettre.

En attendant, nous nous retirons dans le magasin, le seul endroit de la maison où les autres ne pourront entendre ce que nous disons, pour nous concerter sur un plan d'action. Je fais part au prêtre de mes découvertes concernant l'identité de Zorobabel et de la reine Esther. Farid propose :

— Retournons à l'Estaus dire son fait au comte d'Almira. Nous l'obligerons bien à avouer.

Je traduis ses gestes pour Carlos qui objecte :

— Mais si le comte refuse ?

Farid prend dans son sac le poignard le plus redoutable de sa collection, une lame de six pouces, tranchante comme un fil de rasoir, recourbée comme une faux. Le brandissant sous le nez du prêtre, il dit :

— Le comte ne refusera pas. Et pourquoi ? Parce qu'un acteur a besoin de sa voix. Je lui mettrai la pointe sur la gorge et, s'il ne nous dit pas la vérité, je lui enlèverai le larynx comme on vide une pomme.

Le prêtre recule tout en repoussant la main de Farid, mais c'est à moi qu'il répond :

— Je ne sais pas ce qu'il vient de dire, mais cela ne me plaît pas. Il me semble qu'il serait plus facile de faire parler dona Meneses.

— Pourquoi ? Parce qu'elle est femme ? demandé-je, sceptique. S'il y va du secret de son judaïsme, elle n'hésitera pas à nous faire couper la tête par ses hommes de main !

— Joana, la fille du comte, intervient Farid. En voilà une qui nous aidera.

— Si nous pouvons parvenir jusqu'à elle.

Ma traduction pour Carlos est interrompue par un coup frappé à la porte extérieure de la chambre de ma mère. Nous y courons. Ouvrant, je me trouve face à un enfant. Très jeune, avec des yeux à fleur de tête dans un visage poupin. Il prend un pli dans sa bourse et me le tend en disant :

— Un message.

Le messager repart en courant dès qu'il voit le papier entre mes mains. Je lis : « Bérékhia, viens me retrouver sur la route royale de Sintra, avant l'entrée de Benfica. Je t'attendrai derrière l'église wisigothique, près des deux moulins à eau. Viens seul. N'en dis rien à âme qui vive. Et ne tarde pas. J'ai découvert quelque chose que tu devrais savoir. Cela concerne la mort de maître Abraham. » La missive est signée de la main penchée de Diego.

Le père Carlos me la prend, lit et m'exhorte :

— N'y va pas, mon cher enfant. Il y a toujours danger à courir seul les rues de Lisbonne.

Je me sens néanmoins tenu de révéler l'identité des passeurs à Diego et de le mettre en garde contre eux.

Je me dis aussi que ce qu'il a découvert de son côté m'aidera peut-être à arracher des aveux à la reine Esther et à Zorobabel.

— Non, dis-je, il faut y aller. Il fait nuit. Il n'y a rien d'autre que je puisse faire pour l'instant.

Me tournant vers Farid, je pose une main sur son épaule. Mes doigts demandent pardon de mon égoïsme de tantôt, ajoutant :

— Je n'ai pas l'intention de m'y rendre seul si tu veux bien me faire la grâce de m'accompagner.

Il ferme les yeux et acquiesce d'une légère inclination du buste.

Nous nous mettons en route sans attendre que les prières des miens se transforment en plaintes et en récriminations, avant que le regard perdu de Cinfa ne puisse me retenir captif.

Farid fait un saut chez lui pour chausser les babouches de son père.

La nuit du vendredi s'épaissit. Un vent violent s'est mis à souffler de l'est, de l'Espagne maudite. Nous quittons la route de Sintra au-delà des voûtes effondrées de l'église wisigothique pour nous engager dans une sente de terre battue. Nous voyons en avant les moulins abandonnés, silhouettés au clair de lune, semblables à de gigantesques araignées. À cinq lieues de là, la *serra de Sintra* se dresse à l'horizon tel un nuage tombé, aspirant vers une réponse hors d'atteinte. Farid hume l'air comme un lièvre en scrutant le paysage. Un faucon blanc plane dans le vent, décrivant des cercles au-dessus de nos têtes, être affranchi de la terre, transcendant à l'histoire. Je demande à mon ami :

— Est-ce en tant qu'annonce de notre propre délivrance de ce monde que les oiseaux nous fascinent ?

— Peut-être partagent-ils notre sort tout en s'y

soustrayant, répond-il, reniflant encore. Des biches sont passées par là il n'y a pas longtemps. Autre chose aussi.

Ses gestes sont pensifs, circonspects. Un peu plus loin, il s'accroupit et passe le doigt dans un sillon que ses yeux de sourd ont discerné dans la poussière du chemin, retraçant une empreinte de pas là où, pour ma part, je ne vois rien.

— Des hommes, explique-t-il. L'un chaussé de bottes. Gros, marchant à pas lourds.

— Diego, peut-être.

— Ils étaient trois. Il y en avait un à la démarche furtive. Le troisième hésitait, se retournait à chaque pas.

— *Voilà* bien Diego, m'exclamé-je en souriant. Les autres seront ses gardes du corps.

Nous nous mettons à courir. Devant les moulins, un objet semblable à un tonneau barre le chemin, une forme qui, à mesure que nous approchons, prend des contours anguleux et soudain se déplace. Les rayons argentés de lune révèlent un homme tombé, les cheveux longs, les épaules larges. Il avance en rampant comme une chenille, traînant la jambe droite, blessée, avec des gémissements qui inscrivent sa souffrance dans le sifflement du vent nocturne.

— C'est l'homme du Nord ! me disent les gestes agités de Farid. Celui qui a expulsé Simon de son enveloppe terrestre.

De près, je reconnais moi aussi les traits frustes de l'assassin.

Nous nous campons au-dessus de lui. Il est énorme, presque trop lourd, comme un taureau humain. Il se dresse sur ses genoux. Nous reculons en tirant nos poignards. Son haut-de-chausses est imbibé de sang noir.

— Tu as tué mon ami, dis-je. Pourquoi ?

Il baragouine des mots incompréhensibles.

— Anglais, français, hollandais ? demandé-je.

— *Flamenco*, répond-il en mauvais castillan. *De Bruges.*

A-t-il donc appris l'abattage rituel chez les juifs achkénazes du Nord ? Je reprends mon questionnement :

— *Nuevo cristiano ?*

— *Viejo*, dit-il en se frappant la poitrine avec un rire qui ressemble plutôt à un soupir. *Muy viejo cristiano.* Très vieux chrétien.

— Pourquoi as-tu tué Simon ?

Il hausse les épaules. Je lève la jambe droite et, prenant mon pied dans ma main, simule un moignon.

— *Porqué él ?*

Un nouvel éclat de rire se termine en quinte de toux. Ses yeux se ferment et il incline la tête, fataliste.

— Dona Meneses ? demandé-je. La connais-tu ?

Sa réponse est cette fois un sourire, accompagné d'un signe affirmatif. Lorsque je me détourne pour lire un geste de Farid, le Flamand me saute à la gorge. Je m'affaisse sous sa masse bovine. Je frappe, mon couteau s'enfonce jusqu'à la garde dans son épaule, mais ses mains calleuses se referment autour de mon cou. Je hurle le nom de Farid, me débats. En vain. Il est trop fort. Ses mains sont comme un étau. Ma poitrine éclate. Une toux convulsive, ravalée, me fait venir les larmes aux yeux. Et pourtant je le vois clairement. Comme un scarabée prisonnier de l'ambre : ses yeux proéminents, ses joues creusées par la réflexion, ses lèvres tordues en un rictus haineux.

J'apprends qu'il y a un instant où l'on accepte la mort comme inéluctable. Mes mains relâchent leur prise sur les poignets de l'autre. Je n'éprouve ni peur ni colère. Je suis loin. Dédoublé, debout dans mon dos, sur le départ. J'entends mon oncle m'appeler comme de l'autre côté de la rue Saint-Pierre : « Holà, Bérékhia ! Je suis là, je t'attends... »

Vient ensuite un mouvement de recul. La douleur. Brûlante, comme d'un nœud coulant qui me comprimerait la gorge. Un liquide salé gicle de la bouche du Flamand. J'ai réintégré mon corps. Les yeux me font mal. Ils sont pleins de sang, et j'en ai aussi sur les lèvres. La retombée des mains de mon assaillant est comme l'ouverture d'une porte. Quelqu'un repousse la masse qui m'écrase. La figure de Farid se penche sur moi. Une de ses mains me saisit, l'autre épelle mon nom.

Luttant pour reprendre mon souffle, j'aperçois le poignard de mon ami planté dans la nuque du Flamand.

— Ça va, soupiré-je enfin.

— Je l'ai tué, me dit Farid.

Sa main cette fois n'hésite plus : ouverte, la paume en l'air, les doigts tendus, puis serrée en poing et retournée comme pour rompre une jeune tige.

Farid retire nos deux lames de la chair de l'assassin et les essuie sur ses grègues. Hormis mon remerciement, nos mains restent muettes. Que dire ? Nous reprenons notre chemin. Près des fondations du moulin le plus rapproché, un second corps barre le sentier, étalé sur le dos, fixant sur le croissant de lune au zénith des yeux blancs, grand ouverts. Son cou conserve encore la chaleur de la vie enfuie. M'asseyant sur mes talons pour mieux voir, je distingue un visage connu. C'est le garde du corps qui, à deux reprises, a accompagné Diego chez moi.

Je murmure une prière. Fasse le Seigneur que Diego n'ait pas lui aussi trouvé la mort.

— Entends-tu quelque chose ? me demande Farid. Je sens un mouvement à proximité.

— Non.

Au même instant Diego émerge de derrière la roue du moulin. Il porte une lourde cape fourrée qui lui tombe jusqu'aux talons. Malgré l'obscurité, je vois la sueur qui perle à son front.

— Ainsi, vous êtes sain et sauf, dis-je. Pourquoi n'avez-vous pas... ?

— Bérékhia, ils veulent tuer tout le monde ! interrompt-il. Tous les membres du cercle des moissonneurs ! Aucun de nous n'est en sécurité. Nulle part. Il faudra...

— Calmez-vous ! Nous avons tué l'homme du Nord.

— Il y en a d'autres, crie Diego en me secouant. Ils ont assassiné ton oncle et Samson et Simon – et tout à l'heure ils ont failli m'avoir ! Ne vois-tu pas ? C'est le cercle des moissonneurs qui les intéresse... Nous tous !

Je pose les deux mains sur sa poitrine et essaie de le raisonner.

— Ne vous tracassez pas ! Nous savons désormais à qui nous avons affaire. C'est dona Meneses qui tire les ficelles, avec le comte d'Almira. Apparemment, ils croient leurs activités connues de tous les « moissonneurs du champ » et ils craignent une dénonciation.

— Dona Meneses ? C'est impossible ! Jamais elle ne...

— Elle était l'associée de mon oncle dans sa contrebande de livres.

— Mais c'est une aristocrate !

— Position qui devait lui faciliter la tâche pour faire sortir des manuscrits hébreux du Portugal. Vous ne croyez pas ?

Le regard de Diego sonde les ténèbres, comme cherchant la réponse le long de l'horizon nocturne. Il se tourne à nouveau vers moi sans l'avoir trouvée.

— Je ne sais pas. Je n'aurais jamais cru...

Ses yeux s'arrêtent sur le cadavre de son garde du corps et il poursuit :

— Fernando a blessé le scélérat blond à la jambe, mais l'autre jouait trop bien du couteau. Seigneur ! Je ne peux pas retourner à Lisbonne !

— Vous comptez donc attendre ici jusqu'à la fin de vos jours ?

— Je ne me laisserai pas prendre ! L'huile bouillante, c'est comme si on t'écorchait vif, avec une lame rouillée. Tu pries Dieu de te faire mourir. Tu serais prêt à tout. Je ne veux plus passer par là. Jamais. Tu m'entends ? Plus jamais !

Je me rappelle la grosse cicatrice que j'ai aperçue l'autre jour sur sa poitrine.

— Ils t'ont fait subir la *pinga* ? demandé-je.

— À Séville. Il y avait là un artiste qui faisait des dessins à l'huile bouillante, en frottant les brûlures avec de la cendre. Il a reproduit la Passion sur la poitrine d'une jeune fille de dix-neuf ans dont le seul crime était d'avoir changé de draps le vendredi. Elle n'arrivait pas à mourir. Ses seins sont devenus les collines de Jérusalem, son nombril le cœur du Christ. C'était trop...

— Écoutez-moi, Diego ! Ils pourront vous rattraper, où que vous alliez. Vous serez plus à l'abri en ville. Au sein de vos amis.

— Pas chez moi, proteste-t-il, épouvanté.

Le vent fait voler sa chevelure grise. Je me rends compte soudain qu'il est nu-tête, sans turban. De jour en jour, nous ressemblons de moins en moins à des juifs. Diego reprend :

— Ils connaissent mon logement. Quand ils auront appris la mort de celui qu'ils avaient chargé de me tuer, ils en enverront un autre.

— Vous pouvez venir chez nous.

Il baisse les yeux et réfléchit, mais je vois bien qu'il a déjà accepté. Je lui demande :

— Pourquoi donc m'avez-vous fait venir ?

— Je me suis souvenu de quelque chose d'important, Bérékhia... Dom Miguel Ribeiro, le gentilhomme qui a commandé un livre des Psaumes à Esther, s'est disputé avec ton oncle il y a huit jours, chuchote-t-il en me prenant la main. Maître Abraham l'a mentionné en passant à une réunion des moissonneurs. J'ai fait une petite enquête et j'ai appris que dom Miguel se cache non loin d'ici, dans un haras à la périphérie de Benfica. Je pensais que mon garde du corps pourrait y aller avec toi. En pleine nuit, pour le prendre au dépourvu. Mais maintenant je ne...

La phrase reste en suspens. À nouveau ses yeux scrutent les ténèbres environnantes.

— Je suis au courant de leur différend. Dom Miguel s'est querellé avec mon oncle parce qu'il ne voulait pas reconnaître son passé juif. Il m'a tout raconté...

— Mais non ! C'était à cause du livre... Il ne voulait pas payer le prix convenu pour le livre des Psaumes qu'Esther avait calligraphié pour lui. Il semble qu'il ait menacé ta tante et ton oncle de les dénoncer, de révéler aux autorités qu'ils recelaient des manuscrits hébreux, s'ils n'acceptaient pas de le lui donner sans paiement. Maintenant que j'y pense, il était sans doute de mèche avec dona Meneses. Je ne sais pas comment, mais il doit bien y avoir un lien.

— Au contraire. Mon oncle lui a écrit juste avant sa mort en lui proposant de se charger lui-même des livres à faire passer à l'étranger.

Farid a eu de la peine à lire dans l'obscurité les paroles sur les lèvres de Diego. Lorsque je lui traduis notre échange, il répond :

— Pourtant Miguel Ribeiro est riche. Il pouvait se permettre de payer le travail d'Esther. Et il ne t'a fait aucun mal quand tu es allé le voir, alors qu'il aurait pu te tuer impunément.

— Qu'est-ce qu'il dit ? demande Diego.

— Que c'est absurde.

Un rire silencieux secoue le vieux moissonneur qui me broie les doigts et ironise :

— Est-ce que tout ce qui est arrivé depuis huit jours n'est pas absurde ? Tu peux m'en croire, mon enfant. Le monde des hommes n'obéit pas à une logique que tu risques de trouver dans tes traités de la kabbale.

En enjambant le cadavre du Flamand, Diego lui décoche un coup de pied et lui crache à la figure. Il chemine d'un pas lourd, transpirant comme une bête de somme tout en monologuant d'une voix érudite sur ses projets d'avenir. Il veut prendre la route du Midi dès demain soir pour s'embarquer à bord d'un navire qui doit appareiller de Faro la semaine prochaine à destination de Rhodes et de Constantinople.

— C'est une si belle ville, Constantinople, raconte-t-il. Pas du tout comme Lisbonne. Figure-toi qu'il y pleut. De belles grosses gouttes. Comme des perles. Et c'est un site idéal pour des kabbalistes. Là où l'Asie rencontre l'Europe, où deux ne font qu'un, comme disait ton oncle. Tu te souviens comme il...

Dans la nuit et la poussière du chemin, les propos décousus de Diego s'entortillent comme des entraves autour de mes pensées. Des vautours tournoient dans le ciel, nous suivant jusqu'aux remparts de Lisbonne. La porte franchie, nous faisons halte à la fontaine de l'Espérance et je me rafraîchis la tête dans son bassin. Je m'interroge sur les rapports occultes entre Miguel

Ribeiro et les passeurs de livres. Les yeux pleins d'eau, je regarde Diego, en train de peigner la barbe nouvelle qui lui recouvre déjà les joues et le menton.

— La propreté est un devoir sacré, me dit-il.

Admettons. Mais qui est-il au-delà des apparences ? Le juif errant en personne ? Un être qui vit dans la terreur, en deçà du seuil de l'humain, toujours prêt à fuir vers de nouvelles terres ennemies ? En avons-nous tous été réduits là, à jouer des rôles assignés par la mythologie chrétienne ?

Aux abords de la maison, le petit Didi Molkho se précipite à notre rencontre en criant :

— Je l'ai trouvé, Béri ! Je l'ai trouvé !

— Qui donc ?

— Rabbi Losa !

— Où est-il ?

— Au *mikveh*. Murça Benjamin s'y marie.

— Comment ? Maintenant ? Je croyais que c'était pour dimanche. Il doit être minuit passé. Et c'est le chabbat !

— Pour tromper les chrétiens, on a avancé la cérémonie.

Pénétrant dans la cour, nous retrouvons le père Carlos. Nous nous assemblons, lui, Didi, Diego, Farid et moi, autour de la souche de notre citronnier abattu.

— Il faut que je parle à rabbi Losa, dis-je, pour m'assurer s'il n'est pas lui aussi mêlé au crime. Je serai tout de suite de retour.

Les autres protestent en chœur.

— Que des juifs se réunissent à des fins rituelles, c'est trop dangereux, conclut Diego, parlant pour tout le monde. Que feras-tu si les chrétiens vous trouvent ?

Si profonde est ma méfiance envers Losa, tellement irrésistible mon désir de lui dire son fait que je m'obstine.

— Il n’importe. Il faut que j’y aille. De toute manière, nous ne pouvons pas nous occuper de Zorobabel et de la reine Esther au milieu de la nuit. Il sera temps à l’aube de penser à les démasquer.

Je quitte donc mes amis pour assister aux noces de Murça Benjamin dans l’établissement de bains. En tant que veuve sans enfant, elle est tenue de contracter le mariage du lévirat, c’est-à-dire d’épouser le frère de son défunt mari, s’il accepte de la prendre pour femme.

La porte du *mikveh* est gardée par un homme malingre, un capuchon rabattu sur le visage.

— Puis-je entrer ? demandé-je. Je suis un ami de Murça.

— Dépêchez-vous !

L’escalier est éclairé par des flambeaux fixés aux murs. Un petit groupe de témoins, drapés dans des capes flottantes d’ombre et de lumière, est réuni dans la grande salle, les hommes au premier rang, les femmes derrière. Pourtant l’ambiance n’est pas celle d’une cérémonie nuptiale. Rabbi Losa trône au milieu d’un tribunal composé de cinq juges. Il sursaute à ma vue comme au contact d’un fer rouge, ses yeux méchants agrandis par l’effroi. La rage me saisit à l’aine, brûlante, inexorable comme le désir.

Que se passe-t-il ? Murça, debout, fait face à son beau-frère Éphraïm. Sa chevelure est cachée sous un foulard de grosse toile. Elle a les mains tremblantes, les traits tirés, altérés par le désespoir. Une assiette de faïence noire est posée par terre entre eux deux. C’est la *halitsah* ! Ô Seigneur, quand connaîtrons-nous Ta miséricorde ? Après l’émeute contre les juifs, Éphraïm est apparemment revenu sur la parole donnée. Le rite qui se déroule là est celui qui doit l’exempter de l’obligation d’épouser sa belle-sœur. Murça elle aussi sera libérée, mais pour quel avenir ? Sans dot, avec la moitié des jeunes juifs de Lisbonne réduits en cendres, il est peu probable qu'elle trouve le bonheur qu'elle mérite.

Éphraïm énonce solennellement son refus d'épouser Murça. Elle répond en hébreu, dans des syllabes frémissantes, qui trébuchent :

— *Me'en yebami lehakim leahiv chem beyisrael lo aba yabmi.*

Elle répète ensuite les paroles en portugais, afin que tous comprennent :

— Mon beau-frère refuse de relever en Israël le nom de son frère, il ne veut pas m'accorder le lévirat.

Le dernier mot s'exhale dans un profond soupir.

— Comprenez-vous ce qu'elle a dit ? demande rabbi Losa à Éphraïm.

— Oui.

Les juges se lèvent. Murça s'avance, s'accroupit et de la seule main droite commence à délacer le brodequin qui monte jusqu'au milieu du mollet droit d'Éphraïm. Sa respiration est bruyante, convulsive, râpeuse. Les lacets enfin défaits, elle soulève le pied de son beau-frère et le déchausse. Se relevant elle-même, elle jette le brodequin à terre entre Éphraïm et les juges.

Rabbi Sabah pousse Losa du coude et lui chuchote à l'oreille. Le butor sournois a tellement peur de moi qu'il en oublie son rôle dans la cérémonie. D'une voix précipitée, il dit à Éphraïm :

— Regarde-la cracher et ne te détourne pas tant que sa salive n'aura pas touché terre.

Murça frémit. Se faisant violence, elle se penche en avant et crache dans l'assiette noire pour humilier symboliquement celui qui ne veut pas lui donner d'enfants.

Sans se démonter, Éphraïm ramasse sa chaussure et

la tend à rabbi Losa comme une mise en demeure. Les cinq membres du tribunal rabbinique psalmodient en chœur :

— Veuille l'Éternel que les filles d'Israël n'aient jamais besoin de la *halitsah* ou du lévirat.

La cérémonie achevée, Murça tombe en syncope. Les femmes l'entourent tandis que Losa se précipite dans l'escalier. « Tous les rabbins connaissent le mode d'abattage rituel ! pensé-je. C'est lui qui faisait chanter les passeurs de livres. C'est pourquoi le Très-Haut a voulu que j'assiste à cette *halitsah* ! »

Bousculant les témoins, je lui cours après. En haut, je le vois qui se dirige à pas pesants vers sa maison. L'instant d'après je le rattrape. Mes poings se resserrent sur son collet de soie. Je le pousse contre le mur de la maison de Samir et dis :

— Un aussi grand sage, maître des maîtres, ne devrait pas être tellement pressé de s'éclipser.

— Lâche-moi, sale petit sodomite, crie-t-il en me repoussant.

— Vous me prenez pour Farid. Lui aime effectivement les hommes, mais vous n'êtes même pas digne de prononcer son nom.

— Veux-tu me battre dans la rue devant tout le monde ?

Il promène ses regards à l'entour pour m'obliger à prendre conscience des badauds qui s'attroupent.

— Je le pourrais, dis-je. L'opinion des autres m'est bien égale. Mais je serai équitable. Je ne vous tuerai pas pour vos crimes contre votre peuple, mais seulement si je découvre que vous êtes responsable de la mort de mon oncle.

— Responsable de la mort de ton oncle ? Moi ? !

— Pourquoi vous étonner ? Vous l'avez bien trahi ! Osez-vous le nier ? Vous avez tiré votre couteau de *chohet* et vous l'avez égorgé !

— Je le nie en effet. Il est vrai que nous n'avions pas de sympathie l'un pour l'autre, mais il y a une mer Rouge entre la haine et le meurtre, et je ne l'ai pas franchie.

— Où étiez-vous dimanche pendant l'émeute ?

— Chez moi en train de prier. Une de mes filles est malade.

— C'est Dieu que vous priiez ou bien le diable ?

— Qu'un sanglier te fouille le...

Je lui cogne la tête contre le mur. Il pousse un hurlement, puis gémit tout bas.

— Avez-vous des témoins ? demandé-je.

— Mes deux filles étaient avec moi.

— Toute la journée ?

— Oui.

— Pourquoi les dominicains vous ont-ils épargnés ?

— Je suis des leurs, jeune sot !

— Vos filles sont-elles là maintenant ?

— Tu n'oseras pas...

Mais je ne peux plus raisonner. Mon équilibre succombe à près de huit jours passés sans dormir ni manger. Je traîne le rabbin terrorisé vers sa demeure. Au fond de moi-même, je me rends compte que le désespoir seul dicte mes actes. Ai-je peur de regarder la vérité en face, de réunir les indices en un verset facilement compréhensible ? Je les garde tous en mémoire : Maïmon le Blanc aux Deux-Bouches, la lapidation de Diego, l'incision oblique de la lame de *chohet*, les lettres de Tou bi-Chevat. S'il s'agissait de citations de la Torah ou de la kabbale, je saurais en tirer une réponse, les combiner en un commentaire plein de sens. Ai-je simplement peur de toucher au terme de ma quête de vengeance, de franchir la dernière porte du Vide après la mort de mon maître ?

XVIII

Selon la kabbale, le miel possède un soixantième de la douceur de la manne, le rêve un soixantième du pouvoir de la prophétie, le chabbat un soixantième de la gloire du monde à venir.

Et le sommeil de la maladie, quelle y est la part de la mort ?

Rachel, la fille cadette de rabbi Losa, dort en chien de fusil sous une couverture de laine, le dos de la main mollement replié sur son front comme pour se protéger d'un ogre. Ses yeux sont fermés, mais ses membres tressaillent à intervalles rapprochés sous l'effet d'un froid intérieur. Esther-Maria, sa sœur aînée, veille au pied du lit, les yeux rougis, l'air abattu. Un chapelet défile entre ses doigts. Elle m'accueille d'un signe de tête qui exprime tout ensemble l'affinité et l'éloignement de ceux pour qui le langage n'a plus de sens.

La défaillance du corps de l'enfant m'offre un pendant au refus opposé par Éphraïm à Murça. À croire nos vies à tous unies par le ciment des promesses trahies.

— Quand est-elle tombée malade ? demandé-je.

— Vendredi dernier, répond Esther-Maria. Mais au début ce n'était pas si grave.

— Votre père a-t-il passé avec elle toute la journée de dimanche ?

— Voyons, c'est absurde ! braille Losa. Interroger ma propre...

Esther-Maria lève la main pour imposer silence à son père et murmure :

— Oui. Toute la journée et toute la nuit.

Elle se met debout avec peine, les mains appuyées au creux des reins.

— Je pose la question parce que mon oncle a été...

— Nous savons, interrompt-elle. Tu n'as pas besoin de t'expliquer. Quand les chrétiens ont envahi le quartier, nous nous sommes cachés là, dans la maison. Père disait que nous n'avions rien à craindre, mais comment se fier à des tueurs ? Nous n'avons quitté notre cachette que... Mardi, peut-être ? Je m'y perds un peu.

— Pourquoi donc ne m'avez-vous pas ouvert l'autre jour ? demandé-je à rabbi Losa. Pourquoi n'êtes-vous pas venu me retrouver chez nous ? Et tout à l'heure encore, au *mikveh*, quand vous...

— Tu es fou ? Tu as failli enfoncer ma porte à coups de pied. J'avais une enfant malade à la maison. Tout le monde sait que tu veux venger ton oncle. Et pour ce qui est de tout à l'heure, si tu... Attends !

Il traverse la pièce à grands pas, prend sur le mur un miroir terni et me le met sous le nez.

— Regarde ! N'est-ce pas une raison suffisante pour fuir ?

Le reflet que me renvoie le vieil argent est celui d'un visage hâve et avili, les joues mangées d'une végétation lichéneuse, le crâne hérissé d'une jungle de cheveux sales.

— Vous avez raison, avoué-je. J'ai une tête à faire peur.

Je prends dans ma besace le portrait du gamin qui a essayé de vendre le manuscrit de mon oncle.

— L'un de vous connaît-il cet enfant ?

Esther-Maria se rapproche du cercle de lumière qui entoure la chandelle, étudie le dessin, puis secoue la tête et le tend à son père qui fait le même geste de dénégation.

M'adressant au rabbin, je demande :

— Vous n'avez donc jamais aidé mon oncle à faire sortir du pays des livres hébreux ?

Sa réponse est derechef négative. J'insiste :

— Il faut jurer sur la Torah.

Pendant qu'il prononce le serment exigé, Rachel se met à râler dans son sommeil comme un soufflet déchiré.

— Puis-je la toucher ? demandé-je.

Losa acquiesce d'un signe de tête. Le pouls au poignet de la jeune malade est très rapide. Son front est brûlant. Pourtant elle ne transpire pas.

— Quels sont les autres symptômes ?

— Elle ne peut pas manger, répond Esther-Maria. Et elle a des saignements d'entrailles quand elle fait ses besoins.

Elle se penche vers moi, les yeux gros d'une attente qui me dit que, sans le vouloir, je lui ai redonné espoir.

— C'est ou bien la dysenterie ou bien les humeurs froides, dis-je, repassant en mémoire des passages d'Avicenne. Cela vient du mauvais air et de la saleté. Fais-lui boire une infusion de verveine et de buis. Beaucoup de liquides. Elle en a besoin pour résorber les apostèmes en transpirant. Et donne-lui des lavements d'arsenic dilué dans du jus de grenade et de l'eau. Très peu de poison. Quelques gouttes tout au plus.

De part et d'autre de son bec de hibou aplati, les yeux de Losa fixent sur moi un regard qui mettrait même un prophète mal à l'aise. À la lumière des événements, sa grimace me paraît cependant moins arrogante que risible.

— Gardez vos mines de comédien pour les offices de chabbat, lui dis-je.

— Il n'y en aura plus, répond-il tristement. Plus maintenant.

— Tant mieux, ricané-je.

— Qu'en sais-tu ? crie-t-il. Qu'as-tu perdu, hormis ton nom juif ? As-tu promis au Seigneur de ne plus jamais mettre le pied dans une synagogue s'Il voulait bien sauver notre communauté ? As-tu renoncé à ce que tu avais de plus cher ? Que sais-tu du sacrifice ? Tu étais un enfant de onze ans. Je t'ai bien vu, cramponné aux jambes de ton père. Je m'en souviens, comme tu te souviens de m'avoir vu courir pour être le premier à recevoir le baptême. T'es-tu jamais demandé pourquoi ? Ton oncle s'est-il posé la question ? Peux-tu comprendre que c'était pour empêcher que les nôtres fussent plus nombreux encore à mourir ou à tuer leurs enfants ? J'ai fait un pacte avec le Très-Haut – sauve les juifs de Lisbonne et je me convertirai. Ai-je mal agi ? Qui peut le dire ? Qui êtes-vous, toi et ton oncle, pour me juger ?

Il a de la bave aux lèvres. Il s'essuie avec sa manche et me foudroie du regard, les joues brûlant d'une colère vieille de neuf ans.

Esther-Maria lui caresse l'épaule et murmure :

— Calmez-vous, père.

— Mon oncle est mort et ne peut pas vous répondre, dis-je d'une voix calme et sèche, réprimant ma propre émotion. Et si j'étais meilleur kabbaliste, peut-être ne vous jugerais-je pas moi non plus. Il se peut que votre trahison ait été effectivement dictée par un impératif supérieur. Il se peut aussi que ce soit un sophisme que vous vous êtes mis en tête pour ne pas succomber au désespoir. Quoi qu'il en soit, vos motifs ne m'intéressent pas. Ce qui comptait alors et ce qui compte maintenant, ce sont vos actes. Je suis en train de comprendre que chez les hommes tels que vous et moi, les actes sont plus importants que les paroles, plus importants que tous nos pactes et vœux secrets. Chez mon oncle, il en allait autrement. Je suis persuadé que ses prières faisaient descendre des anges dans notre monde. Chez les sages miraculeux comme...

Ma voix s'éteint. Rabbi Losa s'est détourné, écumant de rage. Nous n'avons rien à nous dire. J'effleure l'épaule d'Esther-Maria et lui donne un dernier conseil :

— Lave Rachel avec de l'eau de rose que tu feras bouillir avec de la verveine et du jaune d'œuf. Et pour l'amour du ciel, change ces draps souillés ! Ou plutôt brûle-les !

Je pose une main sur sa tête et lui donne ma bénédiction.

— Ma sœur mourra-t-elle ? demande-t-elle.

— LUI seul le sait, clame son père, levant un regard pieux vers les cieux chrétiens pour me rappeler le sacrifice qu'il prétend avoir fait.

— C'est plus que probable, dis-je durement, d'un ton de défi.

Au point où nous en sommes, toute référence à un Dieu vivant, qui trônerait dans les nuages et veillerait sur nous, me semble absurde et cruelle. Et pourtant, pour l'amour d'Esther-Maria ou de moi-même, je ne peux m'empêcher d'ajouter :

— Si tu suis mes instructions, peut-être en réchappera-t-elle.

Elle me remercie d'un signe de tête. Lorsque je prends congé, rabbi Losa fait la moue et répond à mon salut par un regard de mépris. Je rentre d'un pas tranquille, contemplant la dentelle du ciel piqué d'étoiles, sachant que lui et ses pareils, les faux dévots du monde entier, ont perdu désormais tout pouvoir sur moi. À jamais. Cela aussi est un fruit du voyage que j'ai accompli durant cette fête de Pessah.

Chaque fois qu'on croit avoir découvert le vrai sens d'un verset de la Torah, les mots ont coutume de dépouiller leurs habits pour révéler des couches plus profondes. Il en va de même des péripéties de la vie de tous les jours.

Je retrouve chez nous, à la cuisine, Diego, le père Carlos et Farid qui me présentent une lettre de Salomon Éli, le *mohel* qui a assisté à la découverte du passage dérobé qui relie notre cave à l'établissement de bains. C'est une simple feuille de papier de lin de mauvaise qualité, pliée en deux, qui porte mon nom griffonné à l'intérieur d'une empreinte circulaire.

— Nous avons reçu une mauvaise nouvelle pendant ton absence, annonce Diego. Salomon le *mohel* a été trouvé mort chez lui, pendu à une solive avec son *tallit*. Il s'est suicidé. J'y suis allé avec Farid et Carlos. Il a laissé ce message pour toi.

— Pourtant il avait survécu ! m'exclamé-je.

Mes paroles retombent sans réponse, vides de sens. Qu'est-ce que la résistance du corps en regard de la déchéance d'une âme endeuillée ?

— Le pli n'est pas scellé, fais-je remarquer. Et il a écrit « Bérékhia ». Il ne m'appelait jamais par mon nom. Pour lui, j'étais Chalaat Halom.

— C'est ainsi qu'on nous l'a remis, dit Carlos avec un haussement d'épaules.

— Qui donc ?

— Sa sœur Léna, répond Diego. C'est elle, semble-t-il, qui a trouvé le corps. Elle est tombée sur la lettre en triant ses affaires.

Maître Salomon m'a écrit d'une main pressée, enfantine, des mots qui se bousculent dans le périmètre du cercle imprimé sur la page :

« La formation de *mohel* rend-elle insensible à la souffrance de la chair ? Le coupable, c'est moi. Cela prouve bien quelque chose. Mon corps est sans ressort. Jamais mes pas ne fouleront le sol du Nouveau Monde. Notre siècle n'a connu déjà que trop de découvertes. Mieux vaut que certaines choses demeurent cachées. J'ai dénoncé des judaïsants. Réza aussi, c'était moi. Je n'avais pas le choix. La menace de la *pinga* est une ombre embrasée et le corps, revêtu de ténèbres, est terriblement lâche. Une seule goutte d'huile l'abîme dans des hurlements où les tripes se tordent comme des serpents en mue et... Maître Abraham avait juré de me faire juger par un tribunal rabbinique. De me faire punir, d'une manière ou d'une autre. Nous nous étions disputés le dimanche matin. La peur. Il a dû en percevoir l'odeur sur moi. Il a dit : "Vous portez un couteau et pourtant vous tremblez." Il souriait comme pour me souhaiter la bienvenue sous son toit. "Votre lame de fer me trempera pour l'Éternel et concourra peut-être à réaliser des fins supérieures, mais la jeune femme n'est pas encore prête. Épargnez-la, Salomon, et je viendrai à vous comme une fiancée." Mais une femme exhale les flammes de l'Inquisition autant qu'un homme. Être comme Adam... si seulement je le pouvais. Je n'avais pas l'intention de le tuer. La femme non plus. Je ne peux pas te demander pardon, ni à Esther et Mira, mais quand je ne serai plus là, s'il te plaît, dis le *kaddich* pour moi afin que je ne demeure pas captif de l'ici-bas. Où un homme tel que moi trouvera-t-il la paix ? Je te bénis. Salomon. »

— Qu'est-ce qu'il écrit ? demande Diego pendant que je lis.

Mes lèvres sont scellées par la confession décousue et ses maladresses. Le suicide de Salomon expliquerait le livre dont il m'a fait cadeau. Mais comment comprendre la condamnation du métier qu'il aimait ? Pourquoi ne dit-il mot de sa femme ? Sa vue est-elle donc demeurée obscurcie jusqu'à la fin ?

Ou bien la lettre que je tiens entre les mains est-elle un faux fabriqué par Zorobabel et la reine Esther ? Soupçonnent-ils que je les suis à la trace ?

— Était-il mort depuis longtemps lorsque sa sœur l'a trouvé ? demandé-je par gestes à Farid.

— Elle ne sait pas, mais elle a fait la découverte dans la matinée. Elle n'a pas eu tout de suite le courage de mettre de l'ordre dans ses affaires. La lettre, elle l'a trouvée tout à l'heure.

— Qu'avez-vous tous les deux à gesticuler comme ça ? demande Carlos. Et que diable te dit-il ?

Je lis à haute voix les mots de Salomon. Farid me prend ensuite le papier, le renifle, passe la langue sur le bord de la feuille et conclut :

— De qualité très inférieure.

— En tant que *mohel*, Salomon savait manier les couteaux, commente Carlos.

— Cela explique peut-être certaines choses, ajoute Diego. Certes, nous ne nous sommes jamais doutés d'un lien entre lui et maître Abraham, mais tous deux l'auraient voulu ainsi.

Il n'a pas tort, et pourtant... Comment Gémila

a-t-elle pu prendre un petit bonhomme chauve et basané pour Maïmon le Blanc aux Deux-Bouches ? Et pourquoi Salomon aurait-il engagé un homme de main pour tuer Simon et Diego ?

« Tu viens d'entrebâiller encore une porte, me dit la voix de mon oncle. Maintenant, Bérékhia, gonfle tes poumons du souffle du monde humain et franchis-la d'un bond avant qu'elle ne se referme en claquant. »

Je reprends la lettre. J'ai besoin d'être seul, de m'enfermer à la cave pour méditer là-dessus.

— Laisse-moi, murmuré-je à Farid qui lâche ma main.

En bas, je prends la topaze de mon oncle dans le cabinet et la glisse à l'index de ma main droite. Je m'assieds sur les nattes tachées de son sang. Ouvrant les portes de mon esprit grâce à des exercices de respiration, je transpose les caractères écrits du message de Salomon en une psalmodie monotone. Les mots se détachent du papier, tournoient en l'air comme les anneaux d'un jongleur et dépouillent leur signification comme un lest inutile. La légèreté de la grâce se communique aussi à mes bras et à mes jambes.

Imaginez-vous que vous contemplez une tablette couverte d'écriture cunéiforme. Lorsque les nœuds de l'esprit se défont, c'est à ce point que l'hébreu devient étranger. Les lettres se révèlent autant de formes disloquées, musique sans mélodie, animaux pour lesquels Adam n'a point trouvé de nom. L'opacité du monde devient diaphane, s'efface enfin devant la béance.

À travers le plus vaste des espaces donnés par le Très-Haut – le vide au-delà de la pensée – il me vient des paroles dotées de la certitude de la prière : « Ceci est forcément l'écriture de l'homme qui a tué mon oncle. C'est *sa* confession, non pas celle de Salomon. Il l'a laissée chez le *mohel* après le suicide de celui-ci.

Pour que sa sœur ou un autre la trouve et me l'apporte..., pour me détourner de sa piste. Peut-être même est-ce lui qui a tué le pauvre Salomon pour servir, je ne sais comment, ses projets ! »

L'effort requis pour appeler l'intuition pèse lourd sur mon corps affaibli. Je me sens épuisé, les mains de plomb. « Restons là jusqu'à l'aube », me dis-je. En réponse, mes paupières se ferment. Mon oncle me parle. « Dors, fait-il d'une voix tout ensemble cajoleuse et plaintive. Tu as besoin de te reposer si tu veux toucher au terme de ton voyage. »

— Non, pas maintenant, protesté-je tout haut.

Rouvrant les yeux, je pense : « Il faut passer chez Salomon, interroger sa sœur. Puis retourner à l'Estaus, essayer de parler à Joana, la fille du comte.

— Toujours aussi buté », gronde mon oncle. À nouveau je clos les paupières pour revoir son sourire. « Remets-t'en au rêve, poursuit-il. Tu as parcouru le désert de Lisbonne. Tu es réellement près du but. Pose la tête sur mes genoux. Profite de tes songes pour faire une question.

— N'est-ce pas péché ? demandé-je. Les prophètes disent qu'il ne faut pas interroger les morts.

— On peut toujours parler à Dieu. Je ne suis désormais qu'une goutte dans son océan. Prends à ton poignet le ruban qui porte nos deux noms calligraphiés en or et place-le sur tes yeux. Puis dors. »

J'obéis à mon maître. Et, en effet, un rêve me visite.

Je suis enveloppé dans la chaleur d'un retour au foyer. Mon maître se dresse au-dessus de moi, se découpant sur le carrelage du mur de la cave, la tête et les épaules recouvertes de son châle de prière.

« Je ne crois pas que dom Miguel Ribeiro ou un homme de main nordique à la solde de vos passeurs clandestins aurait laissé le faux indice du fil de soie ou tué à la manière d'un *chohet*, dis-je. Qui encore a trempé dans le crime ? Qui la reine Esther a-t-elle chargé de vous tuer ?

— Tu sais déjà qui a séparé mon âme de mon corps, affirme-t-il avec un sourire ambigu. La question, c'est "où" et "quand" tu t'en rendras compte.

— Comme d'habitude, mon oncle, vous ne voulez pas répondre sans me faire travailler. Très bien. Où et quand apprendrai-je son nom ? »

L'aile blanche de sa robe se déploie, apportant à mes narines une brise parfumée de myrte. Le plafond perd son épaisseur, s'estompe. Les murs reculent. Le ciel s'ouvre, teinté au couchant d'un lavis rose et violet. Nous sommes assis côte à côte au pied de la tour du domaine des Amandiers.

« Pourquoi ici ? demandé-je. Pourquoi au crépuscule ? »

Le regard perçant de mon maître m'enjoint de bien écouter. Il lève sur moi une main bénissante et prononce : « Le mendiant aveugle porte un plan de la ville dans ses pieds. »

Une lumière d'or brille aux soupiraux en haut du mur nord. C'est le samedi matin. Le huitième et dernier jour de la Pâque. Je m'assieds, le regard tourné vers mon rêve comme vers un hôte qui s'en va. Ouvrant la *genizah*, je cherche en vain une écriture qui ressemble à celle de la fausse confession de Salomon. Puis, pour être sûr de ne pas me tromper, je feuillette encore la vieille *Haggadah* de mon oncle. Aucune figure des miniatures n'a reçu les traits du *mohel*. Il est donc peu probable que celui-ci ait participé avec Zorobabel et la reine Esther à la contrebande de livres.

En haut, Réza fait du feu dans la cheminée tout en balançant Aviboa sur sa hanche. Un gros œillet jaune est piqué dans la chevelure de la fillette. Diego et Carlos sont assis à table, en vis-à-vis, devant des tasses fumantes de tisane d'orge.

Lorsque ma cousine se tourne vers moi, je vois à son regard qu'elle m'en veut toujours de mon refus de conduire hier l'office de chabbat.

— Tu as dormi, constate Carlos. C'est bien.

— Où est Farid ? demandé-je après avoir souhaité le bonjour à tous.

— Chez lui, répond Diego. En train de dire ses prières.

Je me dirige vers la porte de la cour.

— Où vas-tu comme ça ? m'interpelle le prêtre.

— Je sors.

— Tu vas chez Salomon le *mohel*, n'est-ce pas ? éclate Réza, poursuivant sans me laisser le temps de la détromper : Pourquoi insister ? Il est mort. Nous la tenons, notre vengeance. Il s'agit de vivre maintenant, de nous occuper de ceux qui nous restent. C'est ce que mon père aurait voulu. Et crois-moi, Bérékhia Zarco, il y a une montagne de travail qui t'attend si jamais tu te décides à revenir parmi les vivants !

Son regard semble me mettre en demeure de lui faire la réponse qu'elle veut entendre.

— Ma voie n'est pas la vôtre, répliqué-je. Si je ne vais pas maintenant de mon côté, je ne pourrai pas vous rejoindre plus tard.

Mais, comme l'intention qu'elle me prête me dispense de mentir davantage, j'ajoute :

— Je n'y vais d'ailleurs que pour offrir mes condoléances. Même un assassin mérite nos prières.

— Je me mettrai en route ce soir pour Faro et le bateau de Constantinople, dit Diego en se levant. Peut-être devrions-nous faire nos adieux.

— Cela ne presse pas. Je serai tout de suite de retour.

Passant chez Farid, je trouve mon ami en prière dans la belle pièce. Il se redresse à ma vue, remonté des profondeurs de sa méditation comme par une main divine.

XIX

Je grimpe avec Farid la pente envahie de broussailles étiques, au-devant des clochers du couvent de la Grâce et du soleil matinal de Lisbonne. Ma vieille connaissance, la nonne nabote, gardienne de la grande croix de pierre du sanctuaire, nous suit d'un regard furieux en montrant sa dent unique.

Un chemin de terre conduit à l'hôtel de dona Meneses qui couronne la face nord de la butte. Forteresse de pierre bâtie autour d'un bastion abandonné, son seul luxe moderne est un balcon de marbre soutenu par quatre arcs-boutants qui rejoignent en bas la craie nue du coteau. J'y suis venu deux fois déjà, livrer des robes de soie confectionnées par ma mère. La grille se situe sur le côté. En nous y rendant, nous nous retrouvons à l'ombre d'un jardin planté d'immenses cèdres du Maroc. De là, nous pouvons voir, à l'extrémité du balcon qui court aussi sur la façade arrière, un homme maigre en chapeau bleu à plumes. Une coupe de verre rouge à la main, il semble deviser avec un interlocuteur invisible. Lorsqu'il se retourne pour montrer quelque chose au loin, je le reconnais. C'est le comte d'Almira.

Zorobabel et la reine Esther sont réunis.

Un portier blond, coiffé du couvre-chef améthyste qui fait partie de la livrée de dona Meneses, me débarrasse de la lettre que j'ai apportée. Nous nous éclipsons aussitôt. Farid plaisante :

— On dirait qu'elle achète ces monstres nordiques en gros. Crois-tu qu'on lui accorde un rabais ?

Je voudrais rire, ne fût-ce que pour prouver que je suis toujours le même, mais je semble en avoir perdu la faculté. Passant une fois de plus devant la sinistre gardienne du couvent, je sens mon cœur bondir dans ma poitrine. Je me demande : « Si ma vie devait se terminer là, quel en aurait été le sens ? »

Je n'ai pas le temps de chercher la réponse. Nous dévalons la pente au risque de nous rompre le cou, et le dédale dément des rues de Lisbonne nous recouvre du manteau de l'anonymat.

De retour à la maison, je sors de la *genizah* les traités philosophiques d'Abraham Aboulafia, le *Livre de la vie du monde à venir* et le *Livre du trésor de l'Éden caché*. Sans prix, tous deux sont enrichis de notes marginales de la propre main du maître.

— Qu'est-ce que tu mijotes ? demande Diego, descendu avec le père Carlos au milieu de l'escalier d'où ils me considèrent avec une sollicitude toute maternelle.

— Je comprends maintenant la volonté de mon oncle. Si dona Meneses cherche à acquérir des ouvrages hébraïques par l'intermédiaire du comte d'Almira, je les lui céderai. Mais au prix fort. Je veux la dernière *Haggadah* de mon maître. J'y trouverai la preuve dont j'ai besoin.

— Mais tu nous avais dit que tu croyais Salomon coupable, objecte le prêtre.

— Peu importe ce que j'ai dit ! Croyez-vous donc tout ce que tout le monde vous raconte ?

Il fronce le nez dans une grimace de dégoût.

— Un troc donc ? fait Diego. Les livres de maître Abraham contre la *Haggadah* ?

— C'est ça.

— Tu as bien l'astuce de ton oncle, dit le père Carlos d'un ton patelin. Ce n'est pas la peine de discuter. Mais tu es peut-être un peu *trop* malin.

— Tu tentes le diable, tu sais, ajoute Diego.

— Avec vous deux, c'est toujours la même rengaine, répliqué-je. Je finis par croire que la peur met les mêmes mots dans la bouche de tous les juifs. Et je commence à en avoir assez. De toute manière, ce n'est pas au diable que j'ai affaire. Dona Meneses n'est qu'une juive effrayée comme nous tous.

— Une juive ? ! se récrie Diego. Elle n'est pas juive !

— Mon oncle l'a représentée dans le rôle de la reine Esther, en train d'apporter la Torah à Mardochée.

— Ce n'est pas une preuve !

— Pour moi, si !

— Même si tu as raison, concède Diego d'un ton condescendant, elle n'est pas juive pour autant. C'est une nouvelle chrétienne. Le fossé entre les deux s'élargit de jour en jour.

Je ne réponds qu'en levant les yeux au ciel et il reprend :

— En tout état de cause, un couteau n'a pas de religion. Et ses hommes de main en possèdent de bien affûtés. Nous venons tous d'en être témoins.

— Que voulez-vous que je dise ? Je sais tout cela.

Le prêtre descend jusqu'au bas des marches et vient à moi en me suppliant du regard.

— Bérékhia, maintenant que tu n'as plus ni ton père ni ton oncle...

— Remballez vos boniments, Carlos ! Je n'ai que faire de votre protection.

Il pousse le soupir accablé que je connais depuis mon enfance et qui veut dire que je suis trop têtu pour mon propre bien. Je glisse les manuscrits dans le sac de cuir que mon oncle emportait dans ses retraites spirituelles sur la *serra de Sintra*.

— Où comptes-tu la retrouver ? s'enquiert Diego en nous rejoignant.

— Au domaine des Amandiers.

— Pourquoi là-bas ?

— C'est là que mon oncle m'envoie.

Le père Carlos tressaille. Lorsque je m'avance vers l'escalier, il me retient et demande :

— Tu as vu maître Abraham ?

Je fais oui de la tête, et il poursuit en baissant la voix :

— Et tu lui as parlé ?

— J'ai posé à Dieu une question en songe et mon oncle m'est apparu.

— Qu'a-t-il dit ?

— Que la dernière porte serait franchie au pied de la tour du domaine des Amandiers.

— Bérékhia, intervient Diego. Si tu ne te trompes pas, c'est dona Meneses, avec le comte d'Almira, qui a fait tuer maître Abraham et Simon. Tu ne devrais pas y aller. Je vais chercher ta mère. Je vois bien que tu n'as pas l'intention de nous écouter.

— Non ! Ne la dérangez pas ! Simon a été pris au dépourvu. Mon oncle aussi, selon toute apparence. Ils ne se rendaient pas compte du danger. Moi, je sais.

Il continue à protester, d'une voix de tête qui frise l'hystérie. Je lève enfin la main pour le faire taire.

— Si vous en parlez à ma mère, elle ne fera que coudre encore quelques-unes de ses horribles amulettes. Laissez-la au magasin. Faisons plutôt nos adieux. Vous serez peut-être parti avant mon retour.

Je lui donne l'accolade. Diego pleure, mais je ne peux me mettre au diapason de son émotion. Je suis comme mort au-dedans, endurci par ma quête de vengeance.

— Puissiez-vous obtenir du ciel de Constantinople les perles de pluie que vous désirez, dis-je en m'efforçant de sourire. Et n'oubliez pas les traités latins que vous vouliez prendre chez senhora Tamara. Vous ne les retrouverez pas si facilement. Si vous avez besoin d'argent...

Je prends dans ma besace l'aigue-marine de senhora Rosamonte et la lui offre. Il l'accepte.

— Bérékhia, je ne sais pas comment...

— Ne dites rien. Tout ira bien pour vous chez les Ottomans.

— Les merveilles du Portugal me manqueront. Et surtout les bons juifs de Lisbonne, dit-il en me donnant sa bénédiction. Puisses-tu trouver enfin avec les tiens la paix que vous méritez tous.

Farid m'accompagne au domaine des Amandiers. Sur le chemin je crois lire des présages de séparation dans les herbes ambrées et les arbres en fleurs du Portugal. Nous repartons en exil, à tous les vents, et des siècles s'écouleront avant que ces mûriers et ces lavandes, ces coquelicots et ces pies n'entendent à nouveau, si jamais, leurs noms hébreux. Peut-être est-ce bien ainsi.

La sécheresse a empêché les mauvaises herbes d'envahir les tombes fraîches qui émaillent les champs du domaine, mais des planches portant des inscriptions frustes en portugais y poussent comme des mains tendues vers la vie. Nous pénétrons dans la tour, grimpons l'escalier en colimaçon jusqu'à la plate-forme déserte, mouchetée de fiente, d'où nous contemplons les orges dorées et les étendues de terre labourée, délimitées par des haies de chênes-lièges dont les nobles troncs noueux, mis à nu, luisent d'un rouge vulnérable.

Nous attendons.

Le coucher de soleil qui marque la fin de Pessah s'annonce par des reflets des grandes palmes, couleur de topaze, dont le dais ombrage l'Éden.

Quelques minutes plus tard, comme je l'ai demandé dans ma lettre, le carrosse de dona Meneses s'arrête à la limite du domaine. Elle en descend et s'avance seule à pied, à travers le bosquet de vieux amandiers, la tête abritée sous un parasol écarlate. Elle vient les mains vides. Farid me fait signe :

— Il est temps.

Il glisse son poignard dans sa ceinture. M'efforçant de garder mon calme, je soulève le sac qu'alourdissent les manuscrits d'Aboulafia. Nous descendons. La main de mon oncle me guide, réglant mon pas à une allure qui jure avec mon souffle saccadé.

Nous nous postons en bas, parmi les débris de maçonnerie qui jonchent le sol du rez-de-chaussée.

Dona Meneses ne déçoit pas notre attente. Franchissant le seuil d'un pas confiant, elle me salue avec raideur, du même petit signe de tête majestueux qu'elle adresse à ses cochers. Sans avoir rien de déplaisant, son visage paraît en quelque sorte trop arrondi, trop petit, en raison peut-être de la coiffure qui lui dégage le front, emprisonnant ses tresses châtaines dans une haute corne noire ornée d'une aigrette de ruban jaune. Sa longue robe de soie à rayures verticales bleu roi et vert vif est ballonnée à la taille, selon le canon de la mode, pour simuler la grossesse. L'étudiant comme je ne l'ai jamais fait jusque-là, je vois une femme qui vit dans la terreur de vieillir. Ses sourcils arqués sont peints, ses cils allongés d'une épaisse couche de khôl noir, une vilaine poudre rosâtre cherche à rafraîchir son teint bistre, et le rouge de ses lèvres, pincées dans une moue impatiente, ne doit rien à la nature. Elle ferme soudain son parasol et se met à tripoter pudiquement son collier d'émeraudes et de saphirs. Elle braque d'abord son regard sur Farid, puis s'adresse à moi d'un ton pressant, avec un faux air de sympathie :

— Je suis venue comme tu me l'as demandé. Aurais-tu donc l'obligeance de me faire savoir ce que... ?

— Pourquoi n'avez-vous pas apporté la *Haggadah* de mon oncle ?

— Malappris ! gronde-t-elle, comme si ce mot contenait la réponse à ma question.

— Où est-elle ?

Elle hausse les sourcils, feignant l'incompréhension.

— Je ne sais pas. Je t'assure que je ne l'ai pas.

— C'est impossible !

— Mais vrai. Dis-moi, as-tu parlé à d'autres de... ?

— N'ayez crainte, nous ne vous mettrons pas d'espions aux trousses. Aux yeux du monde, vous êtes toujours aussi catholique que l'Inquisition espagnole.

— Me diras-tu comment tu l'as appris ? Par ta mère, sans doute ?

— Le sait-elle ? !

— Ah ! La chère Mira a donc tenu parole. Ce n'est pas elle qui te l'a dit.

Elle lâche son collier et se caresse la gorge, manifestement soulagée.

— Non, ce n'est pas elle, murmuré-je, frappé soudain d'un trait de lumière. Le panier de fruits que vous emportiez toujours de chez nous ! Les livres étaient cachés en dessous. Ma mère savait.

— Un jour, *Le Langage des oiseaux* d'Attar a été taché de jus de raisin. Ton oncle était furieux.

Dona Meneses m'adresse un sourire doucereux. Voyant que je ne le lui rends pas, elle reprend d'un ton arrogant :

— Alors, comment le sais-tu ?

— Vous avez servi de modèle à la reine Esther dans une des miniatures de mon oncle. Cela étant, il ne pouvait y avoir de doute sur votre religion. Il vous représente en train d'apporter la Torah à Mardochée, cachant en même temps un exemplaire du *Bahir* sous le bras.

Ses doigts reviennent à son collier et elle me fait une petite révérence.

— Astucieux ! Je te félicite. Mais je dois dire que ton oncle prenait des risques inutiles dans son travail.

— Est-ce la raison pour laquelle vous l'avez tué ?

— Tué ? répète-t-elle en sursautant. Moi ? !

— Votre étonnement est aussi faux que la verroterie que vous portez au cou.

— Il se trouve que ces pierreries valent plus cher que votre vie à tous les deux.

— Autant dire rien, au cours actuel.

— Oui, tu ressembles beaucoup à ton oncle.

— En moins naïf. Je sais qui vous êtes et ce que vous avez fait.

— Voyons ! s'exclame-t-elle, penchant la tête avec le sourire qu'elle arborerait pour admirer les tours d'un chien savant. Allez, raconte ce que tu crois savoir !

— Je ne suis pas là pour palabrer, tranché-je, ouvrant mon sac. Je suis venu vous proposer ces manuscrits en échange de la dernière *Haggadah* de mon oncle. Je sais que vous l'avez. Et ceux-ci sont infiniment plus précieux, annotés de la main même de maître Abraham Aboulafia, béni soit son nom.

— Si tu es certain que j'ai tué ton oncle, pourquoi n'as-tu pas déjà essayé de m'ôter la vie ?

— Votre mort ne le ramènera pas.

— La vengeance n'a que faire de la logique. Ton hésitation ne peut avoir qu'une explication. Tu doutes de ma culpabilité, dit-elle, hochant la tête comme pour solliciter un aveu de ma part.

— Je veux la *Haggadah* ! hurlé-je. Vous ne vous en irez pas d'ici tant que je ne l'aurai pas !

Indifférente à la menace, elle demande calmement :

— Pourquoi ici ? Pourquoi au domaine des Amandiers ?

— Le lieu se trouve dans une autre enluminure de mon oncle, dans la vignette de Zorobabel. Quand j'en ai rêvé, il m'a dit que je franchirais ici la dernière porte du mystère. Alors, où est... ?

— C'est *lui* qui te l'a dit ? Maître Abraham ?

Ses doigts glissent encore le long des nerfs crispés qui saillent sur son cou. Son trouble n'est pas moindre que le mien.

— Oui, j'ai parlé à mon oncle.

— Quand ? insiste-t-elle.

— Cela ne vous regarde pas. Vous n'êtes là que pour...

Elle m'interrompt d'une voix qui semble sourdre du fond de ses entrailles, du fond de sa peur :

— Sais-tu que c'est ici que nous avons uni notre sort ? Il y a quatre hivers, le 13 Adar, veille de Pourim. Jour de la victoire remportée autrefois par Juda Maccabée sur le Syrien Nicanor, dit-elle, le regard tourné en dedans, vers la mémoire. Ton oncle a tenu à me faire venir ici, au domaine des Amandiers, pour mettre sur pied notre réseau de contrebande.

— Pourquoi ici ?

— Tu connais l'histoire d'Aaron Poejo et...

— Je la connais.

— Et de sa vision ?

— Les barbares blonds aux masques de fer qui devaient saccager Lisbonne.

— Des masques de fer pour museler, explique-t-elle du ton dont elle citerait une parole de sagesse. Blonds, c'est-à-dire chrétiens. Tu devrais comprendre. Tu étais le disciple préféré de maître Abraham. Réfléchis. Et si c'était un verset de la Loi ?

— Mais oui. La vision annonçait que les chrétiens nous ôteraient un jour nos paroles, nos livres.

— Et c'était ici, disait ton oncle, que nous allions tramer leur défaite.

Je sens émerger en moi la réponse à l'énigme que mon maître m'a posée peu avant son dernier chabbat. « Qu'est-ce qui vit des centaines d'années, mais peut tout au long de sa vie mourir avant de naître ? »

Un livre, bien sûr. Un livre qui renaît chez chaque lecteur. Qui peut périr sur le bûcher aussi irrévocablement que n'importe lequel d'entre nous.

— Vois-tu, poursuit dona Meneses en fixant sur moi un regard tout ensemble hautain et scrutateur, si tu n'avais pas demandé à me voir ici, je t'aurais peut-être fait assassiner, toi aussi. Mais il y a quelque chose dans l'atmosphère de ce lieu...

— Où est la *Haggadah* ? demandé-je avec une ardeur renouvelée.

— Je ne l'ai pas, Bérékhia. Laisse-moi...

— Je vous interdis de prononcer mon vrai nom ! Utilisez celui que m'ont donné les chrétiens !

— Comme tu voudras, Pedro. J'étais l'associée de ton oncle. Nous avons œuvré ensemble pendant plus de trois ans. Dis-moi, te souviens-tu de senhora Belmira ?

— La juive battue à mort il y a quelques mois du côté de la fontaine de la Mère-de-Dieu ?

— Oui. T'es-tu demandé pourquoi elle avait été tuée ?

— Il y a des chrétiens à Lisbonne qui feraient n'importe quoi à...

— Non ! C'était mon cocher. Tu t'en souviens ? L'ancien, le brun. Pas un de ces Flamands que j'ai maintenant.

— Votre cocher l'a tuée ?

— Oui. J'avais reçu une lettre. D'un maître chanteur. Il m'ordonnait de lui remettre les manuscrits hébraïques que ton oncle me confiait, me menaçant sinon de me dénoncer comme juive. C'était fâcheux. Pour moi et les miens. Je devais laisser un premier manuscrit dans une cachette près de la fontaine de la Mère-de-Dieu. Je me suis exécutée. Ou plutôt c'est mon cocher qui l'a déposé en se tenant en embuscade. Une femme est venue prendre le livre à la tombée de la nuit. Senhora Belmira. Mon cocher l'a retenue et a essayé de lui faire dire qui l'avait envoyée. Elle ne voulait pas parler. Il avait beau faire... Malheureusement, il s'est laissé emporter. C'était un serviteur fidèle, mais une brute. Je l'ai renvoyé à Tolède, dans sa famille. Les Castillans sont des tueurs-nés. De bons toreros, mais, cela mis à part, il n'y a rien à en tirer.

— En avez-vous informé mon oncle ?

— Je n'en ai parlé à personne.

— N'aviez-vous pas confiance en lui ?

— Dans ma position, la confiance est un luxe que je ne peux pas me permettre. C'était peut-être lui qui me trahissait, je ne pouvais pas le savoir.

— Mon oncle n'a jamais trahi personne !

— Cela se peut. Mais, placée devant un tel dilemme... Pedro, il n'y a pas grand monde de nos jours qui puisse se fier à qui que ce soit. Les erreurs se font trop cher payer.

Elle me montre soudain un visage contrit, s'avance vers moi. Je lève la main pour la tenir à distance. Son attendrissement m'apparaît comme impur.

— Je l'ai fait surveiller. Toute ta famille, poursuit-elle avec un profond soupir. Cela n'empêche pas que j'ai reçu une seconde lettre. Après la mort de senhora Belmira. Le maître chanteur menaçait, si je cherchais à découvrir son identité, de révéler le secret de mes origines à l'Église et au roi dom Manuel en personne. Il prétendait en détenir des preuves. J'ai donc commencé à lui remettre les manuscrits que je tenais de ton oncle.

— Avez-vous gardé les lettres ?

— Tu espères pouvoir le retrouver d'après son écriture, dit-elle, hochant la tête d'un air sceptique. J'y ai pensé, mais toutes les lettres étaient griffonnées comme de la main gauche. Ou écrites peut-être par un enfant. Finalement, j'ai tout de même eu une idée. J'ai un vieil ami d'enfance. Quelqu'un dont je ne peux pas douter, qui nous aidait à faire passer les livres en Espagne. Tu le connais sous le nom de...

— Comte d'Almira, dis-je, lui coupant la parole.

— Oui. Il est venu...

— Et Isaac de Ronda.

Elle pince les lèvres. Son regard trahit l'étonnement.

— Tu as donc découvert cela aussi.

— Le mérite en revient à Farid.

— Comment ?

Farid désigne du doigt ses yeux et son nez.

— Mes compliments ! dit dona Meneses en lui adressant à son tour une légère inclination de tête. J'ai donc demandé au comte de venir à Lisbonne pour vendre des livres sous un nom et en acheter sous un autre. Nous espérions pousser ainsi le maître chanteur à se découvrir. Pour lui faire son affaire sans risque de nous tromper. Je sais qu'il a essayé de vendre la *Haggadah* de ton oncle à senhora Tamara. C'était une imprudence. Il faut croire que l'émeute l'a fait paniquer. Malheureusement, la libraire a chassé son messager sans le faire parler. Le maître chanteur s'est rendu compte de son erreur, il est redevenu plus circonspect. Je sais en tout état de cause qu'il fait – ou a fait – partie du cercle de maître Abraham. Les « moissonneurs du champ » étaient seuls au courant de la contrebande de livres. Ton oncle me l'a dit ici même, lorsque nous avons conclu notre alliance. Je les ai fait surveiller tous. Le vendredi d'avant le déchaînement du chaos, le comte lui-même suivait Diego quand le vieux bougre s'est fait agresser par des gamins chrétiens. Un des cochers du comte lui a sauvé la vie. Puis il y a eu le dimanche, les bûchers, la populace qui réclamait le sang juif à cor et à cri. Je ne pouvais plus attendre. Mon intuition me disait que le coupable était Simon Eanes, le drapier. Je l'ai donc fait « relaxer ».

Elle parle comme si un arrêt de mort était la chose la plus naturelle du monde, utilisant les mots maudits de l'Inquisition. Comme aucun ecclésiastique ne doit verser le sang, les personnes condamnées par l'Église espagnole sont « relaxées », c'est-à-dire remises au bras séculier pour être brûlées.

— J'espérais que ce serait la fin de mon calvaire, continue-t-elle, mais j'ai reçu une troisième lettre du maître chanteur.

À nouveau elle fait mine de s'approcher, fixant sur moi un regard éperdu qui me supplie de suspendre mon jugement.

— Je devais laisser encore des livres hier à la fontaine de la Mère-de-Dieu. Mais je ne l'ai pas fait.

— Vous avez tenté alors de faire assassiner Diego.

— Oui, que le Seigneur me pardonne ! C'est vrai, dit-elle, serrant les poings. Qu'aurais-tu fait à ma place ?

— Moi, je ne tuerais personne simplement parce que je n'ai pas le courage de reconnaître ce que je suis !

— C'est tout à ton honneur. Le jour où l'Inquisition s'abattra sur le Portugal et que tu te sentiras pris à la gorge, nous verrons si tu ne changes pas d'avis.

— Essaierez-vous encore de faire tuer Diego ?

— Oui. Et le père Carlos aussi. Je ne peux pas prendre de risques... Je saurai bientôt où ils se cachent. Et mes serviteurs savent ce qu'ils ont à faire. Je ne peux plus attendre. Je n'ai pas le choix.

Farid désigne son collier et parle en gestes hachés, violents :

— Trop d'émeraudes en jeu, sans doute !

Je traduis son verdict pour dona Meneses qui proteste :

— Vous êtes sans cœur !

Ses doigts se resserrent autour du collier et l'arrachent. Les pierres précieuses s'éparpillent sur le sol.

— Prenez-les ! crie-t-elle, offrant ce qui reste de la parure d'abord à moi, puis à Farid. Ce n'est pas une question d'argent. Il y va de ma vie ! De notre vie à tous !

Une grimace d'angoisse lui tord les traits. Ce que je prends d'abord pour une gifle est le collier qu'elle m'a jeté à la figure.

Nous gardons le silence, captifs tous les trois de la honte et d'un sentiment de culpabilité qui nous interdit de chercher la libération de la parole. Je ferme les yeux et me concentre sur ma respiration. Farid me prend la main et épelle le nom d'un suspect.

— Oui, acquiescé-je. C'est peut-être lui.

Me retournant, j'expérimente cependant un instant magique. Il y a une autre possibilité encore qui, à la vue de la bande de peau blême jusque-là cachée par le collier de dona Meneses, me frappe comme un coup de massue.

— Il ne reste que deux personnes qui peuvent avoir tué mon oncle, dis-je. Donnez-moi du temps. Attendez jusqu'au matin avant de faire assassiner encore quelqu'un.

— C'est trop !

— Jusqu'à minuit, alors. Vous tuez des innocents !

Dona Meneses nous signifie son accord d'un hochement de tête. Son regard est celui d'une princesse insoumise, toisant ses violeurs. D'un geste hautain, elle ramasse la queue de sa robe et s'en va.

XX

Les champs font rapidement place aux masures et aux dépôts d'ordures des faubourgs. Avec Farid, je regagne Lisbonne au pas de course.

Notre destination est l'auberge de senhor Duarte, *Au Corpus Christi*. Nous trouvons le patron attablé devant une assiette de potage. Bonhomme minuscule, brèche-dent, qui cache une calvitie sous une frange de cheveux clairsemés, il mange goulûment. À chaque cuillerée enfournée, ses joues flasques s'enflent, puis se creusent comme un soufflet.

Nous nous campons de part et d'autre de sa chaise.

— Quand dom Afonso Verdinho est-il arrivé ? demandé-je.

Il lève la tête, plisse les yeux et se fourre dans la bouche un gros morceau de pain de millet mal cuit.

— Qui veut le savoir ?

— Pedro Zarco. La dame qui accompagne dom Afonso est ma tante. Quand est-il arrivé ?

Il mange toujours, grimaçant involontairement au rythme de la mastication, le menton barbouillé du potage qui dégouline au coin de ses lèvres gercées.

— Il faudrait que je consulte mon registre, dit-il. Et, comme vous voyez, je mange.

Je mets la main dans ma besace pour prendre la bague de senhora Rosamonte, me maudis en me rappelant que je l'ai donnée à Diego. Farid répond à mon regard désespéré par un sourire. Il offre à l'homme une des émeraudes de dona Meneses, puis glisse en cachette une poignée de pierreries dans ma bourse.

Serrant le bras de mon ami pour le remercier, je m'adresse à l'aubergiste :

— La pierre est à vous si vous me dites quand dom Afonso Verdinho est arrivé.

Il montre un bout de langue serpentine et, répondant à mes paroles par un signe de tête entendu, essaie la pierre contre son assiette. Une petite impureté raie l'émail. Les yeux de l'homme brillent et un sourire fleurit sur ses lèvres.

— Elle est belle !

— Je vous demandais donc quand il est arrivé.

— Vendredi, répond senhor Duarte, admirant l'eau de l'émeraude à la flamme de sa chandelle.

— Ce vendredi-là, après l'émeute, ou celui d'avant ?

— Cette semaine.

— Vous en êtes certain ?

Il insère la pierre entre sa lèvre et sa gencive comme une graine de cardamome, désigne un groupe de marchands qui dînent à une table voisine et demande :

— Vous voyez ces hommes ?

— Oui.

Sans cesser de s'empiffrer, il raconte :

— Le barbu vend du sucre et pue le chou pourri. Il est arrivé hier, suant comme un moine en rut. Il aime les femmes à gros tétons, sans dents. L'autre, rasé de frais, est d'Évora. Il achète de la vaisselle de cuivre. Arrivé aujourd'hui. Sa passion, c'est la *carne preta*, la viande noire, si vous voyez ce que je veux dire. Je sais tout ce qui se passe ici. Votre homme est arrivé vendredi, plus fourbu et plus crotté que sa monture.

— Où est-il ?

— En haut.

Il désigne une porte ouverte au fond de la salle et précise :

— Prenez le couloir à gauche. C'est la dernière porte à droite.

Ma tante Esther ne peut réprimer un mouvement de surprise en m'ouvrant.

— Bérékhia ! Est-ce que tout va... ?

Je pénètre dans la chambre en la repoussant. Afonso est assis en vêtements de dessous sur un lit défait. Ses pieds nus sont difformes, rabougris comme des racines de mandragore.

— Vous avez entendu parler de Simon le drapier ? lui demandé-je sans préambule.

— Un ami de ton oncle, répond-il. Esther m'a écrit...

— Elle vous écrivait donc. Je vois que vous avez fait bon usage de vos talents, ma chère tante, raillé-je avec une courbette à son adresse.

— Je prends note de ton opinion, dit-elle, me montrant un visage froid et dur. Maintenant va-t'en !

— L'avez-vous rencontré ? demandé-je à Afonso.

— De quoi s'agit-il ? objecte-t-il, partagé entre l'indignation et la perplexité.

— Répondez plutôt à ma question !

Esther essaie de me pousser vers la porte tandis qu'Afonso répond :

— À parler franc, je ne m'en souviens pas. Cela se peut.

Sans crier gare, ma tante me gifle. Je lui emprisonne la main. Afonso bondit en hurlant :

— Laisse-la tranquille !

Farid s'interpose, libère Esther et la conduit vers le lit en me lançant un regard réprobateur que souligne le langage de ses mains :

— Ne t'avise plus de la toucher !

Ma tante s'assied et se frotte le poignet. Ses yeux sont vitreux, son dos voûté comme si elle portait tout son deuil dans le médaillon qui lui pend au cou. Telle est cependant ma fureur que sa vue demeure impuissante à ranimer les cendres de la sympathie dont je brûlais naguère pour elle. Je poursuis mon interrogatoire d'Afonso :

— Vous ne sauriez donc rien de ses infirmités ? Qu'il marchait avec des béquilles, qu'il portait des gants de soie noire pour...

Farid me fait taire et lance à l'improviste quelques-unes des pierreries de dona Meneses au vieux moissonneur qui lève la main et en attrape une.

— Qu'est-ce que cela ? ! demande-t-il en me la montrant.

Farid m'empoigne à l'épaule avec un geste qui dessine une coupure nette :

— Laisse-le ! Il n'était pas à Lisbonne. D'ailleurs, regarde la main dont il vient de se servir.

— La gauche.

— Souviens-toi de l'incision au cou de ton oncle. Elle penchait...

À chaque pas de la course qui nous ramène à la maison, un des derniers vers manquants d'un poème perdu se remet en place. Maïmon le Blanc aux Deux-Bouches ! Mais oui, Gémila a bien vu ! Quel autre nom aurait-elle pu donner dans son hystérie à un tueur encapuchonné, le visage barré d'une cicatrice, les mains ruisselantes de sang ? Tout s'accorde : la découverte par mon oncle du modèle d'Aman, le rôle assigné par le maître chanteur à senhora Belmira, les propres mots du tueur sur sa détermination à ne plus jamais subir la torture.

De même, la date fixée à dona Meneses pour la remise des derniers manuscrits destinés à sortir clandestinement du Portugal – encore un indice qui ne peut désigner qu'un seul homme.

Les voiles du mystère tombent l'un après l'autre, révélant un visage auquel il n'y a plus à se méprendre.

Dans notre cour, un âne chasse à coups de queue les mouches qui tourbillonnent au-dessus de son dos à vif. Passant par ma chambre, je découvre Cinfa, Réza et ma mère au magasin en compagnie de mon cousin Méïr de Tavira qui m'ouvre les bras en criant :

— Béri !

— Pas maintenant ! protesté-je, levant les deux mains pour repousser les retrouvailles. Mère, où sont Diego et le père Carlos ?

— Pourquoi ?

— Pas de questions ! Où sont-ils ?

— Le prêtre est encore retourné à Saint-Dominique. Diego est à la cave. Il est descendu réciter les prières du soir. Qu'est-ce que tu... ?

Cinfa lui coupe la parole :

— Non, Diego est remonté tout à l'heure. Nous étions là. Vous ne l'avez pas vu, mère.

— Allons-y ! me dit la main de Farid.

— Attends ! Je crois deviner pourquoi il est descendu. Ce que nous découvrirons à la cave nous aidera peut-être à passer la dernière porte.

Je décroche une des lampes qui pendent à la grosse solive au-dessus de la table de la cuisine. Farid écarte le tapis de Perse et ouvre brusquement la trappe. Je tire mon poignard en descendant, mais les ténèbres ne cachent rien. La *genizah* est fermée. « La propreté est un devoir sacré », comme me l'a dit hier encore le tueur. Farid prend la clef dans la vessie d'anguille et l'ouvre. J'en approche la lampe. Notre armoire à livres est vide. Tous les manuscrits de mon oncle ont disparu, de même que notre pécule.

Nous courons en haut et nous précipitons de la cour dans la rue Saint-Pierre. Les doigts de Farid sur mon omoplate épellent une question :

— Sais-tu d'où il comptait partir ?

— Non, mais je crois savoir où il se trouve en ce moment. Il n'oserait pas franchir la frontière en possession de livres hébreux. Si on les trouvait, ce serait la *pinga*. Il doit...

— Bérékhia !

C'est António Escaravelho, le mendiant converti, qui m'appelle. Il gît à sa place habituelle de l'autre côté de la rue.

— As-tu vu quelqu'un sortir de chez moi, par la grille de la cour ? lui crié-je.

Il hoche la tête et tend le bras du côté de la cathédrale.

— Tout à l'heure. Il est parti par là.

— Où est-il allé, alors ? insiste Farid.

— Faire un troc. Avec ce qu'il vient de voler et la bague que je lui ai donnée, il pourra avoir tout ce qu'il veut. Même l'édition de Platon qui lui faisait tellement envie.

La pâle lueur d'une chandelle filtre à travers les volets de la librairie de senhora Tamara.

— Béni soit Celui qui ouvre la porte de la Vengeance, murmuré-je en mettant la main sur la poignée.

Farid me rattrape, hors d'haleine. Je pousse doucement le battant de bois. Nous entrons.

Diego.

Un éclair de surprise, et ses traits reprennent leur impassibilité. Il se tient devant le pupitre au fond du magasin, sur le qui-vive, ses pensées cachées sous le silence insondable d'un oiseau nocturne. Les livres volés dans notre *genizah* sont empilés à ses pieds. Senhora Tamara est assise sur un tabouret, les mains jointes sur le ventre. Elle parle, mais je ne l'entends pas. Derrière elle se dresse un nègre sec et nerveux, la face camuse, hébétée, les joues creuses d'un crève-la-faim. Il transpire, le front plissé par l'incompréhension et la peur.

Je grave la scène dans ma mémoire de la Torah.

Nous nous dévisageons, Diego et moi, à travers un espace rituel, rayonnant, brûlant comme la flamme. Senhora Tamara se lève. Ses lèvres remuent. Un frémissement d'ombres dans les plis de la robe de Diego me dit qu'il s'est redressé. Les muscles de mes jambes se bandent. Mon pouls s'enfle jusqu'à un état de grâce proche du désir charnel. Sous la barbe de l'homme qui me fait face, j'imagine la balafre qui barre la blancheur du menton, une ligne rouge, hachée de points de suture, la seconde bouche de la trahison et du crime.

— Maïmon le Blanc aux Deux-Bouches, murmuré-je.

Il tire un couteau de dessous sa cape, une longue lame à bout carré – un couteau de *chohet*. L'esclave aussi dégaine son stylet, serrant dans l'autre main une canne dont la poignée figure une tête de serpent.

Les paroles de senhora Tamara percent enfin la rage qui me consume :

— Bérékhia, qu'est-ce qu'il y a ?

Elle fait un pas vers moi.

— Sortez ! commandé-je sans quitter Diego du regard.

Désemparée, elle court à Farid, presse les deux mains contre sa poitrine et supplie :

— Qu'est-ce qui ne va pas, mon enfant ? Dis-moi !

— C'est lui qui a tué mon oncle.

— Diego ? ! s'exclame-t-elle en se retournant brusquement. Dit-il vrai ?

— Bien sûr que non, répond le tueur, ouvrant les mains dans un geste d'apaisement.

Je prends le bras de senhora Tamara et l'entraîne vers la sortie en hurlant :

— Allez-vous-en !

Elle résiste. Les yeux toujours braqués sur Diego, j'ouvre la porte. Sourde à mes instances, la libraire me caresse le menton, me cajole :

— Allez, mon cher enfant, Diego disait que tu l'avais chargé d'échanger les livres, que ta mère avait peur de garder des ouvrages hébreux à la maison.

— Pour l'amour du ciel, sortez d'ici !

— Que veux-tu ? Pourquoi ?

Faisant signe à Farid de ne pas bouger, je prends senhora Tamara à bras-le-corps et la mets dehors. Elle proteste et se débat.

Elle continue ses cris dans la rue, exigeant des explications, mais je n'ai d'yeux que pour le colosse qui se cache sur l'autre trottoir à l'ombre d'un auvent. Enveloppé dans une longue cape, il porte un chapeau à larges bords, de couleur améthyste.

J'aborde l'homme et conclus hâtivement un marché, payé d'avance. Il me remercie en mauvais castillan.

Je me précipite à nouveau dans le magasin, fermant la porte au verrou derrière moi. Diego m'accueille avec une courbette.

— Te revoilà enfin, Bérékhia ! Je disais justement à Farid mon étonnement et ma joie de voir que dona Meneses vous a épargnés tous les deux. Mais je ne sais jamais s'il comprend le premier mot de ce qu'on lui raconte.

— Farid comprenait plus que vous dès le premier jour de sa vie.

Un éclair sillonne le regard de l'autre.

— Toujours aussi charitable, à ce que je vois. Mais franchement, comment prévoir qu'elle ferait grâce maintenant ? C'est sans doute son sang juif qui parle.

— Pourquoi avez-vous tué mon oncle ?

— Pourquoi ? Est-ce à dire que tu ne l'as pas deviné ? Tu sembles pourtant avoir démêlé tout le reste. Trop malin, comme disait tantôt notre ami le prêtre. Séville... Pense à Séville.

— Et alors ?

Quelqu'un agite la poignée de la porte. J'entends la libraire qui cogne au battant en criant mon nom.

— Elle ne s'avouera pas vaincue, commente Diego en souriant.

— Comme nous tous.

— Il faut croire qu'elle t'aime bien. Tu as beau t'en défendre, tout le monde a de l'affection pour toi. Mois aussi. Sans cela, je ne me serais pas donné tant de mal pour te faire abandonner ton furetage indiscret.

Je fronce le sourcil et il poursuit :

— Où en étais-je ? Ah oui ! Séville. Tout a commencé là-bas. Ton oncle m'a vu. Un hasard malencontreux. Il était trop vif, un vrai volcan, débordant de passion et d'énergie. Les hommes de ce genre ont le don de provoquer des accrocs dans les plans les mieux conçus. Il est venu racheter Simon à l'Inquisition, apportant chez moi sa rançon en lapis-lazuli au plus mauvais moment, sans se laisser arrêter par mes gens. J'étais justement en train de traiter de mon salaire, le prix de mes dénonciations, contre Simon et d'autres, avec un conseiller de l'évêque. Ton oncle est arrivé là-dedans comme un chien dans un jeu de quilles. Bien sûr, je me suis aussitôt éclipsé, sans ouvrir la bouche. Mais il avait une bonne mémoire. Pas autant que toi, et pourtant... Une mémoire étonnante.

— À l'époque, vous ne portiez pas la barbe.

— Non. Tu l'as compris, n'est-ce pas ? La barbe, c'était pour Lisbonne. De nos jours, le savoir-vivre commande de changer de masque en changeant de ville. Ou serais-tu d'un autre avis ?

— C'est-à-dire que vous n'êtes même pas un lévite ?

— Si. Le mensonge a malgré tout des limites. Mais, comme tu l'as dit toi-même, il y a aussi des lévites sans barbe. Même chez les juifs orthodoxes d'Andalousie. Eh oui, je sais, tu n'y es jamais allé. Et si tu ne fais pas attention maintenant, tu n'en auras plus l'occasion. Pourtant il y a tant de choses à voir. L'Alhambra, la grande mosquée de Cordoue. Il y a là des pierres précieuses enchâssées dans les murs qui...

Farid me passe la main dans le dos :

— Occupe-toi de l'esclave. Je me charge de Diego. Ce sera un plaisir de mettre un terme à sa vie.

— Attends ! lui dit mon geste de réponse.

Je me retourne vers Diego et demande :

— Pourquoi avez-vous dénoncé Simon et les autres à l'Inquisition ?

— Ne sois pas naïf ! répond-il, serrant les poings et grinçant des dents. Quand l'Église te prend dans ses filets et te presse comme un citron, tu fais ce qu'on te dit de faire. N'importe quoi !

Il sourit, se détend.

— Vous autres juifs portugais, vous avez mené une vie trop douillette. Nageant dans le lait et le miel. Vous ne pouvez pas savoir.

— Ces derniers temps, il y a eu plus de fumée que de lait ou de miel.

— Un petit feu de joie des plus modestes. Attends quelques années, qu'on apprenne ici à faire de vraies illuminations. Alors vous aussi, vous ferez ce qu'on vous dira, ou bien...

Il écarte sa cape, ouvre sa chemise. La flamme de la chandelle fait ressortir la grosse cicatrice qui lui barre le torse.

— ... ou bien vous paierez le prix de votre désobéissance. Je t'ai parlé des œuvres d'art qu'ils impriment dans la peau des patients. Mon paysage est à peine ébauché. Tu vois l'horizon ? Si tu viens plus près, tu reconnaîtras aussi les portes de Jérusalem. La chair est faible, dit-il en se couvrant. Tu trouveras la douleur fort déplaisante.

— Quand on vous a rasé la semaine dernière, mon oncle a reconnu en vous le délateur qu'il avait entrevu à Séville. Il a dû vous le dire à l'hôpital, quand vous vous êtes parlé... Ses gestes dramatiques... Voilà pourquoi vous vouliez garder votre barbe à tout prix, pourquoi vous avez été fâché de nous voir.

— Encore un hasard regrettable. La vie est un tissu de chances et de malchances. On finit par s'y faire. Toi, tu en es encore à te révolter contre les contingences. Ton oncle non plus ne comprenait pas. Il y avait beaucoup de choses qui le dépassaient. Ce n'était pas un homme compatissant. Pour connaître la compassion, il faut ressembler aux autres, et lui...

— Comment osez-vous ? hurlé-je.

— Celui qui se retrouve seul au monde peut tout oser ! Toi-même, qu'est-ce que tu fais ? Un kabbaliste qui se venge ! Qu'en dirait le cher oncle ?

— Il dirait qu'il y a longtemps que vous avez perdu le noyau intime de votre âme, que c'est une *mitsvah* que de vous renvoyer de l'autre côté. Métatron inscrira votre meurtre comme un acte de justice.

— Tu te berces d'illusions.

— Les illusions, vous êtes payé pour vous y connaître.

— Dis plutôt la viande de boucherie et la volaille, rétorque-t-il, exhibant son couteau.

— Vous auriez dû vous en tenir là.

— Je n'avais pas le choix. La vie nous entraîne. Comme les marées. On ne peut pas lutter indéfiniment contre l'océan. Mais tu es trop jeune pour...

— En allant voir mon oncle, vous avez trouvé la jeune femme, Teresa, dans notre cave, n'est-ce pas ?

— Il venait de lui sauver la vie en rentrant du bain. Il a laissé la porte du passage entrebâillée pour entendre si d'autres appelaient au secours. Moi, l'émeute m'a rattrapé sur le chemin de chez vous. J'avais épinglé une grande croix de bois à mon habit pour plus de sûreté. J'ai même béni quelques tueurs. C'est incroyable, les choses pour lesquelles les gens croient avec besoin de la bénédiction divine.

Il lève les yeux au ciel et se signe.

— Je me suis introduit chez vous sous l'aspect d'un bon chrétien.

— Et vous l'avez tué.

— Pas si vite ! À t'entendre, on croirait que tout était simple. La vie, ce n'est pas la Torah. On ne peut pas débiter les versets à toute allure, quitte à relire si on n'a pas bien compris. Il ne voulait pas entendre raison. Il disait qu'il me ferait juger par un tribunal rabbinique pour avoir dénoncé autrefois Simon, qu'il trouverait moyen de me faire punir. Je le connaissais bien, ton oncle. Il aurait tenu parole. Il pouvait réellement faire de ma vie un enfer. J'ai eu beau avouer que c'était moi qui avais dénoncé Réza et ses beaux-parents, menacer de recommencer s'il n'acceptait pas d'enterrer l'affaire. Je croyais que cela suffirait pour le convaincre, mais il s'est buté. J'étais fou de croire qu'il réagirait comme un père normal. Et s'il avait dit à dona Meneses que je la faisais chanter, que je la savais juive, c'en aurait été fait de moi ! Il aurait pu avoir la vie sauve en jurant sur la Torah de ne rien dire. Mais il a refusé.

— C'est donc vous aussi qui avez fait emprisonner Réza.

— Je fais tout ce que la situation exige. Il faut être flexible, s'adapter aux circonstances. La barbe et la robe de lévite étaient bonnes pour Lisbonne. À Constantinople, je me ferai peut-être musulman. C'est le même Dieu, après tout. Farid est bien d'accord ?

Farid répond à Diego par un geste obscène et je pense : « Le courrier qui ne se reconnaît pas lui-même. C'est Diego que mon oncle désignait ainsi, le juif errant, qui ne fait commerce ni de livres ni d'une autre marchandise, mais de sa propre âme. » Tout haut je dis :

— Ce que vous avez écrit dans la fausse confession de Salomon est donc exact, en ce qui concerne mon oncle.

— Oui. Le suicide du *mohel* m'a bien arrangé. J'y ai couru dès que j'en ai eu vent. J'ai envoyé un petit mendiant acheter du papier à une vieille chiffonnière et j'ai laissé la lettre pour que la sœur de Salomon la trouve. La plupart des gens ne demandent qu'à être dupes.

— Vous avez promis à mon oncle de faire grâce à la femme s'il se laissait tuer ?

— Oui. Il parlait du sacrifice. Cela avait l'air de lui tenir à cœur. Je crois qu'il s'attendait à mourir. « Dans un but plus élevé, pour un bien supérieur », comme il disait. Drôles d'idées, tu ne trouves pas ? Quand je lui ai déclaré : « Je serais capable de vous tuer sans ciller », il a répondu : « Et je serais capable de mourir de même ! » Quelle idée ! Et vouloir faire siéger un tribunal rabbinique de nos jours ! Il n'a jamais compris que nous sommes en l'an de grâce 1506, non pas en l'an 5266 du calendrier juif. Toi aussi, cher Bérékhia, tu devrais te mettre à jour, entrer dans l'ère chrétienne avant qu'il ne soit trop tard.

— Vous n'êtes pas allé voir mon oncle uniquement pour marchander. Vous y avez laissé un fil de soie pour compromettre Simon. Le crime était donc prémédité.

— Il faut toujours prévoir une issue de secours. Tu ne peux pas me reprocher d'être prudent.

— Prudent ? Vous vouliez me tuer, moi aussi, avec Farid ! Le rendez-vous sur la route de Sintra était un guet-apens.

— Encore une improvisation de génie, gâchée par dona Meneses et ses sicaires.

— Et vous avez pris la *Haggadah* de mon oncle, notre lapis et notre feuille d'or. Comme un vulgaire voleur !

— Pourquoi pas ? Dédaignerais-tu les biens de ce monde ? Je ne le pense pas. Quant aux manuscrits, c'est par eux que tout avait commencé. J'ai donc jugé...

— Mais qu'en saviez-vous ? Carlos m'a dit que vous ignoriez l'existence de la *genizah*.

— Même un kabbaliste peut se tromper, mon cher enfant. Notre ami t'a mal informé. Ton oncle m'avait approché à ce sujet en se cachant des autres. Il m'a révélé tous les détails de sa contrebande, me disant qu'il s'attendait à recevoir des manuscrits de prix et qu'il aurait besoin de toute ma vigilance pour assurer que ses associés faisaient bien leur travail. Il commençait à se méfier de dona Meneses en particulier qu'il croyait lasse d'affronter les périls de l'entreprise. Il craignait une trahison. Je me suis donc chargé de la surveiller. J'ai appris ses méthodes, le rôle de Zorobabel, l'itinéraire suivi par les manuscrits jusqu'à Cadix. Pour me faciliter la tâche, maître Abraham a fait en sorte que nul ne me sût au courant de la *genizah* et de la contrebande.

— Il avait confiance en vous.

— J'en ai bien peur. Il n'aurait pas dû. De nos jours, personne n'est digne de confiance. Que cela te serve de leçon !

— Il aurait dû s'adresser à moi. Si seulement il avait...

— Est-ce possible ? s'exclame Diego. Tu ne comprends toujours pas ?

— Comprendre quoi, scélérat ?

— Il ne pouvait pas te laisser risquer ta vie. Tu étais son héritier, celui qui devait mettre en œuvre ses projets pour la guérison des mondes humain et divin. Il voyait en toi le plus grand kabbaliste de toute l'histoire de Lisbonne ! On ne hasarde pas la vie d'un tel homme en le mêlant à une affaire de contrebande. Évidemment, au train où vont les choses, tu seras plutôt le dernier kabbaliste de Lisbonne.

Il hausse les épaules, sourit tristement et conclut, comme énonçant une vérité incontestable :

— Plus de livres, plus de kabbalistes, plus de juifs. Dommage, mais c'est la vie.

« Comment ce tueur a-t-il pu comprendre aussi clairement ce que mes propres yeux n'ont pas su discerner ? me demandé-je. Avais-je peur de la responsabilité ? Ou plutôt d'être le dernier de mon espèce ? » Je reprends l'interrogatoire :

— Pourquoi n'avez-vous pas pris tout de suite tous les livres ?

— J'avais commencé à les passer en revue, à faire une petite estimation sans me presser. Je ne craignais rien, je me croyais en sécurité avec l'émeute qui se déchaînait et la possibilité de me sauver au *mikveh*. C'est alors que j'ai découvert la *Haggadah* de maître Abraham. Un travail remarquable. En la feuilletant, je me suis reconnu moi-même dans le personnage d'Aman. J'ai bien sûr arraché la page, empochant tout le livre pour plus de sûreté. Cela a été une secousse de retrouver mon visage dans une de ses miniatures... Bref, j'ai paniqué. C'est bête, mais que veux-tu ? J'allais m'engager dans le passage dérobé quand je t'ai entendu à la cuisine. J'y suis allé, mais, vu mon tour de taille, je ne passais pas. J'ai donc rebroussé chemin, regagnant la cave et fermant la porte derrière moi. Juste avant...

— Pourquoi ne vous êtes-vous pas caché dans le passage, derrière la porte ?

— Je ne connaissais pas le mécanisme. Je craignais en fermant la porte sur moi de ne pas pouvoir la rouvrir et de rester enseveli à jamais. Sort guère enviable ! Je me suis donc tapi dans la *genizah*, évitant de justesse d'être surpris par toi. Heureusement, tu faisais beaucoup de bruit. Quand tu es enfin arrivé en bas, j'étais à l'abri dans mon petit nid. Mon cœur battait si fort que j'avais bien un peu peur qu'il ne me trahît, que je ne fusse obligé de te tuer aussi. Mais je comptais sur toi pour t'y tromper dans un premier temps et imputer le crime aux chrétiens. Quand tu es remonté, je suis sorti de ma cachette, je l'ai refermée et j'ai remis la clef dans la vessie d'anguille. Je me suis sauvé en passant par le magasin. Je ne croyais pas avoir été vu. Mais cette vache hystérique de Gémila...

Enfin, c'est bien heureux pour elle. Sans ses démons hallucinatoires, j'aurais dû...

— Mais senhora Belmira ? Pourquoi ?

— Miriam ? Elle était amoureuse de moi. Ne fais pas l'étonné. Je peux être charmant quand je veux. Aurais-tu oublié les heures que nous avons passées ensemble à dessiner des oiseaux ? En tout état de cause, c'était plus sûr. Si elle se faisait prendre, elle se ferait aussi tuer avant de me nommer. Et c'est bien ce qui est arrivé. Les femmes sont plus fortes que les hommes sous ce rapport. Je l'ai appris dans les geôles de Séville. Elles se feront rôtir à petit feu sans vendre aux chrétiens le Moïse qu'elles portent dans leur cœur.

— Et le gamin qui a proposé la *Haggadah* de mon oncle à senhora Tamara ? Qui est-il ?

— Une erreur. Encore un instant de panique. J'ai mes faiblesses, comme tout le monde. Quant à son nom, mieux vaut conserver une petite part de mystère. N'est-ce pas ton avis ? Appelons-le Isaac. C'est un enfant adorable. Je n'en dirai pas plus.

— L'Isaac mentionné dans le papier tombé de votre turban, est-ce celui-là ou le comte d'Almira ?

— Encore une énigme dont je ne te donnerai pas le mot. Désolé.

— Alors, maintenant que vous avez votre Platon... ?

— Je t'ai déjà dit mes projets. Je pars ce soir, par la poste, pour Faro. Tu pourras m'oublier.

— Je ne vous laisserai pas aller.

— Tu n'as pas le choix. Mon nouveau garde du corps est famélique, dit Diego en frappant son esclave à l'épaule du plat de son couteau. Mais prêt à tout pour ne pas retourner chez son ancien maître. Le bougre lui mettait une bride dans la bouche et le rouait de coups en le foutant en même temps de façon à le laisser sur le carreau. Il paraît qu'il sait même jeter des sorts. Un vrai kabbaliste noir, voilà ce qu'il est. Représentant peut-être d'une de nos tribus perdues. Je te conseille donc de te reculer et de nous laisser passer, ou tu finiras comme maître Abraham. L'âme d'un côté et le corps de l'autre.

— Un rideau de sang tiré sur ma gorge. Je n'oublierai jamais ce que vous lui avez fait !

— Quelle poésie ! C'est toi qui as trouvé ça ou plutôt Farid ?

Diego prend sur le pupitre deux gros volumes reliés en cuir et pousse l'esclave en avant. Le nègre fléchit les genoux et se glisse vers nous, s'abritant derrière son poignard et sa canne.

Derrière mon dos, la main de Farid revient à la charge :

— Occupe-toi de l'esclave et...

— Non.

Je jette mon couteau à terre, me retourne et immobilise le bras brandi de mon ami. Il cherche à se libérer, proteste :

— Qu'est-ce que tu fais ?

— Allez-y maintenant ! crié-je à Diego. Je ne pourrai pas le retenir longtemps.

Je saisis Farid à bras-le-corps et le pousse contre un mur tapissé de livres. Il ne lâche pas son poignard, mais je sais qu'il ne le tournera pas contre moi. Tandis qu'il se débat, je hurle encore :

— Allez, démon, avant que je ne change d'avis !

Je mets toute la force de ma vengeance dans la prise dont je ceinture Farid. Diego et son esclave courent.

— Tu as pris le seul parti sage, siffle l'assassin en passant.

J'entends le verrou de la porte qu'on ouvre. L'air frais et vif de la nuit s'engouffre dans le magasin. Mes paupières se ferment, frêle rempart contre le mal qui vient de me frôler.

— Rentre en enfer, Diego ! murmuré-je tout bas.

— Bérékhia !

C'est la voix de Farid, mal posée, mais claire comme la prière, semblable à un cri d'oiseau. Son poing s'abat sur mon épaule blessée, réveillant la douleur. Je le fais tomber d'un croc-en-jambe.

La porte se referme en claquant. Nous restons seuls. Une satisfaction chaude et amère me dilate le cœur.

Farid se lève d'un bond et me foudroie du regard. J'ouvre les mains dans un geste de paix, puis les pose sur ses épaules et épelle, souriant :

— Tu as parlé !

J'y vois un miracle, venu mettre le point final au tissu d'horreurs immondes de la semaine écoulée, signe peut-être que l'Éternel approuve mon choix quant au sort de Diego.

Farid se lance dans une mimique éperdue :

— Parce que tu le laissais se sauver. Il n'y a plus rien à faire maintenant. Rien, à moins de...

— Ne t'inquiète pas, disent mes mains. Diego a tort. Il y a encore des hommes à qui on peut se fier. Tu verras.

Nous retrouvons senhora Tamara dans la rue. Nu-pieds, en chemise de nuit, elle frissonne. Farid la prend dans ses bras. Je vois Diego qui court dans la rue des Orfèvres vers la rue Neuve-du-Roi, précédé de son esclave. Au clair de lune, il ressemble à un animal furtif, une créature de la nuit fuyant des chasseurs. Je murmure à part moi les paroles de Jérémie : « Il aura pour demeure les régions calcinées du désert, une terre couverte de sel et inhabitable. »

— Il s'échappe, voyons ! gémit senhora Tamara, fixant sur moi un regard suppliant.

À ces paroles, un doute cuisant me saisit au creux du ventre. J'avance d'abord à pas lents, puis me mets à courir comme à la recherche de mon oncle.

Une ombre noire surgit soudain sur la droite, s'attache aux talons de Diego, se glisse de plus en plus près. Lorsqu'elle se silhouette un instant en profil, je distingue un chapeau à larges bords. Un éclat métallique. Un bras brandi qui s'abat. Diego tombe. Le vent sec m'apporte un bruit semblable à la main gantée de Simon frappant à notre porte. Son qui ne m'inspire aucune pitié.

Je suspends ma course. Farid, qui m'a suivi, me tend la main et demande :

— Qui était-ce ?

— Un des tueurs de dona Meneses qui guettait Diego. Comme elle nous l'a promis, elle lui avait donné ordre de ne pas frapper avant minuit.

Je prends dans ma bourse une poignée de saphirs et d'émeraudes, débris du collier de la reine Esther, et ajoute :

— J'ai avancé l'heure.

— Tu l'as payé pour tuer Diego ?

— Il l'aurait fait de toute manière. Mais je ne voulais plus des hasards d'un délai. Puisse le Seigneur me pardonner. Une seule pierre a suffi pour le décider à faire la besogne tout de suite, dis-je, réunissant les autres au creux de ma main. La vie d'un juif, une vie d'homme, ne vaut presque rien.

Nous nous approchons prudemment. Diego serre les volumes de Platon contre sa poitrine. Un ruisselet de sang coule du coin de sa bouche vers un lézard tacheté qui dort dans un joint des pavés. Nous retrouvons dans son sac la feuille de parchemin où mon oncle a fait le portrait d'Aman.

Les yeux rivés sur le cadavre, nous restons silencieux, en dehors du temps, comme face à une arche de la Loi destinée à demeurer à jamais vide. Revenant enfin à moi, je me place sous la lumière que répand un chandelier dans une fenêtre proche pour étudier le dessin de mon oncle. Oui, Aman est bien Diego. Il n'y a pas d'erreur.

L'idée que la dernière œuvre de mon maître en tant qu'artiste fut un portrait de son assassin me fait courir un frisson dans le dos.

Diego-Aman y a l'aspect d'un homme-vautour, le dos voûté, le menton traversé d'une balafre accusatrice. Il se penche à l'oreille du roi Assuérus, lui confiant son désir d'exterminer les juifs. Dans sa main gauche brille une part des dix mille kikkars d'argent qu'il a promis de verser au trésor du souverain si celui-ci approuve son projet monstrueux. La main droite reçoit en même temps l'anneau que le roi lui tend en gage de la permission accordée.

Le marché vient de se conclure.

La reine Esther est absente de la miniature. Mon oncle y a représenté cependant son père adoptif, Mardochée. Il se tient humblement dans un coin, portant le cilice dont il se couvrit en signe de deuil lorsqu'il eut connaissance du décret condamnant son peuple à périr. Mais il y a de la fierté dans son attitude, et son expression est rusée, non sans une nuance d'humour. Sans doute parce qu'il tient à la main la corde avec laquelle Aman sera finalement pendu. L'étincelle de passion qui anime ses yeux verts indique que c'est mon oncle lui-même qui a servi de modèle.

Farid me serre le bras, désigne le parchemin et dit :

— C'est toi.

— Comment ?

— L'homme dans le coin. Celui qui tient la corde. Mardochée.

Mon cœur s'affole, me renvoyant de mornes échos de désolation et de solitude. Est-ce possible que Farid ait raison ? Je ne peux croire que mon oncle ait donné mes traits au sauveur des juifs. Non, le Mardochée de l'image est trop vieux.

Mes doigts se resserrent sur la feuille. L'idée que mon maître peut avoir vu en moi un héros me fait venir les larmes aux yeux.

Il y a tant de questions que j'aurais dû lui poser, tant et tant qui resteront désormais sans réponse.

Une mouette qui coupe de son vol la nuit lunaire attire mes regards vers le haut. Les moustiques qui bourdonnent à mes oreilles semblent vouloir sonder ma pensée. Priant en hébreu pour l'âme de Diego et la paix du monde, je sens aux franges de la conscience la main de mon oncle qui me serre très fort la nuque, puis retombe. Son retrait dans l'absence à jamais est si brusque que je me retourne en sursautant. Mes yeux embrassent la rue vide, s'arrêtent enfin sur la lumière d'émeraude liquide de deux chandelles qui, à la fenêtre la plus élevée du pâté de maisons, veillent sur moi.

LIVRE TROISIÈME

XXI

Après la mort de Diego, je passai des jours et des jours à dormir dans un monde vide, derrière des portes verrouillées et des fenêtres calfeutrées, dans une atmosphère irrespirable, viciée par les relents de ma propre déchéance. Je ne quittai le lit qu'en me sentant touché d'une vision de la fille du comte, Joana, comme d'un voile de soie qui m'aurait effleuré le visage. Ses yeux miroitaient d'une grâce nacrée, méditative, ses lèvres murmuraient à mon oreille les paroles d'une langue qui passait toute entente. Poussé ainsi dehors, dans la nuit, je longeai les murs lourds de Lisbonne vers une destination dont je ne pris conscience qu'en me retrouvant devant l'Estaus, à hurler sous une fenêtre que j'espérais être la sienne.

Un nain aux cheveux ébouriffés ouvrit ses volets et cria :

— Je te ferai châtrer si tu ne cesses pas tes coquericos !

— Je cherche dona Joana, fille du comte d'Almira, expliquai-je.

— Elle n'est pas là !

Les volets se refermèrent en claquant sur sa face rechignée.

La puanteur du fumier me suivit jusqu'à la maison. Altéré du vide de l'*Én Sof*, je cherchai à nouveau refuge dans mon lit. Suivirent des jours crépusculaires, aux contours flous, flottants, moussus, dont la voix de Joana franchit enfin la clôture comme portée sur les ailes de la prière. Elle pénétra dans ma chambre, vêtue de noir. Je gisais sous mes couvertures.

— Je ne pourrai pas rester longtemps, dit-elle.

L'éclat de ses yeux était celui des larmes prêtes à jaillir. Elle m'interrogea d'une voix hésitante.

— Avez-vous été malade ?

— Oui, il me semble, répondis-je, m'asseyant sur ma couche. Où étais-tu ? Je t'ai cherchée.

— J'étais là, à Lisbonne, mais je n'ai pas osé venir avant.

— Je n'ai jamais désiré une femme comme je te désire maintenant. Comme s'il n'y avait que toi qui pusses me rendre la santé... Ou me sauver.

Elle s'assit au bord du lit et pressa contre mes lèvres la ténuité de sa petite main infirme. J'allais la supplier de ne plus me quitter, mais son hochement de tête me faisait défense de profaner entre nous le silence. Elle commença à se délacer. J'étais déjà nu. Lorsqu'elle s'étendit à mes côtés et m'ouvrit les bras, je m'enfouis en elle.

Emmuré dans sa chaleur, à l'abri de la douceur de sa chair, je sentis se rompre en moi une tension semblable aux entraves d'un prisonnier, je me mis à pleurer d'une voix caverneuse, qui me déchirait les entrailles. Joana murmura :

— Je ne peux pas rester. Je suis fiancée à un autre. Ne m'attends pas. Je quitte Lisbonne demain. Pardonne-moi et oublie.

Éloignant de ma joue le baume de ses doigts, elle répéta :

— Ne m'attends pas. Ne refuse pas ton amour à la prochaine...

Elle me laissa son collier de perles.

Lorsque des êtres chers s'en vont pour toujours, tout ce qui reste est la lumière du regard, captive de leurs bijoux. Seul souvenir qu'on garde par-delà la mémoire.

La folie. Pourvu qu'elle ne vous avale pas du premier coup, vous pouvez garder espoir qu'elle desserrera un jour les mâchoires. S'il y a là quelque chose – ou quelqu'un – pour vous aider à vous en dégager.

Lorsque j'émergeai le lendemain matin, dépossédé, Farid lut dans mes yeux ce qui m'arrivait. Il m'entraîna au lupanar *À la Fleur de virginité*. J'y vécus des mois durant, dans la touffeur des tentatrices lisbonnines, sans plus attendre, me plongeant à coups d'ongles et à coups de reins dans leur vie, dans l'espoir de recouvrer la mienne. Je ne sais où Farid prenait l'argent pour payer. Peut-être vendit-il quelques-unes des pierreries de dona Meneses ; il n'en restait que trois lorsque nous fîmes enfin nos adieux à la petite juiverie.

J'échappai par miracle aux maladies qui se prennent ordinairement dans les mauvais lieux. Peut-être faut-il, pour connaître de tels maux, un cœur ouvert aux souffrances de l'amour.

Quand je n'étais ni niché entre les cuisses d'une femme ni occupé à me faire couler dans le gosier le jet arqué d'une outre de vin, je me promenais. Aussi loin, une fois, que les collines ambrées qui surplombent Mafra. Je m'arrêtais le long des chemins brûlés de soleil pour réciter en esprit les cinq livres de la Torah : la Genèse devant le temple du mont Abraao près de Belas, l'Exode sous le pont d'un pin tombé au-delà de Montelavar, le Lévitique en contemplant une mosaïque romaine à Odrinhas, les Nombres assis sur la branche souple d'un caroubier devant l'église wisigothique d'Igreja Nova et le Deutéronome en savourant un rayon de miel, cadeau d'une jeune chrétienne aux portes de Linhó. Je découvris que la cadence de la marche favorise la prière. Le sommeil aussi. Les étoiles m'accueillaient la nuit sans accuser ni juger. Les piverts me réveillaient à l'aurore, volant comme des flèches d'arbre en arbre. Je connus quinze jours de répit en dehors des murs de Lisbonne.

Petit à petit, je sentais renaître en moi une énergie proche de l'expectation impatiente que porte en elle la psalmodie. J'arrivais à travailler au magasin pendant la journée. Cinfa me protégeait avec une loyauté farouche, me tenant même compagnie au lit la nuit, sans jamais un regard de blâme lorsque je la quittais au petit matin pour les pensionnaires du lupanar.

Réza et ma mère me livraient leurs batailles moralistes en silence, les yeux lourds d'une condamnation sans appel, le visage fermé comme une porte de prison. Quant au grand monde...

Une escadre de bâtiments de guerre entra dans le port de Lisbonne le lundi 27 avril et reprit possession de la ville au nom de la couronne. Il va sans dire qu'il n'y eut même pas une parodie de justice. Aux yeux du bon et gracieux roi Manuel, notre *melekh hassid*, que son nom et son souvenir soient effacés, le massacre se réduisait à « quelques négligences ». Pour amuser la galerie, il fit comparaître une quarantaine d'émeutiers, choisis au hasard, devant le juge Joao de Paiva. Tous furent ensuite étranglés et brûlés sur le Rossio, en présence de quelques milliers de spectateurs, se pressant sous le soleil comme au parterre d'un théâtre.

La chair chrétienne dévorée par les flammes répand-elle une autre odeur que la chair juive ? Je ne le pense pas, mais parmi mes coreligionnaires je me fis reprendre par plus d'un qui me dit avec un sourire narquois :

— Ah ! Si tu y avais assisté...

Le souverain bannit les dominicains de sa capitale à la fin mai, mais ils n'eurent pas longtemps le cœur brisé et les reins consumés de nostalgie. Grâce à l'intercession du pape Jules II, que son nom également soit effacé de dessous le ciel, les bons frères furent de retour dans les bras de leurs maîtresses à Lisbonne cinq mois plus tard. Exception faite, il est vrai, pour deux d'entre eux. Les frères Joao Moucho et Bernáldez, qui avaient exhorté la populace à la tuerie le premier après-midi fatidique devant l'église Saint-Dominique, furent arrêtés et emmenés sous bonne garde à Évora, où ils languirent quelque temps dans la geôle municipale. En octobre, alors que presque tous avaient oublié leurs méfaits, ils subirent eux aussi le supplice du garrot. Leurs corps furent réduits en cendres.

La pluie tomba enfin le 9 mai.

Mais je n'ai guère gardé souvenir de tous ces événements. Le 1er mars 1507 est la seule date qui ressort nettement dans ma mémoire. (Oui, j'appris pour un temps à penser selon le calendrier nazaréen, fait que je considère à présent comme un symptôme de ma folie. Puissé-je à jamais bannir de mon être le chrétien qu'on voulut faire de moi !)

Ce matin-là, le petit Didi Molkho me tira hors de notre magasin en criant comme s'il venait de trouver un trésor :

— Viens vite !

Nous nous hâtâmes vers la voix d'un crieur public qui, un rouleau de parchemin à la main, lisait sur les marches de l'église Saint-Michel un édit du roi

Manuel : « Dorénavant, les nouveaux chrétiens seront autorisés à quitter notre royaume sans qu'il s'ensuive aucun... »

L'espérance d'un paysage nouveau rouvrit mes yeux à la lumière du jour. Ma poitrine se dilata pour la première fois depuis la mort de Diego.

Un barbier me rasa le menton tandis que sa fille m'épouillait. Livré à ses mains menues et à la morsure de son peigne dans mon cuir chevelu, je commençai à réfléchir au prix dont j'avais payé l'exécution du tueur. Aurais-je dû être bourrelé de remords ? Je n'en avais aucun. Je n'en ai toujours pas. Peut-être manque-t-il quelque chose d'essentiel à mon âme. Je ne m'en soucie pas. J'évite les miroirs, et quelque chose dans mes traits semble imposer silence aux kabbalistes qui pourraient percevoir dans mon aura une terrible absence.

Il y a pourtant un autre péché commis autrefois qui ne me laisse pas en paix, dont l'écho se fait par moments entendre jusque dans mes prières. Le jeune gentilhomme que je précipitai d'un toit du quartier maure. A-t-il survécu ? J'en doute. Je rencontre parfois en rêve ses yeux qui me regardent du fond d'un puits pourrissant.

Nous remîmes, ma mère et moi, tous les livres de mon oncle à dona Meneses. Elle ne fut évidemment pas inquiétée pour l'assassinat de Simon. Je n'étais pas en position de lui jeter la pierre, et je savais d'ailleurs que toute accusation aurait des conséquences désastreuses pour moi et les miens. Gardée par sa suite de Flamands blonds, elle continua à jouir de son bonheur chrétien sur le balcon de marbre de sa résidence de Graça. Aux dernières nouvelles, elle serait morte il y a quatre ans, au printemps 1526, d'une infection due aux doigts peu sûrs d'un saigneur ignare.

Après avoir vu mon oncle lui apparaître en rêve, le père Carlos aussi pria dona Meneses de faire sortir du pays sa copie mi-hébraïque mi-arabe du *Mekor hayyim, la Source de vie* de Salomon ibn Gabirol. Autant que je sache, le manuscrit se trouve aujourd'hui à Salonique.

L'un quelconque de nos livres survivra-t-il au passage des siècles, ou le combat de mon oncle aura-t-il été vain ?

Comme tous les juifs s'apprêtaient à quitter le Portugal, les maisons mises en vente ne rapportaient qu'une fraction infime de leur valeur réelle. Plutôt que de céder la nôtre à vil prix, nous décidâmes d'en faire don à Brites, notre blanchisseuse, qui habitait, au-delà de la porte Sainte-Catherine, un taudis indigne d'une personne de sa hauteur d'esprit.

Lorsque nous lui en fîmes la proposition, elle se récria en tapant du pied :

— Je ne peux pas accepter !

— Il le faut, insista ma tante Esther.

— Non !

— Alors faisons-en un prêt, suggérai-je. Si jamais Réza veut la reprendre, elle vous le fera savoir.

Ses yeux s'inondèrent de larmes. L'affaire fut conclue par des embrassades. Elle vécut dans la maison jusqu'à la fin de ses jours.

Peu avant notre départ, livrant du fruit à un magasin du Bairro Alto, je croisai l'enfant dont j'avais fait le portrait, celui qui avait essayé de vendre la *Haggadah* de mon oncle à senhora Tamara. Il avait un visage gentil, couronné de cheveux noirs coupés court.

— Comment t'appelles-tu ? lui demandai-je.

— Diego.

— Mon nom juif, c'est Bérékhia Zarco, repris-je, baissant la voix. J'ai besoin de savoir quel nom on te donne dans la langue sacrée.

— Isaac Belmira Gonçalves.

— Tu as été adopté par Diego Gonçalves, n'est-ce pas ?

— Oui, dit-il, ouvrant des yeux ronds. Comment le savez-vous ?

— Je le connaissais bien.

Dans une taverne voisine, attablés devant des petits pains chauds à la cannelle et du vin coupé, nous parlâmes de l'amour de son père adoptif pour les oiseaux et les manuscrits anciens. L'enfant avait été recueilli par la sœur de senhora Belmira. Il était timide, mais ses lèvres frémissaient de passion lorsqu'il parlait de batailles. Il voulait partir en croisade quand il serait grand. Je ne comprendrai jamais l'empressement des jeunes à mourir. En le quittant, je l'embrassai sur le front en lui donnant une bénédiction silencieuse.

Rabbi Losa, l'ennemi de mon oncle, habite toujours la même maison, près l'église Saint-Michel. Fidèle à sa nouvelle foi, il a su s'insinuer à force de reptation et de flagornerie dans les bonnes grâces de l'évêque de Lisbonne qui prend même son avis sur les points épineux de droit canon. Ses deux filles sont mariées et, à ce qu'on m'a dit, vivent ensemble à Santarém.

Le père Carlos est lui aussi resté au Portugal.

— Fasse le Seigneur que je devienne bon chrétien ou, du moins, meilleur acteur, soupira-t-il lors de notre dernière rencontre, il y a vingt-trois ans.

Ses paroles me remirent bien sûr en mémoire celles de Zorobabel, dit aussi Isaac de Ronda et le comte d'Almira. Je ne sais rien de son sort. Peut-être son vrai nom n'est-il aucun de ces trois. Peut-être n'est-il ni Castillan ni juif. Peut-être Joana n'est-elle pas du tout sa fille.

Elle aussi m'a laissé sans nouvelles, mais il lui arrive aujourd'hui encore de me rendre visite en rêve.

Ses lèvres ont fini par perdre leur arrière-goût d'amertume et il y a longtemps que j'ai renoncé à toute comparaison entre elle et mon épouse. À la longue, les larmes ont raison même de la mémoire de la Torah.

Je ne sais pas davantage ce qu'il est advenu d'Helena, ma fiancée d'autrefois, dans les bras de qui je perdis mon pucelage. Sans doute est-ce mieux ainsi.

En mai 1507, alors que nous préparions notre départ, un marchand vêtu d'une robe blanche et écarlate nous apporta une lettre du mendiant converti António Escaravelho. Au lendemain de l'émeute antijuive, bien avant que le roi Manuel n'eût décidé de laisser partir les nouveaux chrétiens, il avait enfin obtenu l'autorisation de se rendre auprès de son cher pape Jules.

— Savez-vous s'il se porte bien à Rome ? demandai-je au messager.

— Rome ? Quelle idée ! Il est à Jérusalem. Il a déjà ouvert un magasin d'orfèvrerie dans le vieux quartier juif.

Je brisai le cachet et lus : « Cher Bérékhia, je vous ai toujours dit, à toi et à maître Abraham, que vous feriez bien de venir avec moi. Comme tu vois, le vieil âne n'était pas si fou. Le pape Jules, je lui donne du pied au cul. La peste étouffe toute la péninsule italienne. Qu'une plaie de serpents venimeux frappe Rome et pique tous ses bons bourgeois chrétiens au troufignon. Tu seras toujours le bienvenu chez moi. L'an prochain à Jérusalem. »

L'an prochain, non, mais peut-être bientôt. L'émigration nous a rapprochés de la ville sainte, et je ne me fais pas plus jeune. Si je veux la voir...

En juillet 1507, Farid s'embarqua pour Constantinople, muni de l'adresse de Tou bi-Chevat et de toutes nos économies. Je le suivis un mois plus tard avec ma mère, Cinfa, Esther et Afonso Verdinho, à bord d'un navire qui appareilla de Belém le 19 Av. Nous fûmes agréablement surpris de trouver au quartier juif une vieille maison, comportant un rez-de-chaussée et un étage, qui nous attendait. Avec l'aide de Tou bi-Chevat, dont je ne puis révéler ici le vrai nom, mon oncle avait pu en négocier l'acquisition et verser un premier acompte.

Roseta demeura avec Réza qui, enceinte de son premier enfant, quitta Lisbonne avec son mari pour exploiter un petit domaine près de Belmonte dans les montagnes du Nord-Est. Je les vis pour la dernière fois sur le quai de Belém. Ils ont aujourd'hui trois fils, Mordekhaï, Juda et Bérékhia, et une fille, Mira. Aviboa a épousé un de leurs voisins, propriétaire de vignes et de châtaigneraies, à qui elle a donné deux enfants. Son ongle n'a pas repoussé et elle n'a jamais eu de nouvelles de ses parents.

Nous prions que les flammes de l'Inquisition épargnent leur vallée en s'étendant de la Castille au Portugal. Je crains que ce ne soit plus qu'une question de mois. La paix dans notre monde n'est jamais qu'éphémère.

Juda. Je dus lutter avec ma mère pour lui arracher ses vêtements que j'enterrai au domaine des Amandiers, près de la tombe de notre oncle. Le *kaddich* que nous récitâmes nous donne au moins l'assurance que son âme n'aura pas été enchaînée à l'errance ici-bas.

Vingt-quatre années se sont écoulées depuis sa disparition, et pourtant il demeure présent, à portée d'un chuchotement. Il y a trois ans, je crus reconnaître ses yeux en pierre de lune chez un homme de négoce portugais qui prenait le soleil au jardin planté au pied du minaret sud-est de la mosquée Hagia Sophia. Mon cœur bondit dans ma poitrine comme sous l'effet d'un coup de canon. Un accès de vertige me fit vaciller sur mes jambes. Je me dis : « Ce n'était qu'un malentendu. Il vit, il a été élevé par des chrétiens. Et il me racontera tout. » Je me glissai auprès de lui et murmurai :

— Est-ce toi, Juda ?

À son regard perplexe, j'insistai, posant une main sur son bras :

— Ne me reconnais-tu pas ? Je suis Bérékhia. Ton frère !

Il me prit apparemment pour un vieil ivrogne à moitié fou, me tapota le dos en riant et dit :

— Rentre plutôt chez ta femme avant qu'elle ne vienne te chercher !

Tel est l'accueil que les jeunes réservent au chagrin.

Samir, le père de Farid, n'a plus donné signe de vie.

Je ne peux réprimer un sourire en me rappelant les paroles prononcées dans notre cour par rabbi Salomon ibn Verga sur le devoir de nous souvenir des morts et de leurs derniers instants. Y a-t-il réellement des gens qui puissent oublier ?

Au bout du compte, l'histoire semble donner raison à Samson Tijolo qui avait raturé dans sa Bible les noms divins. Les juifs n'ont plus d'avenir au Portugal. Mon oncle aurait-il pu y changer quelque chose s'il avait vécu ? Il y a des pouvoirs qui n'appartiennent qu'aux grands kabbalistes. Peut-être, s'il avait appliqué toute la force de son esprit...

Ou bien cela aussi n'est-ce qu'un mensonge ? Tant de ma foi a disparu avec mon maître.

La veuve de Samson, Rana, mon amie d'enfance, vit toujours dans son domaine des environs de Lisbonne. Son fils Miguel a appris le métier d'orfèvre. J'ai entendu dire qu'il passe ses nuits à façonner, derrière des volets fermés, des index de lecture et d'autres objets du culte.

Notre voisine, senhora Faiam, mourut en l'an chrétien 1512, laissant sa maison à son fils dont la famille continue à pratiquer le judaïsme en secret. Leur chien Belo expira lui aussi sans avoir déterré l'os de sa patte amputée. Certaines choses de la vie ne se retrouvent pas. Ce qui ne nous empêche évidemment pas de chercher.

Je pense souvent au citronnier sous lequel j'enterrai la main de senhora Rosamonte. Je serais si content si elle pouvait à nouveau me lancer de ses fruits.

Et que devient l'amandier de mon oncle ? Aux premières heures du jour, lorsque je me trouve le front humide de rosée, la garde vulnérable, sa mort ouvre toujours en moi de profondes fêlures. Ces derniers temps, j'ai compris que je ressemble à un arbre dont un couteau de *chohet* aurait retranché les branches maîtresses. D'autres rameaux ont pris naissance dans les cicatrices. J'ai même fleuri, plus d'une fois. Reste que l'arbre n'est pas ce qu'il aurait pu être. D'une venue tellement plus belle si...

Je compte désormais quarante-quatre hivers. Je suis vieux, père de grands enfants. Et pourtant le désir de sentir sur moi le regard d'émeraude de mon oncle, de voir se déployer autour de moi l'aile protectrice de sa robe blanche, de presser mes lèvres sur les siennes est toujours aussi vif. Je ne le pourrai plus jamais. Quand même je réciterais chaque nuit le *Zohar* une année durant.

Murça Benjamin ne s'est pas laissé abattre par le refus de son beau-frère de lui accorder le lévirat. Elle a épousé un riche tonnelier nouveau-chrétien de Porto – un homme de bien, m'a-t-elle écrit – et travaille comme interprète pour des négociants de Sao Joao da Foz.

Manuel Monchique, dont la femme, Teresa, mourut

aux côtés de mon oncle, a émigré à Amsterdam où il est à la tête d'une importante maison de change. Je me suis laissé dire qu'il se passionne pour les voyages de découverte. Il se serait même rendu au Brésil où il aurait réalisé de très beaux dessins de papillons tropicaux. Il va sans dire qu'il a raccroché l'épée.

Peut-être est-ce après tout possible de trouver, même en terre étrangère, le chemin de chez soi.

Avant notre départ de Lisbonne, ma mère eut la gentillesse de coudre un nouvel aba pour Attar, l'homme qui, le dimanche fatidique qui vit mourir tant de juifs, me prêta des habits dans ma fuite à travers le quartier maure. En le lui portant, je fus accueilli à bras ouverts. Je ne pus repartir qu'après avoir mangé tout un poulet nappé de pruneaux et de citron. Le repas achevé, nous joignîmes les mains pour prier en silence, puis récitâmes ensemble des surates du Coran.

Le chemin d'Isaac ibn Farraj, l'ascète qui récupéra au péril de sa vie la tête de son ami sur le bûcher du Rossio, le conduisit à Valona où il s'est établi en tant que scribe. Le hasard me le fit rencontrer à Rhodes après la prise de l'île par les Osmanlis. Il était décharné, comme s'il n'avait rien mangé depuis son départ de Lisbonne, avec une barbe semblable à une moisissure blanche. Fort instruit sur les fruits exotiques qui nous arrivent du Nouveau Monde, il ne cessait de répéter :

— Méfie-toi des pommes d'amour !

Dom Miguel Ribeiro, le gentilhomme qui apprit de mon oncle le secret de ses origines, vit toujours à Lisbonne en tant que crypto-juif. Peu après notre départ, il perdit un œil à la chasse, dernier vice chrétien auquel il n'a pu renoncer.

Plus curieuse est l'histoire de Didi Molkho. Il commença par faire carrière dans l'administration, occupant enfin le poste de secrétaire du roi. Un jour cependant, un petit juif basané aux yeux lumineux comme ceux de mon oncle apparut à la cour du roi Jean, successeur de Manuel. Se disant ambassadeur de la tribu perdue de Ruben, établie au cœur du désert d'Arabie, il se nommait David Réuvéni et arrivait au Portugal dans l'espoir d'obtenir des troupes pour arracher Jérusalem aux musulmans. Sa faveur auprès du roi ne dura guère, mais Didi fut séduit. Il revint au judaïsme de son enfance, se mit à étudier la kabbale et finit par avoir des visions prophétiques.

Sous son nom hébreu de Salomon, il se rendit en Italie où l'exactitude de ses prophéties lui acquit un grand renom parmi chrétiens et juifs au même titre. En mai 1529, à la suite d'un échange de lettres, je le reçus chez moi à Constantinople. Au cours des six mois suivants, je lui enseignai les méthodes d'Aboulafia pour desceller l'âme en enlevant les nœuds qui la lient. La même année, il fit imprimer à Salonique un recueil de discours fondés en partie sur nos études communes. Guidé par ses visions, il est maintenant de retour à Rome où il a su gagner la faveur du pape Clément. Je crains cependant pour sa vie. Les papes, toujours jaloux de ceux qui ont la vraie foi, sont rusés comme des fouines affamées. Or, chez Didi, que Dieu le garde, la vue terrestre est éclipsée par d'autres sphères, plus élevées.

Farid habite à quelques maisons de chez nous. À Constantinople, il a pu faire imprimer ses vers qui sont fort goûtés des amateurs. Il partage sa vie depuis dix-sept ans avec un forgeron du nom de Chamsi, homme sociable, au caractère enjoué, doté de muscles nerveux et de cils qui font penser aux pétales d'une rose noire, qui joue de l'oud et chante avec la voix d'une flûte de Pan. Sans atteindre les dimensions d'un Basque, il réussit à satisfaire Farid. Ils ont adopté dans le temps deux petits orphelins, Samir et Roumi, en qui ma fille Zouléïkha et mon fils Ari ont trouvé de bons, encore que turbulents camarades.

Nous mangeons ensemble tous les soirs. Quand, assailli par les souvenirs, il m'arrive de ne plus supporter le son de ma voix, je trouve un grand réconfort dans nos entretiens muets.

Autrefois, avant notre départ de Lisbonne, je demandai à mon ami :

— Crois-tu que Dieu nous attende à Constantinople ? Il a disparu de Lisbonne sans laisser de trace.

Ses mains esquissèrent une spirale ascendante, citant mon oncle :

— Ouvre-toi toi-même pour que la porte s'ouvre. S'Il existe encore pour toi, c'est en toi-même que tu Le trouveras.

Puisque porte il y a, j'y frappe, mais malgré les années qui passent, je n'ai toujours pas reçu de réponse. Il faut croire que Dieu, dur d'oreille, exige de l'homme la persévérance d'un pivert – ou son bec que je n'ai pas.

Peut-être ai-je donc trouvé le paysage laïque que je crus entrevoir il y a tant d'années. Celui vers lequel il me semble que le monde se dirige, sans rabbins ni prêtres, peuplé uniquement de mystiques et d'agnostiques. J'ignore lequel de ces deux groupes remportera finalement le suffrage de mon cœur.

Ma fille Zouli a maintenant dix-huit ans et veut devenir scribe comme Esther. Pourtant, c'est plutôt Réza que je retrouve en elle. La majesté innée, les yeux ardents dont la danse accompagne ses paroles. Lorsqu'elle se fâche, le feu pâle de son regard – appris en s'exerçant devant un miroir – me fait tout à fait peur.

Ari, de deux ans son cadet, est bâti en force, avec les boucles noires de sa mère et les yeux sagaces de son grand-oncle. Il a appris le métier d'enlumineur et pourrait devenir un jour un très bon artiste. Mais il rêve depuis l'enfance de s'embarquer pour l'aventure au Nouveau Monde.

— Un enlumineur juif dans les forêts vierges du Brésil, c'est comme une *matsah* dans la lune, lui dis-je toujours.

L'autre jour, il y a trouvé la parade :

— Il y a pourtant des Indiens circoncis. Tou bi-Chevat dit qu'ils sont juifs.

Bref, il ressemble passablement à ce que j'étais moi-même à son âge. Je me demande ce que mon oncle en aurait pensé. S'il tient vraiment à s'en aller au Brésil, peut-être ferait-il mieux de devenir *mohel*.

Ma mère ne s'est jamais remise de la perte de Juda et de la mort de mon oncle. Elle a continué ses travaux de couture pour l'aristocratie turque de Constantinople tout en s'occupant infatigablement de notre nouveau magasin, mais, comme reléguée en marge de ses propres sentiments, elle fuyait tout contact avec nous, ne trouvait plus les mots pour parler même à Esther. Je l'ai surprise plus d'une fois à l'aube, debout à mon chevet, me veillant avec l'impassibilité inhumaine d'une figure de proue. Quand j'avais à entreprendre un voyage, la scène d'adieux était chaque fois la même : elle me tapotait la main, puis se détournait brusquement, l'air de désespérer déjà de jamais me revoir. La prière ne faisait qu'ajouter à sa détresse. La jusquiame la soulageait un peu. Elle est morte il y a huit ans, pendant la fête de Pessah.

Je me suis réconcilié avec ma tante Esther dès le lendemain de la mort de Diego. Pourquoi lui aurais-je gardé rancune, à elle ou à Afonso Verdinho ? Avais-je le droit de lui dénier la présence amie que le monde consentait encore à lui accorder ? À la veille de notre départ pour Constantinople, Afonso fit son entrée dans la petite juiverie à cheval, porteur d'une bague de fiançailles en or. Tel le héros d'un conte arabe. Ils célébrèrent leurs noces en débarquant sur le sol de notre nouvelle patrie.

Comme j'en ai moi-même fait l'expérience, l'amour peut avoir plus d'un objet. Je ne doute point que ma tante aimait mon oncle et aurait donné sa vie pour lui. Un jour qu'elle se baignait, j'ouvris le médaillon qu'elle porte au cou et y trouvai une mèche des cheveux d'argent de mon maître. J'en dérobai un et l'avalai.

Esther est à présent une très vieille dame, presque septuagénaire, mais sa calligraphie demeure inégalée, qu'il s'agisse d'un texte hébreu, arabe, persan, castillan ou portugais. Nous venons de terminer ensemble une copie du *Langage des oiseaux* pour le sultan Soliman le Magnifique, puisse-t-il vivre jusqu'à cent vingt ans. Je n'ai plus mes notes ni tous les croquis d'oiseaux dessinés autrefois dans les collines des environs de Lisbonne, mais ma mémoire me sert encore assez pour fournir au besoin la courbe d'un bec de cigogne ou la teinte d'une gorge de chouette. Mes paons s'inspiraient de ceux de mon oncle. J'aime à croire qu'il eût été fier de notre art.

Cinfa. Sa vie n'a pas été facile. Elle s'est retrouvée veuve dès la naissance de sa fille Mira, il y a six ans. Son mari était un médecin d'Alexandrie, spécialiste des maladies des yeux – homme au physique délicat et soigné, avec le regard bienveillant de celui pour qui l'indulgence est une seconde nature. Malheureusement, nous n'apprîmes que trop vite qu'il buvait de l'eau-de-vie anisée comme un matelot grec. Et qu'il n'appréciait pas que j'eusse enseigné la Torah et le Talmud à son épouse. Avant le mariage, nous ne nous étions doutés de rien. Je croyais avoir laissé tous les masques derrière moi, à Lisbonne.

Quand Cinfa était dans le septième mois de sa grossesse, il la frappa au visage avec un jonc.

— Ta sœur a corrigé mes prières de chabbat, me dit-il lorsque j'eus vu ses yeux meurtris, ses joues tuméfiées.

Son ton semblait sous-entendre : « C'était bien le moins. »

— Elle a eu raison, goujat ! répliquai-je. Le chabbat est plus important que tes petites susceptibilités !

Il s'excusa, eu égard à l'estime dont je jouis dans la communauté en tant que kabbaliste savant – quoique excentrique –, mais je voyais à son regard provocant qu'il ne regrettait rien. N'étant pour ma part guère habile à la lutte, j'eus recours à la ruse. Dans une comédie de réconciliation, je posai la main sur sa tête comme pour le bénir et lui décochai un coup de pied à l'aine qui l'envoya sur le carreau où il se tordit de douleur pendant cinq bonnes minutes. Je soulignai le geste d'une mise en garde :

— Si jamais tu recommences... !

Lorsque je contai la rencontre à Esther, elle me félicita :

— Voilà enfin de la kabbale pratique ! Tu as bien fait !

Mais peut-être n'aurais-je pas dû le tenter. Le chien récidiva dès le lendemain.

Farid m'accompagna dans la seconde visite que je lui rendis. Mettant son poignard sur la gorge du médecin, il fit dire à ses mains :

— Si tu la touches encore une fois dans une intention autre qu'aimante, je t'enlève les yeux des orbites !

Il m'expliqua par la suite :

— Si tu veux faire peur, il faut menacer l'autre dans quelque chose dont il connaît le prix.

Un bon conseil, à première vue. Mais une brute ne se corrigera pas sans l'aide du Seigneur. Le mois suivant, le médecin égyptien jeta Cinfa en bas de l'escalier chez eux. Elle se cassa la jambe droite et la clavicule dans sa chute. Son enfant naquit là, sur les marches. Les cris de ma sœur attirèrent Zouli et les voisines. Sans leur présence d'esprit, nous aurions perdu la petite Mira.

Avec Farid, je me mis à la recherche du docteur scélérat. Il était introuvable. Quelques semaines après, on découvrit son cadavre sur le seuil d'un lupanar du quartier. À en croire la rumeur, il aurait manqué de respect à une Yéménite fort prisée. Comme dit ensuite ma tante Esther :

— On ne risque pas grand-chose à battre sa femme juive. Mais celui qui lève la main sur une hétaïre musulmane peut faire ses adieux à la vie.

Leci, ma femme, a la même tournure d'esprit ironique, mais elle n'a pas toujours été ainsi. Son père, cordonnier, était le premier ami que nous nous fîmes à Constantinople. Je garde de notre rencontre un souvenir de longs cheveux noirs roussis par le henné, d'yeux verts dont l'ardeur couvait sous la cendre, comme craignant toujours de poser une question secrète, de lèvres vouées au silence. Peut-être la cause était-elle à chercher dans la mort de sa mère, survenue lorsqu'elle n'avait que cinq ans. Elle était peureuse, l'esprit saisi d'un tremblement incessant. Mais le corps irrésistible, lustré comme un jeune chat. Lorsqu'elle se déplaçait, on aurait dit que la terre et le ciel la suivaient dans son mouvement.

Je vins la retrouver un soir en l'absence de son père,

silhouette surgie à l'improviste dans l'ouverture de la porte. Elle lisait. Le regard que nous échangeâmes était tout ensemble invite et promesse d'aventure. Elle laissa choir son livre, souffla la chandelle. Je me dévêtis sans prononcer une parole.

Notre désir devançant bientôt les voyages de découverte de nos lèvres et de nos mains, elle grimpa sur moi et, se raidissant comme devant un autel, prit mon membre dans son fourreau.

Le jeu parfait des organes d'un homme et d'une femme peut-il être le signe d'une affinité spirituelle ?

Me laissant aller au va-et-vient tournoyant, à la chaleur liquide de ma partenaire, je me souvins de ma vieille amie Rana Tijolo allaitant son fils Miguel. J'enfouis ma tête dans les seins de Leci en pensant : « Voilà la femme à qui je veux me donner. »

Il en fut ainsi. Plus que mes enluminures, plus que mes études kabbalistiques, l'œuvre de ma vie est à mes yeux ce que j'ai pu lui offrir, à elle et à nos enfants. Cela n'a pas toujours été bon, ni même suffisant, mais j'ai donné tout ce que j'avais, sans duplicité.

Ce qui me ramène à la raison qui m'a poussé à reprendre la plume pour vous conter notre histoire.

Comme je l'ai dit au début de ce récit, je reçus hier, vers la douzième heure, la visite de Lourenço Paiva, fils de notre vieille blanchisseuse et amie, Brites. Sa mère l'avait chargé sur son lit de mort de me restituer notre maison au coin de la rue Saint-Pierre et de la rue du Temple, au cas où je désirerais retourner au pays.

Serrant les clefs dans mon poing fermé, je me vis transporté par des images du Portugal. Les chênes-lièges et les coquelicots. Roseta et son collier de cerises. Mordekhaï et mon père. Le crépi bleu et blanc des façades de Lisbonne. La place du Rossio. Le miroir du fleuve au-delà de notre ancienne synagogue. Le suave parfum des lauriers-roses de notre cour. Juda et mon oncle. Les tombes du domaine des Amandiers.

S'ouvrit alors en moi une vision dans laquelle mon maître me lança des lettres nouées en chaîne, composant la phrase portugaise *as nossas andorinhas ainda estao nas maos do faraó.* « Nos hirondelles sont toujours aux mains de Pharaon. » Parcourant une seconde fois du regard ces mots du langage chiffré des nouveaux chrétiens, je les vis s'envoler et se briser en l'air avec le son grêle d'une clochette.

Lorsque je revins à moi, le battement affolé de mon cœur scandait toujours un même vers : « Il m'est donné de rentrer. »

C'est alors que les événements isolés que j'avais conservés en mémoire se rassemblèrent soudain en une lecture du passé que mon oncle espérait sans doute me voir faire déjà il y a tant d'années.

Muni d'une carafe de vin et du ruban de vélin sur lequel ma tante Esther avait entrelacé mon nom au sien – le cadeau qu'il me fit peu avant sa mort en promettant de venir à mon secours, quelles que soient les circonstances –, je me retirai dans ma salle de prière. Seul, je remémorai les terribles versets de la Genèse sur le sacrifice d'Isaac que mon maître me fit réciter à Juda le premier soir de cette Pâque fatale... Il nous expliqua que celui qui veut atteindre le but suprême doit renoncer à sa personne. C'est à lui-même qu'il pensait.

Avant de mourir, dans notre cave, il me demanda si je serais prêt à quitter le Portugal. Il évoqua ses craintes de se heurter au refus de ma mère et de Réza. Craintes qui éclairent son mobile : sans doute pensait-il que seul le drame le plus tragique pourrait trancher les attaches qui liaient sa sœur et sa fille unique au pays où elles avaient toujours vécu.

Les mots que Diego lui mit dans la bouche, dans la lettre qu'il signa du nom de Salomon le *mohel* après le suicide de celui-ci, témoignent de même d'une signification occulte que mon oncle aurait prêtée à sa mort : « Votre lame de fer me trempera pour l'Éternel et concourra peut-être à réaliser des fins supérieures. »

Quelles pouvaient être ces fins ? À quoi mon maître pensait-il ?

Au cours de ces dernières vingt-quatre heures, j'ai laissé mes spéculations se mêler aux questions que je continue à me poser, jusqu'à me trouver pris dans une grille de nœuds qui ne voulaient plus me lâcher. C'est alors que j'ai rouvert le manuscrit que j'avais commencé aux jours noirs avant de quitter Lisbonne, alors, en relisant, que j'ai pris mon encrier sur l'étagère pour le compléter et amener notre histoire jusqu'à son terme.

Mesirat nefech, la disposition à risquer tout ce qu'on a et tout ce qu'on est afin d'effectuer des réparations ici-bas et au sein du royaume divin. Maintenant enfin je crois comprendre le courage discret qui faisait briller les yeux d'émeraude de mon oncle et guidait les mains dont il bénissait le monde.

« Je jure de te protéger des dangers qui s'ébattent le long de la route », me dit-il lorsque je n'avais que huit ans. Oui, il a tenu parole. Je suis là, à Constantinople, sain et sauf !

Ce que j'essaie de dire, avec les hésitations et les à-coups qu'entraînent mes forces défaillantes et le vin d'Anatolie dont j'ai quelque peu abusé, c'est que mon oncle s'est sacrifié. D'une part, sans doute, dans l'espoir de sauver la jeune femme, Teresa, qui allait mourir assassinée à ses côtés. Mais aussi – ce qui me paraît plus essentiel – *pour les générations à venir*. Il s'est laissé tuer pour contraindre ma mère et Réza

– toute notre famille – à quitter le Portugal. Pour permettre à notre lignée de prendre racine à l'abri du danger, en d'autres terres. Des terres qui accepteraient d'être foulées par des juifs sans masque.

Je ne dis pas que Diego ait obéi à la volonté de mon oncle, que celui-ci l'ait attiré dans notre cave par une quelconque sorcellerie. Encore qu'il ait peut-être prévu pareille visite. Quoi qu'il en soit, il arriva un instant – le pénultième peut-être, alors que Diego soulevait la trappe et se mettait à descendre – où mon oncle comprit subitement le *vrai* sens de l'émeute qui venait d'éclater contre nous, où il vit les possibilités qu'ouvrirait sa mort aux mains d'un assassin. Vaille que vaille, il arriva à la conclusion que notre famille, notre peuple se trouvait dans une terrible impasse et que seul son assassinat nous donnerait l'impulsion nécessaire pour en sortir.

Cette théorie est-elle une folie ? Peut-être bien. Peut-être l'Éternel était-il seul à savoir que mon oncle serait sacrifié durant cette fête de Pessah.

Mais il y a un autre indice encore, une preuve à l'appui de ma théorie, qui vous persuadera peut-être que ce que j'avance est à tout le moins possible.

Dans le temps, Farid me dit que c'était moi qui, dans la dernière *Haggadah* de mon oncle, avais servi de modèle à Mardochée, le personnage du livre d'Esther qui sauve les juifs du royaume de Perse. Je ne voulais pas le croire ; le Mardochée de l'enluminure était trop vieux. Je me disais aussi que, si mon oncle s'était effectivement inspiré de mes traits, c'était uniquement en raison d'une prémonition mystique lui disant que je vengerais sa mort sur Diego-Aman.

En contemplant à nouveau la miniature après la visite de Lourenço, j'ai fait cependant une découverte étonnante. Maintenant, vingt-quatre ans après, je ressemble beaucoup à Mardochée. Nous avons les mêmes cheveux grisonnants coupés court, les mêmes yeux las de ceux qui ont survécu à une tragédie – qui restent pour en porter témoignage.

Si perçante était la vue de mon oncle qu'il a pu peindre mon portrait à un quart de siècle de distance.

Maintenant enfin je commence à admettre qu'il ait voulu me léguer une mission plus vaste, qu'il ait deviné qu'un jour, à l'instar de ce héros antique, je combattrais pour sauver le peuple juif.

Voilà, j'en suis convaincu, la raison pour laquelle, dans ma vision d'hier, il m'a nommé Mordekhaï. Mordekhaï, c'est Mardochée. Non pas le nom de mon frère aîné, comme je l'ai cru tout d'abord, mais celui du sauveur biblique des juifs.

Or, comment puis-je sauver qui que ce soit – moi, Bérékhia Zarco, qui ne crois même plus à un Dieu personnel ?

Vous tenez la réponse entre vos mains. Je crois que mon oncle sentait que seul le cauchemar de sa mort me pousserait à écrire le livre dont vous achevez maintenant la lecture. Que seule son expulsion violente du monde humain m'ouvrirait les yeux, m'obligerait à reconnaître qu'il n'y a plus pour nous d'avenir en Europe. Que seule la tragédie la plus terrible me ferait supplier tous les juifs, tous les convertis de force et leurs enfants, de se mettre à l'abri de l'Inquisition et des autres horreurs que les rois chrétiens inventeront encore à notre intention.

Si une chose est certaine, c'est en effet que les souverains d'Europe ne nous laisseront pas en paix, ne connaîtront pas eux-mêmes la paix tant que nous serons là pour hanter les ténèbres de leur esprit.

Si vous ne pouvez admettre même à titre d'hypothèse l'exactitude de mon interprétation des actes de mon oncle, je compatis à votre solitude. Il est clair que vous n'avez jamais connu d'homme doté de sa force d'esprit, animé pour vous de pareil amour immotivé et inconditionnel, prêt à donner sa vie pour sauver la vôtre.

Ou peut-être devrais-je déplorer plutôt mes piètres talents d'écrivain. Si, après m'avoir lu, vous doutez que maître Abraham Zarco ait réellement existé, je vous présente mes excuses. Je vous dirai néanmoins qu'il y a des hommes et des femmes habités d'une résolution farouche à ce point, prêts à se sacrifier pour des générations d'enfants qu'ils ne connaîtront jamais. À vous de trouver le courage de le croire.

J'avais donc tort autrefois en affirmant à ma vieille amie Rana Tijolo que mon oncle croyait pouvoir parler encore au futur du sort des juifs au Portugal. Il savait que, dans la péninsule Ibérique comme dans toutes les terres chrétiennes d'Europe, il ne nous reste que le passé. Croyez-vous que ce fût un simple caprice qui lui fit projeter notre émigration vers un pays *musulman*, l'Empire ottoman ?

Il n'y a ni hasards ni coïncidences. Est-ce possible ?

Jusqu'à présent, je n'ai osé parler de tout cela qu'à Farid. En réponse, ses mains m'ont demandé :

— Ne crois-tu pas que ton oncle eût pu faire davantage pour son peuple en restant en vie ?

Bonne question. Peut-être se vit-il dépassé par les événements dont le cours s'était précipité. Il se peut d'ailleurs, comme je l'ai déjà suggéré, qu'il n'ait compris ce que le Seigneur lui demandait que dans un trait de lumière, à l'instant où Diego lui jetait son chapelet autour du cou.

Je suis persuadé que lui-même, se fiant au Très-Haut, croyait pouvoir mieux Le servir par sa mort.

Quoi qu'il en soit, je ne peux en appeler qu'à la foi

qui me brûle les entrailles. Mais à supposer même que ma théorie soit un tissu d'erreurs, je n'ose toujours pas poser la plume ou déchirer ces feuillets. Je ne peux hasarder la survie des juifs en pariant sur la droiture des têtes couronnées d'Europe qui n'ont déjà que trop montré leur peu de sens de la justice. Quand bien même je me tromperais, quand bien même je serais en train de lire de gauche à droite et que mon maître, épuisé par ses efforts en faveur de Réza, fût simplement incapable de se défendre contre son assassin, pouvez-vous être certains que les chrétiens ne viendront pas un jour vous emmener, nous emmener tous à la mort ? Que des traîtres comme Diego ne les aideront pas ?

Ainsi nous en arrivons enfin à Diego et à ce qui a pu être le sens *véritable* de sa trahison. Question que je me suis maintes fois posée.

La clef de ma réponse est à trouver dans la définition kabbalistique du mal : « le bien qui n'est plus à sa place ».

Je crois que Diego aurait pu s'épanouir parmi les siens. En se mêlant cependant aux chrétiens, en vivant dans la terreur de leur Église et de leur Inquisition, il versa dans le mal.

Je crois qu'il y en aura à l'avenir beaucoup de pareils, des hommes comme Diego qui comploteront contre nous aussi longtemps que nous demeurerons en Europe. Cela aussi est un des aspects du message de la mort de mon oncle.

Quant à ma réticence à en parler... Il y a toujours quelque chose en moi qui ne demande qu'à rejeter tous ces raisonnements comme absurdes. Cela se comprend. La vérité que je crois à présent entrevoir signifierait en effet que j'ai failli lamentablement à la tâche que mon oncle m'avait assignée. Il y a vingt-trois ans, j'ai laissé ma cousine Réza au Portugal. Fasse le Seigneur que mon oncle me pardonne. Car, s'il a bien vu, si ma propre lecture des versets du passé est exacte, sa fille et tous ses descendants sont condamnés.

C'est pourquoi je dois prendre les clefs bénies que le cher Lourenço m'a rapportées et retourner au Portugal. J'irai avec pour seule arme le manuscrit que voici. Avec l'espoir que ses mots tresseront un jour une corde pour pendre Aman.

Farid tient à m'accompagner. Il dit que j'aurai besoin de son appui. Peut-être a-t-il raison. Ensemble nous ramènerons Réza et les siens à Constantinople.

Puissent tous les juifs et tous les convertis de force se joindre à nous !

Et puissent ma femme et mes enfants comprendre les motifs de mon départ !

La première lueur ténue de l'aube point aux volets clos de ma fenêtre, et j'ai mal au poignet. Je trempe une fois encore ma plume de roseau dans l'encrier, mais ces mots seront les derniers. Que les anges qui les portent en impriment le sens dans mon âme et la vôtre !

Comme je l'ai déjà dit, mon récit se veut une mise en garde. Vous qui me lisez, juifs ou convertis, séfarades ou achkénazes, sachez le péril qui vous menace si vous demeurez encore à l'intérieur des frontières de l'Europe. L'Inquisition s'étendra, et bientôt notre « miroir sanglant » ruissellera comme jamais auparavant. Voilà pourquoi mon oncle m'est apparu. La tuerie ne fait que de commencer. Croyez-moi, les rois d'Europe et leurs évêques odieux ne nous oublieront pas. Jamais ils ne vous laisseront vivre en paix, ni vous ni vos enfants. Tôt ou tard, avant la fin du siècle ou dans cinq cents ans, ils viendront vous emmener.

Aucun village, même le plus reculé, ne restera à l'écart. Aucun courtisan, aucune armée étrangère ne vous prendra sous sa sauvegarde. Telle est la leçon que je tire de la mort de mon oncle. Ôtez donc le masque sous lequel vous vous cachez. Tournez-vous vers Constantinople et Jérusalem. Et marchez.

Rejetez l'Europe chrétienne de votre cœur et ne regardez pas en arrière !

GLOSSAIRE

Adar : Sixième mois de l'année lunaire qui sert de base au calendrier juif, coïncidant normalement avec février-mars.

Aman : Personnage du livre d'Esther, premier ministre d'Assuérus (Xerxès Ier), qui projeta le massacre de tous les juifs du royaume de Perse.

Anousim : Mot hébreu désignant les juifs convertis de force au christianisme.

Asmodée : Prince des démons dans la tradition juive.

Av : Onzième mois du calendrier juif, coïncidant normalement avec juillet-août.

Baal Chem : Titre donné dans les textes kabbalistiques aux mystiques qui connaissent les noms secrets de la Divinité et peuvent faire servir ce savoir à des fins magiques.

Bahir : Livre de la clarté, traité kabbalistique découvert en Provence au XIIe siècle.

Cacher : Rituellement apte à la consommation, conforme aux lois juives sur l'alimentation.

Chalom : « Paix » ; salutation quotidienne signifiant, selon les circonstances, « bonjour » ou « au revoir ».

Chefa : Influx de la puissance divine qui pénètre dans l'initié.

Chevat : Cinquième mois du calendrier juif, coïncidant normalement avec janvier-février.

Chofar : Corne de bélier dont on sonne à l'occasion des fêtes consacrées au repentir et au pardon.

Chohet : Boucher juif habilité à réaliser l'abattage rituel.

Élohim : L'un des noms de Dieu.

Én Sof : Le Dieu caché, inconnaissable, dont on ne peut rien dire sinon qu'il existe ; distingué, dans la kabbale, du Dieu révélé, connu par ses émanations dans notre monde.

Genizah : Lieu où sont conservés les livres sacrés.

Golem : Créature, généralement d'allure humaine, à qui la vie est insufflée grâce à l'utilisation magique des noms sacrés, notamment du tétragramme.

Haggadah : Texte utilisé pour la célébration domestique de la Pâque, contenant le récit de la sortie d'Égypte et le rituel du repas du premier soir, illustré souvent de scènes bibliques.

Halitsah : Cérémonie, prescrite par le Deutéronome, accomplie lorsque le beau-frère refuse d'épouser la veuve de son frère.

Hallah : Pain de chabbat aux œufs, fait de farine blanche et généralement tressé.

Hametz : Levain qu'il est interdit aux juifs de consommer pendant la durée de la Pâque.

Hanoukkah : Fête hivernale qui commémore la victoire des Maccabées sur les Syriens en 165 avant l'ère chrétienne.

Haroset : Mets rituel consommé le premier soir de la Pâque ; mélange pilé de fruits, de noix et d'épices qui symbolise le mortier utilisé par les esclaves hébreux pour construire les villes de Pharaon.

Hazzan : Chantre qui conduit le service de la prière à la synagogue.

Hechvan : Second mois du calendrier juif, coïncidant normalement avec octobre-novembre.

Ibbour : Possession du corps d'un vivant par un démon ou l'âme d'un mort.

Kaddich : Prière pour les morts récitée par les personnes en deuil.

Kislev : Troisième mois du calendrier juif, coïncidant normalement avec novembre-décembre.

Letz (pluriel *letzim*) : Démon moqueur ou esprit frappeur.

Lévite : Personne appartenant à la caste sacerdotale qui descend de Lévi, fils de Jacob.

Lilith : Démon femelle qui, dans la légende juive, étrangle les enfants et séduit les hommes ; considéré quelquefois comme la reine du mal.

Magen David : « Bouclier de David » en forme d'étoile à six branches.

Maïmon : Puissant démon.

Mardochée (Mordekhaï) : Personnage du livre d'Esther, courtisan juif qui déjoua le projet d'Aman pour exterminer tous les juifs du royaume de Perse.

Matsah (pluriel *matsot*) : Pain azyme cuit par les Israélites lors de la sortie d'Égypte et mangé durant la fête de Pessah. Les seuls ingrédients de la pâte sont la farine et l'eau.

Menorah : Chandelier, le plus souvent à sept ou neuf branches, allumé lors de la fête de Hanoukkah.

Métatron : Ange céleste qui enregistre les bonnes actions.

Mezouzah : Étui qui contient un petit rouleau de parchemin portant des versets de la Torah, notamment la profession de foi « Écoute, Israël ». Fixée au linteau des portes de toute habitation juive, elle a parfois été regardée comme une protection contre les démons.

Michnah : Loi orale, codifiée à la fin du IIe siècle de l'ère chrétienne sous la direction de Yehoudah ha-Nassi.

Mikveh : Bain rituel dans lequel les femmes s'immergent après la menstruation ; utilisé aussi par les hommes à des fins de purification rituelle.

Mitsvah (pluriel *mitsvot*) : Commandement divin. La Torah en contient 613. Le terme peut désigner par extension toute bonne action.

Mohel : Spécialiste formé pour accomplir la circoncision rituelle pratiquée sur tout enfant juif mâle le huitième jour après sa naissance.

Nisan : Septième mois du calendrier juif, coïncidant normalement avec mars-avril.

Pessah : La Pâque juive, fête célébrée pendant huit jours à partir du 15 Nisan en commémoration de le sortie d'Égypte.

Pourim : Fête, célébrée le 14 Adar, qui commémore les événements relatés dans le livre biblique d'Esther.

Roch ha-chanah : Nouvel An juif, célébré le 1er et le 2 du mois de Tichri.

Samaël : Roi des démons dans la tradition juive.

Séder : Repas rituel consommé le premier et, parfois, le second soir de Pessah. (La Cène était un *séder* juif.)

Sefirot : Les dix émanations à travers lesquelles se manifeste la Divinité ; représentées parfois sous les espèces de lumières divines, elles sont souvent associées avec l'arbre cosmique, les noms de Dieu et les différentes parties du corps humain.

Sitra ahra : « L'autre côté », terme kabbalistique désignant la sphère des puissances démoniaques et des émanations du mal.

Tallit : Châle de prière rectangulaire.

Talmud : Corpus d'enseignements comprenant les commentaires et les discussions des sages sur la Michnah.

Teréfah : Inapte à la consommation, non conforme aux lois sur l'alimentation.

Tichri : Premier mois du calendrier juif, coïncidant normalement avec septembre-octobre.

Torah : Le Pentateuque, soit les cinq premiers livres de la Bible, contenant la loi de Moïse. Par extension, le mot peut désigner l'ensemble de la Bible écrite ou même de l'enseignement juif.

Tou bi-Chevat : Nouvel An des arbres, fête lors de laquelle l'on consomme les fruits produits par la Terre promise.

Tsitsit : Frange qui garnit les quatre coins du châle de prière.

Yom Kippour : Le Grand Pardon, jour le plus saint du calendrier religieux juif, lors duquel les juifs observent un jeûne expiatoire de vingt-quatre heures.

Zohar : Livre de la splendeur, texte fondamental de la kabbale, écrit à Guadalajara, entre 1280 et 1286, par le mystique juif Moïse de Léon.

Table

Compte à rebours

Les larmes du diable

C. J. Sansom

12 jours, c'est le sursis qu'accorde Cromwell à Matthew Shardlake pour innocenter sa cliente Elizabeth, condamnée à mort pour le meurtre de son cousin. En échange, Matthew devra lui rapporter la formule du feu grégeois – ou larmes du Diable –, arme byzantine redoutable, au terme de ce délai. Mais les détenteurs de la formule ont été assassinés, et Matthew se trouve plongé dans une sombre affaire tandis que pour Elizabeth, le jour fatal se rapproche...

(Pocket n° 12854)

Il y a toujours un Pocket à découvrir